遇见陆小雪

陈崇正

济南出版社

"文学新势力"文丛·序

张清华　邱华栋

2012 年 10 月，莫言荣膺诺贝尔文学奖，再度激发了国人的文学激情，也唤醒了各界在文学教育方面的旧梦。这其中就包括北师大。因为一段至关重要的学缘，莫言曾于 1991 年获得了北师大授予的文学硕士学位，而此刻，作为母校的师大自然倍感荣耀，遂立刻决定成立北京师范大学国际写作中心，并邀请莫言前来担任主任。中心成立之初，其核心职能便被提到了议事日程，这就是文学教育和创作人才的培养。

需要稍加追溯前缘，才能说明这套文丛的来历。1988 年，由当时在研究生院任职的童庆炳教授牵头，由北京师范大学提供学制条件，牵手中国作家协会所属的鲁迅文学院，共同招收了首届作家研究生班。那时的学位制度还相对处于比较早期的阶段，各种规章还没有现在这样严苛和完善，所以运作相对容易，招生考试环节也相对宽松。因此，一批在当时的文坛已崭露头角的青年作家，便被不拘一格，悉数收罗。之前，他们中的很多人并未受过太正规的教育，刘震云几乎是唯一一个，他是北京大学中文系 77 级的本科毕业生，系出正宗名门。余华便只是在浙江海盐上过中学；莫言之前虽有在解放军艺术学院文学系学习两年的经历，但更早先却是连中学教育也不完整；严歌苓、迟子建等差不多都只是受过中等专业教育；其他人我们未做过严格的统计，但可以肯定，其中多数未曾上过大学。然而不容置疑的是，这些人是那时中国最具希望的一批，是青年作家中的翘楚，未来文坛的半壁江山。从这里出发，二十年过后，他们的确未负众望，为中国文学争得了至高荣誉，也几乎成为一代作家的代言人。

很显然，这一传统成为北师大和鲁迅文学院共同的一个记忆，一笔不可多得的财富，无论从哪个角度看，这都是两所学校引以为豪的历史。在这样一个背景下，再续昔日文学教育的前缘，找回这一无双的荣耀，也就是很自然的事情了。

因了以上的缘由，2016年，北师大校方经过认真研究，参考过去的合作模式，从全校不多的单招单考的硕士名额中拿出了20个，交由文学院和国际写作中心，来寻求与鲁迅文学院合作，并于2017年秋季正式招收了"非全日制"学术型文学创作硕士研究生。为了省却过于烦琐的制度性限制，我们特地在中国现当代文学专业二级学科下，设立了"文学创作方向"，并采用了学术导师加创作导师相结合的培养模式，以给学员创造更为合适和充分的学习条件。鲁迅文学院则为他们提供居住和学习的物质条件，提供尽可能好的一切形式的支持，并拟在培养方案中结合鲁院的讲座制培养模式，两相结合，尽显特色互补的优势。

同时还必须指出，有几位至关重要的人物支持了这项事业。时任北师大党委书记的刘川生教授、校长董奇教授，他们在推助写作中心的文学教育工作方面给予了大力支持，在制定相关体制机制方面也给予了诸多方便；晚年在病中的童庆炳教授，多次勉励我们传承好过去的经验，大胆探索，争取把工作尽早落到实处。中国作协这一方面，作协党组、特别是铁凝主席也同样给予了积极支持和热诚关怀；分管鲁迅文学院工作的吉狄马加书记，则在工作中给予了非常具体的关心和指导。

参与该项工作，制定合作规划、培养方案、课程体系，以及日常服务管理等诸项事务的，便是本文的两位作者，时任鲁迅文学院常务副院长的邱华栋，和北师大文学院负责研究生教育的副院长兼国际写作中心执行主任张清华。整个过程中，要想实现两个职能完全不同的单位之间的密切合作，在所有培养工作的环节上都无缝对接，是一个至为琐细的工作，难以尽述。好在这不是一个"工作汇报"，我们在此也就从略了。主要想说明的是，两校之间目前的合作进行得非常顺利，一切都在愿景之中。

迄今为止，该方向的研究生已经招收了三届，共56人。从总体情况看，达到了预期的要求。在学员中，有鲁迅文学奖获得者乔叶、鲁敏，有多位全国少数民族文学奖获得者，有"70后""80后"广有影响的青年作家，像东紫、杨遥、朱山坡、林森、马笑泉、高满航、闫文盛、曹谁、曾剑、王小王，等等，他们在文学创作上都已经有了相当出众的成绩，或是十分丰富的经验，然而他们共同的诉求，又是都有"充电"的渴望，有成大家的梦想，所以因了冥冥中某种命运的感召，汇聚到了一起。

关于文学教育，历来也是分歧明显众说不一的，有人坚称"大学不培养作家"。这话一定程度上是对的，大学的使命很多，成败胜负的确不在乎是否出产了一两个作家。但这话的"潜台词"值得商榷——其意思是有轻蔑的，是说"你培养不了作家"，"作家不是谁培养出来的"。这当然也对，没有哪个大学敢说自己"培养"了几个作家，而只能说，那儿"走出了"哪些个作家和诗人。但这么说是否意味着文学教育是无必要的呢？似乎也不能。因为照某些人的逻辑，我们就可以反问，大学不能培养作家，难道就可以"培养"经济学家、政治家、科学家和法学家吗？谁又敢于说，他们"培养"了那些伟大和杰出的人物呢？很显然，各行各业的杰出人才都是很难通过"定制"来培养的。但从另一方面说，大学又必须要提供人才成长和受教育的条件，从这个角度看，宣称大学不培养作家又是不负责任的。回顾当代文学的历史，文学的变革和作家的成长与大学教育的恢复和发展密切相关。"文革"及"文革"前大学教育的草创和荒芜时期，也出现过许多作家，但他们要么是从战争年代的洗礼中锻炼出来的，要么是在长期的自学中成长起来的，因为没有条件受到良好的教育，他们的文学道路多有延宕，艺术成长和成就也都受到了限制，这是人所共知的常识。正是"文革"后教育的全面恢复与发展，才让文学事业出现了人才辈出蓬勃兴旺的局面。

所以，正确的理解应该是，作家是无法培养的，但文学教育是必需的。当然，文学教育对于高校而言，其目标确乎主要不是"培养作家"，而是为所有学生提供一个素质养成的环境条件，这才是成立"国际写作中心"、引进著名作家执教的核心意义所在。换句话说，能不能出产一两个作家或许不是最重要的，其培养的人才是否具备写作的能力，成为文学的内行才是重要的。传统的文学教育虽然有各种各样的问题，但是所培养的读书人大都是既能够研究，又可以写作的双料人才。新文学的早期，大学的教授也有许许多多是学者和作家集于一身者，之后才逐渐文脉不彰，大师不存，大学教育渐趋沦为工具化和技术化的知识教育，名实不符的学术教育。

　　但无论如何，北师大与鲁院联办的这一培养模式，其目标还是直接而干脆的，就是"培养作家"。当然，这培养不是从根上栽植开始的，而是"选苗"和"移栽"的过程，甚至有的就属于"摘果子"。即便是后者也不是无意义的，当年莫言、余华、刘震云、迟子建、严歌苓等这批人，在进来之前早就是声名鹊起的青年作家了，录取他们无疑也是"摘果子"，但系统的阅读与学习，大学综合环境下的熏陶成长，谁敢说对于他们后来的写作没有助益？所以，我们坚信这一工作是有意义的。

　　最后再来说说这批作为"文学新势力"的新人。显然，他们都属于"70后"或"80后"的一代，较之他们的前辈，这批新人的主要差异在于代际经验。前代作家的成长期大都经历过历史的大波大澜，童年也大都有原初和完整的乡村生活经验，所以某种程度上还是受到"总体性经验"支配和支持的　代作家。莫言笔下的"高密东北乡"，可以说寄寓了他对于农业社会生存的全部感受和想象，也寄寓了他对近现代中国历史巨变的全部记忆与理解，读之如读一部血火相生、正邪相伴、生死轮替、魔道互换的史诗。这种具有总体性和原生性的经验与美学，在下一代作家这里早已变得不可能，他们都命定地处在某种"晚生"和"后辈"的自我想象之中，不得不在碎片化、个体化的历史经验与记忆中探索前行。

这些都并非新鲜的话题，我们也只是重复了前人既成的说法。但这也是所谓"新势力"的根基与合法条件，"新"在哪里，又何以成为"势力"，这是需要我们想清楚的。在我们看来，所谓"新势力"其实就是指：一是有新的文化特质的，他们在文化上所拥有的"新人"特色或许很难用一两句话说清，但一定是更具有个性、自主性和独立思考的一代，是拥有新知和新的经验方式的一代，是用新的思维与视角看取人生与世界的一代，是在网络信息时代生存和写作的一代；二是有新的美学属性的，这些属性自然更难以总体性的概括来描述，但毫无疑问他们是具有陌生感的一族，是难以用传统范型所涵盖和统摄的一族，是游走和不确定的一族，是空间化和个体性得以充分彰显的一族，当然，也是相对琐屑和相对真实，相对平和和相对日常性的一族。有时我们觉得是这样的不满足，但有时我们又会觉得，他们离着理想的文学，离所谓普世性的"世界文学"的距离越来越近了。

旁观者说一千句，不及读者自己去观照、去体味其中的丰富和微妙，"总体性"之不存，我们的概括也自然显得苍白无力，不如读者们自己去一一打量和细细辨识。

看，这就是"文学新势力"，他们来了。

2019 年 7 月，北京西山暑热中

目 录

你所不知道的

一

　　我总以为每个快乐的胖子前世都是一只缓慢爬行的刺猬，他用幸福包住了痛楚，只为了不被打扰。离婚之后第五十九天，我接到矮胖子叔叔去世的消息，终于控制不住汹涌的泪水，一个人坐在藤椅上号啕大哭。一只硕大的老鼠快快乐乐越过门槛进屋来，被我的哭声吓了一跳，退了回去。

　　第二天，我买了一瓶糯米酒和一盒高丽参，坐上西宠去往东州的火车。一路上山丘和电线杆交替出现在窗口，重复的风景与我刚好隔了一层玻璃。平时我们只知道绿色养眼，可只有在火车上你才知道绿色成为一种新的烦躁：草树，漫山遍野都是草树，也只有草树。

　　"你会弹吉他吧？"我这才发现坐在我对面的是一个女孩子，

大学生模样，脖子上挂着白色耳塞，她笑吟吟望着我。

我想礼貌地笑一下，但却发现脸上僵住了，于是用手抹了一下脸，重新挤出一个笑容。

"我看你手指那么长，适合弹吉他，左手的手指还有茧，没猜错吧？"她看起来有很强的交流欲望，也难怪，这么闷的火车，时间显得多余，此时有个聊天的人，再好不过。

我看了看自己的左手，是的，茧还在，只是那把吉他已经被撂在墙角落满灰尘，已经很久没摸了。

"你好酷，不爱说话？喜欢汪峰的歌吗？《春天里》，很好听！"她扬起手里的耳塞，俯过身来，似乎我如果不拒绝，她就决定塞到我耳朵里来。

"不好意思，我是在菜市场卖猪肉的。"我淡定地说。

"哇，你的声音真的很有磁性，可惜是卖猪肉的……"看来这一招奏效，她应该不再说什么了吧，"如果是卖牛肉的就好了，我喜欢吃牛肉，牛肉火锅，牛腩炖萝卜，都是我喜欢的……"没办法，看来遇到一个话痨。

"我话是不是很多？"

"不会。"怎么不会呢，吵死了。

"你不用骗我，她们都嫌我太吵，不愿意跟我一起走。哦，她们是指我的朋友，她们人都挺好的……"

我的耳朵嗡嗡作响，眼前只看到她嘴唇开合不停说着，但已经完全不知道她在说什么了。窗口的玻璃上划过几滴雨，似乎想将玻璃斜斜切开，但很快便被冷风吹干了。

"你猜我多大？"她问了两遍，我才听清楚。

"我猜不到，你又不是一棵树，如果是一棵树，倒可以切开看看年轮，跟切猪肉一样。"我本意是吓唬一下她，没想到她鼓起掌来，说终于听到我说了这么长的话，而且又这么幽默。

受不了，我假装上洗手间，躲到过道里抽烟。天空依旧是阴沉的，我深深地呼出两口气，但胸口依旧闷着，这样下去会折寿的。突然听到背后有咔嚓的快门声，转过脸去，那个耳塞女孩正拿着手机给我拍照——

"别动，我再拍一张，"应该承认她身材不错，虽然长相平平，"你继续抽烟啊，很酷啊这样。"

我继续抽烟。她又问："你去东州干什么呀？"

"你有完没完！"我猛吼了一声。许多人探出头往这边看过来。

她的笑容僵住了，眼神开始暗淡下去，慢慢低头，眨了眨眼睛，转身走了。

我也为我刚才的怒火感到不安，但现在是不可能回座位了，面对面坐着，多难堪。我在过道里又连抽了三支烟，胸口依然闷着。她也没有什么恶意，大概是火车太枯燥，大概是我凌乱的头发和邋遢的外表吸引了她，实在不应该对她发火。想起座位上还有糯米酒和高丽参，虽不贵重，但是带给矮胖子叔叔的，丢了那就更郁闷。

我还是往座位走了回去，低着头，我准备就这样低着头，眼睛尽量不往对面的座位看。但不小心还是瞥了一眼，空的，她不在了，看来跑开了，跑开了就好。我舒了一口气，摸了摸，糯米酒和高丽参硬硬的还在。

我答应过矮胖子叔叔，要给他买糯米酒和高丽参。去年我带女儿回去看他，给他买过高丽参补胃，但后来他告诉我，药店的人切开时发现是假的。"有一股萝卜干的味道。"他说。

我心中一直很内疚，当时卖药的大妈问我："高丽参有一千多，五百多，两百的，一百的，二十块的，要哪一种？"

我当时没带那么多钱，心想二十块的高丽参一定不能要，没准是泥巴做的；买两百的吧，砍完价，一百二十块拿走，但没有想到买的是萝卜干。

矮胖子叔叔的胃一直不好，糯米酒和高丽参都养胃，只是太迟了，太迟了，人都快入土了，他又如何知道他一直惦念的阿施终于给他带礼物来了呢。

"喝杯水吧。"

正当我浮想联翩之际，对面不知什么时候又坐着一个人——她回来了。她用水壶的盖子倒了一杯水，推到我面前。

"抽烟要多喝水。"

我点了点头，接过水："刚才不好意思。"

"没事，惯了。"她看着窗外，拼命眨着眼睛，眼圈红红的，"谁都有不开心的时候。"

我专心喝水，才想到这水壶只有一个盖子，应该是她平时喝的，于是把盖子放下。我想对她说点什么，却不知道从哪里说起。我大概真的病了。

"汪峰的歌好，我喜欢他的《硬币》，"我觉得应该幽默一下，"还有他的《蓝莲花》。"

她果然中计了："《蓝莲花》是许巍的好不好？！"

她也发现自己反应太过强烈，调整了一下，平静地说："不过你能知道汪峰已经不错了……其实卖猪肉也没有什么不好，北大毕业的还有去卖猪肉的。"

她真的相信我是一个卖猪肉的。

"我们家老王以前……"她突然停住，不说下去了，"我这样是不是很幼稚？很没有深度？她们说我总是没长大。"

"这样挺好的，没什么不好。"这样回答以后，又好像不太妥当，但又什么都说不上。

下车时，她要我的手机号码，我给了，同时告诉她，我有手机强迫症，正在戒，经常关机。就这样分头走了，我不记得有没有回头朝她挥手。一般这种萍水相逢的人，彼此留了电话，反复说以后常联系，但通常都是不联系的。东州这么大，我相信自己是永远不会碰到她的。

二

苗姑姑站在祠堂的阴影里，背着光，那感觉仿佛是整个祠堂都成了她的背景。如果连同躺在祠堂里的矮胖子叔叔也考虑进去，这样一个背景就显得压抑而沉重。

然而祠堂里热火朝天，一点都不压抑，也不沉重。按照半步村的风俗，葬礼有严格的程序，人们似乎有意用十分烦琐的程序来减轻内心的悲伤。半步村的红白事，都在这个祠堂里操办。祠堂左边的墙上挂着婚庆使用的红绸丝带，右边是葬礼用的麻绳和抬棺材用的扁担，窗台上红蜡烛和白蜡烛交错摆在那里。对于这样悲喜杂陈的状况，半步村的人们都认为是理所当然。

天井的中央摆着方形的桌子，桌子围着四条板凳，许多人围坐在那里，穿拖鞋的人干脆把脚放到板凳上，边说话边用手指抠脚趾甲。他们都是来等吃饭的，和办喜事一样，办丧事也是要请客吃饭的，不过吃的时候多了一个礼节，必须整齐站着吃完第一碗饭，不能发出声音。还没有到开饭时间，祠堂里充满了陌生而又熟悉的东州话。我看到两个叫不出名字的亲戚在吵架，都愤愤然，看样子是为了一条猪尾巴。拜祭矮胖子叔叔的，除了一个猪头，还有一条猪尾巴。猪尾巴代表一年的好运气，所以有必要争抢一番。

苗姑姑将我迎进祠堂的时候，有人便接过我的行李，同时将我的糯米酒打开了，周围都是围在桌子边上聊天的人，由于无所事事，几个回合便将酒都干掉了。接着是我的高丽参：

"阿施啊，这是高丽参吧？可以拆开吗？"

我转过头去，这哪里是在征求我的意见，分明是在告诉我她们已经拆开了。或胖或瘦的女人们围在一起，这个闻一闻，那个也闻一闻，都说这高丽参不错，她们像变魔术一般，高丽参很快就都不见了，剩下一个铁盒子，哐当一声被扔到了屋角。

苗姑姑看他们拿了我的东西，便高声埋怨了两句，又转头对我说："阿施呀，你也别见怪，这里谁都爱占点小便宜，东西带到祠堂就好，你叔叔会知道的。"我点了点头，我也是个农村人。

"人啊，活着的时候说不怕死，都是吹牛的，真要死了，挣扎着想活下来，但就是做不到。"苗姑姑口中说着这么沉重的话，但嘴角还带着笑意，露出那口金牙，"去，去看看吧，这种病，他们都不愿意接近，你也别靠得太近。"她回头对我说，我看到她用无名指撩了撩耳边的头发。

我往大厅里走。矮胖子叔叔的棺木停在厅堂里，已经第三天了。厅堂中弥漫着一股类似烂香蕉的甜味。我轻轻揭开覆盖在矮胖子叔叔身上的彩色锦布，看到一个有点蜡黄的柿饼。他身上的脂肪仿佛都不见了，那么圆鼓鼓的一个人，如今却显得很——也不是瘦，那些肥肉似乎都变成水，被一层蜡黄的皮裹着，似乎针一刺，便会流出五颜六色的汤水来。

我盖上锦布，眼中掠过一丝惊怖，想起了一部日本电影叫《入殓师》，如果能让一个入殓师给矮胖子叔叔处理一下，那该多好。

半步村的人都说，我来到这个世上睁开眼睛见到的第一个人，其实是矮胖子叔叔。我妈带着身孕来到半步村，人们还来不及了解她，她便因为难产死掉了。矮胖子叔叔是这么对人们说的："我以前以为孩子像猫狗一样要过些日子才睁眼，没想这小子一出生，便睁着乌溜溜的眼珠子瞅着我，眼睛半天一眨也不眨，你说有多神！"

我七岁那年，苗姑姑阴差阳错开始她人贩子的营生。传说苗姑姑要嫁给矮胖子叔叔，但始终没有。人们问及此事，矮胖子叔叔总是摇摇头说，没有的事。问话的人便会傻笑起来。这样傻笑的次数多了，矮胖子叔叔有时也黯然神伤。其时碧河的上游建了一个印刷厂，河水变黑发臭，鱼都浮在水面，翻着白肚皮。矮胖子叔叔每天清晨撑着小渔船，荡开晨雾捕鱼去，但总是空手而归，日子陷入困顿。但苗姑姑的事业却在此时达到顶峰，她的那口金牙就是那时候镶的，金灿灿，成为她的商标，江湖人称苗金牙。她更爱笑了，满口灿烂，似乎已然忘记那个在她肚子里死去的孩子。我曾经坐在门槛上，看着苗姑姑在门口走来又走去，对着肚子里的孩子说话。直到有一天发现肚子里的孩子已经死去两天，苗姑姑竟一夜白了头发。苗姑姑活下来，但仿佛变了一个人，她走出村子，接来了第一单贩卖孩子的生意。富有起来的苗姑姑，直接监管了矮胖子叔叔的生活，间接监管了我。

　　我关于半步村的记忆，是从矮胖子叔叔"嗞"的一声划亮火柴开始的。每天早上，他都会点燃喇叭一样的手卷香烟，蹲在门槛上，像一只嚣张的大鸭梨，将早晨微弱的光线都挡在屋外，我在门口刷牙，透过他的肩膀望进去，屋内有一种神秘的黑。隔壁守寡多年的苗姑姑从门帘后面钻出来，在门口树底下洗脸，他们有时会聊几句，有时什么都不说。这个情景重复多年，我都分不清是记忆，还是梦境。

三

　　烧了很多纸车纸房纸女人之后，矮胖子叔叔被火葬场的工作人员装进了一个铁盒子里。我总担心他会不小心撑破自己的皮肤化成水，所以一路上只要车子晃动，我的心也就随之晃动。我不敢懈怠，留心观察铁盒子会不会渗出水来。但没有，矮胖子叔叔将他自己包得紧紧的，一如他的一生。

这辆特殊的车子载着我的亲人开往熊熊烈火。火葬场的人一点都不和善，在骨灰盒上狠狠地宰了我们一刀。架子上各式各样的盒子一字排开，从几万到几百不等，让我想起高丽参。同行的人都将目光投向我，征询我的意见，我一言不发，买了一个价位倒数第二的陶瓷罐子。这罐子除了上面的福寿字样，其实跟路边摆摊五块钱一个的陶罐子并没有什么不同。

在火炉的小门打开那一瞬间，我感觉那不是台机器，而是一只大兽，正张开嘴巴，一口将矮胖子叔叔吞了进去。里面的火苗正贪婪舔着墙壁，它们会一口口咬开矮胖子叔叔的尸骨，吃干净之后又会若无其事舔着舌头，就如猫吃完一条鱼，我们吃掉一只烤乳鸽。

火葬场里的石凳上，坐着一些等待骨灰的人，其中有些人还在讨论骨灰如何被这里的人偷偷变卖去当肥料。有钱人谈论着如何在火葬之后买一块地风光大葬，不时有凄厉的女人的哭声划破寂静。我没有哭出来。骨灰盒盖上之前，管炉子的老头好心地递出来一块白色的头盖骨，示意我们盖在最上面，起保护作用。我总疑心那老头对于那些灰烬并无法十分清楚地进行辨认，其实人与人只有这个时候才真正平等，骨灰与骨灰，真的没有任何不同。

我想象着矮胖子叔叔庞大的身躯被塞进那个小小的陶罐中会不会很痛，也想象着他确实是完整地被我们带回来了。陶罐被放在厅堂最里面的案几上，三炷香的烟气笔直地冲向屋顶。矮胖子叔叔已经无法在世界上留下任何痕迹，他被摆放在那里，和活着的时候一样乖巧。人群散去，烧饭的大鼎也被收拾了起来。陶罐要供奉七天才悄悄入土埋葬，我责无旁贷肩负起"守七"的任务。碧蓝的天幕之下，祠堂寂静无声，暗角处有嘶嘶的虫鸣之声。我关掉手机，将几只木凳子拼在一起，躺上去便睡了。

四

睡觉前必须关掉手机，否则我睡不着，我总感觉有人会打电话给我。更准确地说，我总觉得四岁的女儿盈盈会打电话给我。医生告诉我，我这是手机强迫症。

离婚第三天，我去幼儿园看盈盈，我喊她，她也看到我，可她不再像以前那样扑过来，只是远远地木木地看着我。

"盈盈，过来。"

她摇摇头："妈妈说你身上有毒。"我靠近她，她往后缩，眼睛里满是恐惧。我只能站住。"爸爸没毒，爸爸没毒，盈盈过来。"我向她伸出双手。她哇的一声哭了："妈妈说你就是梅毒，妈妈给我看了图片，梅毒很恐怖。"她一哭闹，所有的小朋友都围过来，有的抬头呆呆看我，有的对我傻笑着。

我走出幼儿园，打电话给刘蓉蓉："你对孩子说了什么了？！"

"我自然有我的办法，我绝对不会允许不干不净懦弱无能的人碰我女儿！"说完她啪地挂掉电话。

我试过几次，盈盈每次都用一对乌溜溜的眼睛看着我的手，仿佛我的手上面长满了蠕动的虫子，一碰到她就会整个给融化掉似的。每次她都是尖叫一声，转身就跑，背上还有一个比她身体还大的书包。"别跑，别摔着！"但她没有听见，像摆脱一个噩梦一样离开我的视线。

我总感觉盈盈有一天会明白过来，她会给我打电话，因为我是她爸爸。也许她的新爸爸会欺负她，这时她会给我打电话，因为我是她爸爸。也许她总有寂寞难过的时候，她会给我打电话，因为我是她爸爸。

五

我醒来的时候，案台上的香烛已经燃尽，古老的祠堂漆黑一片，这是南方湿润的夜，空气里微微带着一丝寒冷的腥味。站在天井中央，头顶明亮的星星让我疑心自己正漂泊在无边无际的大海上，但这座古老的祠堂并不是一艘大船。如果将这里的门窗封闭起来，它更像一座囚禁时间的监狱，十年过去，周围的房屋都在衰老，从崭新变得斑驳，唯独这祠堂保持了它一贯的矜持、羞涩和特立独行，几乎完全独立于时间之外。

我打开手机，信息提示有 5 个未接电话，来自一个陌生号码。接着来了一条信息："猪肉大哥，我忘记问你的名字。今晚我心情很坏，翻遍了手机通讯录也找不到一个说话的人，想听听你磁性的声音，你却老是关机。开机给我回电话。陈小路"

想了想，才想起火车上那个话痨，当时我并未将她的号码存起来。与我现在乏善可陈的生活相比，那个女孩子完全生活在另一个世界，但这时候我真的不想听到来自另一个世界的声音。

可是这时，手机响了，陈小路打电话来了，铃声在这一片死寂中显得十分刺耳。陈小路的声音十分兴奋，她说看到信息提示我开机了，赶紧打过来，没想到凌晨我还没有睡。又说她现在在家里上网，十分无聊，接着询问我身在何处。"半步村？半步村我以前去过！离东州市区不远！你们镇上有一条很出名的街，叫十二指街，有很多好吃的……"她兴致勃勃，让我感觉电话的那头是一台永动机，而不是一个人。

"东州市区离这里还是蛮远的。"我有气无力地说。

"三十多公里，不远的，现在的路都修得不错，我知道的。"

说到这里，我就后悔自己引出了这个话题，因为她说明天想来看我，让我带她去十二指街吃小吃。"那里的烙饼是全东州最出名的！"我想此时在她眼前，早就浮现出各式各样香气腾腾的小吃。我表示不行，我很忙。她开始央求，喋喋不休。有那么一瞬间，我想起我前妻也是这样晃着我的手臂不断央求我陪她逛街。

这样乏味的僵持是让人难受的，看来只能有一个人妥协了，并且那个人必须是我。我抚摸着小木凳，心想出去吃吃饭晚上回来守夜应该也不碍事，便答应了她。她在电话那边，像打赢了一场战争一样欢呼了起来。

约好了时间和地点，她就挂了电话。四周恢复了平静，我蜷缩在木凳上，心中一片灰色的寂静。陈小路是充满活力的，而我灰心丧气。换言之，陈小路是正常的，而不正常的其实是我。我脑海中浮现出陈小路的笑脸和腰身，突然胯下大动，性欲勃发，是的，人生至此，一切都理所当然。我走向墙角，握住把柄，在尿缸里撒了一泡大尿。黑暗中，我仍然能感觉到它雄赳赳气昂昂的样子，不觉舒心一笑。

这一天凌晨，我竟然做了一个甜蜜的性梦，仿佛回到了青春期。在梦里，陈小路被我用红绸布牢牢捆住，她的肌肤那样滑，不捆住她我什么都抓不住。可惜捆好之后，我又一泻千里。虽然有点沮丧，但对于一个病人来说，这种久违的快感还是令人激动的。

苗姑姑叫醒我时，阳光已经十分刺眼。她怕我着凉，为我送来一床被子。我以为睡过头。一看时间是早上九点，距离陈小路约定的时间还有一个半小时，还好，时间充裕。从这里到十二指街，有六七公里，骑单车半个小时可以到达。但很快，我发现时间其实很紧，因为苗姑姑在我对面的木凳上坐下来，看坐姿，她准备说很多话。

如我所料，她让我说说离婚的事。她说："现在你叔叔也已经走了，这事我要管。"她把"这事我要管"几个字说得铿锵有力，似乎有不容置疑的威严。我有点恍惚地应对着苗姑姑的提问，直到她让我复习完所有细节。

我只能转移话题："姑姑，这一行太辛苦了，你就没考虑收手吗？"

"我早就想收手了，但半步村太穷了，这里的人也穷怕了。这里的土地不适合耕种，也快给贪官卖光了。不做这个，你帮大家寻条活路啊？再说，我们不做，别人也会做。"

"我是说你。"

"做这一行的，谁的命还是自己的？"她顿了顿又说，"接下来做一单大的，赚够养老的本钱再考虑。"

我沉默了。

"盈盈怎么可以判给她呢？应该把盈盈接过来！"她又扯回这个话题。

我没有接话，只是看了一眼手机。苗姑姑站了起来，两手按在我的肩膀上，然后从她脖子上解下一条银色的项链，上面挂着一块玉，雕刻着弥勒佛，永远笑吟吟的样子。她把项链戴到我的脖子上，我刚想拒绝，她却脸色凝重地说："这是我出狱那年，你的矮胖子叔叔送给我的。我早就想着把它给你的，别嫌难看，它灵验得很，能保平安。"

她又絮絮叨叨说了一些话，最后说："我下午要出一趟远门，说不好什么时候才能回来。有一个孩子你帮我看着，性格内向，但挺老实，好几户人家都没对上眼，有的说是自闭症，有的说是弱智，看来是笔亏钱生意。外头风声有点紧，我们都得挪窝，孩子你帮我看几天，反正你在这也没事，我待会叫人领过来。"

"弱智？会说话吗？"

苗姑姑笑了，说："据他们说，这孩子很好玩，就只会说三个词——爸爸、哈里路亚和阿门，哭的时候都哈里路亚哈里路亚说个没完，哈哈——"

她边笑边走，到了祠堂门口还回头跟我挥手作别，也没问我是否答应，一个转身就走了。我想起被瓜分掉的糯米酒和高丽参，不觉一笑。半步村的人大概都这样，他们可以随意入侵你的空间，对你的生活像手机一样随意设置，并认为是理所当然。

六

很快有个戴草帽的女人带了一个男孩过来，七八岁模样，说叫小丁，甲乙丙丁的丁，我猜大概是编号，也没细问，只问她借了一辆单车。

小丁突然说："爸爸！阿门！"

我愣了一下，他居然说话了，我只能甜甜应了一声。

"见面就会叫你，你们挺投缘的。"戴草帽的女人匆匆离开了。我站在院子里，看看单车，又看看孩子，时间已经临近十点，眼看要迟到了，来不及细想了，我把孩子抱上后座，骑上单车出发了。

南方初冬的田野，稻谷刚收割过，留下一片片三两寸的稻茬子，像满地爬行的刺猬，又如大地被寒风吹起的鸡皮疙瘩，此刻，令人酥软的麻痒之感传遍全身，整个人更像是一个快要痊愈的伤口。空中飘来细雨，有时如粉末，有时如蚕丝，老天将雨下得十分吝啬，完全无法匹配我此时爽朗的心情。

在弯弯曲曲的田间小道上，我不禁放声高歌。这种快乐，似乎感染了后座的小丁，他嘻嘻地傻笑着。"哈里路亚！哈里路亚……"他的声音如此空洞，但又充满了简单的欢乐。

胸前有一个东西晃荡了一下，一摸，是那块弥勒佛玉佩，我内心突然有一种踏实的感觉。

老地方咖啡馆，十二指街的情侣圣地。我三十岁，衣衫被雨打湿，在我身后是一个眼神空洞的孩子小丁。我要去见一个比我小十岁的女孩，"90后"女孩，而我总觉得应该发生点什么。

陈小路坐在靠窗的一只桌子后面，低头玩手机，看样子她来了很久，但却没有打电话催我，这一点很好。走近了我才看到她手上拿的是苹果手机，她看到我，马上朝我喊："哇，好有型，停，就站那样别动！"

她举起手机，给我拍了一张照片，然后对我说："哇，绝对犀利哥，我要发一条微博！"接着低头鼓捣了起来，应该是在发微博。我微微一笑，边把小丁抱到椅子上坐下，边说："你把我当乞丐啊？"

"哪敢！"她抬起头看看我，又看看小丁，脸上现出疑惑的神色，"这个是……你小孩？"

我想这个比较难解释清楚，于是干脆点点头："我孩子，他有自闭症，不爱说话，反正在旁边坐着，也不碍事。"

"哦——"陈小路表情夸张，装出恍然大悟的样子，"我还以为你没结婚呢，没想到孩子都这么大了。他叫什么名字！"

"你叫他小丁就可以。"

"那你姓丁吗？我都还没问你叫什么名！"

小丁突然说："爸爸，哈里路亚——"

我和陈小路都一愣，然后陈小路笑着说："伶牙俐齿的，怎么说他不爱说话，很可爱的嘛！"

我苦笑道："他就会说这个，瞎说的……我不姓丁，我姓施，你可以叫我阿施，朋友都这么叫我。"

"那丁就是他的名了，施丁，施丁，"她突然大笑起来，"你怎么这样给你的孩子取名字，听起来像死定死定，笑死我了。"

这我倒是没想到，只能跟着笑起来："可以叫施小丁，就不会有谐音了。你连我姓什么都不知道，就敢跑这么远来见我，就不怕我是个坏人？"

"你是我第一次坐火车第一个坐在我对面和我说话的人，女孩子直觉都是很准的，你跟我大伯一样，都是杀猪的，我大伯人很好，你应该也是。我都是靠直觉做事，考虑太多很累人的。你真的是杀猪的吗？一到周末我在家里就闷得慌，什么时候去看你杀猪？"

我笑道："你真信我是杀猪的？"

陈小路愣了一下，便叹气道："看来我一早就上你的当！现在的大学生，咋就这么笨呢？我说都是大学盲目扩张惹的祸，网络上有人说，郭靖一傻子，江南七怪加洪七公，八对一，就把他培养成大侠；王重阳武功天下第一，一个教 N 个，所以教出全真派一群废物。"说得我们都笑起来。

笑完，陈小路低头看着我，她模仿着我的语气："你真信我是大学生？"

"不是大学生那会是什么？用这么潮的手机……"

"我就不能是人家包养的二奶吗？"

我不禁重新打量她，虽然穿得很运动，但全身上下都是名牌。现在大学生被包养的确实也不少，我怎么也那么单纯，从来没从这个角度来看问题。如果她是二奶呀小三呀，那我不是成了小白脸？

"怎么？看不起被包养的？"她很严肃地说，还用手指第二指节敲了敲桌面，还真猜不出她是真严肃，还是假装严肃。

我正想接话，但感觉手机好像响了，我掏出手机看了看，没有电话也没有信息，又将它放回去。

陈小路挑了挑眉头，说："嫂子查岗了吧？我们聊得这么开心，下次把嫂子也一起带出来吧，那就更开心。"

"那就不开心了，我们离了。"

陈小路的笑容凝住了："离了？真的假的？"她看了一眼小丁。

"是真的，"我说，"如果现在有富婆想包养，我是会考虑的。"

"为什么离？小三？"

"我们这种人哪有钱养小三，小三养我还差不多。"

"不过离了也好，离婚是需要勇气的。不合适还在一起，那多痛苦。很多人还不是为了脸面一直在维持一个婚姻的空壳，既虚伪又懦弱。"

她这话似乎另有所指，我想追问，但终于忍住没说，却问："你是开摩托过来，还是坐公车？"

陈小路说："坐汽车过来。没事，这个你不用担心我。"

"那我们逛逛吧，带你去吃小吃。"

"好啊！小丁，"陈小路伸手去拉小丁的手，"小丁，我们走啦，我们去逛街！"

却不料这个时候，小丁抓起陈小路的手，放到嘴里咬住不放。陈小路大叫一声，脸都变形了。我大惊，伸手钳住小丁的脸颊，这才让他松开口。陈小路痛得眼泪都掉出来了，我抓出她的手，手指上有清晰的齿痕，暗红色的血从伤口渗出来。我说："赶紧去医院吧！"陈小路大口喘着粗气，嘴里却说："没事，没事。"

"走吧，我的车就在外面树下。"我抱着小丁就往外走。

陈小路跟在后面出来了，我让她在门口等我，我去取车。陈小路见我推着一辆自行车从树底下出来，脸上呈现出一种十分惊讶的表情，这时我才明白，她一直以为我说的"去取车"，应该是开汽车，没想到竟然是自行车。

她看看小丁，问我："三个人，怎么办？"

"我先带你去医院吧，小丁放这里，没事，他不会跑远的。"

陈小路犹豫了一下，拿起电话："老王，过来，咖啡馆门口。"

两分钟后，街角开过来一辆宝马，司机下车来。陈小路向我介绍："老王，我们家的司机。"老王对我鞠躬问好。我才明白她坐车来是这么回事，也明白我和陈小路在三十多公里是远还是近的判断上为什么存在差异。

我的单车被卡在宝马的后备厢里，单车太大放不下，露出一截。我说："不好吧，别弄坏车。"陈小路摆摆手表示不碍事。我们上车，老王帮助我们将小丁抱上车。上车的时候老王对我说："施先生，您的孩子好像在发烧，你摸摸。"

我伸手去摸小丁的额头，很烫，果然发烧了。

七

碧河医院不久前曾医死了人还见了报，电视台也进行了暗访，名声很臭，但里面的人还是跟苍蝇一样多，任何一个窗口都排长龙。无论是医生护士都跟杀手似的黑着脸，不是对着你大吼大叫，就是问而不答装聋作哑。

看到这个情况，老王拿出手机，打了两通电话，过了十分钟，一个戴着黑框眼镜穿着白大褂的胖医生就跑出来了，脖子上还挂着一个口罩，他解释说刚做完手术，所以来迟了。陈小路上前去很懂事地鞠了一个躬："副院长好！"老王慌忙在旁边提醒，叫吕院长，不用说副。吕院长对着陈小路上看下看，连声夸奖，说这闺女长得标致，仿佛别人没有发现的优点他都能发掘出来。有院长开道，一切顺畅，不到半个小时，陈小路的手包扎完毕，小丁也躺在VIP病房里面打点滴。小丁还算配合，只是他似乎对一切女性，包括护士都心存戒备，显得十分慌张。不久，他用嘴咬着袖子，才慢慢睡去。

老王非常识趣，借故退到走廊外面坐着。我和陈小路并排坐在床沿上，看着沉沉睡去的小丁。

"你见过并蒂莲吗？"陈小路突然问。

我被这个陌生的词汇镇住了，呆呆看着她。灯光下，她咧开嘴笑，并张开了自己的嘴巴，仰着头，扬起右手食指，点着雪白的牙齿，用模糊不清的喉音说："看，看那两个牙，并蒂莲！"我终于看清了，她的一个牙齿背后多长了一个小牙，紧紧挨在一起。原来这就是并蒂莲，我有点恍然大悟。但这时才发现，为了看清并蒂莲，我几乎将整个身体向她侧倾下去，急忙将身体抽回来。

陈小路坏坏地笑了："我就知道你酷酷的，这么严肃，其实是紧张。别老是那么纠结好不？"

"纠结也是一种病嘛!"我们都笑了。

笑完之后,我内心突然像电脑蓝屏了。我看着眼前这个眨着眼睛的陈小路,她像是一只系统特别的手机,与梦里牢牢捆住的那个女人完全不同。

为了证明自己不纠结,我感叹道:"在东州,病人这么多,看病如果没个熟人,还真不行。"

"这个世界到处都是病人,"她伸手去探了探小丁的额头,"做你的孩子一定很幸福,小丁虽然不会说,但我从他眼神里能感觉得到。"

这话让我想起我的女儿不断往后缩的情景,深深吸了一口气,不再说话。

她说:"逐渐在退烧,没刚才烫了。长得不像你,大概像他妈妈——哦,对不起,我说错话了。"

我摇摇头,表示不碍事。陈小路又说:"我一般出去见朋友,都不愿意让他们知道我有司机接送,这不好。"顿了顿又说,"你不会看不起我吧?怎么不问我们家做什么的?"

我说:"我不问,你也可以不用告诉我。"不过老王那宝马挂警牌,大约也可以猜到。

"开警车的,可不一定就是警察,就像骑白马的可不一定是白马王子,可能是唐僧!"

她说,她的所有朋友都好像很忙,父母也很忙,她一个人经常空荡荡的,只能对着狗狗说话。"我有时也怀疑司机老王在密谋绑架我,"她看了看走廊的方向,"说了你可能不信,你别看他表面温和，内心坏着呢！"

"所以你喜欢跟我这种外表酷酷内心紧张的人做朋友？"

她笑笑说，这种人比较安全。又说："如果有一天我被绑架了，你要来救我。"

这时我感觉手机好像响了，赶紧摸出来看，却什么电话都没有。陈小路见我如此神色慌张拿着手机，便说："你接电话吧，我去趟厕所。"

我深深吸了一口气，想起那辆宝马后面还搁着我的破单车，于是到走廊找老王，提议他将我的单车放下来，可以带陈小姐先走。老王递给我一支烟，又十分客气地给我点上。对我说：

"施先生，现在走陈小姐一定是不愿意的，等孩子打完点滴，我送你们回去。"

我正想说没必要再送，老王伸出一个手掌制止我，说："施先生，老王还要说一句不该说的话，我们小姐心智单纯，董事长一直不太放心，所以也希望施先生把握好分寸，别让老王为难，我这样说也是为你好。"说完笑吟吟看着我，又递给我一张名片，告诉我遇到什么麻烦可以找他，会尽力帮我。

我接过名片，看了一眼，名片上什么都没有，就只写着"老王"两个字，下面一行电话号码，这大概是我见过的最简洁的名片。与那些写满头衔的名片相比，这样的名片倒是十分个性，我不禁露出一个欣赏的笑容。

"大家既然认识，就是朋友。"老王说着拍着我的肩膀，呵呵笑着。陈小路刚好从病房中走出来，笑道："你们俩聊什么呢？这么开心！"

老王说："我给了施先生一张名片，让他有困难好找我。"

"他有我的电话，干吗要打电话给你。不过有困难找老王，江湖谁人不识王定涛，把老王的名片藏好还是没有错的。"她乐呵呵地说今天很开心，虽然没吃上十二指街的小吃，但过得很特别。那一刻，她的话让我心中一酸，感觉自己真的成了一只特别的小白鼠，穷人的自卑感油然而生。

于是我不禁脱口而出："你们城里人看我们乡下老鼠都觉得特别。"

"别提老鼠，那么恶心的东西。"陈小路露出害怕的表情。

"乡下是好地方，小时候我还吃过老鼠肉呢。"老王哈哈大笑，我也只能跟着笑起来。

冬日天黑得快，小丁打完吊针，太阳已西沉，我一直让陈小路先回去，但她果然坚持送我们回去。"就当你带我识路，下次我可以自己来找你。"她又说，"男人做事，不可以犹豫，走啦。"她这次不敢再去碰小丁，让老王抱着，出了医院。

陈小路又夸了小丁几句，然后试探着伸手摸摸他的头。小丁看着她，又看着她手上包扎的白色纱布，突然伸出手去，轻轻碰了碰那些纱布，眼神里有一种沉沉的哀伤。

我担心老王不认识偏远的半步村，但老王说他来过："我们有几个公司员工也是半步村的，只是施先生常年在外，怕都不认得。"

"不认得，不认得。"我随口说。

我们朝着半步村进发，车灯在黑暗中打出一条光的隧道，随着道路高低起伏，这条隧道也上下摇摆，仿佛不是车在向前推进，而是光柱想将车牵引进去一样。我不知道前面的光是将我引向光明，还是将我引入另一片黑暗。夜的黑，夜的冷，都被隔绝在玻璃窗之外，陈小路突然伸出手拉住我的手："施哥哥，以后你的手机不能关机，这样我才能随时找到你，在家里，很无聊的。"我看着她手上包扎着的白色纱布，说："对不起，还是连累你受伤了。"我隐约从车的后视镜里看到老王锐利的眼神，赶忙放开她的手，内心十分不是滋味。我什么时候成了一个巴结权贵的穷人了，你们再有钱，老子也不稀罕！心里这么想，脸上也就凝重起来。

陈小路忙问："怎么了？有心事？"我赶忙说没有。于是车里又安静了下来。

汽车摇摇晃晃开进了半步村，可以看出老王不愧是老司机，对通往半步村祠堂的路十分熟悉，路上他并没有问我这些小路该如何拐弯，却都走对了，十分流畅就进了村子。多年过去，半步村的灯光依旧那么昏暗，狗吠声此起彼伏。陈小路的车在祠堂前面停了下来，车灯打在祠堂的砖墙上，祠堂的空地都一片亮堂。老王下车来，还像之前那样将小丁从车上抱下来。陈小路一边夸奖我们的祠堂很宏伟，一边又说了些依依不舍的话，说一定要自己一个人来找我。

我们挥手道了别，我看陈小路上了车，我也抱着小丁转身走向祠堂。可这时，陈小路却又溜下车，小跑着跟了上来："这是祠堂，不像是你家呀？我也进去看看，好不容易来一回，总得看看你住的地方。"我反应不过来，呃了一声，陈小路已经欢快地进了祠堂。跑进天井的时候，光线太黑，眼睛还没适应过来，陈小路绊了一下，险些摔倒，晃了几步才站稳。老王从外面一个箭步就越过门槛，神情十分紧张。

"既然来了，想看就看吧。"我摸索着打开屋顶垂下来的昏黄的灯泡，屋里亮了起来。厅堂之内，在两个板凳中间搭了几块木板，算是一个床铺，上面放着一个木枕头，还有早上苗姑姑拿来的被子。我将小丁放在床上。

陈小路眼光却没有落在我的床铺上，相反，她看着矮胖子叔叔的骨灰罐子、香炉、成沓的冥币和案几上的糖果祭品发呆，又看看我，像是在征询什么。我也不答话，径直走向案几，点了一炷香，插到香炉里。陈小路走过去，十分虔诚地对着矮胖子叔叔鞠了三个躬。

在东州的丧葬习俗中，"守七"期间打扰亡灵是被视为大不敬的，夜间冲撞了香炉更会带来不吉利。陈小路虽然是城里人，但对这些地区风俗必然还是懂的。

"你睡这里……守……火车上……很抱歉……我不知道，不知道你……你是回来奔丧的。抱歉抱歉。"她居然也对我鞠了一个躬，然后她又环顾四周，显得有些窘迫，惴惴不安地退出了厅堂。

"抱歉抱歉，"她又说，"那我先走了，回头我再找你。"

看她惶恐着退了出去，我内心十分复杂，甚至有一丝快意，却什么也说不上来。老王一直站在天井中间等着她，他等陈小路走到他面前，然后跟随其后，两个人一前一后出了祠堂的门。出门的时候，陈小路迅速回头又瞥了我一眼。他们上车走了。祠堂前面又重新恢复了黑暗，四周依旧一片死寂。

八

陈小路一直吩咐我别关机，她随时可能找我。而老王要我把握分寸，他的意思大概是别再联系。手机提示电池电量不足，这时我才发现，就在我去十二指街的这段时间里，祠堂里的老鼠将我的充电器电线咬断了。

我从行李袋里摸出卡佛的小说集，对着昏黄的灯光，静静阅读。小丁吃了药，早已沉沉睡去，不时发出几声尖厉的磨牙声。祠堂四周总有虫子的鸣叫，它们似乎不分季节，只要夜深人静，便拼命高歌。

看了两个短篇小说，困了，我上床睡觉。半夜里有一个年轻人来叫门，说是家里他父亲即将大去，来取丧葬用品；约莫过了两个小时，他又来叫门，说老人缓过来了，情况似乎不错，将东西还了回来。半夜被叫醒，自然不大乐意，但死生乃是大事，我脸上不敢露出半点倦怠。却不料，天还没亮，那个年轻人又来了，这回哭丧着脸，将丧葬的东西全部取走。我隐约听见不远处传来号啕的哭声，心知村里又有丧事。冬天一来，上帝总是忙于收割魂命，而体弱的老人首当其冲。

第二天一早，我被手机铃声吵醒，拿起一看，什么电话都没有。我似乎听到盈盈躲在什么地方，正咯咯笑个不停。手机提示电池已空，自动关机了，我终于松了一口气，仿佛和什么东西断开了一样。

祠堂里又热闹了三天，我的手机关了三天。祠堂很吵，全村的人似乎每天都往这里跑，在这里吃饭聊天。想来也是，村子本来就不大，论起来都是亲戚，丧葬是大事，自然是都要通知前来吃饭的。男人都围在桌子旁边，聊着各种话题；妇女们则运行丧葬的程序，有板有眼；孩子们绕着桌子追逐玩耍，大叫大嚷。

许多人过来找我搭讪，料到我叫不出他们的名字，于是都主动介绍自己，并详细分析了两人之间的亲戚关系如何亲密，但我都没有记住。桌子上的话题我搭不上话，女人们的事情我也插不上手，所以我到厨房去帮忙烧火。

几天下来，我大概把握了他们的热门话题。比如新一任村书记从几年前就通过涨价的方式，将每张选票的价格涨到十块钱；再比如，年底到了合作医疗卡上的钱必须消费掉，有很多经销商搬了一些乱七八糟的药物来村里摆摊，并说买药的钱可以从合作医疗的经费中扣除。

听到这样有趣的话题，感觉十分新奇，我突然想起把这些跟陈小路聊起来，她必定兴高采烈，喋喋不休。念及此，我不禁往厅堂之内望了一眼，那里有我的手机，此时正处于关机状态，陈小路会不会一遍又一遍拨打我的手机呢？盈盈呢？小丁此时正站在厅堂的门槛上，也朝我这望来，眼神中空空如也。我朝他招手让他过来，他没有动，口里重复说着"阿门阿门"，只有音节而无意义。我垂下头不再看他，往炉灶里塞进一团稻草，火焰被稻草一压，瞬间暗淡了下去，冒起了白烟，但很快就燃烧起来。

这时，那个半夜来借东西的年轻人到厨房里来，给厨师及其门下三个弟子都派了烟。他也给我点了一支烟，并叫我舅叔。我被这样的称呼吓一跳，但他跟我解释了辈分和关系，我似懂非懂中也只能接受这个称呼。

叫我舅叔的这个年轻人姓林，他让我管他叫小林。人群散去，老人火化之后，小林也搬进了厅堂，开始"守七"。小林很热情，而祠堂里也确实空荡荡，所以小林提议帮我把充电器接上："老鼠咬的，我能接好。"我委婉拒绝了他的好意。他手里反复捏着充电器的电线，显得有点失落。

"你做什么工作的？"我其实也不是想知道他的工作，只是为了表达我的善意。

"在东州市区给人家收债。"

"收债？"

"就是讨钱，"小林露出非常干净的笑，"借了钱，就要还，还不起，就要我们去讨。"

"怎么讨？"

"打啰！都是看涛哥眼色，涛哥说打，就打……有时怕惹事，也会把人抓去泡水，冬天泡冷水，夏天泡热水……兄弟们先打，我都是站在外围喊，等他们打完，我就作势补上两脚……有时也会让我先上，涛哥知道我胆子小……凶一点就没事，他们理亏一般都不还手的……"

我脑海中浮现小林打人的样子，但画面十分陌生。这样一个瘦瘦弱弱的男生，打起人来，会是什么样？

"闭着眼睛使劲打，等涛哥喊停就停手。"小林的描述开始进入状态，对他来说，工作就是工作，没有什么可犹豫的，"他们嫌我胆子小，说丧事办完，帮我另外在东州市区找份工作，保安保镖什么的吧，涛哥说会帮我。"

九

小丁是个左撇子。这是小林发现的。小丁爱玩蜡烛。这也是小林发现的。小丁到外面的窗台上将白蜡烛和红蜡烛都搬进厅堂，他用左手，一根一根地搬。当时大家都忙，没有人去注意他。小丁将蜡烛分成红蜡烛和白蜡烛，按照长短和大小排列好，然后坐在厅堂的角落里，用蜡烛砌出不同的形状，他砌好之后又推倒，乐此不疲。

生气的时候小丁还吃红蜡烛，这依然是小林发现的。黄昏时候，厅堂之内光线昏暗。小林刚给他老爹上了香，跪下祈求老爹保佑自己中彩票。他闭上眼睛，将刚买的双色球彩票夹在两掌掌心，虔诚祈祷。当他睁开眼睛时，小丁正坐在案几下面吃蜡烛，蜡烛的细屑沾满了他的嘴唇和下巴，看起来似乎是鲜血淋漓。小丁大叫一声："哈里路亚！"小林吓得险些尿裤子。

"苗姑姑到底什么时候回来，快把这孩子处理掉，这样神出鬼没挺吓人的。你看他还在咬蜡烛！舅叔，您的充电器没准是他咬断的！"

"处理？怎么处理？"

"弄瘸了卖去当乞丐，或者……"小林没有说下去，"听说这次苗姑姑是去帮您把女儿接过来？"

"接盈盈过来？"我大吃一惊。

小林也很惊奇："您不知道？西宠那边也有我们的人，都是老手，您放心，很安全的……我还听人说，苗姑姑走时还交代了，让人帮您物色相亲的，到时老婆女儿都有了，您就安心住下，以前她怎么照顾矮胖子叔叔的，现在就怎么照顾您……"

我感觉自己的生活马上就要被设置，我眼前似乎浮现出前妻刘蓉蓉跪在我面前，流着泪求我将盈盈还给她的情景，说不出是什么感觉。她会跪着，把头埋在我的两腿之间，把眼泪鼻涕留在我的裤子上；或者威胁我，她会报警。

小林又压低声音对我说，"村里有人说你几天前，坐着警车回来了，你跟警察有……有什么……大家都让我暗地里盯着你，舅叔咱也不是什么外人，您和我说说。"

这什么意思，还来套近乎。我瞪了他一眼："你这不是来盯梢，是来套话的吧？"

"不敢不敢，"小林赔着笑说，"我们农村人都好奇，而且你知道，这……"他指着屋角的小丁，"这些也不是什么见得了光的事，有一回不也被人卖了，苗姑姑还给抓了起来。"

"那只是普通朋友。"我一字一顿地说。

"舅叔您别多心，大家也只是开开玩笑，您别放在心上。有人说是一女孩，就都逗着说是来半步村寻找失散多年的弟弟……您这充电器啥型号，要不我去给您买个新的？"

我沉默了。我内心突然感到烦躁不安。我摸了摸苗姑姑送给我的那条弥勒佛项链，眼望着矮胖子叔叔的骨灰盒发呆。

这一夜我并没有睡踏实，小丁磨牙的声音，小林吹哨子一样的呼噜声，如两根绑在我心上的绳子，一拉一扯，似乎揪得紧紧的，但凭空里又一荡，悬空飘飞上去，便又醒过来。断断续续的睡眠让我像睡在大海上，又仿佛睡在汽车上。陈小路的宝马车就这样驮着我，重新回到黑暗的小路上，老王前面开车，还笑笑问我结婚的事。车灯的光柱依然在厚重的黑暗里延伸，车也好像不是第二次在祠堂门口停下来。

但车还是停下来，老王抱起小丁，如抱着一团空气。就在这时，黑暗里突然有手电筒晃动的光，一群人围了过来："蹲下！手放在头上，别动！蹲下！别动！"那声音是如此清楚。

除了小丁被解救之外，我们都被制服了。和我在电视上看到的情景一模一样，只是现在录像机镜头正对着我们，还有一名记者在不远的地方对着另一个镜头解释这一切。祠堂前面变得越来越亮，紧接着，我看到苗姑姑的金牙在灯光下闪耀着，模糊中，她被押到我身边，也蹲下了。记者边将镜头和灯光对着她，边对着话筒说："以苗某某为首的人贩团伙现已全部抓获……"我这才想起苗姑姑说她要出一趟远门。

老王正在我背后跟一名警察解释，我只听到许多句"自己人"，然后我和陈小路就可以站起来。苗姑姑回头看着我："阿施，我刚看你是坐警车回来的？"

"是……"我控制不住自己的嘴巴。

"你和他们都是自己人？"

我突然意识到问题的严重性，心里很着急，很想挣脱什么，所以说："不是的，你听我说……"

　　"你做得好啊！你是不是早就渴望我死掉，你好狠啊！"苗姑姑咬牙切齿。她来不及再说什么，就被押上了警车。

　　陈小路在我旁边一直说着什么，但我脑袋里只有嗡嗡的回声。我低下头，却看到胸口那条白银项链不知什么时候跳到衣服外面来，圆润的弥勒佛正慈眉善目对着我笑。

　　我醒来的时候，小林正晃着我的肩膀："舅叔，您没事吧，舅叔！"

　　"没事，我怎么了？"

　　"您刚大喊大叫，看，您这一头都是汗。"

　　我侧头看去，小丁还在我旁边磨牙，似乎想咬断什么，却永远咬不断。我不知道他来自哪里，也不知道他最终会去往何处。月亮清冷的光照在古老的地砖上，天井里那棵枯死的桑树还在，笼在月光里，仿佛马上就要漂浮起来。祠堂外面是一阵又一阵的虫鸣。

<h1 style="text-align:center">十</h1>

　　半夜噩梦没睡好，又起得迟，睁开眼睛，小丁和小林像兄弟一样并排坐在门槛上吃着油条。大油条足有一尺长，他们往同一个方向歪着头，吃得津津有味。

　　见我醒来，小林就站起来，说："舅叔，昨天我说话不当，吓得您做噩梦，我刚才去买早餐，顺便帮你买了个充电器。"看我惊奇的眼神，他又说，"我对照过你的旧充电器，型号没错，能充得进，喏，我已经帮你的手机充电，开机了，好像有短信……不用客气，舅叔，你这样看着我，让我怪不好意思的，千万不能给钱，这是我真心诚意送给你的，反正都是亲戚嘛。"

他将我略带愤怒的眼神解读为惊喜和感激，这让我不知道怎么才好。"那谢谢你。"我只能这样说。没有猜错，陈小路三天多时间给我打了不下二十个电话。还有一条短信，我笑笑打开了，表情却僵住了："施哥哥，你怎么又老是关机，我正想什么时候再带男朋友一起去看看你，那天夜里没看清，料想风景一定独好。"信息末尾还落款"陈小路"，仿佛担心我没有储存她的号码。

我心中一片冰冷。是啊，这样有钱的女大学生，怎么会没有男朋友呢？这年头大学生不谈恋爱，都成怪物了。我这是怎么了？我在想什么？

我颓然坐在那里，一动也不动，看着手机屏幕上充电标识一格一格在跳动。她手机上一定显示我收到信息的提示，那么也一定知道我开机了，会不会像上次那样马上打电话过来？想到这个，我只能将手机放到木凳上，仿佛它很快就响起来。陈小路要是打电话过来，我跟她说什么呢？说我很忙？说这里的选票费？她如果发脾气怎么解释？

但十分钟过去了，手机并没有如我所料响起来，我渐渐感觉有一块石头卡住了我的喉咙，只得长长呼出一口气。我似乎自己给自己编织了一个圈套，自己勒紧了自己的脖子。一切，不过是一个离婚老男人的痴情梦，胯下充血之后的荒唐壮举。又一转念：大概这种对待感情的心理机制，也是造成离婚的因素之一。

"苗姑姑说她什么时候回来？"

"她没说，她这次想办一件大事，估计比较麻烦。"小林答道。

"守七期满，矮胖子叔叔葬哪里？是不是葬在莲花山？"小时候参加过一些下葬仪式，都是葬在莲花山。

小林一愣："他们没告诉你，现在不能土葬了？莲花山的土，都卖给人家去填高速公路了。"

"那怎么办？"

"放万灵堂呀。"

在我的一再要求下，小林答应带我到万灵堂去看看。万灵堂是一间低矮的瓦房，立在山坡上，有简单的围墙，还有一扇木门，挂着一把锈迹斑斑的锁。小林费了九牛二虎之力锁还是打不开，最后他火了，飞起一脚将木门踹开了。也是他这一脚让我感觉这个斯文的小伙子真有可能去帮人追债打人。

万灵堂里冷风飕飕，但却阳光充沛，光线中有一种耀眼的白让人很不舒服。墙上钉了一排排架子，架子上密密麻麻陈列着瓶瓶罐罐，风格各异，色彩多样。

"这不是都快摆满了吗？清明没有人过来扫墓？"

"不知道，应该有人定期来清理，反正一直都没有满。清明，在祠堂里拜拜也就可以了。"

我不禁打了一个冷战。死时轰轰烈烈的葬礼，死后却如此冷冷清清，连一个葬身之所都没有，仿佛连葬礼都是为活人而表演的仪式，而死去的人仅仅是道具而已。

小林看出我的焦灼，说："这附近像样的山丘都给卖去填高速公路，工程需要很多土，早几年很多人都在转移祖坟，有钱的都转移到城郊的墓园安葬了，没钱的有的搁这儿，有的就找个地方乱葬。不过乱葬被抓到也是要罚款迁坟的。舅叔，这人一死就那么回事，您也别较真。就连这盒子里的骨灰，是否真的就是矮胖子叔叔的，还不知道，一个炉子里烧的，又不只他一个，你说从那小窗口递出来，没人看见……"

我脑袋里嗡的一响，这些我从来都没想过："你的意思是说，我们农村人，死了以后还跟活人一样往城市的方向挤？……城郊的墓园要多少钱？"

"这个不清楚，一平方米好几万吧，你可以让苗姑姑问一下涛哥，苗姑姑跟涛哥交情不错，涛哥门路广，兴许能打个折。"

"这么贵，我现在没钱。"

"舅叔您就别哭穷了，"小林觉得我说没钱是在开玩笑，"几万块钱应该难不倒你们城市人，但农村人就觉得没必要，反正逢年过节祭拜的时候烧一炷香，矮胖子叔叔闻香而来，吃饱回去，要到墓园里干什么，里头冷冰冰的，挤得跟城里的公车似的。"

十一

回到陈氏祠堂，天色已经昏暗，想起明天矮胖子叔叔就要到那阳光灿烂的万灵堂去，我心中十分不爽，但又想不出更好的办法，只能蹲在门槛上抽烟。

这时，我注意到好像丢了什么东西，猛然才发现：小丁不见了。

"兴许出去玩了。"小林并不着急。

"不对，他从来不离开这个祠堂的。"我正想解释他这个特点，但小林的电话响了，他走出祠堂去接电话，他对着电话那边喊着什么，对着天空指手画脚像是很生气。他讲了几句，就气嘟嘟地走了。

我喊了几声小丁，没有任何动静，巨大的祠堂像棉球吸水一样把我的声音全都吸收得无影无踪。

太安静了。我随手拿起案台上小林早餐剩下的油条，十分认真地吃起来。真的太安静了，我十分清楚地听到自己咀嚼食物发出的声音。

一阵摩托车的轰鸣声由远而近，在祠堂门口，嘟嘟两下就熄火了。

有人踩着高跟鞋从外面进来。我抬起头看去时，陈小路也正歪着头看我，脸上挂着一种似笑非笑的表情，但最终她还是笑开了："哈哈，你是反应慢半拍呢还是真的这么淡定，你不感到惊喜吗？我又来了，突然吧？你看看，酷吧？"

陈小路在我面前转了一圈，她换上了高跟的皮靴，黑皮裤，上身穿着挂满铁链饰品的皮夹克，扎着马尾，背着书包，还画了一点淡淡的眼影。

"你给点反应好不好？人家想着要来见你，化妆打扮都用了一个上午，最后敲定这一身才配得上你酷酷的样子。你看还骑着摩托跑了这么远，我容易吗？"

我站起来，用衣角擦去手上被油条沾满的油。陈小路看我在擦手，赶紧掏出纸巾来："给，怎么能用衣服擦呢？"我将满嘴的油条吞下去，才说："你自己骑摩托来？老王呢？男朋友呢？"

"你是想问老王呢，还是想问我男朋友？我告诉你，老王呢，他最近身体不好，请假在家休养；至于男朋友嘛，我学会开摩托车，还留着他干什么，昨天就甩掉了。你上次不是问我是不是开摩托过来，我这次真开，怎么样，勇敢吧？"她笑起来，露出一个酒窝，她甩掉一个男朋友就跟换一部手机差不多，我转念一想自己离个婚是否显得过于苦大仇深，都是活着，怎么陈小路就活得这么轻快呢？

我正想问她过来干啥，她却已经按捺不住，将背上的书包甩到我的床铺上，打开，像个圣诞老人一样，一样一样往外掏东西：西装、领带、皮鞋、袜子、剃须刀……这么小一个背包，怎么可能装得下那么多东西，简直让人目瞪口呆。

"你这是干吗？想包养我？"

"这冬天的天很快黑了，我也没时间跟你说太多，你到时又会嫌我话多……这里是西装和领带，都给你准备好了，你后天穿上西装，到我爸的公司去面试。你上次不是说你还没找工作吗？估计你现在也没有什么计划，反正我已经帮你安排好了，你就穿整齐一点去就行，不吭声也可以通过面试的。"她拿起鞋子在我脚上比画起来，担心自己鞋子买小了一码，又交代说，"你也别厌烦穿西装，公司规定比较严，没打领带要扣钱的，一天五十块，整整齐齐戴上好。要不你现在试试衣服是否合身？"

"我长这么大，就结婚那天穿西装皮鞋打领带，你现在叫我……"

"不碍事，你要是不好意思，就等我走了你再试……啊呀！小丁！你吓死我了小丁！"陈小路用手拍了拍胸口。

我循着她的眼光望去，只见小丁不知什么时候站到案台上，手里还举着一只瓶子，正看着陈小路，仿佛随时都可以将手里的大瓶子砸向陈小路的头顶。我也吓得头皮一紧，赶紧将小丁手里的瓶子夺下来，递给陈小路，再将小丁抱下来："这孩子怎么总是乱跑，力气还这么大，那瓶子多沉啊？"

小丁发出了空洞的笑："哈里路亚！哈里路亚！"

"这泡的是什么酒啊？怎么有点像个萝卜？"陈小路随手将酒瓶子放在案台上。

这时，小林匆匆忙忙从外面跑进来，人还没到就喊："小丁找到了吧？"他突然这么关心小丁，让我大为意外。小林进了厅堂才看到陈小路，他对她微微一笑，然后低声凑到我耳边："苗姑姑回来了……阿施舅叔你这有客人……可能不太方便。"

小林前面半句话说得很小声，后面半句话说得有点响，我猜陈小路至少听见"有客人可能不太方便"，所以她赶紧拍了拍她的书包，背在背上，戴上皮手套，笑嘻嘻对我说："那我就不打扰你了阿施舅叔，我后天再给你打电话。"

说完她往外走，我说送送她。外面停着一辆摩托，像只怒目圆睁的大螳螂，昂着头伏在门口的大石鼓旁。陈小路说，本来打算让我骑着摩托带她出去兜风的。跟上次一样，她走的时候总是很匆促，似乎她每次的到来都像一只充满了气的气球，每次离开就如漏气了一样，落荒而逃。显然她还不习惯她的高跟鞋，启动摩托也歪歪扭扭，没有想象中那么帅气。

望着她的背影，突然想起很小很小的时候，矮胖子叔叔教我唱的歌谣："欲去草鞋共雨伞，欲来白马挂金鞍。"大意是小时候出门经商做官，行李简单，事业有成之后荣归故里。现实的反衬总令人徒生落寞之感。

这时手机又响起，陈小路来电，她用很低的声音说："你会不会觉得我这样来找你很无聊？"我听到电话那头风吹的沙沙声，告诉她开摩托不能打电话，就把电话挂了。

十二

我回到祠堂，小林用一种十分惊恐的语气问我："阿施舅舅，你到地窖里去了？你怎么把苗姑姑的孩子搬出来？你故意想气她吗？"

一连串的问题问得我昏头昏脑，但从小林的眼光中我很快知道他在说桌子上那瓶酒。我凝神细视，看到酒瓶中那个萝卜，突然想起苗姑姑肚子里曾经有过一个死胎，不禁打了一个冷战："这……这这，小丁……小丁搬出来的，我也不知道从哪里搬来的。"

"苗姑姑就快来了，赶紧……赶紧搬回去！"

我还真不知道往哪搬。小林在祠堂的角落一根柱子旁边的一只破橱柜下面挪开了一只破箩筐（原来柱子是可以活动的，估计是被小丁搬开的），我从洞口看去，隐约看到下面有台阶。我从来不知道祠堂里居然有地窖，看楼梯的材质，应该是后来才修建的。

小林说："赶紧放进去，我给你把风。"我抱着那只玻璃瓶子，现在感觉它已经不是一只瓶子，而是棺材，或者骨灰盒一类的东西，内心有说不出的惊恐。地窖里伸手不见五指，我打开打火机，沿着楼梯猫着腰往下走，寻找这只瓶子的安身之处。这时我才发现，地窖里是一条窄窄的通道，通道两边都是四方形的笼子，用铁栅栏隔开，上面都有巨大的锁头。这里简直就是一个被废弃的微型监狱。在这浑浊的空气中，我猛然间明白这对于一个人贩子团队意味着什么。在通道的尽头，我在打火机微弱的光芒之中，看到了一只长方形的木匣子，郑重其事地立着。我将瓶子放进去，刚好合适，我长长地舒了一口气。

正当我弯着腰往外爬的时候，祠堂里响起嘈杂的人声，然后就听见地窖的洞口哐当一声被什么东西盖住了。我心中猛然一惊，黑暗中听见苗姑姑熟悉的声音在询问小林我的去向，小林撒谎说刚出去了，可能买烟去了吧。苗姑姑哦了一声，又询问床铺上的西装领带，小林说不知道，像是朋友送的。苗姑姑咳嗽了几声，问："小丁呢？"

听声音，像是小林将小丁从案台底下拖出来，边拖还边让小丁别动。但小丁大喊大叫："哈里路亚！哈里路亚！阿门！阿门！"像是遇到什么恐怖的事。

"哎哟！"小林一声大叫，"你还咬人啊你！"

我想顶开洞口的破箩筐出去看个究竟，但终于还是忍住了。

接着只听到嘈杂的挣扎的声音，还有粗重的呼吸声，像是小林在逮住小丁。然后小林说："绑好了。"

他们将小丁绑起来想干什么，我突然想起小林之前似乎说过，会将小丁弄成残废再送到东州市区的公园里去乞讨。我猛地用力往上一顶："住手！你们想干什么？"

祠堂里站着五六个人，都错愕地看着我。小丁的双手被绑在后面，脸朝下俯卧在地板上，他把屁股翘得老高，像是要挣扎着站起来，口里喃喃说："阿门阿门……"但他没有力气爬起来。

然后我看到苗姑姑。苗姑姑穿着宽大的大衣，看到我，把右手的一把铁钳递给小林，将手背到背后，朝我笑了起来，露出了她的金牙。我本来应该十分愤怒，但看到她的笑，有点残忍的笑，以及笑容里那十分柔和的眼神，内心不禁涌动起一种软绵绵而又说不清楚的情愫，低声叫了一声苗姑姑。

"我们没想要干什么，阿施，"苗姑姑接下了我的问话，"我们需要小丁两根手指，就小指和无名指，不会影响他以后的生活。我知道你一定会反对，但相信姑姑，我们确实急需两根手指。"苗姑姑将"急需"两个字说得很重，我望着小林手中那把黑色的小铁钳，又看着地上茫然的小丁和他背上的那双手，似乎感觉到小丁的两根十分刺眼的手指在一种不可抗拒的力量中即将离开他的身体。

两根断指意味着什么？我捏紧了手掌，感觉到双手都在发抖。

"舅叔，你看这小子，"小林指着地上的小丁，"别说截他两根手指，就是截掉他一只手，他也不会知道的。"

小林说这话的时候，似乎很正常，但是站在苗姑姑背后三四个人的脸色都变了，有人还不停向小林使眼色。这下倒是小林茫然了，他并不知道自己说错了什么。

苗姑姑伸出她的右手，在空中挥了一下："你们也不必避讳什么，让小林说吧，截掉一只手就截掉一只手，也没什么。"苗姑姑缓缓将她的左手从背后伸出来，在她的前臂的位置，袖子赫然折陷下去，苗姑姑的左手手掌不翼而飞。

我在这一瞬间发现自己好像活在电影里，脑袋嗡的一声巨响，眼前有些黑："手呢？手呢！"我一声咆哮，看着苗姑姑背后那三四个人，但他们都低着头。

"手掌还在涛哥的冰箱里。事情没办好，当时寄存在他那里，但过了规定时间我们还是把事情搞砸了。现在也不急着拿了，留着，让我日后死的时候能得个全尸。你刚从地窖里出来，你也看到了吧，到时我死了，记得让我的孩子也跟我一起走。"半步村的风俗中，去世时肢体不全是非常忌讳的。

"那可以再植，可以接上的！"我眼中闪过一丝希望。

"傻孩子，过了时间啦，过了两天就接不上了。愿赌服输，也没什么可以抱怨的。在江湖混久了，身体就不是你自己的了……你现在还会反对我取两根手指吗？"苗姑姑晃动着她的左臂，苍白的嘴唇微笑着。站在我面前的似乎不是一个人，或者不是一个肉身，而仅仅是一股气。

苗姑姑见我没有回答，她转身说："把小丁放了吧，我先要跟阿施好好谈谈。你们先出去，都出去。哦对，去把那女的叫过来。

还有，车子不要跑远，一会儿事情处理完了，我还要回医院处理伤口。"

十三

"小林打电话给我，说你去万灵堂看了……是不是想帮你矮胖子叔叔找一块墓地？"

苗姑姑在我的床铺上坐下，我知道她会从矮胖子叔叔开始聊起。但我切断她的话，我更想知道的是她的手掌是怎么回事。我急于知道真相，我想知道苗姑姑究竟遇到什么巨大的困难。

"涛哥是小林的涛哥吗？他为什么要害你？"

"他只是一个中间调解人，我将手掌寄放在他那里，说好五个小时内将小孩接过来，但火车上还是出事了，结果一天没找到孩子，两天没找到孩子，我的手也就废了。"

我慢慢听清楚了。苗姑姑卷进了一起绑架案，对方要求绑架一个孩子，没办妥就要"收回地盘"。

"那为什么要受对方的制约呢？井水不犯河水不就好了？"

"你从西宠来，我就跟你说西宠。西宠有一个小村子，名字你可能不知道。但西宠有一个村子因为微博曝光就给端掉了。做我们这一行的，不被曝光上头就有人罩着你，一旦曝光了，人家就会剔骨疗伤，把你切掉，跟得了癌症切掉器官差不多，翻脸就不认人了。现在微博厉害，而对方控制着许多内部信息，他随时都可以派记者把我们端掉。微博太厉害了，以前罩着我们的大哥说了，这个他没办法，新事物，控制不来。"

"那就妥协？绑架的事，以前我们不是从不插手吗？"

"你有更好的办法吗？阿施，你也不想把你叔叔放到万灵堂对不对？但我知道，你现在身上没钱了对不对？你叔叔的骨灰罐子你都挑最便宜的对不对？一块墓地你都买不起对不对？这个社会就是这样，手里没钱就什么事都做不了，手里没资源你就心有余而力不足。你要生存就得妥协，就得遵守游戏规则！"

说着苗姑姑猛烈地咳嗽起来，我拍了拍她的后背，她摇摇头说："没用的，阿施，我这手一切掉，很快就可以去找你那矮胖子叔叔了。但我必须把这档事办好，我知道一定有高人在背后捣乱，我们也一定有内鬼，不然怎么可能一个孩子都在我们手里弄丢了呢？"

"那现在要小丁的手指去做什么？"

"小孩的手指都差不多，家属一见到手指就会发慌，就会马上把钱拿过来。你知道，断指太久了就接不上了，家属也懂这个的。只要家属愿意配合，我们就能绕开警察拿到钱。"

这时小林在外面探头探脑，苗姑姑挥手让他进来。他却笑起来说："那姑娘可以带进来了没有？"

苗姑姑点了点头，也笑起来。她似乎一下来了精神，脸上重新焕发了神采，她说："阿施，姑姑我可好久没买卖花姑娘了，这次是为了你破例的。那姑娘不错，要不你穿上西装？"她看我床上放着西装，就伸手提起来要帮我穿。我慌忙拒绝了，坚决不穿。

这时一个矮个子姑娘低头弯腰走了进来，她似乎感到祠堂太大，自己全身都显得多余，双手时而抓着衣服的前摆，时而抓着后摆，走近时，我才听到她急促的呼吸和低低的抽泣声。

苗姑姑用右手一把将她拉过来，介绍说："越南妞，边境的，会说中国话，我亲自验的货，是个处女。"

我一听就乐了，扑哧笑了起来："姑姑，你验货？你不懂行情，现在的处女膜都可以人造的。"

那姑娘一听神色更为慌张，双手在胸前摆动起来，用奇怪的腔调说："不是的，不是的，不是人造的！只要你们不打我骂我，你们要怎么样都成。真的不是人造的……"她突然蹲下大哭，泣不成声。

她的哭声把我的笑容僵住了，我心里哎呀地被什么撞痛了："苗姑姑，你带出去吧，我真的不需要女人。"

苗姑姑正想说什么，但我把手搭到她的肩膀上，晃了一下，用恳切的目光对她说："我是说真的。"

苗姑姑又露出一个苍白的笑容，点了点头："好吧，等你真的累了，你才会想结婚。还有盼头，哪个男人愿意挑枷锁？"说话的时候苗姑姑看了一眼案台上的矮胖子叔叔，将那越南女孩带出去，我看着她的背影，想起矮胖子叔叔蹲在门槛上看苗姑姑刷牙的样子，心头一酸，却一句话也说不出来。我知道苗姑姑所说的盼头，是指陈小路，但那又何尝不是一条令人厌倦和绝望的路呢？

十四

第二天晚上，小丁的手指还是被铁钳切下来了。

我在祠堂外面痛苦地抽着烟，整个祠堂都充塞着小丁的惨叫声，在惨叫声中间，小丁空洞地叫着"爸爸、哈里路亚、阿门"三个词语，把我的心都叫碎了。听得出是小林动的手，这家伙笨手笨脚，只懂得叫小丁"别动"和"住嘴"，半天指头还切不下来。旁边的人说他太没用弄得满脸是血，他还喘气说"骨头太硬铁钳咬不住"。我蹲在墙角吸第八根烟的时候，他往外走出来，寻找洗脸的地方。他看到我的烟头一明一灭，居然还跟我打招呼，叫我舅叔。我再也按压不住心头的怒火，一拳就将他摞倒，揍了一顿。小林没有还手，只哀求着连声说对不起。

我回到祠堂，苗姑姑正让人用冰盒装了断指，并反复吩咐对外不能透露任何消息。小林洗脸回来，苗姑姑瞪了我一眼，对小林说："你舅叔打你了？"

小林摇摇头："没有，我自己撞柱子上了。"

苗姑姑伸手拍拍他的后脑勺："性格多好的小伙子，哦对了小林，这两天如果跟涛哥通电话，口风要严一点，关于今晚的事，千万不能说漏嘴！"

小丁昏死了过去。倒在地上，地板上全是血。苗姑姑说："打过麻药，也给他包扎了，睡一觉就没事。"

"伤好了，我想带他走。"

苗姑姑看着我的眼睛，判断我是认真的之后，她点了点头："你想清楚了，他是个次品，终究会连累你。"

他们走了之后，我将小丁抱到床上去。他软绵绵像全身没有了骨头，在我的臂弯中就如同夹在筷子中间的粉丝，一个劲儿往地板上溜。

不久，我感觉不太妙。小丁发高烧了，并且手指伤口的纱布开始往外渗血。看来必须去医院，我借来一辆破摩托，将小丁放在后座，又用布条将他绑在我背上，嗵嗵嗒嗒开往碧河医院。夜风阵阵，但我背后像背着一个火炉。我内心一片空白，不知道自己在做什么。曾经在一本书上看过这么一句话："愿意的人，命运牵着走；不愿意的人，命运拖着走。"我此刻仿佛就是一个被命运拖着走的人，不知前路在何方。

浑浑噩噩来到医院，小丁被送往急诊室。医生说要马上手术，我说好。他说要签字，我说好。他说："你是那孩子的父亲吧？"我愣住了，只能点头说是。然后他说："那好，赶紧先去交钱，交了钱就开始做手术。"

"交什么钱？"

"两万吧，如果没带那么多，一万也行。"

我目瞪口呆，是啊，竟然没想到要带钱。我摸出信用卡，决定去试试，但收钱的护士用一种很奇怪的眼光看着我，告诉我这张卡已经过期，要去银行换卡了："先生你这张卡是不是很久没用了？"

我靠着墙壁，望着天花板，然后不自觉地摸出手机，打开通讯录，映入眼帘的号码正是陈小路的，按字母排列，陈小路，第一个。我倔强地往下查看，一个个名字像幻灯片一样切换着，查了一遍之后，屏幕重新停在陈小路那一页。我咬咬牙，拨通陈小路的电话。

"稀客啊稀客，第一次主动打电话给我，还是在深夜。大帅哥难道不怕我误会你有什么企图？"

"我……我想跟你借点钱……"

"你开玩笑还是真的？真的吗？……多少？怎么给你？转账？"

"你不问我用来做什么的？"

陈小路笑了："像你这种死要面子的人我见得多了，即使问了，你会说吗？"

"小丁住院，要做手术，需要……一万还是两万……你有吗？"

"你在哪？"电话那边的语气急促起来，"碧河医院？你在几楼？你等会儿，我马上到！"

挂了电话，我将额头顶住墙壁，再也克制不住自己的眼泪，呜呜大哭起来。大厅里人来人往，每个人都看我一眼，但似乎对医院里的哭声又司空见惯。

我正在众目睽睽之下号啕大哭，这时，身后有人在拍我的肩膀。我没有抬起头来，我估计是有陌生人想过来安慰我。陈小路没那么快到，而周围只有陌生人，所以我决定置之不理。

但后面的人继续拍我肩膀："施先生？你是施先生吗？"

我回过头去，后面站着一个胖医生，戴着黑框眼镜，有点眼熟，却一时想不起来。

"我姓吕，我之前见过您，老王刚给我来电话……"

"吕院长！"我终于想起来。

吕院长笑起来："哎哟施先生，真是抱歉，上次忘记给您留下联系电话，下次来医院一定要找我。这是我名片，多多指教！"吕院长让我直接签了字，他说已经交代医生马上手术，让我不必担心。

"你的孩子伤势有点重，又有延误，我们会尽一切努力让他康

048

复，您放心！”

吕院长说这附近工厂多，机器切断手指是常有的事，断指见得多，小手术而已；又寒暄了几句，就匆匆而去。看到小丁已经进了手术室，我坐在走廊的椅子上，长长舒了一口气，仰起头来，不久便沉沉睡去。

十五

我醒来时，陈小路坐在我对面，双手支着下巴，歪着头对着我傻笑。

"没想到你这么会睡觉，这么脏的地方你也能打呼噜……放心啦，别东张西望了，老王在病房里看着小丁，我够义气吧？负责在这里守着你，我都看了你一个小时了……从来没看你看这么久，感觉很神奇！"

我揉了揉眼睛，站了起来。

"对了，刚才有人跟我通风报信，说你在大厅里哭了。我理解做父亲的心情，看到自己的孩子伤成这样，哪个不心疼呢？但不要紧，会好起来的。"

我无法解释刚才为了什么而哭，只能对她一笑："谢谢。"

"哎呀，跟我还客气起来了？"她挽住我的手臂，我正想躲开，她说，"别那么小气嘛！就这样，走啦！"

我们走进病房，老王正在窗口抽烟，他看到我们，十分职业地微笑起来，向我点头问好："您好施先生，令郎出了这种事，您其实可以直接给我打个电话，没必要惊动我们小姐的，我就能处理好。"

"老王，"陈小路娇嗔薄怒，"你这话啥意思？出了事当然要先找我，还找你？"

"我不是这意思……"

我赶紧解围："不好意思，老王，我把您名片落在家里……祠堂里了。"我感觉把那祠堂叫家似乎有点不妥，赶紧改口。

老王笑了，似乎猜到我将他名片早不知丢到哪里去了："明白明白，只是您的孩子怎么伤成这样，他的两根手指呢？如果能找到手指，兴许还能接得上。"

手指是找不到的了。我支支吾吾回答着，找了许多理由，总算把老王的问题搪塞过去。

"究竟是被什么伤到的？"

"锄头。"我本来想说镰刀，但觉得现在不是割稻谷的季节，用镰刀有点不合时宜，"被锄头伤到的，这不是要锄草吗，就不小心……"

陈小路笑起来："你也要去锄草？我以为你不会劳动的。"我也就附和着笑起来。

陈小路为我付清了所有的费用。我问她多少钱，她不肯说，只说下次请她喝咖啡就好，还说她帮我更改了面试时间，交代我小丁出院的时候就通知她，她会开摩托过来带我们回家。然后，她才在老王的一再要求下离开了医院。那个时候，天色已经蒙蒙亮，东边出现鱼肚白，一个充满希望的早晨已经开始。陈小路打了一个哈欠，同我挥手作别。

小丁还在沉睡之中，我只能继续在病房里打个盹，眼睛一闭一睁，已经早上九点钟。这时电话响起，小林来电。小林说："舅舅，赶紧回来，苗姑姑快不行了！"

十六

我交代护士帮忙看着小丁，那个小个子护士竟然很乐意。小护士说，你们家是信教的吧，这孩子整天喊着"哈里路亚"，怪可怜的。一些事情是她所不可能知道的，我只能无可奈何点了点头，出了医院，骑上破摩托，赶回半步村。

小林在祠堂门口等我，一见到我就对我说："她什么话都不说，躺在这里，说等你回来。"小林怕我不懂，又补充说，"苗姑姑随身都带着药的，她说她不打算再入狱，如果遇到不测，她就服药。估计她早上已经服了药了。她没说话，也就没人敢问。"

苗姑姑躺在祠堂里我的床铺上，奄奄一息。祠堂里站了许多人，看到我回来，他们脸上都带着一种等待已久的神色。我走近床铺，苗姑姑仰起头露出她的金牙，用嘴在呼吸：

"阿施，阿施你终于回来了，好啊，回来了。那一年，你妈妈生下你，就快死了，痛得一直在哼哼叫喊。她对我说，苗嫂子，求求你行行好，帮我买一个冰棍吧，我很想吃。结果，我买来冰棍，她只吃了一口，就死了。还有你可怜的矮胖子叔叔，他在等你啊，他一直喊着想见你，可惜没见上，这回我可以帮他见见你……"

苗姑姑露出一个诡异的笑，仿佛从地狱里冒出来的笑，让我毛骨悚然。

我以为说完这个，苗姑姑就要死了。我紧张得紧紧握住她的右手。

"取家伙，把小林的腿打断！"苗姑姑突然拉了一下我的手，借势坐起来。

大家都茫然不知所措。小林却很无辜地笑笑说："苗姑姑，您开始晕乎了，我是小林啊，打断我的腿干什么？"

"哼哼，哼哈哈，我们，我们失败了，两根手指被涛哥取走了，以后，你们都改行吧，去种地，去卖菜……涛哥为什么能知道，你们说说，这里是谁通风报信的？我就一直怀疑有内鬼，我还没死，我清醒着呢！"

所有的眼光都集中到小林身上。小林吓得脸色发青，慌忙辩解："没有，我没有，我从昨天到现在，都没有联系涛哥，我啥都没说，你们相信我！"

祠堂里的人开始嚷嚷起来，群情激昂："这里所有人就你跟涛哥关系最紧密，还有其他人吗？"

小林突然看向我，眼神里有十分复杂的成分。我摇摇头，我想告诉他，不是我告密，我也不认识涛哥。但他还是看着我，恶狠狠地瞪着我。

这时，苗姑姑嘴角流出一丝鲜血，昏倒过去。我探探鼻息，还有呼吸。

小林喊了一声："苗姑姑！"我从他的声音里听出他对苗姑姑

的关心是何等真切。我对大家说，小林很关心苗姑姑，兴许是其他人告的密，证据不足，不应该惩罚小林的。

这时小林看看苗姑姑，又看看我，突然咬牙说："就是我告的密，怎么样？按规矩来吧。"

旁边已经有人准备好了扁担，一扁担就往小林双腿扫去。小林惨叫一声，瘫倒在地。扁担再次举起来的时候，被我拦住了，我提高了声调："刚把小丁的手指剪了，现在就来打折小林的腿骨，这村子都怎么了，苗姑姑现在都这样了，大家能不能省点力气啊？扁担放下，都给我出去！"我这一吼，果然起了效果，他们都看着我，嘟囔着挪动脚步，退下了。

人们散去后，小林才慢慢爬起来。我叫他别动，他笑着说："没事舅舅，我装得很痛，其实应该还没断，他扁担过来，我就跳起来卧倒了。但我还是没有出卖你，告你的密……我这一下算是替你挨的，小丁的事，咱算是平了。"他瘸着腿站起来，腿骨没断，但伤得也不轻。

"你说清楚点，"我一听就来火了，"什么叫替我挨的？你是说告密的人是我？"

小林胸有成竹，他走近我的床铺，在席子底下抽出一张名片："你有我们涛哥的名片，你还说你不认识涛哥，我没冤枉你吧？我可以替你挨打，但舅舅不能虚伪！"

我看那张名片，正是当日老王给我的。我突然脑海中闪过陈小路的一句话："江湖谁人不识王定涛。"

"王定涛？"我喃喃地说，"我只知道他叫老王。"

"涛哥，就是王定涛，还有第二个涛哥吗？"

这时候电话响了，是陈小路打来的，她在电话里兴奋地告诉我，老王找到了小丁的断指，现在医院正在帮他做断指再植手术。陈小路说："你放心，老王今天一早就赶往医院，他会把一切都办得妥妥的。"

春风斩

南方冬天的冷总被过度张扬，等到寒流真的来了，又让人措手不及，眼看枝头燃烧的木棉花被打落在地上，心中的寒意才升腾而起。那是我在大学的最后一个冬季，为了复习考研，我在校外半山坡上租下了一间小石屋。屋子全是花岗岩砌成的，缺点是冬冷夏热，优点是安静，租金便宜。我本也不想租，但学校宿舍里有个同学梦游，有一回夜里他用水果刀将桌子上三四只鸭梨全部剁碎之后，宿舍里的人都恐慌起来，恐慌会传染，整一层楼的同学纷纷到外面租房。在这片土地上，恐慌很多时候都能成为一种汹涌澎湃的生产力，直接推动校外房租层层上涨；也促成了好几对情侣，他们以宿舍有疯子为借口，名正言顺向家里申请了租房的经费，开始同居生活。

我那阵子刚和第二任女友分手，孤家寡人，租了房子，最高兴的是孙保尔。他隔三岔五就带着新女友来借我的房子，宣布清场，要我到图书馆复习去。他说他宾至如归，反复强调回来时一定要敲门示意耐心等待切不可破门而入，这样一来弄得我一点回家的欲望都没有。他的新女友众多，各种口味都有，我也认不全。孙保尔长期持有我屋子的钥匙，一般他来之前我就离开了，这种场合我自动回避，偶尔来不及碰面也只是和那女的点点头一闪而过，样子都没看清。

"我说你小子什么时候戒戒色，我看你的食谱也太宽泛了，高矮胖瘦都有。"我是有必要抱怨的，每次从图书馆回来，房间里总有各种味道：烟味酒味，女人的香水味，垃圾桶里纸巾的腥味；还有厕所里偶尔留下的丝袜、唇膏、梳子上的长头发，这些本不该属于这个房间的东西总是令人触目惊心。

他嘿嘿笑起来："你来到这个世界上，就不想都试试？什么都要试试才知道；不过试了就戒不掉，就跟你抽烟一样。小时候我教会你抽烟，你到现在都戒不掉；改天我教你泡妞，保证你六十岁前都戒不掉。"

小学二年级，孙保尔威逼利诱，让我将我二叔藏在衣柜里的雪茄偷了出来。在院子里的草垛上，他教会我抽第一口烟，其实也没吸进去，只是觉得这跟电视里抓坏人的老公安一样深谋远虑。然而，他深谋远虑的姿势并没有来得及完成，便看见他的妈妈一手挥舞着衣架，一手叉腰出现在院子中央。于是接下来的时间，我便坐在草垛上一边悠闲地抽着雪茄，一边看着孙保尔被衣架抽得满院子跑。这个情景至今难忘，所以孙保尔十分狡猾，提起了抽烟的事，意在委婉提示我，在漫长岁月之中，我们之间存在着伟大的友谊，与这种伟大友谊相比，我的抱怨显得多么小气，借我的屋子干干坏事真不是什么大不了的事情。

但那个冬天，我完全不顾伟大友谊，一拳打坏了孙保尔的一个门牙。当然是因为女人，她叫向娟娟。我大四这一年，向娟娟大专毕业回到这座城市工作。圣诞节刚过，向娟娟给我打电话，她说她一定要见我，马上。于是她来了，她一进门就用背往门上一靠，将门给关上了，然后反手拧动门锁，咔哒，锁上了。

"我现在不是处女了。"她直直地看着我，这让我全身的重量不知道要分配在哪一只脚上比较好。有时候真希望自己是一只鸵鸟，遇到情况头往什么地方一钻就好了。但此刻我不是一只鸵鸟，而是受惊的狮头鹅，愣在那里。

"来吧，"她对我吼，"来啊！你不是说不是处女就来找你做吗？"

她的身体顺着门往地上滑下去，抱着膝盖坐着，她的头贴在门上，脸往上仰，看着天花板，泪水如我预想中那样流下来，像一只融化的冰淇淋。

"给了谁？我认识吗？"我也贴着门和她并排坐着。

她抿着嘴唇摇摇头，然后倚过来抱住我的腰，把鼻涕都蹭到我衬衣上，更要命的是她的手掐住我腰上的肉，拧紧不放，又痒又疼，我又不好尖叫起来。

二

第二天，孙保尔坐在我对面，严肃地说："我想告诉你，我想正儿八经跟向娟娟谈恋爱。"

"原来是你这王八蛋？"他一进门我就知道没什么好事，但居然是这小子。

"什么……"他还没开口，我已经给了他一拳。这一拳打坏他的门牙，后来他有两次指着自己的门牙告诉我："牙医说坏掉的牙不如拔掉种上一个新的，你跟向娟娟的感情就是一颗坏牙，迟早要拔掉的。"我说你门牙本来就不好，别赖在我身上。

孙保尔从地上爬起来，先把椅子扶好（我以为他要拿椅子砸我），他的嘴巴在流血，但他还是咧嘴笑了起来："傻正也会打人了？我都没有带到你房子里搞，我是在外面自个儿掏钱开了房的；是她自己乐意的，怎么着，我又没逼她，你情我愿的……别以为我是在占她便宜，我是在帮她，你看着，你总把阳光的女孩子整成闷瓶子，你就看我怎么撬开她们，让她们阳光自信吧。"

过了几天，向娟娟给我打电话，我以为她想找我重新演练一遍——那天晚上我们做了一次爱，但其实不爽。因为她说下面还痛，我说那停吧，她又坚持要做，让我感觉她不是在做爱，而是在还愿。所以现在打电话，我以为她还想再来一次，不得快感不罢休，但不是，她说她想好好谈一场恋爱。

"跟谁？孙保尔？"

电话那头沉默了。良久她才开口："孙保尔说，别和过去的人提过去的事，我觉得挺对的。反正，以后我和你就这样吧……祝福我们吧，你以后要叫我嫂子。"

挂了电话，我眼前就模糊了。墙角的破电视机里，主持人表情严肃地播报台湾著名作家林海音去世的消息；窗外那条黄狗跟往日一样追咬着那两只老母鸡，好像还撞翻了一只垃圾桶。有时候也在心里问自己，向娟娟究竟算不算我的女朋友？我想起她高考之后那个九月来找我，那天是我生日，她提着蛋糕坐着公交车穿过这座灯火辉煌的城市来找我，我们在破旧的操场上走着，聊起了她这段时间兼职的辛苦。"赚钱真难啊，你看，我的拇指都发炎了。很痛，今天早上起来拿筷子都一直在抖。"她将手伸过来，夜风习习之中我竟不敢去拉她的手，也不敢抱她，一直到我们靠在栏杆上，她终于转过身来将两片薄薄的嘴唇压在我的嘴唇上，我们第一次接吻，然后我说出了那句让我后悔终生的混蛋话："等你不是处女了，我们就做爱吧。"我其实当时想说的是后半句，但我的怯弱让我给这个想法加上了一个暂时不可能完成的条件，仿佛只要眼下秋毫无犯，言语过界也无须惧怕。

向娟娟、孙保尔和我从同一个村子同一间小学走出来，有一阵我们一起骑着一辆摩托车到处转悠，后来我们像是三条平行线，各忙各的，直到现在才又交织在一起。我念完本科准备考研，向娟娟大专毕业找了一个医院做护士，孙保尔初中毕业就出去混，用他的话说是"用酒精打天下"，所有的生意都是喝酒喝出来的，最终喝出一辆二手汽车，丌着车到处泡妞，有一次还带着两个姑娘把车开到西藏去。什么是生活本来的样子？从小学读到大学吗？我总觉得自己是活在设置之中，而孙保尔是活在设置之外的。而向娟娟呢？一直觉得向娟娟是个胖妞，但现在想想，那时候我们怎么会觉得她胖呢？因为她爸爸是卖猪肉的？还是那时大家都挺瘦，所以将早熟的向娟娟列为胖妞之类。

"她会瘦下去的，跟着我，向娟娟一定会瘦，你看着。"孙保尔刚接手向娟娟时，在电话里对我这么承诺，他信心十足，将向娟娟的丰满作为必须整治的重点项目。

后来真的胖了，那是失恋之后的事。后来我偷偷上了她的博客，读了几篇日志，绝望气息无处不在。她在日志里这么记录她的失恋："十年生死两茫茫。如果弟弟还在，如果爱一直还在；如果毕业的单车和麻辣烫还在。我会坐在不远处，耐心看着你挑选适合自己的鞋子。如果脚在，鞋子一定还在。那个小宾馆里，有我们买田鸡粥的快乐，和我独自几瓶啤酒的悲伤。惨烈的痛已经袭击了我太久……"后来日志也不写了，空间里转载了几篇关于"抑郁症快乐药方""女人怎么吃都不胖"之类的网文。她的头像一直都黑着。她不再上网了，但每逢新年她总会给我寄贺年卡。

过年是向娟娟的噩梦。年前猪肉生意是最好的，也是向四叔脾气最坏的时间。向娟娟稍有差池，向四叔一个巴掌就掴过来。打痛了还不许哭，如果哭闹起来那就会彻底触怒向四叔。那一年大年三十下午，我背着从山里新挖的竹笋（做笋粿用）从一片荒坟中间走过，远远见到有个人坐在坟地里，心中一惊，定睛一看是向娟娟。我后来才知道她那时刚挨了向四叔一顿打骂跑到她弟弟的坟前哭诉去了。她说她多希望池塘里的水鬼带走的是她，而不是她宝贝一样的弟弟，甚至有那么一阵时间她觉得弟弟用死在变相地折磨她，或是阴魂不散让她一直痛苦不堪，以报复她对他的看管不力。她想自杀，但不知道怎么死才不痛。我陪她一直坐到夜幕降临，几缕鬼火将我们吓得大喊大叫。

　　从此她过年就跟我一起过，她说，过年所有的欢乐都是我给她的，不是新衣服也不是压岁钱。她暗地里送我很多明信片，写上她能想得到的最美好的话与祝愿，以此来证明我们中间存在伟大的友谊。有一年春节，我们两个人以到书店为借口偷偷溜到了城里，一路瞎逛，刚好碰到一个贼在路边偷自行车，向娟娟一声大叱就追了出去，贼跑，她还追出两条街，贼太快，她追不上。事后我问她："不是偷你的车，你追什么追，你就不怕他回过头来拿匕首扎你？"她笑着说："没想过这些，反正偷东西不好。"

　　此后一段时间，向娟娟经常从家里跑出来找我问作业，她说她才不想在那个火药库里待着呢。我也想同她发生一点什么不同寻常的故事，但那时候拉一下小手都让我激动得整夜失眠，所以只能整晚聊一些无关紧要的话题，比如竹子为什么是草，人为什么只能用一个鼻孔出气之类，其实十分无聊，但每次也聊得津津有味。

　　但接下来向娟娟跟我出来到果园里瞎逛的机会渐渐减少，因为她妈妈基本上过着一种流亡的生活。向四叔甚至在他的床铺底下挖了一条地道，通向屋后的香蕉林，如果半夜三更有计生队来抓人，一个翻身就可以逃跑，而这样的事情时有发生。每次黄昏时候，村里的计生队上门米，向四叔蹲在树桩上让他们进屋搜个遍，然后看着他们头也不回悻悻走掉了。他们不敢怎么样，因为树桩上除了蹲着向四叔，还插着那把黑油油的杀猪刀。

向四婶一逃就是一个星期，两个妹妹太小，一个会爬一个刚学会自己吃饭，所有的家务就全部落在向娟娟的手里，从喂猪、铲猪粪、帮妹妹洗尿布到洗衣做饭，她基本一个人包揽了。她说有一回她到河边去提水，有一个华侨站在河堤上乘凉，无意看到她数步一停吃力地提着一桶水走上长长的台阶，心生怜悯，掏出十块钱雇一个河边洗衣服的阿姨帮向娟娟将这桶水送回家。

三

孙保尔家里反对这桩恋爱，以极大的决心要将"断香火"的事扼杀在萌芽状态。老孙家是革命家庭，孙保尔出生的时候，老孙同志正摩挲着手头刚看完的小说《钢铁是怎样炼成的》，于是取名保尔，总希望他如保尔一样不屈不挠。但万万没有想到，儿子的不屈不挠却表现在谈对象娶老婆这件事上。

老孙家反对这桩婚事，是有原因的。要先说一说那一年的向四叔，不单因为向娟娟，关键是他有一把杀猪刀。

向四叔在村头一棵大橄榄树下卖猪肉。每天早晨他起床做的第一件事不是撒尿，而是用玻璃杯倒满一杯白酒，随手在橱柜里抓两颗橄榄，坐到门口的树桩上半眯着眼睛喝起来。早上犁田的人拉着牛从他门口经过，打趣说："向四叔，漱口呢？"他仰起头也不说话，就算是打过招呼。

朝阳照到橄榄树上第二个疙瘩的地方，向四叔就会把猪肉搬上板台。半头猪，一百来斤，他一拎前后两条猪肘子，就能稳稳当当将之扔到板台上，跟扔一个皮球似的。咣当，猪肉在板台上晃动了一下。然后向四叔开始在手摇水泵旁边磨刀，霍霍，霍霍。这时向四婶照例推开那扇大木门走了出来，她臂上挎着一只篮子，要到碧河边洗衣服。

　　这样平静的生活，在向娟娟的弟弟不小心掉到池塘里死掉以后发生了巨大的改变。向四婶一直生不出男孩，三年后，向娟娟的第二个妹妹出生了。一门三姐妹，围在一起吃饭，除了向四叔之外，全部都是女人。向四叔长吁短叹，不识趣的人还拿杨门女将和"毛主席说妇女能顶半边天"这些话来揶揄他，有一次向四叔怒从心头起竟然把杀猪刀架到对方脖子上，吓得那家伙尿裤子，连声大叫别冲动！

　　迫于父亲的坏脾气，向娟娟识大体重大局，任劳任怨做家务，终于换来了向四婶肚子的再度隆起。向四叔几乎将村里能请到的中医都请到家里给向四婶把脉。

　　"恭喜！是个男婴！"

　　"恭喜！这回是个带把子的。"

　　四个老中医有三个做出了男婴的判断，只有一个沉默不语，说胎气不顺，很难分辨。医生走后，向四婶将信将疑问他："你说会是男的吧？"其实向四婶问这个问题的时候嘴角是含笑的，三比一，怎么说也有七八成把握吧。

　　但向四叔的回答出乎她的意料："你若再给我生出女儿来，我就拿杀猪刀一刀一个把她们全宰了，你再从头给我生一遍！"

向四婶吓得倒抽一口冷气，不敢再吱声。

但计生队还是闻风而动，向四婶有了身孕，也不好总是滚床底，钻地道。所以向四叔迎了出去，他将一把杀猪刀和一沓钞票放在桌子上，说：

"向某人今天把话撂在这里，一边是刀，一边是钱，你们自个选，屋瓦你们想捅也尽管捅，人是不会给你带走，向某人杀猪无数，也不怕杀几个人。"

屋子里安静了下来。他们不敢拿钱，也怕刀。僵持了一阵之后，他们说为了有个交代，让向四叔主动跟他们去结扎。向四叔答应跟他们走，连夜就被送去结扎了。

向娟娟说她在里屋的门缝里看见她爸被人带走，她说跨过门槛那一刻，她爸攥紧了拳头，手一直在颤抖。向娟娟说，长这么大，从来没有见她爸会为什么事颤抖。

我自幼看过很多阄猪的场面，无比凄厉。我也听说向四叔家的猪，都是他自己给阄掉的。所以当孙保尔同学告诉我，向四叔被切掉的时候，我对这个动作浮想联翩。我一直弄不明白这一刀是怎么切下去的，究竟切掉了哪里。嘎达，该不是一刀就将家伙切下来，然后像周星驰电影里那个太监一样泡在玻璃瓶里面吧？或者用石灰粉埋在盒子里？这是我少年时期最迷离的恐惧，我最怕做类似的噩梦。

那个午后，我记得当时很多人跟我一样，围到了橄榄树下，为的就是去一睹野牛般的向四叔被从医院送回来的历史性场面。我只看见向四叔从车上下来，两腿张开，艰难地迈着大八字，向四婶挺着大肚子一把鼻涕一把泪扶着他，走向猪肉摊。短短十来米的距离，向四叔大约走了十几分钟，他张开大腿，缓慢挪动，正面看像只螃蟹，侧面看像只蜘蛛，脸色苍白，不停喘气，额头上挂满了黄豆大的汗珠。

村里的老人也来了。向四叔是半步村第一个接受阉割的男人，敬老院的老人们当然必须前来表达他们的关心和问候。老人们围坐在橄榄树下，聊起了一百年前的旧事。他们说，祖上我们村也出太监，都是穷人家的孩子，行事之前，必须准备一间没人打扰的房间，两条板凳中间横搭着门板，人躺在上面，一月不能见风。术后一周，基本不能喝水，食物少量，不饿死就行，还要准备干净的稻草灰用来给伤口消毒，干净的麦秆子插进去通尿，还有两个一样大小的鸡蛋……老人故意闭口不说。

"用来干吗的？"我问。

"小孩子别多嘴，你要是跟向四一样去阉掉，我们就告诉你，哈哈……"

人们很容易就感受到向四叔结扎之后的巨大变化。早晨坐在树桩上，他现在只能喝半杯白酒，最多不过八分左右，从来不满杯。抬猪肉必定要向四婶搭一下手才行，一人抬猪头，一人拽猪尾，挪到板台上，只发出一声闷响。磨刀石旁边多了一只小椅子，蹲着磨刀不行，非得坐着。切猪肉也没有以前轻快，有两次还切到了自己的手指头，这在以前是不可能发生的。还有人注意到他满脸的胡茬子有些竟然变成白色了，说话也好像有气无力，脾气温顺了不少，有人路过打招呼，向四叔都笑脸相迎，挥手搭话。

"我爸饭量比以前少了很多。"我打探这事情的时候，向娟娟只说了这么一句，就不再往下说。

四

孙保尔的老娘很主动去医院找向娟娟，她也是跟电视剧学的，一见面就先动之以情晓之以理，然后再利诱之以人民币。保尔他娘说："你要多少钱？"向娟娟心头按压的火气一下全升上来了，她收起客客气气的淑女风度，破口大骂，然后指着保尔老娘的鼻子让她滚。保尔老娘回到家，气呼呼把事情跟保尔老爹讲了。保尔老爹一听乐了："这不就好，她没忍住，骂了你，难道还好意思再进咱家的门？"

接下来的事情是搞定孙保尔，对此二老比较有心得。他们很快就抓住了孙保尔的软肋。断他烟酒不给零花钱都难不倒他，但扣押了他那辆破车的钥匙就把孙保尔的武功全废了。他开惯车了不愿意开摩托也不喜欢踩自行车，没了破车他几乎哪里去不了，电话响个不停，他在家呆坐却不停地对朋友谎称有事很忙。两天下来他彻底崩溃：

"钥匙给我，不谈朋友了，我出家去！"

二老欢天喜地，将车钥匙给了他。他们了解这个儿子，平时吊儿郎当，但既然退让了他就会处理好，不会玩花样。

孙保尔到理发店剃了个光头，就跑来找我。我当时考研失利，妞又刚分手，急待别人来安慰，像灾民等待赈灾。一见面，孙保尔劈头就说："哥们，老衲我失恋了，喝酒去。"此后他经常自称老衲，并表示以后不结婚。

我坐在孙保尔的破车上，感觉是灾民遇见难民。孙保尔一言不发开着他的破车，那吃力的样子让我感觉他不是在开车，而是在操作着一部复杂的机器。

在碧河边上，孙保尔一仰头一口气喝掉一瓶啤酒，打了一个饱嗝之后他问："你喝什么？白的还是啤的？"他打开后备厢，里面全是酒。

我拿了一罐可乐。

"你不是说考研失利不开心吗？"

"是啊，不开心我喝可乐。"

孙保尔笑了，一仰头，又灌了自己一瓶。他说他开心的时候能喝一箱。但说完他又很沮丧，很明显，跟一个不怎么喝酒的人吹嘘自己喝酒的能耐，等同于跟妓女讲佛学。

"几天前，我把娟娟带回家了。"两瓶酒下去，他终于忍不住开始讲述。故事很冗长单调，他如何费劲说服向娟娟去见他父母，如何做铺垫埋伏笔，向娟娟为了回到半步村见家长如何反复挑选衣服，平时都戴隐形眼镜，她这次还专门配了副眼镜，就为了显得更有文化，从衣服颜色的搭配到发型再到没有颜色的唇膏，她都细细考虑到了。

但那一餐饭刚吃完，这个同村女孩就黯然失色从孙家告辞离开。

"我妈对她的衣服发型完全不感兴趣，就盯着她的屁股看！"

"怎么了？"

"娟娟她妈妈，你知道吧，生了一堆女孩才要到一个男孩，所以我妈怕她生不出男孩，我家就我一个男孩，两代单传，你知道的。"

我辩解说向娟娟的妈妈生了两个男孩啊，一个淹死了。孙保尔说："对啊，那你跟我老娘解释去。"我登时闭嘴。他又摇摇头说："你还是不懂女人，女人不是机器，我爱女人，就因为她们不是机器。"

所以孙保尔失恋了，向娟娟当然也失恋了。有形的刀插在树桩上，无形的刀插在向娟娟心头。孙保尔失恋了找我喝酒，向娟娟失恋了却从医院辞职，不知所终。我一直在等她的电话，但一直没有响起；我按捺不住给她拨电话，但号码已经是空号。

我问孙保尔准备怎么处理接下来的事情，孙保尔说："都死棋了，还能怎么处理？放着呗，有缘千里来相会，无缘呢，就各自散了吧！"

开着车子跑来跑去找朋友聊天喝酒，玩了几天之后，孙保尔突然找到我，说要租下我那个小石屋。我已经毕业了，在东州城里一所小学找了一个代课老师的临时工作，马上就要搬出去。我问他住这干什么，他说这儿旁边不是有一个菜市场吗，他想到那儿卖猪肉。他开始跟我分析一头猪能有多少钱，切下来卖完能有多少钱，说起来非常专业。

"看来你是娶不了向娟娟就决心成为他爸，是这个意思吧？"

"可别胡说，让我举刀自宫我可办不到，我不想在半步村待着，我也得有自己的生活，一想到接下来一个月，我就要一个人看世界杯，我就激动！"他嘿嘿笑着，仿佛夏季的风就要来了，"反正房子我租下了，以前都是我蹭吃蹭喝蹭你的房住，现在我要定居这里，你有空就来住。"

"你的淫窝，我就不住了，听着叫床声流鼻血还怎么睡？"

他又嘿嘿笑着。果然，他不久就跟一个寡妇搞到一起。那寡妇很妖娆，三十出头看起来跟二十差不多，整天缠着孙保尔的胳膊去逛街，有一次还被我撞见。

五

天气渐渐冷下来。我哆哆嗦嗦拿着粉笔在教孩子们写拼音，用我蹩脚的普通话一遍遍教他们读着："春风吹拂着大地，柳枝在微风中翩翩起舞，小朋友们一起去找春天，他们用相机拍下了美丽的春天。"我感觉自己每一遍示范发音都不一样，但奇怪的是孩子们都能读对。

这一天，门口突然来了一个胖女人，她朝我招手，让我出来。我开始以为是找学生的，后来才看清楚是在朝我招手。我不认识她。这人又好像有点眼熟。走出教室，我才发现来人是向娟娟。

"我得找你谈谈。"向娟娟裹着厚厚的棉大衣站在那里，像宫崎骏动画里的龙猫。

她的上下眼睑都快碰到一起，中间一条细缝中透出黑色而迷蒙的光。在这样的眼神中，我看到了孤独无助，也看到了深深的焦虑。

我将她带到我的单身宿舍。她在我的床铺上坐下，床铺发出吱呀的一声闷响，仿佛随时都可以崩塌下来。

"你第一个问题应该是想问我，为什么会胖成这样？"她说她也不知道，反正就是不断在"生病、吃药、心情不好、暴饮暴食、生病、吃药……"中间循环，一圈又一圈，直至不吃饭喝水都会胖。

"胃已经被撑大了，填不满，经常感觉到饿。"

我眼前浮现当年那个抱着膝盖坐在坟地中间的小女孩，那时的向娟娟显得那么小，那么楚楚可怜；而现在，她像一团在年久失修的老房子里打过滚的面团：松软、污浊，沾满俗世的尘埃。

"我来找你，是因为我感觉自己好像出问题了。"

我心想这么胖，当然出问题了。

她继续说："我说的问题，不是指胖。而是，我突然发现我什么都不怕了。"

"什么都不怕？什么意思？"

"我最怕什么动物？"

"蛇啊。那时候你一看到蛇就鬼叫起来，班里还有男生整蛊过你……"

她将她的手提包打开，伸手进去从里面拎出一件什么东西，抖了抖。我定睛一看，吓了一跳：一条蛇，她随身带着一条蛇！她又从包里拿出一把水果刀，然后活生生将蛇头切下来。她把血淋淋的刀递给我，说："戳我的眼睛。"

"啥？"

"戳向我的眼睛，我不会眨眼。"

我试了几次，她果然一眨也不眨。我生怕伤害到她，但她一直鼓励我："戳瞎了不用你负责，没事的。"屋外寒风一阵紧似一阵，但我的心被一种无形的东西紧紧抓住，说不清是悲哀，还是酸楚。

"你看吧，我不怕痛，我也不怕死。不是我故意不害怕，是我本身就不怕……你肯定听不懂，怎么跟你说呢？"

"我懂的。不是故意忍着痛，是本来就不痛，对不？"

她眼中陡然一亮："对！就是这样！"她说她有一次在碧河大桥的栏杆上走，后来被一个晨练的老人拉下来，老人骂她要死也不要污染碧河。她想到自己这么胖，掉下去一定会压死很多鱼虾。但她又想，自己不怕死，但为什么要死呢？不怕死不等于一定要死。她试过用刀去切自己手臂上的肉，很痛，但她并不害怕。她也试过在黑夜走进坟场，还去过殡仪馆看人被送进电炉火化，一点都没有恐惧的念头。

也就是说，在她内心，所有能导致恐惧的部分都被清除了，她成为一个没有恐惧的人。

这个没有恐惧的人站在我的对面，她说，她活得太安全了，可能哪一天突然死掉都不知道，因为没有恐惧，她仿佛也无法预见危险。比如有一次做饭，她竟然拿手指去试探油锅里油的温度，恍惚中感到痛才将手缩了回来。

"要不我陪你去坐过山车试试？"我突然萌生一个挑战的想法。

我带着她去东州最大的游乐场玩过山车和垂直大摆锤，她淡定自若，还偷偷带了一根香蕉，在急速的穿梭摇摆中将香蕉吃完，惘然不顾周围此起彼伏的尖叫声。

从过山车上下来，她问我："你看，我这是不是病了？"

我不服气，带她去走鬼屋。鬼屋有两个，一个是古代的，布设了僵尸妖怪；一个是现代的，模拟了太平间。里头冷飕飕的，我一进去就有点发抖。向娟娟却一直往前走，觉得好玩还去摸一个妖怪的头，拔她的毛，把那个临时演员吓得尖叫起来。

从游乐场回来的路上，我们谁都没有再说话。考察两个人的关系，就看在一起相处的时候彼此沉默是否感到尴尬。我和向娟娟，显然都属于习惯于彼此发呆的那种。公共汽车上只有我们两个人，偶尔上来一个乘客，也很快就下去了。窗外的风景不停地变换着，但入眼不入心，仿佛只是换一次呼吸，轻描淡写不需要察觉。

"有没有再跟保尔联系？"发完呆，我打破沉默。

她摇摇头，身子往后缩了缩。我发现了这个小动作，继续追问了一遍。她再次猛烈地摇头，一言不发。

一个念头在我心里生成。我将向娟娟带往菜市场，兜兜转转带到孙保尔猪肉摊的背面。天气很冷，但孙保尔只穿着一件松松垮垮的皮夹克，挥动着大砍刀，正在劈开一条猪腿。在他旁边，站着那个寡妇，一边吆喝，一边帮忙收钱找钱，十分忙碌。

"你说你什么都不怕？"

向娟娟犹豫地点了点头。

我递给她二十块钱："你过去，把孙保尔面前那颗猪心买来——看到没有？对，就是那颗——你就说你要买猪心，他应该认不出你来，这个不难吧？"向娟娟一动不动。"去啊！"我催促道。

向娟娟接过钱，向前慢慢走了几步，突然又转身折回来。她低下头，脖子上的肉叠在一起，一圈又一圈。她抬起头，看着我，把钱塞回我的手里："我怕，我不敢过去。"

她一转身走出菜市场，背影巨大。我不知道一个这么胖的人，也可以走得这么快。我跟在她的后面，听到她发出浑浊的哭声。她一直走，步伐很快，但很快她就撑不住了。在一棵没有叶子的木棉树下面，她将背靠在树上，也不顾树皮上满是疙瘩和尖刺，就这样靠上去。

"我要减肥！"她眼望着天空对我说，"我不能便宜了他身边那老婆娘！"

六

这个冬天，只冷了那么几天，然后天气突然又热了起来。这个温暖的冬天里，和许多人记忆中一样，各种各样的传言令人感到分外不安。这是一个没有贺年卡的春节。正月刚过，我组装了一台电脑，在学校的宿舍里鼓捣网线，成功地下载了老狼去年年底刚推出的新专辑《晴朗》，正听得摇头晃脑，就听到楼下传来一阵阵急促的喇叭声。我探头去看，楼下果然是孙保尔。他的光头从车窗里伸出来，朝我骂了好几句粗话："你是聋了啊！我在楼下叫了你那么久！快点下来，有急事！你奶奶个臀！"

我一路小跑下了楼梯，连忙解释说刚在听歌没注意。

"你还要不要命了？走！"他一踩油门，车子发出一阵轰鸣就向前扑出去。

孙保尔说："听说过我们南方的怪病没有？"我略微听说过一些，说是一种面对面都会传染的怪病，也没当真。

"什么叫没当真？死了很多人你不知道？现在医院都拿这病没办法，一碰就死，很多医生都死掉了，病人一个接着一个，反正现在人密集的地方我们都别去！"

"那我们现在去哪？"

"市区！"

"不是说人多的地方别去？"

"你个书呆子，外面所有人都在抢购两种东西你不知道？一种是醋，一种是板蓝根。你是书读得越多越傻！跟你说也没用，等一下分头行动，你去超市买醋，大瓶的，拿得动多少就买多少；我去药店买板蓝根，买完咱就回半步村。"

"醋跟板蓝根有什么用？明天就开学了，现在回半步村干什么？"

"救命用的，现在都是内部消息，要赶在别人抢光之前赶紧买一点。我们先把救命的东西送回家里，防止有什么不测，晚上我们再折回城里来。"

我们将车停在东州城最繁华的街道，路上行人不多，我们下车的地方正是一家 CD 店，店里的音乐开得震天响。对于商店里播放的音乐，后来我和孙保尔的记忆出现分歧：我记得放的是水木年华或者羽泉，但孙保尔总说是《2002 年的第一场雪》，为此我们还打过赌，最后我赢了，因为刀郎是后来才红起来的。

我们分头行事。但奇怪的是，我走了不下十家超市，大大小小，都说没有醋了，不是没货了，就是卖完了。我心里第一次感觉到前所未有的慌张：整座城市买不到醋？这怎么可能？

"陈醋要吧？"最后在一家小商店里，一个老头问道。

我犹豫了一下，才说："是醋就行，来五瓶。"

"孩子，只能给你一瓶，我这没多少了，看你戴着眼镜像个学生，给你一瓶，也不涨你的价。"

我只能千恩万谢，拎着一瓶醋往回走。孙保尔早就在车旁边等着："怎么样？啊？才一瓶？"

"没醋了，都卖完了。你的板蓝根呢？"

"没买到。"他低下头，欲言又止——后来孙保尔向我坦诚，他高价买到一盒板蓝根，但对我说了谎。我对此表示理解，他家里人多，一盒板蓝根没有多少块，怕是不够分。

我手里拎着陈醋："这都是陈醋，不知道有没有用，那都是什么怪病？怎么会……唉，不管了，等一下拿一个矿泉水瓶，我们一人半瓶。"

孙保尔觉得自己快死了的时候跟我说，当时我说"一人半瓶"的时候，他险些都哭了，他觉得自己太自私卑鄙，小时候抢我的玩具，大的时候还抢过我的女人。他指的是向娟娟。

七

用"抢"这样一个强势的词语来描述我们三个人之间的关系，显然是不恰当的。回头想想，一个女人失去了她的第一次之后，还跑过来将第二次交给我，她内心究竟在想什么？而孙保尔究竟是用什么魔法让向娟娟决定改旗易帜，投奔其麾下和胯下？我有一段时间将之解释为"初夜黏力"——这个词是我自己拼造的，用以概括女人对那个夺走自己第一次的男人的那种又爱又恨的依赖。

时光再往前推，在2001年的那个冬天以前，我和向娟娟还曾坐着孙保尔的破车在城市的各个角落游荡。我将之定义为我们三个人的黄金时代，因为那时候的向娟娟在大大咧咧的外表之下保留着一颗向我靠拢的心，而孙保尔也可以肆无忌惮谈论他的各路女友，我们常常被一些无聊的笑话惹得哈哈大笑。当然向娟娟并不这么看，她觉得最美好的时光是在死心塌地跟着孙保尔之后。她觉得能将自己完整地交出去是最幸福的，她不必再患得患失地推测各种关系，那样多累人。

但当关系重新组合之后，我显然对这样的新关系感到不适。向娟娟作为我兄弟的女友，却同时熟悉我的身体。她站在两个男人中间，变得沉默寡言，或者说悠然自得——女人总是善于适应各种变化。那一瞬间我想，我或者需要成为兄弟情义的叛徒，或者背叛我曾经的记忆。这样的选择让我痛苦不堪。我用半开玩笑的口吻问过向娟娟："天底下那么多男人，你何苦挑我的发小下手？"向娟娟两手叉腰，哼的一声站起来——那时候向娟娟还没有变成龙猫，她还可以有腰——然后厉声说："你给我再说一遍，不是我对他下手，是他先来勾搭我的！"

"你们的家事，我不理了。"

那一次灰溜溜的相聚之后，我们三个人其实很少再重新在一起。所有的恋爱都要求有一个完整的世界，恋爱天然地需要剔除一些与恋爱无关的枝节，所以常常令两个人的世界变得越来越小。当回首往事的时候，有时候我想，我喜欢跟他们中的任意一个人在一起，却无法同时爱着他们。

后来，如大家所知的那样，老孙家霸王开弓，拆开了这对苦鸳鸯，我们又成了三个一，孤零零的一。而后来，三个一重新凝结的时候，已经是在东州医院门口了。这是后话，现在先说说向娟娟减肥的情况。

向娟娟，她像当年挑着水走楼梯一样，挑着自己臃肿的身体。她在网吧查阅了关于减肥的所有教程，然后开始了苦涩难熬的减肥之路。她的第一招是苦瓜减肥法，每天只生吃三根苦瓜，啥都不吃。她坚持了一周之后，就开始拉肚子，她打电话说，整个人都虚脱，见到苦瓜状的东西就反胃。吃苦瓜加拉肚子，她确实瘦了好几斤。但苦瓜是不敢再吃了，她听信东州医院一个老护士的民间偏方：活吞一种拇指大小的蟾蜍。于是她每天骑着单车到五六公里之外的郊区田野里去抓蟾蜍，剥皮，此时蟾蜍还会动，看准时机蘸醋吞下去。功效还是有的——我私下估计主要功效来源于抓蟾蜍消耗的体力。但她庞大的身躯在田野间横冲直撞抓蟾蜍，为此惹恼了当地的瓜农。瓜农开始还比较客气地劝退她，但看她屡劝不改，一脚下去瓜苗就被踩扁了，于是联合起来嘲笑她，给她取了个外号叫冬瓜，这"冬瓜"也丝毫不为所动，锲而不舍继续抓蟾蜍。最后，瓜农每人都配备了一把玩具仿真枪，装上了塑料子弹，老远见她来就开枪。一天下来她被打得浑身都是乌青的疙瘩。

听向娟娟在电话里描述的时候，我觉得好想哈哈大笑。但挂掉电话之后，一个胖女人被几个农民用仿真玩具枪追打的情景在我脑海中挥之不去，我甚至为之具体设计了若干画面，我在向娟娟的狼狈中体会到某种说不清楚的痛楚。眼下这个浑身疙瘩和瘀青的女人，我还喜欢她吗？这样的问题在我脑海中一闪而过，便消失不见，压根不想再提起。我在躲避什么？在梦呓一般碧蓝的天空之下，黏稠的思绪让人有一种窒息的感觉。

穿过时间之河往回看过去，向娟娟似乎早就知道几个月后她将登上《东州日报》的头版头条，她跌跌撞撞像个疯子一样行走在田野里的时候，似乎早已经想好了自己的使命，似乎早就在为报纸上的那张照片做准备。

因为这已经是 2003 年了，人们已经忘记两年前中美撞机事件的愤怒，而刀郎磨刀石一样的声音还没有来得及响遍街头巷尾。这是 2003 年，张国荣去世的年份，伊拉克战争刚刚打响，三峡大坝刚刚蓄水，奥斯卡颁给了《指环王》……这些都无足轻重，容易被人淡忘。难忘的是"怪病"，它来了，如果说鼠疫是黑色的黑死病，那么 2003 年的春风是白色的，白色的口罩，白色的迷雾一般的绝望，白色的无可奈何，以及白色的招魂幡。

八

我和孙保尔蹲在城市的街角平分一瓶醋的时候，他大概也就下定决心，自己开着破车到西宠去拉醋和板蓝根。一周之后，他筹到了一笔钱，就开着车到西宠去了。"卖一头猪才赚两百块，两瓶醋的钱，我已经联系好了西宠的商家，要不你和我一起去，咱五五分账，弄一次大的？弄得好，我可以半年不卖猪肉。"面对孙保尔的邀请，我摇摇头。那时校长已经屡次到我课堂来听课，因为我讲课的时候半个班的学生都在睡觉，学校早就想把我赶走，只是找不到新的代课老师，我这次请假去西宠，等于给了学校一个解雇我的绝好机会。

孙保尔开着破车，塞满了一车的醋和板蓝根从西宠回来的时候，电视里已经辟谣了，让大家别哄抢醋和板蓝根，因为基本对"非典"没有什么作用。所以，孙保尔将他一车醋分了三箱给我，我吃了三年都没吃完。板蓝根呢，吃到后来我一闻到那股味道就想吐。

"投机分子，这醋多少钱一瓶进的货？说出来让我们开心一下嘛！"

孙保尔打死都不肯说价格："别提了，反正我今年得好好去卖猪肉了。"

但接下来的消息让孙保尔开始坐不住了。他给我打电话，声音听起来有点颤抖。他说他刚接到西宠醋厂经理的电话，说厂里有一个人得了那种怪病，让孙保尔留意自己会不会发热，如果发热得赶紧到医院去打针。

"你说我不会这么倒霉吧，去一趟就中招？据说这病现在还没药治，对吧老师？"

他声音里充满了懊悔，我连忙安慰他，说他命大福大，多喝板蓝根就没事，如果他那里没有板蓝根，我这里还有很多，可以给他送过去。

"板蓝根我有，有很多，床铺下面都堆满了。"我们都笑了，"你还是别来，我上网查了，潜伏期有好些天，这几天我哪都不去，生意也不做了，就在宿舍里看电视上网。"

又过了几天，孙保尔跟我打电话，声音都变了："傻正，你听我说，你先别告诉任何人，包括我爸妈，我好像不太对劲，喉咙痛，咳嗽，但还没有发热。"

"我过去找你？"

"你过来，我这样不太好出去，你到药店去，先给你自己买三个口罩和眼罩……"

我扑哧一声笑了，打断他的话："没这么严重吧！"

"不，你听我说，我上网查过资料的，你如果没戴口罩和眼罩，我是不让你进来的。"

"好吧，还买什么？"

"你帮我买消炎止咳的药，还有买一些食物，我冰箱里弹尽粮绝，虽然也没什么胃口，但屋里没粮，心里发慌。"

"人家醋厂有人得病，最应该被感染的是他们的经理，什么时候轮到你了？我觉得你这个主要是心理作用，看太多乱七八糟的报道，被吓坏了。"

"不是被吓坏，你不知道，情况比我们知道的要糟糕……不说了，我喉咙痛，你给我买药。"

我按孙保尔说的，在石屋门口就戴了口罩和眼罩（买不到专门的眼罩，用游泳眼镜代替），给他送药和食物。

"关键时刻，还是兄弟好，你不知道，我那臭婆娘，臭寡妇，一听我说可能有病，她手机都关机了，不敢来见我。"孙保尔脸色非常难看，他斜躺在床头的被子上，言语间对我充满了感激。

我从他的眼神中看到前所未有的严肃，这个小时候蟑螂都敢吃的人，真到了玩命的时候，他的恐惧是如此显而易见。

"你还是别乱吃药吧，我们一起到医院去吧？"

"我先自己量体温，这时候最好还是别去医院，好人进去也惹一身骚，我听说东州医院都有护士中招了，好像挺严重，被转送到省里去抢救。"

"你哪里来那么多内部消息？"

"如果我消息不多，你哪能有免费的板蓝根可以喝？"他苦笑一下，说自己有朋友在香港，"好了，你别在我房间里停留太久，退下跪安吧，朕龙体欠安，恕不远送！"

九

回到学校宿舍，我内心有一种不安的感觉。我在宿舍里踱步，犹豫要不要告诉向娟娟关于孙保尔生病的事情。同时我为自己内心这种想法而感到难过，显然，我在内心深处已经认为，向娟娟享有这样的知情权。换言之，我从内心是认同他们俩理所当然应该在一起的。

"狗屁！"我自己骂了自己一句。

电脑里循环播放着老狼的《晴朗》："这是初次的感觉，好像天空般晴朗，只因那利刃般的女人，她穿过我的心。我爱这精彩的世界，交织着太多的悲喜，我爱这精彩的电影，如梦幻如空花，我那总沉默的朋友，你让我感觉到力量，曾在我心中的伤口……"这首歌是许巍写的，后来许巍又将它唱了一遍，虽然我是比较喜欢许巍的，但这首歌，我一直喜欢老狼的版本，或许是因为这一年的这个时候，它响起，给我带来一片晴朗。

我上网查看各种传言，越看越怕。临睡前，我将我的诺基亚黑白屏手机的音量调到最大，我怕孙保尔需要我的时候，我听不见手机铃声。果然，半夜手机响了，电话里传来孙保尔绝望的声音：

"傻正，中了，我发烧了。"

黑暗中我感觉自己有点晃，我说："我现在过去？"

"现在过来干啥？天快亮了，天亮再来吧。记得要戴口罩眼罩，有胸罩也戴上！"

他本来想幽默一下，但他的语气听起来怪怪的，已经无法勾起我任何笑意。这句笑话后来被我们谈起，被评为我们俩之间的年度冷笑话，因为没人发笑。

我躺下去没有睡着，于是爬起来，踩着我的单车出发了。凌晨五点，整个东州城一片死寂，夜雾浮动，路灯看起来十分凄冷。这是 2003 年的春天，和其他的春天也没有明显的不同。

远远就能看到石屋的灯光，走近就闻到一股浓烈的醋味。孙保尔在他的房间里煲醋，这个情景令我终生难忘。我戴好口罩推门而入，只见一只大锅摆在屋子中央，热腾腾冒着白烟，而孙保尔呆坐在床上，他身上穿着羽绒服，裹着棉被，还浑身哆嗦，话都说不完整：

"来……来啦？别靠太……太近……"

我看到了一个憔悴的孙保尔，他似乎一夜之间老了十岁，远远看去，头发都有点花白。

去医院吧！于是去医院。我这才知道，在一片死寂的城市清晨，只有医院是最热闹的。急诊室里挤满了人，一片热腾腾如同蒸笼里头蒸馒头，叫喊声，呻吟声，对着手机大呼小叫的声音，还有更多的人打着点滴昏昏欲睡。

值班的医生五十多岁，胖子，一脸泰然，也没戴口罩，对孙保尔一惊一乍的态度嗤之以鼻，他很快就断定是急性支气管炎，说吃点药打一针就会好。"这鬼天气，感冒发烧的人太多了。"他很乐观。孙保尔旁敲侧击提到"非典"怪病，胖医生摆摆手："要相信新闻联播，别相信小道消息，要是严重，国家会发布消息的。你看前不久人家疯抢食醋和板蓝根，最后怎么样，很多人家里的醋十年都吃不完！"

孙保尔听他提到醋，脸一红，不好再说什么。拿了药，打了一针，我就护送孙保尔回到石屋："我就说没事，睡一觉明天就可以去卖猪肉了，杀猪刀举起，百病俱除。"

"我觉得这医生不靠谱。"孙保尔说出自己的判断，不同意我将口罩扯下来。

过了两天，孙保尔又给我打电话："全身酸痛，烧也没退，两眼发黑，浑身都像虫子在爬，我感觉自己都快死了。"

"向娟娟在东州医院工作过，可能有熟人，要不拉她一起吧？"

"你跟她有联系？"

"嗯。我打电话给她？"

孙保尔没有说话。

"那我打了啊？"我又问了一遍。

过了一会儿他出声，声音很重，好像哭了："昨天那寡妇来了，全副武装，站在门口给我递了一些水果，就逃了。她是用一个指头推开门出去的，我叫她回头看，看水果是如何被我从窗口扔出去的。"

他想念向娟娟——我脑海里闪过这么一句话。

十

才几天时间，孙保尔需要扶墙才能站起来。他知道向娟娟要来，让我帮他收拾一下房子。

"这么乱，她一定会说难怪会生病。"

他要我给他递梳子，他要刷牙，还想去洗手间洗脸，最后在一阵猛烈的咳嗽中放弃了这样的想法。孙保尔让我到楼下去等向娟娟，她来了，一定要她戴好口罩才能进来。

向娟娟来了，她庞大的身躯出现在房间里，房间就显得更小了。

"哈哈哈哈，"孙保尔居然笑起来，"你怎么变成熊猫，咳咳，咳咳……"

他一阵咳嗽。

"走！"向娟娟直扑衣柜，"你这要住院，要隔离，不能在这儿等死，收拾东西。"

前护士向娟娟此时像个将军，而我们两个男人像两个新兵，只能听从她的指挥。

只过了两天时间，整个东州医院好像变了一个样子。所有的医生护士都严严实实戴了口罩，只留两只眼睛贼溜溜看着一切。向娟娟问之前谁给你们看的病，先找他开检查化验单；但胖子医生已经不在。

"住院隔离了。"他们说。

"他发烧，也得住院。"向娟娟指着孙保尔对护士说。

"他是我们医院的人吗？"

"不是。"

"不是你到急诊那边试吧，门诊这边没病床了。"护士的口气登时变得很冷。

于是转移到急诊。门口三个小护士在聊天，口罩搭在下巴上，一听说孙保尔是发热病人，她们本能地后退了几步，将口罩拉高，封得严严实实，才对向娟娟说：

"现在医院没病房了，你找谁也没病房，你也在这里待过，我们医院也要保护自己，发热的不收，多一个人我们就多一分危险。"

"是不收还是没有病房？"

"没病房。你要不信就在门口等着，排号，或者等着转院，"她转头对另外一个护士说，"上次那个在排号的发热病人排到病床了没有？"

"不用排了，都直接送殡仪馆了。"另一个护士十分配合地说。

向娟娟气得将口罩一把扯下来，她脸色通红，指着她们狂骂：

"你们都是背诵过希波克拉底誓言的人，怎么可以这样……"

"不服气你可以去找院长。"

三名护士看情形不对，把责任推给院长，一扭屁股就走了。

"我们还是回去吧，死我也要死在家里，不死在这种地方。"孙保尔虚弱地说。

但他已经走不动了。向娟娟一弯腰："我背你。"

"不太好吧。"

"啰唆什么，上来！"

向娟娟将孙保尔背到医院门口坐出租车，她开玩笑说抓到了这么大一只蟾蜍，却没什么肉。那时候的孙保尔，确实瘦了一圈，几乎皮包骨头。

我们一路回到小石屋，那么一个瞬间，我仿佛又回到了过去，三个人在一起的日子。在路上向娟娟一直在打电话，询问了很多地塞米松和利巴韦林之类的药名。但回到石屋，孙保尔找了一个借口骗我们到外面去，就将自己反锁在石屋里。他说："有什么食物和药，就从窗口扔进来，你们，就别进来了。"

我们在石屋门口纠缠了一段时间，孙保尔都不愿意开门，他说他需要休息，让我们先离开。向娟娟说她得走开一会儿，但担心他自寻短见，交代我一定在门口守着，听到什么动静就踹门并报警。

十一

但孙保尔并没有自杀。他将自己封闭在石屋里，一是怕传染到我们，二是为自己留出了一个空间，让他写下那篇长长的遗嘱。据孙保尔的老爹后来说，这是孙保尔自上学以来写下的最长的文字，他老爹老娘在他被隔离之后拿到那份遗嘱，时而大哭时而大笑，但孙保尔出院之后就将遗嘱收了回去，一把火烧掉了。

我后来才知道向娟娟走开一会儿，其实是去了医院。她穿上她以前的护士服，爬上了医院院子里的那棵大树。那件护士服相对于她肥胖的身体来说，已经太小了，显得很滑稽。向娟娟爬到大树上，她丝毫也不感到害怕。她的怪诞举动引来了很多人的围观，她对保安说她真的会往下跳，保安也不敢贸然行动，只问她想怎么样。

向娟娟说她想见记者。她如愿以偿地成为第二天《东州日报》的头条新闻，当然不是她站在树上英姿飒爽的样子，而是她真的就往地上跳。她要以一种极端的方式来控诉医院的见死不救，她要东州医院让孙保尔住院。一个女人简单的诉求得不到满足，她就要自杀。她说她是认真的，为了证明她是认真的，她真的从树上一跃跳下来。她屁股着地，像个球一样滚了几滚，厚厚的脂肪层保护了她，仿佛她以前积累的所有肥胖，都在为她今天的一跃而下做准备。

事实上两天之后，即使向娟娟不闹，全国也开始大量隔离发热的病人。孙保尔就这样被隔离了进去，根据孙保尔的描述，他进去以后才发现自己算是症状比较轻微的。真正打针之后，他很快就退烧了，一个星期之后，他基本恢复了活蹦乱跳的猴子本性，打电话声称里头有好吃有好喝的，隔离生活潇洒似神仙。但过了两天，他就憋不住了，他说想找哥儿们好好喝一杯。又过了两天，他声称他恨死医院了，在里头无聊透顶，想出去。

又挨过了一周，终于在一天夜里，他挨不住，从二楼的窗户爬出去，顺着排水管顺利到达地面，溜掉了。医院后来派人到他家去找他，但哪里抓得到他，一溜烟就跑不见了。

孙保尔从阎王爷那儿捡回半条命，但他在酒桌上总说自己得的不是SARS，是急性支气管炎，主要是煲醋的时候把支气管给熏坏了。反正现在好了，他又是一条好汉。为了迎接他王者归来，我们又请他吃了几餐，但都没再见到寡妇出现。后来听说寡妇手抱鲜花出现在石屋门口，鲜花还是被孙保尔扔出窗外，而寡妇也被他吐口水，让她滚。

事情渐渐平静下来，2003年，很多人在这场灾难中死去，很多人值得我们记住，很多龌龊我们也不会遗忘。

但每次我提及向娟娟，孙保尔都低下头。孙保尔的老娘听说了向娟娟的好，后来好像偷偷去找她道谢，但向娟娟沉默以对，不说什么。她以同样的沉默面对着孙保尔和我，我询问过她的打算，她只说她想回到医院，做一个普通的好护士。我以为她可能会离开东州，但没有，她只是去了另一家医院，不再和我们联系。

几年之后，我生日刚过，陪女友去做人流手术。早上八点多，小医院里没什么人，女友坐在走廊的长凳上等待，我在走廊里活动手脚，天气并不冷，但手脚有凉意。这时一个胖护士朝我走来，让我签名。我木然签了好几个名，还想翻页往下签，胖护士啪地把文件夹盖上，白了我一眼，当着我女友的面教训我："后面的不用签了……干活要注意安全，你们男人一时快活，弄出人命受伤的是女人！"我这才发现胖护士（她其实已经没有以前那么胖）是谁。向娟娟，是的，是她！我羞愧点头，尴尬笑着，心想快活的又不是只有男人。

她将我女友领进手术室。被向娟娟这么批评了一下，我觉得自己都不好意思继续在这里踱步。我找了最靠门的地方坐下去。过了一会儿，手术室的门开了，向娟娟推出一只螃蟹般的铁架床，前面两个 U 形的铁架子凌在半空，刚才我的女人一定就斜躺在床上，两条小腿被架到铁架上固定住……我打了一个寒战。经过我身边，向娟娟朝我诡异一笑，用下巴指了指铁架床最下层的一只盖着盖子的瓷盆："要不要带回家去做纪念？……你们这些男人！"她眼中带着笑意，而我此时正处于道德的低谷之中，不敢正视她的眼睛，也不知说什么好，只能笑。向娟娟笑了："去门口等着，她马上就出来，打了麻药，没那么快醒，去陪着吧！"

我的眼睛朝玻璃窗外望去，楼下空地上喷泉正热闹非凡地喷涌着，隔着厚厚的玻璃听不到半点声响，但我心里却不停在模拟喷泉哗哗的声音。

"发什么呆？"胖护士向娟娟转了一圈又回来了，"给你，早餐！"她递过来一个塑料袋子，打开，袋子里孤零零装着一只塑料饭盒。她又对我笑：

"吃吧吃吧，吃饱了就不会伤心。"

这句话那么熟悉，让我回到了半步村的李子树下，我将偷来的黄皮全给了她，告诉她，吃饱了就不会伤心。

"嘘——"向娟娟将食指放在嘴唇上，她的手指依然胖嘟嘟的，"别吵醒她，让她睡吧……我去做事了，回头再聊吧，我寄的贺年卡你都收到了吧？"

"收到了。"我回答的时候，她已经出去了，胖胖的身体荡开了门帘，就消失了。

"是老相好吧？"女友醒了，一脸鄙夷地看着我，"口味真重。还怕我醒来听到你们说话？我早醒了，就等着你犯错误。"

"我哪敢啊，任他风吹雨打这思想防线是牢不可破，你就放心好了，那只不过是一小学同学。"

"拉倒吧，你别低估女人的直觉。到底什么关系？"她一伸手抓住我的把柄，"不说我把你下面切掉，让你当太监去。"

十二

回家之后我翻箱倒柜找贺年卡，没找到，却翻出世纪之交向娟娟在医专读书时写给我的信：邮票、信封、粉红色的信纸，以及那些手写的深深浅浅的字迹——这些被电子邮箱替代了的东西，现在并没有在记忆中被完全取代。我读着向娟娟当年俏皮的话，手竟然有点抖。我用力捏住信纸，手却抖得更厉害。这是怎么了？我深深吸了一口气。

记忆的沙漏总是令一些东西从这一侧缓缓倾倒到另一侧，让你最后什么都找不到，就像那些信件大概也就这样被搁置和掩埋。在那样的年龄，春风吹过，一颗心总在寻找另一颗心，微弱而润湿的颤动是彼此的共同渴望。这样想有一种小男人的感伤，感伤流转，回到那个遥远的午后，我和向娟娟同桌，老师在讲台上讲思想政治，我们在桌上的楚河汉界中间做残酷的斗争——她的手若敢放过界，我就用圆规去戳她——这样的游戏一玩就玩了那么多年，而一别也经年。

我以为彼此渐渐淡忘，不会再见了。

可是，结婚多年之后的一个冬天，我在西宠的火车站厕所门口又偶遇向娟娟。这个乐观无比的胖女人向我走来，她丹田力十足地跟我聊起了我的近况，然后说自己还没有结婚，仿佛是在说自己还没有吃饭一样稀松平常。

"我刚回东州去，忙完我父亲的丧事。"

"哦，"我不知道说什么好，"多少？九十岁？"有这么老吗？我脑海里浮现出那天下午向四叔像螃蟹一样走路的样子，面目却有点记不清。脾气火爆的人一般短命，被结扎的男人会更早死掉，没想到他竟然活了这么老。记忆被一点点重新启动，向四叔，是的，向四叔的杀猪刀，大榕树下溺水死去的孩子。那些下午，阳光充沛，时间仿佛总是剩余的，怎么挥霍都花不完。

不知道旁边谁的手机铃响，是汪峰的《春天里》："如果有一天，我悄然离去。请把我埋在，在这春天里……"

她问我来西宠做什么，是不是来买食醋和板蓝根？提到食醋和板蓝根，我们就都笑了。我没有告诉她我是过来面试的，这些年工作一直不顺，都不知道自己适合做什么。她哈哈笑完，无所顾忌地跟我聊起刚才在厕所门板后面看到的一句话：每个人的故乡都在沦陷。

"不知是谁用铅笔写上去的，我边蹲厕所边想这句话，还想到了你，没想到出了厕所就遇到你。"

她穿着宽大的黑色大衣，一头蓬松微鬈的短发，黑色高跟鞋和黑色手提包，用十分阳光的语气将这个句子又念了一遍："每个人的故乡都在沦陷……我觉得挺有道理的，你都蛮久没有回家了吧？"话题转入故乡的物事。在提及她的父亲时，我心口有一道刀疤隐隐痛了一下，好像有什么东西在一直掉下去。我也察觉到她不想再提起向四叔，她问我："你记不记得有一年春天，你，我，还有孙保尔，我们三个人，偷偷爬上一辆手扶拖拉机，绕着半步村玩了很久，那天我觉得自己快走到世界尽头了，你不知道，那是我最开心的一天。"我已经全然不记得手扶拖拉机的事情了，但内心依然一阵激动。这种久违的激动却在与向娟娟道别的时候消失无踪。我们像所有老朋友一样挥手道别，临走她要了我的新地址，说如果顺路经过邮局，一定会给我寄贺年卡。她高跟鞋嘎达嘎达敲击着地面走远，我才转身进了厕所，站在尿盆前面，半天都没有尿出来。

秋风斩

一

很多事情都是后来才慢慢被涂抹了意义的。比如秋风里的这一场车祸，它由一条直线和一个弧形组成。直线是黑色轿车刹车在地上留下的痕迹，而弧线是一个女人被撞飞抛向空中画出来的。她结结实实栽在地上，与此同时我的妻子发出了一声尖叫：

"啊——"

显然，她正好目睹了整个车祸的经过，一个女人的死亡在我的妻子阿敏的面前完整展开。她脸色发青，一只手紧紧抓住车门的把手。"不是我们撞飞的，是前面那辆，深呼吸……"我将汽车靠边停了下来，我试图教她用深呼吸的办法缓解内心的恐惧。但我发现她正盯着窗外的天桥飞溅而下的水滴看。早上刚下过一阵雨，天空碧蓝，空气清新，街上的一切如此安静，但就是天桥上不断往下滴的水源源不断在动着。我意识到她可能会由这些水滴联想到刚才流淌的血，所以我发动汽车，开走了。

是的，你猜对了，这真是一场厄运。在我庆幸发生车祸的人不是我的时候，厄运的脚步飘忽不定跟随在我左右。这种感觉像什么呢——小时候躲在被窝里，听着暴雨敲响屋顶瓦片的嘀嗒音，听着狂风钻进门缝的呼呼声，听着深巷里猫叫春发出类似婴儿的令人毛骨悚然的叫声……风雨声总会停歇，母猫总会生小猫，所有虚拟的危险总会在睡梦中过去。但我的妻子站在我的面前，她的脸色如此苍白，她对我温暖一笑，说："生日快乐！"

"生日快乐！"我的妻子又说了一句，"生日快乐！"

她今天对我这么说，她第二天也对我这么说，第三天，我带着疲惫的身躯走进家门，我的妻子给了我一个热烈的拥抱，她用同样热烈的语气对我说："生日快乐！"

"你不高兴吗？生日要高兴的！来，笑一个！"

我拉动嘴角的肌肉，笑了一个。

二

厄运是会传染的。两名窑炉工人在拆窑的时候，被掉下来的砖块砸伤了腿。伤并不重，本来送医院处理一下也就完了，但他们一阵抱怨导致厂里十几个工人都提出辞职。他们说："我们做了二十多年瓷器，烧骨瓷从来只用猪骨牛骨，用人的骨灰烧骨瓷是会倒霉的，自从殡仪馆的骨灰进了这个厂，我们打麻将就从来没有赢过。"

其他工人纷纷附和，准备辞职不干，是我老爸亲自出马才平息了这场动乱。

我老爸闻讯赶来，他往大院里一站，啥话不说，就在那里对着那棵细叶榕抽烟。聚集在院子另一头闹情绪不干活的工人看到老东家出现了，气焰突然就矮了一截。我老爸抽了第三支烟，修坯工就进窑干活了，上釉工也低头进去做事了。厂子不大，二十来个人，这里头没有一个人不曾受过我老爸的恩惠，他们不叫他许厂长，都叫他老东家。

帮人家做纪念陶瓷是我接受这个小厂之后独创的新业务，应该说，刚刚有一些起色。现在墓地贵，骨灰盒也贵，骨灰撒到海里埋在树下都有点不管不顾的意味，但如果将骨灰做成一件骨瓷，还是有许多人愿意接受的。纪念骨瓷，可以做成各式各样的形状：死者生前喜欢猫，就做一只猫；喜欢狗，就做狗；喜欢轮船飞机，就做轮船飞机；如果出得起价钱，可以根据照片做成一座栩栩如生的塑像，音容宛在，瓷器长存。好友孙保尔帮我找人将这个业务通过网络推广，用微博做了一点营销，无意间竟得到几个环保组织的响应，他们利用网络媒体进行宣传报道，一时间淘宝上的订单暴增。孙保尔笑嘻嘻地说："这点子很正，你小子就等着数钱吧。"

"这本来是一件好事，"我老爸抚摸着我送他的新烟斗，语重心长地说，"但好事做得不好就会成坏事，甚至会变成祸事。"我没敢告诉他，我的祸事已经发生了，我妻子正在家里每天都祝我生日快乐。我只是在电话里对好友孙保尔说："最近好像不太顺，是不是考虑应该把骨灰项目停了。"他在酒吧好像喝得有点高，瓮声瓮气地说："我倒建议你把厂搬到大路边，做大它，反正你那块地迟早也会被拆迁。"

"为什么？"

"你不知道？美人城要扩建了，半步村大概有一半的土地都要被征用。"

三

宫晓梅来找我借钱。在一家咖啡餐馆里，她坐在我对面，狼吞虎咽地吃完一份牛排。

"不好意思，这两天心情不好，都没有怎么吃东西……我本来想找阿敏借钱的，但这两天她的手机一直关机，只能找你借。几个月没上班了，手里确实没钱。上个月在一家酒吧喝醉了，妞没泡到，却被一个男的搞了，狗日的，下次见到他我抽死他！被他搞了，有了，你得借我钱去堕胎。"

她看着我。她谈论堕胎的口气就像是去街角买一组彩票。

"有烟吗？"

"没有。"

她鄙夷一笑："现在男人都不像男人……服务员，来一包烟，拿贵一点的……反正你付钱。"

服务员拿烟过来，我接过先要了一支。

"你不是说不抽？"她又是一个鄙夷的笑。

"反正我付钱的烟，不抽还不是男人了。"

"是男人也没用，我只对女人感兴趣，对你没兴趣。"停了一下她笑着说，"不过你要是借我钱可以不还，跟你做什么都行，反正阿敏也不知道。"

我跟着笑了起来。她总是开这种神经质的玩笑，让我不禁认真看了一眼她那故意束起来的大胸部。如此起伏有致的身材皮囊，里头却装着个爷们，真是浪费。这么一想我抽了一大口，咳了起来。

"最近身体不好？"

"我身体好得很。阿敏最近身体不太好。"

"怎么了？她的身体什么时候好过？在内衣厂的时候，她就经常闹情绪啊，有时候还会为了电视上的帅哥吃醋跟阿丹闹别扭，隔三岔五总爱生一下小病。"

"没什么，一点小问题，"话到嘴边，我还是犹豫了，没有将妻子发疯的事讲出来，"哦，对了，你刚提到内衣厂我就顺便问问，当时你们厂里失火，对吧？那时候阿敏没有什么异常吧？"

宫晓梅瞪大了眼睛："异常？什么才算异常？发生了火灾有什么是正常的吗？"

这一问倒把我问蒙了。

"我的意思是，当时那场大火没烧到她吧？好像烧死了一个人？"

"死的是阿丹，我们同宿舍的姐妹。阿敏命好，有我护着她，她怎么会被烧到，你看她如花似玉的……我说你们做那事就没开过灯吗？她身上什么地方有被烧到难道你不知道？"

"脚后跟……她说是鞋子着火了，我说怎么会是鞋子，一脚踩到火里，也应该是烧到裤子或小腿呀！我昨天还查了以前网上的报道，当时也是秋天，按理是穿了长裤的。死的那个，你们好像也都认识吧？阿敏还一直想让我帮她做骨瓷肖像，放家里有时候可以上香拜拜。"

"你查这个做什么？"宫晓梅语气突然严肃起来。

我一笑，停了半天都不知道找什么理由比较好："不就是想看看阿敏以前有多漂亮，一搜就无意搜到这些图片，没什么。"

"你兴趣倒是挺广泛的啊……我可告诉你啊，别乱把死人的什么陶瓷肖像放在家里，不吉利。她什么时候要你做纪念骨瓷？"

"我们刚在网络上认识那会儿，她刚知道我是做这一行的，就一直缠着我做这个……怎么？她没告诉你这个？她还说是你想这么做的。"

宫晓梅又点了一支烟："我从来不敢在她面前再提起阿丹，人总有做错的时候不是吗？过去的就让它过去。"

四

孙保尔准备结婚了，要我去当伴郎，但我实话告诉他，没心情。

几年前我结婚的时候，他被我拉来当伴郎，本来按规矩，伴郎得帮新郎喝酒，但这家伙不厚道，跟段碧君、宫晓梅、小林、傻正和陈柳素一干人等联合起来，把我事先准备好的矿泉水（伪装白酒）和凉茶（伪装红酒）都给撤走了，并轮番上阵，终于把我彻底灌醉了。醒来我听说妻子阿敏帮我顶了不少酒，大家都说我娶了一个好媳妇。但阿敏的胃整整痛了半个月，让我非常过意不去。

孙保尔听说我不去当伴郎，在电话里把我训了一通，问我出了什么事。我不知道怎么回答，只好说有点家事，但婚礼我一定会参加。

在半步村，孙、钱、陈都是大姓，所以婚礼按照古老的风俗把排场弄得很大。族长陈大康、大人物苗姑姑、不再杀猪的向四叔等长辈都在祠堂里坐着，和老孙夫妇聊些什么；在城里当保安的小林穿着笔挺的西装满脸喜气转来转去给客人端茶点烟，胖子傻正在角落里讲述当年非典时期孙保尔死里逃生的故事，说到兴奋处还模仿那寡妇探视重病的孙保尔时那种生怕被传染的动作，引得大伙哈哈大笑。

我找了个人少的角落一个面朝墙壁的座位坐下来，不想说话，拿着手机刷微博。右边桌子几个人正在谈论美人城扩建的拆迁赔偿如何不合理，我左边坐着两个人，一个秃顶和一个漂亮的女生，漂亮女生十分虔诚地要了秃顶的联系方式，又毕恭毕敬聊了几句就鞠躬离去。整个桌子就剩下我和他两个人，秃顶显得很无聊，看得出他其实很想跟那漂亮女生多聊几句，但那女生太腼腆了，战战兢兢不敢长谈，弄得秃顶很扫兴。秃顶环视四周，确实不知道干什么，终于忍不住向我搭讪：

"玩微博？看你脸色不太好，最近没睡好？"见我点头微笑没有接话的意思，他又继续说，"我是医生，我姓薛，刚才那个是我在大学兼课时候的学生，其实学生太多，我也记不住。"

"薛医生好，一看就知道是专家。在碧河医院还是东州医院？"

他摇摇头说，都不是，他在栖霞山医院。众所周知，栖霞山医院是远近有名的精神病医院。见我表情有点吃惊，他微微一笑，似乎都在意料之中。他开始滔滔不绝跟我展示他在专业领域的才能，告诉我其实人的心理状态是一个相对的标本，没有什么叫绝对的健康，人脑很复杂，我们到现在对脑袋里装的这个机器还所知甚少。

所幸的是客人很快将桌子坐满。话题很快就转向半步村拆迁这个热门的话题，据说美人城扩建以后要成为一个全新的实验基地，但没有人知道里面究竟要做什么，大家猜测得最多的是军事基地，也有传闻说里头是一个大型的计算机仓库，谣言四起，消息好像都很不靠谱。唯一靠谱的是我们家的陶瓷厂迟早得搬走。

五

如果不是孙保尔婚礼上的那次偶遇，我绝对不会想到需要向薛医生求助。因为从内心深处，我总觉得阿敏只是暂时的，可能一觉醒来她就好了。地点还是在见宫晓梅的那家咖啡馆，那是我定点用餐的地方，只是这次我要一个包厢。

薛医生要我叫他薛主任。我已经存了他的电话，其实他根本就没必要给我名片。但他还是将名片递了过来，并指着名片重点强调他是薛主任，我有几次没改口，他好像就不太高兴。外面有寒意，但包厢里挺闷的，我打开了窗，关上包厢的门，然后详细地将妻子的情况讲给他听。他不时打断我的话，了解一些他想知道的细节，比如月经周期及我们的性生活频率。他对九年前内衣厂的那场大火也非常感兴趣，反复盘问，并向我解释潜意识中的心理创伤以及诸如此类的专业术语。

"你说有一个有同性恋倾向的朋友跟你爱人比较要好，你爱人有没有这方面的倾向？"薛医生问得很小心翼翼，"别误会，我是说这种关系比较不同寻常，所以……"

"我也不是没有怀疑过，但后来觉得不是。我妻子认识她的时候，她还不知道自己是同性恋，据她说，是另外一个女孩子让她发现自己不喜欢男人。应该说，她跟我妻子以前是闺蜜，现在跟我是同志加兄弟，她特别穷的时候就会找我借钱，我也挺仗义，没有不帮的，她应该不会做什么对不起我的事情……再说，我妻子是喜欢男人的，每次跟我那啥她都很满足。"

"也不排除你爱人有双性恋的可能……不过这个只是猜测，不是最关键的，对了，你爱人怕见到火吗？"

"家里除了炒菜也没有什么火源……哦，她不会用打火机，有一次我生日，她都没法帮我点蜡烛，她害怕打火机。"

薛医生低头用笔记下我的话，像刑警录口供："工厂火灾烧死的那个女孩子，跟你妻子是朋友吗？你们认识以后，她有没有再向你提起这场火灾和火灾里死去的朋友？"

"不是，医生……哦不，主任，薛主任，我的意思是想问，看到一场车祸为什么会让她发疯？强烈刺激？引发什么联想？火灾那些事已经过去那么多年——你说，一个工厂那么多人都亲历火灾，只烧死了一个；那么多人会在车祸现场经过，为什么就偏偏是我妻子发疯？"

薛医生看着我："对啊，就这样发生了，那咱们现在是要讨论偶然性和必然性的哲学命题吗许老板？生命就像一个谜，有些事情或者没有答案，但如果有答案，就一定需要梳理，而不是遮蔽和回避，对不？"

"那怎么办？"

"最好能让我去见见你的爱人，别说我是医生，就说是你的朋友。"

我点了点头。让患者与医生见面，这确实是必要步骤。但我很少在家待客，回想结婚的这几年，我的妻子除了宫晓梅以外很少有其他朋友；我工作生活分得比较清楚，也很少请朋友到我家里去。

六

很多人住乡下，到城里工作；而我刚好相反。陶瓷厂在半步村，我们住城里，这说起来比较复杂。半步村其他的陶瓷厂，都搬到城郊交通便利的地方，但我老爸相信祖上那又老又破的砖窑能给我们带来什么风水上的庇护，结果却把一个近百工人的陶瓷厂变成一个十几个人的小作坊，若不是我点子多，接手后不久便搭上火葬场的生意，这陶瓷厂怕是迟早要关门。另外一个原因是妻子阿敏在结婚的时候就有言在先，不喜欢和我的父母住在一起，希望我到城里买房，她反复强调不是不喜欢我父母，而是不想纠缠于村里的习俗，另外也是为了以后孩子的教育问题考虑。

"你想，城里的教育一定比乡下好，所以还是住城里吧。我好不容易背井离乡到城市里来，在工厂里流汗，上夜校，自学考，为的就是能在咖啡馆安静地喝一杯咖啡，但世界还是太大了，我真希望自己是一只蜗牛，累了就躲到壳里去，你能理解吗？"

我点点头。那时咖啡馆里正放着轻快的音乐："春天在哪里呀春天在哪里，春天在那青翠的山林里，这里有红花呀这里有绿草，还有那会唱歌的小黄鹂，嘀哩哩哩哩嘀哩哩嘀哩哩哩哩哩……"

"离离离，听到没有？要不住到城里来，终究是离离离——"

一首歌颂青山绿水乡村生活的儿歌居然被解读出离婚的先声，我不禁哑然失笑，然后只能四处借钱，在城里买房购车，才娶妻成家。我老爸笑着说："城里房价一涨，乡村里的这一点可怜的存款就哗啦啦流进城里去，半辈子都白忙活了，给你去买一个在空中的盒子，贵也就罢了，居然从一楼到三十楼，大门都一个朝向，祖宗讲了这么多年的风水，背山面水，到城里全都用不着。"

说完我老爸非常豁达地笑出声来，哈哈哈，像空空的骨瓷花瓶触地发出的铿锵脆响。

七

哈哈哈。我推门进去，客厅里发出了一串笑声。

宫晓梅扯着嗓子喊："那老板一点都猜不到我要看菜单，慌慌张张，将每个菜的价钱反复改来改去，都没有跟总数对上，哈哈哈……许大老板回来了，我正在讲那次去海南的事情，遇到一家黑店，吃了几盘海鲜他漫天要价，我要查价格，他数学又不好，单价

103

加来加去都没够上总数，哈哈……"

我没觉得这有什么好笑的。

"跟你这种笑点太高的人生活在一起真累，我都笑成这样了你一点都没笑，你怎么也要配合一下，听说爱笑的男人才怕老婆，阿敏，你回头要好好治治这小子……"

我妻子坐在沙发上，她手里夹着一根烟，笑嘻嘻地看着宫晓梅。那空洞的笑容让我内心一紧，但宫晓梅似乎完全没有察觉——是不是她以前也是这么对我笑着，只是我熟视无睹浑然不觉——这样想过之后，我不禁打了一个寒战。

宫晓梅的手机响了，她很大声地接了电话，就兴冲冲走掉了。"不影响你们两人世界了，有空就好好造人，结婚都几年了，都没弄出什么成果你就不觉得失败吗许老板？"走的时候她还不忘损我一句。

"哪像你，无心插阴都能成柳……"

"去你妹的！祝你全家都花柳！我走了，不用想我。"她笑嘻嘻穿了鞋子出门去。嘭，门关上了，屋里就只剩下我和妻子两个人。妻子不笑了，两眼空洞地望着我。

"老公，这世界怎么这么吵……"她哭了起来，肩膀抖动着，那么可怜。

她还能认得我。我心头一热，走过去，搂着她。

"我想静一静，别让什么人到我们家里来吵我，特别是宫晓梅，行不？"

"连晓梅你都不喜欢了？"

"我都叫她宫晓梅的，你就直接叫晓梅了？"

"她是爷们，你吃什么醋？"

"我怕她。"

"你怕什么？她又不会吃了你！"我故作轻松微微一笑。

"我想什么她都知道，她是鬼，她就是会吃了我，啊——"她又发出一声尖叫。

八

薛医生打来电话，问什么时候到家里来看看，我说过几天再说，让她静一静。那天晚上我梦见很多佛头，一层层堆积着压过来，吓得坐了起来。

妻子正看着我，她没有睡觉。

我跟她说我的梦。她说，关于佛头的梦，她也曾梦过。我突然想起，有多少夜晚，我睡着，她可能醒着。

我揭起窗帘，玻璃上有水珠滚落的痕迹。外面下雨了，高楼之上的雨，没有声音，没有瓦片也就不会有雨滴瓦片的声响。

哄她睡觉，听她慢慢发出磨牙的声音。

睡眠让一切安稳。

我睡不着，起身到书房，打开台灯。一束昏黄的灯光照在白纸上。忍不住觉得应该写点什么，我在纸上列出了年份，也写下车祸发生那天的日期。我再次回想那个瞬间：被撞飞的女人，停在那里的黑色奥迪汽车，天桥上往下滴的水……天桥离车祸发生的地点不到两三百米，为什么那个女人要冒险横穿马路呢？她翻过铁栏杆的时候在想什么？她在奔跑，她错误判断了自己的速度，她以为她可以比汽车快，或者说她以为汽车会比她更慢。于是，她迎来了一次致命的撞击——砰！她一定不相信自己会被车撞到，即使听到身体撞击发出的响声："砰！"她应该也不相信自己会死在那里，不相信自己会腾空，不相信自己的脸会贴着粗糙的地面滑行……她穿着工作服，工厂的厂服，天蓝色，胸口上绣着一串数字……一家专门生产内衣的服装厂好像就在附近！

我上网翻查了那家烧毁的内衣厂的厂址，确实不远。但那家厂的厂房已成废墟，工厂已经倒闭，能有什么关联呢？那女人是一早赶去上班，她大概是快迟到了。生命如谜，当谜底揭晓的时候，没有早一步，也没有迟一步，就刚刚好。

我在纸上画出一个弧形，也画出一条直线，然后是一个问号。

我不知道。

砰！我在脑海中虚拟了一声闷响，骨头与骨头的断裂，一种分离的声响：砰！

假设宫晓梅、被火烧死的女孩阿丹、我妻子阿敏都是同性恋——我在纸上画了一个三角形——两人同时爱上同一人，已知宫晓梅喜欢女人，假设我妻子也喜欢女人，她们喜欢的女人不小心被烧死了……这种假设让我冷汗直冒。

这种事情鬼知道，还是神知道？有答案吗？大概只有上帝知道。

九

我去找宫晓梅，让她帮我弄一本《圣经》，书店里买不到，但她总有办法。

第二天，她就将《圣经》递到我手上："哎哟，从良了？读《圣经》啦？"

我没应她，低头翻阅这本陌生的书。我想将之带回家，放在妻子阿敏能看到的地方。不只是《圣经》，所有能找到的一切佛经，我都带回家。

"人若怀里搋火，衣服岂能不烧呢？人若在火炭上走，脚岂能不烫呢？"我不禁念出声来，这个句子让我想起妻子阿敏被烧伤的脚后跟。

"这是劝告人们不要淫乱的句子啦，你这个老骚货就别假斯文，《圣经》无价，但你爷爷我确实太穷，你给五百块我买啤酒吧？"

我给她钱，并说："要不你到我厂里做点事吧，这样一直晃荡下去也不行。"

"不去，你厂里都是老男人，又没漂亮妹子。再说，你这种细针密缝的性格，我会受不了的，不小心被你搞得精神分裂就麻烦了。陈柳素以前不是在你那做过一阵，后来不也没待住，又自己到外面去闯荡了。所以说，蛇有蛇道，鼠有鼠道，每个人的走向都是一个谜，只有自己才知道谜底。"

十

城里又有一家工厂着火，刚好碰上下班高峰大塞车，消防队迟了半个小时才赶到，死了很多人。经过环保组织的协调，我接下了这单生意。加上淘宝网上的一些订单，工厂只能日夜赶工。

我招聘了几个工人，同时将我老爸请回来帮忙主持。我怕因为妻子治病的事分心，要是搞砸了一批货，就很难弥补，会影响信誉。牛骨好找，一个人的骨头就那么多，容不得闪失。

我跟老爸提出应该把厂子搬到城郊，他这回没有直接反对，沉默不语。

"活人住到城里去，要花那么多钱买房；他们城里的死人要到乡下来安顿，钱也得流回来。城郊交通方便，我看中离殡仪馆不远的一块地，已经让人去问价格了。如果谈得拢，下个月开始或许还可以拿下殡仪馆骨灰盒的单子，别小看那么一个小盒子，那可是奢侈品。"

我老爸叼着烟斗，认真听我说完，然后才说："阿辉啊，你如果决定搬厂就搬吧，但我和你妈就不走了，这房子他们不能拆，除非跟电视新闻里说的那样，把我烧死！"

这倔老头一定是钉子户，这时候讲不了道理。就跟当年我跟他说做骨瓷的泥浆直接买进来就好，人家把骨粉的比例什么的都配置好，他偏不要，非得让我到孙保尔的屠宰场去运牛骨头回来晒干碾粉，声称祖传的骨瓷配方不可外传。我说外头的技术比你这成熟多了，他偏不，以致烧废了好几窑骨瓷。

十一

秃顶的薛医生如约而来，他给了自己一个虚构的身份：医学院薛教授。他自称从西宠坐火车来东州，明天要赶飞机从东州到上海，所以顺道到我家里来坐坐。

"许辉兄弟，我看许太太这么消瘦，会不会是有甲亢？"薛教授出招了。

妻子给薛医生倒了一杯水，笑而不语，就回到房间，把门反锁。

一出事先编排好的戏突然少了主角，我们俩在客厅坐着，高声寒暄，低声才谈起病情，显得十分无聊。

我送医生出去，给足了报酬。

"你太太很漂亮，多花点时间陪陪她吧。"

我点点头："谢谢！"

"如果不行，只能强制治疗。"他有点失落，对我说了很多十分专业的话让自己显得不虚此行。他本来是想来唱戏的，结果却成了只有一句台词的群众演员。

"平时家里的剪刀、菜刀、打火机之类的东西要收好，有什么问题就打我电话。"

医生走了以后，我的妻子住到衣柜里去。她将大衣柜里的衣服都挪到角落里，然后抱着枕头就睡到里面去。

"外面又吵又脏，别以为我不知道你已经把我当疯子，别以为我不知道那个人是医生，我自学考读的就是心理学，什么甲亢？你们都是大甲虫，全部都给我滚！滚——"

她心安理得地在衣柜里睡了一个晚上。我十分担心第二天起床的时候，她会像小说里那样变成一只大甲虫。但她没有，她早早就起来给我煮早餐，边煎鸡蛋边唱歌：

"春天在哪里呀春天在哪里，春天在那青翠的山林里，这里有红花呀这里有绿草，还有那会唱歌的小黄鹂，嘀哩哩哩哩嘀哩哩嘀哩哩哩哩哩……"

"哩哩哩……"我捂着脸在床头坐了许久，听她唱歌，我想哭，却流不出眼泪。

"会过去的，像做梦一样。"我对自己说，并想起了那个堆满了佛头的离奇梦境。

十二

我在酒店里开了一间房，打电话把宫晓梅叫过来，我跟她说要谈生意。

她来了，环顾四周："只有你一个？"

她猜到了我想干什么。

我把两万块钱放在桌子上："你说这个能跟你做几次？"

她看着我，想像以前那样笑，却笑不起来。她扬起手掌，给了我一巴掌。

啪！左脸火辣辣的。我指了指右脸："这边也打一下。"

啪！她真的又甩了一巴掌："你是禽兽！"

我心里突然一阵轻松——我必须宣泄，不然崩溃的是我。

啪！她冷不防又给了我一个耳光。她再次扬起手掌的时候，我一把抓住她的手，把她一扯，我和她就都倒在床上。她一个翻身骑到我身上，两只手将我的手按住，鼻子都快碰到我的鼻子。

我以为她想吻我。

但我脸上却有两滴暖热的雨，她的眼泪簌簌地落下来。她俯下身来，压住我，她的大乳房压在我的下巴上，她一手勾着我的脖子，一手撑在枕头上，就这样号啕大哭。

良久。她起身来，一手抓过床头的纸巾抹眼泪鼻涕，一手将桌子上的两万块取走了一万，放进她的包里。

"我哭完了。禽兽，你想干什么就干吧……能给我一点酒吗？"

十三

宫晓梅说，她也梦见过很多佛头。

她不觉得恐怖，她觉得很美。那么多眼睛，都低眉顺眼。

"你爱不爱阿敏？"

她低着头，一边问我，一边给她的脚趾甲涂上墨绿色的指甲油。

十四

美人城扩建项目最终还是被定下来，拆迁队很快就进驻半步

111

村。一开始，我老爸做出一副宁死不屈的烈士面孔，对拆迁条款极为不满，工作小组来了几次都被他轰出门去。但很快，我老爸就屈服了。那天他家里来了五位战友，好久没见他们彼此都十分激动，聊了几句就颤巍巍站起来握手，又聊几句就彼此行军礼，聊到以前一起挖隧道修铁路的战友们，好多名字熟悉而响亮而人却已不在了，有人老眼饱含泪水，竟忍不住啜泣。然后话题慢慢转入这个城市的发展，又慢慢转入子孙后代，最后理所当然地提到拆迁。我老爸呆住了，他突然明白这五位老战友是来说情了，但他无法向他们说一句语气太硬的话。老战友们晚景都不好，腿脚都不好，唯一让他们感到宽慰的是拆迁之后的那笔钱——而现在这笔钱和我老爸的决定捆绑在一起。我老爸沉默了。在这时候，我妈发言了，她表示愿意成全。其实我妈并不喜欢什么闹哄哄的争执，她更担心我爸逞能。众所周知，拆迁队无异于一支没有配枪的部队，还是避其风头比较好。

所以我妈给我打电话："辉啊，我们先搬到城里跟你住一个月？"

"不能来。"我一口否决让我老妈吃了一惊。她顿了顿才问："阿敏来我们家这么久也还没怀上，是不是营养没跟上？我们也正好过去多陪陪她，你为什么说不行？"此时阿敏就坐在我旁边看电视，我只能告诉她："过几天回家再跟您解释。"

但第二天工作小组拿着合同过来的时候，我爸反悔了。根据此前的约定，拆迁基本处于西侧，村子东边并无影响；但现在合同里圈定的范围，明显超出预期，更重要的是半步村的大祠堂也包含在

112

内。要他同意拆除大祠堂，那是万万不能的。他觉得这样便将祖业拱手让给推土机，而去换取一个空中的四方盒子，十分龌龊。所以他反悔了，撕毁了合同，还把工作小组的人推出家门。工作小组的人十分生气，声称迟早要把祠堂拆了。

十五

人若怀里揣火，衣服岂能不烧呢？纸包不住火，也包不住祸事。

中秋转眼就到了。我好几天没有上班，我老爸提着我老妈做的月饼到城里来看我和妻子。老头子一手提着月饼，一手拿着烟斗，浓密的八字胡像鸡冠一样透出雄性的气息。他一声招呼都不打就到了门口，我眯着眼睛在门上的猫眼中看到他君临天下的得意神色。

"生活要规律一点，你看你都成什么样了，这么憔悴！"他一进门见我蓬头垢面，就开始呵斥我，"这么安静，阿敏不在？"

我点头又摇头，他便说："不在就好，别笑话我进门就找厕所，一早出门，公车站又没得方便。"

"客卫坏了，你到主卫上吧。"

"啥？"老爸没听懂。

"哦，有一个卫生间冲水不行，你到我们房间那个厕所夫上吧。"

"能上就成。"

他按我指的方向进了主人房，就在这时，我就听到老爸一声尖叫："阿敏，你干什么！"

妻子阿敏从衣柜中冲出来，手持一把菜刀，架在我老爸的脖子上。

"就知道你们都想害我！就知道你们都想密谋来害我！"

我老爸一直退着，退到墙角，他脚一软就跪了下去，裤裆湿了一大片。

妻子阿敏张开嘴巴朝他咆哮："啊——啊啊——"

老头子整个吓呆了，烟斗掉到地上。

咆哮声音结束之后。妻子像一只消耗完电池的手机，自动关机，躺倒在地上，昏死了过去。我捡起地上的菜刀。我不知道她什么时候将菜刀藏在衣柜里。我捡起烟斗，扶起大小便失禁的父亲。我将昏迷的妻子抱到床上去，地上太冷怕她着凉。我搜出我的裤子给老头子换上，他失魂落魄，仿佛一个瞬间老了十岁。

换了裤子，他将脏裤子直接丢进垃圾桶，一把抓起他的烟斗，脸色发青，什么话都不说就往外走。

我跟出去："要不您老留下来吃饭？"说完我就后悔了，说了等于白说。

他狠狠地将那只我送他的烟斗掷到地上："你五行欠抽吗？我都想抽死你！"他扬起手，他的手在发抖，他看着我的脸，突然间又哽咽着说，"回去照顾她吧……这都什么时候开始的事情，你这孩子，你就一个人撑着，你也不告诉我们，家里厂里……看你瘦得……瘦得……"

电梯门开了，他走了进去，别过脸，朝我猛一挥手，让我回去。

电梯门关上了，我扑通跪在楼道里，头顶着墙壁，呜呜大哭起来。

十六

这个刚毅的老人中秋节刚过就病倒了。电视里正直播国庆阅兵仪式，欢声雷动。

他不许我们将他送医院，他要我将他那天扔在地上的烟斗还给他。他紧紧将烟斗抓在手里，他希望自己能像以往一样发出铿锵的笑声，但他只是不停呵气，他抓着我的手，用浑浊的眼睛看着我，像船长看着他的船。他说他没有将阿敏的事告诉我老妈，怕她心脏不好会受不了。他说如果他走了，就将他做成一只骨瓷大烟斗。

"要这么长的，放工厂门口。"他张开双臂比画着。

那几天，我老妈常常躲在蚊帐后面的窗户边抹眼泪，大家都觉得他大限已至，家里每天都挤满了受过他恩惠的工人、朋友和亲戚。

但就在别人的叹息和眼泪之中，我的父亲，一名老兵，他用一把大雨伞当拐杖，又重新站了起来。半个月后，他已经能拄着拐杖走到工厂门口去。只是他须发皆白，头上再找不到一丝黑发。

他对我说："阿辉，工厂我看着，你去吧，去她娘家走一趟，把事情跟她家里说清楚。"

他能挺下来的原因很简单：他憋不住，终于跟我老妈说出我妻子阿敏的事。换言之，他不是被气坏的，而是被自己憋坏的。说出来之后，他松了一口气，眯着眼看我老妈的反应。但见我老妈并未像想象中那么承受不住。或者说，我老爸的描述并未启动十分恶劣的想象。我老妈十分淡定地取出老扁担，挑着供品，将半步村十来个大大小小的寺庙都拜了一遍。她像我死去的奶奶所做的那样，用一种十分严谨的程序来化解内心的忧恐。然后她带着天后娘娘玄天大帝观音菩萨十方神明的启示回到家中，将一叠符咒和签条放到我老爸手里，也等于将瞎子神婆对于此事的见解和想象带了回来。

所以，我老爸要我去她娘家走一趟，一是将这事跟她父母有个商量，必要时候强制治疗；二是将一把包裹了符咒的桃木剑悄悄埋在她娘家的屋后三尺之处。

剑长三寸，跟手机差不多，放到裤袋里刚刚好。

城里的房子必须贴符咒，那就是有诸般法门，烧的、吃的、喷的样样俱全。

"如果这些做完还好不了呢？"

"那你就离婚，你是许家的独子，怎么也要让我们抱上孙子！"

十七

我的妻子阿敏在家里练习爬行。她像一只猫那样走路，或疾或徐，有时还腾挪跳跃。我蹲下来和她说话，她已全然忘记把我老爸吓尿了的事。我尝试从一只猫的角度去理解她的世界，理解她决定以后四足行走的合理性。我尝试克服内心的悲伤和恐惧，重新去看待这种荒谬所蕴含的深刻含义。生活的华美乐章出现了类似金属摩擦的尖叫，铁器碰击着铁器，寒流南下，在逐渐凝固的空气里，我检阅着内心所剩无几的爱和坚韧。

她为我演示作为一只猫她也可以完成刷牙、上厕所、煮饭等生活所必需的程序。她和一只猫那样爱干净。更重要的是，四脚着地让她感觉安全，这样的方式能让她更好地避开猝然来临的恐惧。

她看着我，伸出一只手来摸摸我的额头：

"你怎么不说话？你生病了吗？"

十八

这个秋天的最后一场雨，断断续续下了两天。我举着伞，穿过雨幕，在街头漫无目的走着。我踩到一汪水，左脚的皮鞋全部湿透了。一瞬间我若有所悟，我打电话给宫晓梅：

"九年前的那场大火，是不是地上有汽油？阿敏的鞋子着火，是不是因为踩到汽油，才烧到脚后跟？"

宫晓梅沉默了一下，才说："你去酒店开个房，我带酒去，请你喝一杯。"

"我现在不想那个，你就直接告诉我九年前的事。"

"陪我喝杯酒，给你一万块。"

这语气不像宫晓梅，我只能说："好吧。"

我躺在床上抽烟，宫晓梅进门来。她脱掉大衣，里面只穿着无袖紧身的 T 恤，没有束胸，硕大的球体十分碍眼。

"看什么看？眼珠子都快掉下来了！"她托了托她的乳房，"迟早我会切了它，但现在它是我的货车，就靠它赚钱了！"

她从提包里拿出一万块钱，放在桌子上，就是上次她取走钱的那个位置。我明白她的意思，她要还我钱，这比较符合宫晓梅的风格：小钱小事坑蒙拐骗没关系，大钱大事却要清清楚楚。

果然，她笑着说："别以为花点钱就想把弯的变成直的，爷我还是喜欢女人。辉仔，告诉你，我现在有钱了……你给点反应嘛，我有钱了你也不激动一下？"

"我好激动啊，你有钱了。"

"别这么冷好不好，来，请你喝酒！"她从包里掏出一瓶洋酒，还有两只酒杯。

"酒杯都自备，不会是想毒死我吧？"

"别这么煽情，想毒死你我也得戴手套，沾了指纹怎么办？"

"好了，别贫嘴了，我们还是谈谈九年前的大火吧。"

宫晓梅慢悠悠拧开了瓶盖，将酒沿着杯壁缓缓倒进杯里，倒完一杯，又倒一杯。

她指着酒杯："想听故事？喝了它，喝了我就告诉你。"

还有什么说的，我拿起酒杯，一仰头咕咚就都倒进嘴巴里。

"两杯。"她笑着说。

"你是存心想灌醉我。"

"我天秤座的，最讲究公平，要得到，就得有付出，喝点酒不是应该的吗？"

我又喝了一杯，把酒杯给她看："现在可以说了吧。"

她看着我，笑了一下，接过酒杯，拎起酒瓶："我自己先喝三杯。"她倒了三杯，仰头喝了三杯，然后说，"喝了酒，现在可以说了，你看到的新闻说起火的原因是什么？"

"被辞退的工人带人来讨薪，讨薪不成就放火烧了工厂，不是这样吗？"

"讨薪工人扬言放火，但他没有放，火是从里面起的，那个被烧死的女孩，大火烧起来以前，就已经死在厕所里，那瓶汽油，那把火，只是为了毁尸灭迹。你还想知道细节吗？"

宫晓梅又给自己倒了一杯酒，她没急着喝，却给自己点了一支烟："也来一支？"

"我不抽。细节不要，我只想问一点，阿敏是不是看到厕所里的尸体？"

呼——

宫晓梅吐出一个烟圈，点了点头："当然看到！所以，别问太多细节，也千万别将那个女孩的陶瓷肖像放到你家里，不吉利。"

十九

妻子阿敏的娘家在西宠山区，火车一来一回加上山路要好多天，所以在走之前，我必须给家里的冰箱储备一些食物。

"你想吃些什么？"我问。

"三文鱼和生牛肉。"她在衣柜里果断回答。

厨房里的刀她都磨过一遍，冰箱里有吃剩的生鱼片和生牛肉。我将食物放进冰箱，还买了吃生鱼片所需的芥末，放在她容易找到的位置。

"我出去办事，要好几天才回来，你要照顾好自己，有什么事就给宫晓梅打电话。"

"死不了，猫有九条命，放心，不打电话她也会来的，"她又抬头诧异地问我，"那天早上你不是开车把宫晓梅撞死了吗？"

我哭笑不得，又不能告诉阿敏我昨天还和宫晓梅在一起，怕她会有不好的情绪。

她留下了一楼车库的钥匙，说想在车库里养乌龟。我不敢将汽车钥匙留给她，万一开出去撞到人就不好。但车库的钥匙倒是无妨，本来楼下的车库就是闲置的杂物间，车子一般都停在停车场，省得拉闸门一开一关很麻烦。

二十

出门之前，我老妈特意打来电话，反复交代了桃木剑的使用方法，还举出村里的若干成功范例，以证实桃木剑具有神奇威力。

"一定要用几层塑料袋裹好，不然木头会烂掉。"我连声说好。

我老妈不放心我，我也不放心我的妻子。我给宫晓梅打电话，告诉她我要出门，可能要一个星期才能回来，让她有空到我家里看看阿敏。

"她最近身体不太好，情绪也不太好，你有时间就过去瞧瞧。"

"放心吧，我和阿敏是多年夫妻了，你这个第三者放心走吧。你回来的时候，说不定我已经是百万富姐了。"这个未来的百万富姐，依旧咯咯笑着，开着玩笑。但这是我最后一次听到她的声音，我回来的时候她的手机已经换了号码，拨过去是空号。根据她频频发出即将发财的信号，我大约也猜到她的财神爷非赌即毒，不便细问，换号码也在情理之中。

西宠之行十分顺利，我坐了一天的火车到达西宠，转了一趟翻山越岭的大巴车，在山里客栈休息了一个晚上，第二天起了大早，转坐三轮车，又走了五公里的山路，就到了她家。对我自己的方向感和记忆力，我十分自信。每年正月初二才来一趟，但我居然将每个转角和岔路口都记得分毫不差。天气很冷，但她爹似乎终年不穿上衣。我在她家里喝了一泡茶，她爹才拖着平板车回来，像个健美先生，浑身黑油油都是隆起的肌肉。

"你说得的是啥病？以前在内衣厂打工，听她同宿舍的同事说也是生了一场大病，后来工厂着火了，病反而就好了。她呀，就是性子太要强了，她想要的东西就一定要拿到。小时候和邻居的孩子抢玩具，她宁可把玩具砸碎，也不肯让给别人，唉——我们也拿她没办法。"

我给他们大致描述了病情，她的家人却反复猜测是不是吹风着凉，或者是工作压力太大。我不忍心将"精神病"三个字告诉如此善良的一家人。她爹给我讲了许多中医调养身体的道理，大体是如何注意寒暑变化，热气喝凉茶，风寒喝姜汤。他还指着角落里呆呆的曾祖母，告诉我她已经一百零四岁了，靠的就是这么一套治病养生的理论。

在她家，我从一个传递坏消息的信使，变成一个虔诚的取经人。

她爹将家里最精神抖擞下蛋最多的老母鸡炖给我补身体。他杀鸡的时候，我感觉到一家人眼神中对于母鸡的疼惜。我极力劝说别杀老母鸡，但她爹将之解读为客气。

不幸的是，吃完鸡之后，电闪雷鸣下了一场大雨。很快，收音机里传来消息，外头山体滑坡，道路不通。于是我在这里一连住了两个多星期，几乎吃光了她家所有的鸡，却之不恭，吃得我一听鸡鸣就打喷嚏。

我有充裕的时间将桃木剑埋了又埋。还搬了一块石头压在桃木剑上面，遮风挡雨。

这里手机基本没有信号，更别提网络，所以我每天就和曾祖母一起守在收音机旁边，听瓦岗寨兄弟如何叱咤风云，听到激动处我捏紧拳头站了起来，恨不能穿越到隋唐侠肝义胆豪气干云，好好干上一仗。

路终于通了，我将宫晓梅还我的那一万块钱放在她家里，飞也似的逃出山谷。

二十一

桃木剑果然发挥了作用！

我的妻子阿敏不疯了。她从衣柜里出来，在我不在的时间里，她提着腊肉到半步村去看望我的父母，谈笑风生，语气温存。她还到工厂里去看望工人，送了一些她自己亲手腌制的肉干。她对骨瓷的烧制工艺非常感兴趣，热心请教，还搬回了一些器具和图纸书刊。

我进门的时候，她给了我一个热情的拥抱，这回她不说生日快乐，她说圣诞快乐，我一看手机的日期，没错，圣诞节到了。

她在冰箱里给我留了我最喜欢吃的橄榄。她亲自下厨煮了红烧排骨饭，还和我谈起这些天淘宝的订单情况。

秋风里的祸事终于结束了。我边嚼着橄榄边回想着这一路的艰辛，确实一些事情需要迷信，需要相信故乡的所有神明具有无穷的神力，需要相信桃木剑能斩妖除魔，带来正能量。

"宫晓梅有没有来找你？她也喜欢吃橄榄，要不要给她留几颗？"

"她没来，"我妻子在厨房里切大蒜，"她忙着赚大钱，电话倒是打了两回，鬼影都不见一个。好了别一回来就问起各种美女，也不怕我吃醋，过来帮我打扫一下厨房。"

我妻子在剁蒜泥。我打扫厨房，一看地面很干净，扫一扫还是很多垃圾，我妻子这段时间掉了很多头发，我还从冰箱下面扫出一块三角形的指甲，上面涂着墨绿色的指甲油。

"最近喜欢涂指甲油？"

"是啊，以前我们几个姐妹都喜欢墨绿色的，有一阵子不涂了，现在喜欢红色，"她举起她的手，"看，玫瑰红，漂亮不？"

"很漂亮，"我将垃圾倒进垃圾桶，"你这是哪里买来的大蒜，味道好重，是不是还剁了一些洋葱进去，我怎么闻着就一直想流泪？"

二十二

没有一个人再见过宫晓梅，也没有人会认为宫晓梅的消失有任何个妥当的地方。连酒吧的老板都说不认识这么一个人。我打电话给孙保尔，告诉他宫晓梅不见了，孙保尔那时还没起床，说不着急，她没钱了就会回来的。

我没有勇气去论证那半块指甲和宫晓梅失踪之间的关系。只要想象这些细节我就会恶心反胃想呕吐。我一回来我老爸就主动找我谈搬厂的事情，他说那块地没问题，先把陶瓷厂搬出去吧，先简单搭建一下厂房放机器，下一步再慢慢完善。

生活似乎在一个瞬间又变好了。我的妻子阿敏将家里的一个房间清空出来，又将厂里闲置的那台烧制骨瓷的小电窑让人运回来，开始专心研究骨瓷的烧制——瓷泥中牛骨粉的比例、温度的调控、二次烧制的时间之类的技术她都仿佛能无师自通，每天早上起床，她洗刷完毕就翻查资料开始研究，就如当年考自考学得干劲十足。一楼的车库被她用来存放瓷泥，电窑成了她的新玩具。她的第一件作品是一只白色通透的盘子，我连声夸奖她的聪慧。但几天之后，我赫然发现盘子中间烧制了一张照片，就是当年那个被烧死的阿丹。

她将这只盘子放在客厅电视柜的最左边，笑着说："想念老朋友，摆在这里看着安心。"然后，她又开始到电脑里寻找宫晓梅的照片，制作了第二只盘子，放在电视柜的最右边。我问她中间为什么隔这么远，何不摆在一起。她笑而不语，数日之后，在阿丹和宫晓梅中间，她又摆上了第三只盘子，没有照片，空空的盘子。

我并没有参透这三只白盘子的寓意，直到有一天在电脑里发现我的妻子阿敏竟然将我和我的父母三个人的照片放在一个文件夹里，我不禁打了一个冷战，胃里一阵发冷，跑到厕所里呕吐了。

二十三

建厂房挺快的，砌上四堵墙，盖好顶棚，通电通水，先把大机器往那边搬。我妈私下让我把家里贵重的东西都搬到厂里去。她把家里两只青花瓷瓶交给我，说那帮兔崽子不知道什么时候就扑过来把我们埋了，我们活到这岁数倒也不要紧，但别糟蹋了好东西。

"他们敢？"我老爸还是一副扛枪上战场的样子。

但我妈冷冷来一句："听说他们这几天就要去拆祠堂了。"我老妈只是随便这么一说，我老爸却当真了。他连续几天都在祠堂附近守着。

那天下午我老爸带着水壶到大祠堂里头坐着。祠堂里头空空荡荡，但燃着一缕青烟。过了不久，我的小学同学陈柳素就从外面进来，她先向我爸点头问好，就径直走到里头灵位前面跪拜起来。我老爸这才想起今天大概是陈柳素她妈的忌日。一般人家在头七的时候就将骨灰下葬，但陈柳素的妈妈去世之后的第三天，她就匆匆回城去了，这骨灰盒在祠堂里放了一年，大概是准备在忌日之后才下土，与她爸爸一起合葬。

所以，当拆迁队的挖土机开进村子直奔祠堂的时候，祠堂附近的村民们都悄悄围了过来。我老爸就站在祠堂门口，手里抓着我送他的烟斗在那儿抽烟。但他心里也清楚，今天他面对的不是陶瓷厂的工人，没有人会给他面子，但一股怒火在他心中燃烧，让他抿起嘴，嘴角都向下拉着。后来有人告诉我，你爸那天的样子，就像电视里头的龟仙人。

我爸开始跟他们讲道理，祠堂拆不得，这是半步村的大宗祠，关系整个村子的风水以及子孙运势。但那些人根本不管我老爸的喋喋不休，他们今天来也不是真想拆祠堂，而只是想刺探一下半步村农民的底线，顺便杀鸡儆猴。几条大汉围过来，就将他按倒在地。我爸想挣扎，却很快就被捆成一只螃蟹，两只手被绑在背后动弹不得。他挣扎了几次才爬起来，那几个外地汉子哈哈大笑。后来我的朋友都很气愤当时不在场，因为围观的村民居然没有一个上前去帮扶。我老爸从地上爬起来以后，他一脚踢开地上的烟斗，但他这是个假动作，他一个转身一脚踢向当中一个汉子的下裆，汉子登时弯腰坐倒。我老爸还想踢出第二脚，就被人掐着脖子按到了祠堂门口的石狮上。"就你一个小老头你还硬骨头了！"我老爸缓不过气来，只能翻白眼，他们准备将他捆到石狮上。

就在这时，大家看到陈柳素一手抱着骨灰盒，一手拿着镰刀从祠堂里出来。她一刀一个，尽往对方大腿上砍，眨眼之间就放倒三个。"快跑，有疯女人！"拆迁队大喊着散开，但还是将她围在中间，有人手里也拿着铁铲和铁链。

双方就这样对峙了一会儿。陈柳素背后那三个大腿受伤的汉子一使眼色，一起朝她膝盖踹过去，陈柳素应声而倒，拆迁队围过来，有人朝陈柳素左腿上就是一铲子，打得她一声惨叫，镰刀落地。"绑了活埋！"他们冲过来，把她按住，用绳子将她捆住。

"住手！"孙保尔带着屠宰场二十多个工人，手里都拿着尖刀出现了，"我数三声如果还不走，我一个个挑断你们的脚筋！"

村民们一看形势逆转，也都跟着气势汹汹起来，拆迁队很快就被轰走了。

二十四

孙保尔给我打电话，说陈柳素的腿骨折了，打了石膏，想送到我家里养伤。

"怎么说，她也是为了保护你爸爸受的伤，现在拆迁队的人总在打听她的去向。要不是他们这样野蛮执法怕上级知道，不愿把事情闹大，早就掘地三尺把人挖出来埋了。半步村是不能再待了，我们几个商量了一下，送到市区你的家里是比较合适的。"

我支支吾吾，话不成句，真不知道怎么告诉他我家里的情况。

孙保尔显然很生气："你小子也太不够意思了吧，几天不见好像换了个人似的，我结婚你酒也没喝就跑了，这我不跟你计较，你老爸险些被人弄成残废，你也没回家看看，现在有人替你出头受了伤惹了麻烦，就要你照顾几天你都这么不爽快……不管怎么样，我下午就把人送过去，你也别担心，吃的住的如果你要收钱，都包在我身上。"他气呼呼挂了电话。

陈柳素住进我们家，孙保尔买了一把轮椅推着她过来的。跟她一起过来的，还有一只黑猫。陈柳素沉默寡言，偶尔才说一两句话，时常对着玻璃窗户发呆。她的猫，就蹲在她旁边一起发呆。这大概是一个有故事的姑娘。小学同班男女同学是不说话的，后来工作之后又彼此分隔，我对她其实并不了解。阿敏对她倒是不错，嘘

127

寒问暖的，虽然腔调有点不自然，但比想象中好，至少没有看出什么不喜欢。她还拿相机给陈柳素拍照，但陈柳素一直用手挡住半边脸。阿敏也想给猫拍照，想让猫摆个比较好的姿势。但那只黑猫不喜欢阿敏，它咬了她一口。"喵——"它的毛似乎都竖起来了，瞪着眼睛看阿敏。

家里住着两个女人的感觉很奇怪。围在一起吃饭的时候，我发现自己话好像多了一些。或者说，平时我基本不怎么说话，有时候也谎称新厂事情忙不回家吃饭而就在路边的快餐店将就吃了。现在，阳台上晾着两套女人的内衣，看一眼都觉得兴奋。

陈柳素在家里住着，我那几天都不敢离开家，怕陈柳素在毫无防备的情况下被做成腊肉。反倒是陈柳素看出了我的心事，她在阿敏睡午觉的时候叫住我，让我有什么事就去忙，别担心她。"来这儿是你爸的主意，他到医院看我，让我住这儿来；他也在私下大概说了一下嫂子的病，我本来也不想来，但我伤了人，其中有一个是肖虎的表弟，他们不会放过我的。他们现在低调处理，只是不愿意引起媒体关注。"肖虎是半步村一霸，伤了他的表弟确实是一件大事。按照肖虎办事的规矩，伤了他表弟大概是两个指头——没被他砍掉两个指头这事情摆不平。

"嫂子在楼下养了宠物？"陈柳素突然转移了话题。我说以前阿敏曾说要用车库去养乌龟，大概是去喂乌龟吧。她摇摇头，迟疑了一下又问："乌龟不用吃这么多，会不会楼下还养了什么人？我看她这几天每天都带了很多食物下楼去，有这么大一块肉。"陈柳素用手比画着。

"宫晓梅！车库！"我心里掠过一丝恐惧，"要不我们一起去看看？"

这是午后，整栋楼的人仿佛都沉睡了。我拿了车库的钥匙，推着陈柳素就下楼去。好久没到车库里来，这里原来放着一些杂物，后来被阿敏用来囤瓷泥，我就再没有打开过。如果说宫晓梅被关在里头……我心里掠过了恐怖电影里头被铁链锁住的女人，皮肤溃烂，饱受折磨。我甩甩头，让自己清醒一下，才将钥匙插进锁孔。锁头锈了，开起来很费劲，我费了很大劲才打开，心里扑通扑通地跳。拉闸门推上去，果然，除了一股熟悉的瓷泥气味，里头还有一股腐肉的臭味。我和陈柳素互看一眼，将她留在外面，我自己走进去，打开了灯。陈柳素摇着轮椅自己也凑进来了。墙壁上尽是灰尘，地上堆着瓷泥，吸引我们眼球的是泥堆后面用一块绿布遮盖的方形物体（铁笼子？），定睛细看，那是一只冰柜大小的玻璃柜，齐腰高，依墙而立，并不知道里头装的是什么。"晓梅？里头有人吗？"没人回答。我伸手去扯那块布，但就在我扯布的那一瞬间，玻璃柜里似乎有人将布扯住，不让我将布扯开。我一用力，绿布竟然被撕成两半，我用力太猛人险些仰面摔倒。玻璃柜壁很脏，只隐约看到里头有东西在动，我小心翼翼探头去看。

"小心！"陈柳素在后面大叫。

我吓得往后退了两步，看着她。

"里头不是人，是动物，我从玻璃上看到尖尖的爪子。"

这倒让我放心了。陈柳素绕到另一侧，侧着身子探头去看。

"鳄鱼？"她说。

"不是，是龟，鳄龟，既像鳄鱼又像龟，一种十分凶残的动物。"玻璃柜里养了一条巨大的鳄龟，背上尖尖的棱角如同火焰。它趴在那里一动也不动，眼睛似乎什么也没看，但刚才我一扯那块布掉下去很快就被它死死咬住不放。假如是一条手臂，大概早就被它咬断了。

绿布撕掉了，所以在吃晚饭的时候我主动坦陈进车库拿东西被鳄龟吓了一跳。说完之后，我呵呵笑着，在等阿敏的反应。但阿敏没有说话，过了一会儿，她突然哐当放下饭碗。

"啊——"她歇斯底里尖叫起来，丝毫不管旁边还有陈柳素，"你们为什么要这样，一个蜗牛壳都不留给我，你们就是要把我逼疯！"

她起身进了房间，将门反锁了。

又过了几天，电视柜上又多了一只白盘子。

二十五

我去了一趟栖霞山医院，了解强制治疗的程序。但走进医院住院部，一股消毒水令人作呕的气味扑鼻而来，这样的气味就连玉兰花的香气也掩盖不住。我走进去的时候，电梯里刚好运出来一个人，用白布盖住了头脸。我不愿意走进那架刚运过死人的电梯，于是等待另一边的电梯。电梯来了，我低着头走进去，里头有一个人低着头走出来，与我擦肩而过。电梯门很快关上了，电梯上行。突然我心中一惊，刚才电梯门关上的那一瞬间，我看到与我擦肩而过

130

的那个人的背影，怎么那么酷似宫晓梅。

大概是我现在看到谁都觉得像宫晓梅。我在心里自己对自己这么说。她虽然就这样凭空消失了，但却依旧存在我身边，如影随形。电梯的数字一闪一闪地变换着，一个人在电梯里，似乎正在去往另一个世界。

薛主任很忙，他第一句话就说："很多人都不愿意自己的亲人住院，觉得这是一件丢脸的事，你怎么看？"

我还能怎么看，只能点点头，承认我也是这么想的，要不然也不会拖到现在一直没有向医院求助。如果让半步村的亲人知道我的妻子是一个精神病人，我以后还如何正常与他们交往？我又该如何面对他们反复的询问？我心里很空，没有答案。

薛主任说了一堆精神病人监护不到位的危险案例，说得我汗毛直竖；正在我马上就要下定决心强制治疗的当口，薛主任提出带我到病房去转转。其实病房区和办公室就紧挨着，透过生锈的铁窗往那边望去，一个大厅，摆满了一张张木床，一些枯瘦的老男人在窗边敲击着铁碗唱歌，嘴角还流着口水，两眼空洞如透明的劣质玻璃球。

"没有独立的病房？"我发现以往对精神病院的印象都来自于美国大片里头的，他们的病房看起来都像大学宿舍；而我眼前的所谓病房，看起来就像几间被打通的空教室，只是把课桌椅换成木床。

"有几间，都是给有暴力倾向的人住的，其余的都放大厅里，方便管理，有什么情况也看得见。"

薛主任的回答完全打消了我送阿敏过来的念头。

我不能将我的女人送到这样的地方。我在内心这样对自己说。长长叹了一口气，我跟薛主任说："我还是回去考虑考虑吧。"

我开车晃晃悠悠往回走，打开收音机，刚好是木宜寺的方丈正在交通电台做访谈节目。这个方丈最近很火，因为他正用量子力学的理论解释佛法，得出了科学与宗教相互印证的结论，丝丝入扣。"这个大千世界有无数个平行的宇宙，"方丈大师开坛讲法，"你一个念头就会产生一个平行宇宙，你开着车，可以走，也可以停，一念之间就是两个平行宇宙，由此类推，无数的平行宇宙在产生、重叠和幻灭。你撞倒一个行人，或者你没有撞倒一个人，这件事可能同时发生，只是存在不同的平行宇宙之中……"

我骂了一声秽气，将收音机关了。

二十六

南方的冷总是来得那么突然，说冷就冷，仿佛直接由夏入冬，丝毫不给人准备的余地。寒流一来，下了一阵毛毛细雨，外头的风就开始大起来。而几天前，天气还热得让人恨不得穿短袖。我在阳台上种的几盆发财树就是在那股寒流中白冻死的，我见它们枯枝败叶，赶紧给它们浇水，结果花盆的出水口被塞住，泡了一夜，连根也开始烂了。一个词语在我心中生成：中年糜烂。人就像一棵植物那样不可逆地向上生长，生长到某个点上就从根部开始溃烂，于是再也无法回头，新的叶子假装喜气洋洋朝着天空生长，但绝望的气息从根部传来，如影随形。我想象着老爸在祠堂门口被人按倒在地，无力动弹；我想象着妻子阿敏在黑暗肮脏的车库里抱着膝盖坐着，陪伴她的是一条凶残丑陋的鳄龟，她脑海里究竟充塞着什么念头？她大概将这一处封闭的空间当成蜗牛的壳吧，爬累了，就躲到里面去，与鳄龟为伴。她的内心，究竟对外界有着什么样深深的恐惧？

作为根脉的族系、亲情和婚姻都在一片腐肉的气息之中逐渐糜烂，在某个瞬间我突然发现那些由骨灰做成的陶瓷显得特别可笑：一件件看起来油光亮丽铿锵坚硬，但其实无比脆弱。大概每一件骨灰陶瓷都想回到从前吧，只是这是一个不可逆的旅程。如果时空倒流，回到那个唱着"离离离"的咖啡馆里，我会做出什么样的选择呢？不知道。但我却绝望地认为，无论我做出什么样的选择，中年糜烂作为一种定律会跟随着我，就如我生命力的一缕秋风，同时带来了收获和枯萎。

新的厂房终于赶在春节之前完工。我的老爸老妈表面上还在为拆迁的事抗争，但他们其实已经悄悄把家里值钱的东西都转移到新厂房里去。我妈在电话里说，村里有一家人出去买菜回来，家里都被拆得一干二净。也有人被拆迁队骗出去谈话的，回来也拆得一片狼藉。房子如果被拆了，那么剩下就是赔偿多少的问题。对于他们来说，只剩下钱的问题那就不是问题。最后我妈总结说，终究得被他们全部拆光光的，人家拆迁队就是要来拆的，祠堂在他们眼里也不是什么祠堂，只是旧房子，拆了也就拆了，祠堂没有了但子孙还在。提到子孙，她又问什么时候能让她抱孙子，然后她长叹一声：

"唉，当年要是佛祖保佑，娶了像柳素这样的姑娘就好了，说不定我现在已经抱上孙子了。"

陈柳素在我家里住了一个多月，她有时候也会去看阿敏拉坯，帮手什么的。陈柳素说："嫂子其实也不坏，就是有时候会发呆。"妻子阿敏做了十多个盘子，她把我家里人和她家里人的照片都烧制到白盘上去。因为跟陈柳素相处得好，她也帮陈柳素烧了一只盘子，连同她的猫一起印上去。她将所有的盘子摆在电视柜上，都用托架立起来，然后幸福地舒了一口气，对我说："就剩我自己的了，我要你动手帮我做一只。"我欣然答应下来，说忙完过年的事就帮她做，保证是所有盘子里最白的一只。她幸福地笑了，笑着笑着就流出了眼泪，看着那些盘子说："真好，那些对我好的人都在这里了。"

我并没有听懂她这句话的含义，当天下午我陪陈柳素去医院拆石膏，我的妻子阿敏就在车库里焚烧自己，陪伴她的有十一只洁白光亮的盘子，还有那条凶残的鳄龟。车库空间太小，大火其实没有烧起来，警察说是一氧化碳杀死了我的妻子和鳄龟。因为混在一起，所以只能人和鳄龟一起火化了。

骨灰取回来了，我在房子里给她做盘子。陈柳素在一旁陪着，她说出事的前一天晚上阿敏还给她聊了很多事。我问说了什么事。她说，聊得最多的是你们有一天早上开车撞到人然后逃走的事，阿敏说本来不应该跑的，那个女的在地上还会动。陈柳素的眼睛直逼过来，我的手抖了一下，手里旋转的泥坯全扭成一团。

"不是我们撞的，是一辆黑色的车。"

"你的汽车不是黑色的吗？她说当时没有其他车。"

　　"不是，撞人的那辆是黑色的奥迪，不关我们的事啊。我们一早回来……我们从哪里回来的……"我发现脑海里一片空白，"应该是她的幻觉，应该是幻觉。"我尝试回想那个早上发生的细节，一辆车，撞击，一条弧线，但发现记忆越来越抽象。"生命如谜，当谜底揭晓的时候，没有早一步，也没有迟一步，就刚刚好。"我喃喃说出这句熟悉的话，刚刚好陷入了含混。我发现自己并无法完全相信自己的记忆，我想上网查一下关于那起交通事故的报道，但陈柳素告诉我，没有报道，没有目击者，没有任何痕迹。就像一阵风过去，然后什么都没有了。

夏雨斋

一

夏雨斋，一栋精致的双层小楼，在那棵高大的龙眼树的掩映下，它神秘、矜持、安静、冷漠，散发出一种银发贵妇人独有的气息。与周围的其他老房子不同，虽历经近百年风雨飘摇，它还是那么洋气端庄。二楼残破的阳台走廊，依然能看到考究典雅的绿色瓶子状栏杆；屋角用嵌瓷立着龙凤，都没了尾巴；镬耳墙又让这栋建筑显得壮实，像戴了一顶帽子一样儒雅。这样奇特的建筑在岭南侨乡十分多见，但只有这一栋叫夏雨斋。

它是唯一的夏雨斋，它将要被拆掉。是的，你没猜错，又是修路。高速公路必须从这里穿过去，才能绕过栖霞山的阻挡，顺利跨过月眉谷，往厦门的方向伸过去。其实夏雨斋早就摇摇欲坠，已经多年没有住人了。如果不是这次拆迁的事，我们家大概也没人会去惦记它。拆迁工程赔款当然很不合理，但我不希望跟新闻里一样，发生不愉快的冲突。工作人员已经来过三次，但我妈还是没有签字。他们对我说："崔教授，您就帮我们好好劝一劝您母亲吧，我们把好话都说尽了。"

"不是钱的问题，"我妈第 N 次强调这句话，"这房子我在管，但这房不是我的。"

我知道她要说什么。无非是再次强调外祖父的遗书中画了着重号的那个句子：夏雨斋由我们家管理，但不属于我们所有，它必须交由远在暹罗的三舅公处置。而那个三舅公，我只在阁楼里见过他年轻时候的照片，长得眉清目秀，现在说不定早已经作古。

"要不我们去一趟泰国？"我妈坐在窗前，抬起头望着我说。

二

去泰国倒不是什么难事，两三个小时的飞机，比去北京还要近。但关键是，到泰国寻亲，这茫茫人海，该如何去找？再说泰国频频发生动乱游行，前些年还挺乱的。我妈倒是有办法，她说："夏雨斋楼上应该还有十几年前的书信和侨批，信上还有地址，可以根据地址去找。"

她心意已决，开始询问出国的具体事宜。这个还没坐过飞机的老人，对其他问题并不关心，却非常关心飞机会不会从空中掉下来。我们都笑着说不会，比坐出租车还稳。

"去，好好把夏雨斋清理一下。"

她办理护照需要一个月时间，我有足够的时间来走近夏雨斋。在这样闷热的夏天，无所事事会让这个暑假显得更长。我回到半步村，乡亲们都叫我教授，只因为我在大学里教书，在他们眼中，在大学教书的全部都是教授，其实我在一个大专院校当助教，连讲师都没评上，就因为该死的论文。我不愿意到网络上去复制粘贴，也不愿意去写那些没有任何意义的文章，如果不是妻子一再催促，我才不愿意去评什么职称。

妻子说："听说那旧房子以前有很多古书，你留心看看。"我笑着说，值钱的东西早就被拿去卖了，没卖掉的也都被红卫兵砸掉了，房子没被烧掉已经算是万幸了，是挖不出什么宝贝的。

"不是让你去淘古董，我的意思是，看看有什么资料能写论文的，趁着暑假赶紧鼓捣一篇出来，花点钱拿去发表再说！"她看我满不在乎，便又说，"你别一脸不正经，你要评讲师，过几年再评副教授，没评上我准跟你离婚！"

妻子从小就在大学里长大，她爸是教授，她妈是教授，她身边的所有人都是教授，于是，她理所当然地觉得我必须是教授，退而求其次也得是个副教授。我每次都将她威胁说要跟我离婚解读为一种玩笑，直到有一天她真的要跟我离婚。不过那已经是很久以后的事情了，现在，在这个夏天，她依然是我的老婆，整天还能对我唠唠叨叨。

三

夏雨斋是我外曾祖父所建，为了迎娶我外曾祖母，他花了一年

138

多的时间才将这栋小洋楼建成。一百年前的半步村，大户人家房子的格局，不是下山虎就是四点金，再好一点的是四马拖车，这些大院落都与我外曾祖父无关。如果不是因为家里穷，如果在村里能找到谋生的路，他就不用跟随父亲坐着红头船漂洋过海了。作为一个出外做买卖的后生人，他厌倦了这个村子，他看过了太多人情世故世态炎凉，他丝毫不愿意回到这里。但父亲却让他必须回来。背井离乡的游子，每个人心里面却还是怀着祖宗的。

"你不回去，列祖列宗就没饭吃了。"父亲要求他回家娶亲生子，延续香火，拜祭祖宗。这样一个功利的想法间接促成了夏雨斋这样一栋书楼的诞生。外曾祖父回到半步村，将老家破败的房子推倒重盖。原来的老房子地基本来就不大，于是只能往天空去要空间，这就决定了它不是宅院，而是两层的小楼。

我踩着吱呀作响的木梯，推开楼梯上方的木质井栏（木井栏上有锁孔，估计是防盗用的），爬上了二楼。很多门窗已经打不开了，令人高兴的是西边的窗户居然能打开，窗外那棵老龙眼树青葱翠绿，着实喜人。阳光探射进来，满屋的尘灰乱舞。我早有准备，取出随身带上来的报纸，在门槛上铺好，小坐片刻。清风徐来，周遭都是低矮的老屋子，极目四望，可以看到远处巍峨的栖霞山。

这样慵懒的午后，我仲了一个懒腰，对自己说："崔教授，干活吧。"我打开手电筒，开始翻箱倒柜，很快就找到保存在衣橱抽屉里的家书。除了被一副假牙吓了一跳以外，一切都在意料之中。泰国亲戚的地址很快就找到了，繁体字写着：四色吉府龟刊路。我一笑，应该是四色菊府吧。用报纸将家书一包，正准备下楼，却突然想起妻子的话，如果不带几本旧书回去，她大概又要喋喋不休。于是我又继续寻找，终于在一只黑色的大箱子里找到了一本民国老课本、半部康熙字典、一本没有封面的《幼学琼林》，还有几册《伤寒杂病论》，上面画满了图案。再往下翻，是一本画满了人脸的《麻衣神相》，这是教人如何看面相的书。我又一笑，就没再翻下去，心想这好几本"古书"，也足够应付我妻子的盘问。

就在我想关掉箱子盖的时候，却发现箱子盖里面好像有东西在晃动，伸手去摸，厚厚的方形物体，估计还是书。这书不放在箱子里，反倒藏在箱子盖的暗层之中，这倒激起我的好奇心。为了不弄坏里面的书，我不得不将箱子倒空，搬到门槛旁边的阳光下，小心翼翼，费了半天劲，才把里头的书掏出来。厚厚三大本，不是书，却是线装的手稿。装订最为仔细的，是第一册，封皮用毛笔写着《夏雨斋诗稿》，略略一翻，都是一些古体诗，显然已誊抄多遍，上面却仍然有涂改的痕迹。这老祖宗还很喜欢用典，并用蝇头小楷为每首诗都作了注，颇为用心。我对古诗向来不感兴趣，便将诗稿搁到一边。另外两本倒是有点意思，封皮上写着《夏雨斋记》，上下两册，看起来既像日记，又像随笔，乍看不知道写什么，前后对照看了几段，才知道是用方言写就。开篇写道："壬戌年春，余奉父亲大人之命回唐山起屘娶亲，路经香港，恰逢大罢工，街上混乱，脚头邬被撞到乌青……"

这些白话文夹杂着方言词语，如果不用潮汕话翻译，简直无法知道他在说些什么。有时候我脾气古怪的外曾祖父——这个二十八岁的年轻人，甚至会在他的日记之中用铅笔或钢笔画上插图，用来表达当时情景中某些无法用语言来讲清楚的事情。偶尔还会在文章里出现一些泰文，比如地名，比如一些他无法翻译的物品的名称。这两本日记之中，书写工具的使用也非常混乱，多数用毛笔书写，但到后来，这位时髦的外曾祖父，居然也渐渐使用钢笔写字。当时国内还没有生产钢笔，所以他拿着进口钢笔写字，一定带着炫耀的味道（吸引异性的目光？）。他显然不太习惯，有好几个字都将纸张戳破，墨水溅在纸上弄得一塌糊涂。

四

我读了十来页，觉得有点意思，又觉得傻乎乎呆坐在年久失修的老房子里读一个老祖宗的日记，完全是在浪费时间。正当我准备将日记放回原处时，我又随手往后翻了几页，看了一眼，日记里一句话将我吓了一跳："今日于忙乱之中掩埋尸体数十具，其中多已腐烂，皮肉浮肿，锄头触之则骨肉分离。遥想和尚之言，不觉跪地对天三拜。"

又再翻读了几页，竟然尽是触目惊心的情景，寥寥数页，已经掩埋了数百具尸体，而还有许多尸体在流水之中随流飘荡，无法打捞。我正想继续看下去，手机却响起来，妻子在电话里大呼救命，我吓了一跳，原来家里跑进了一只大老鼠，老妈养的那只小黄猫大概没见过这么大的老鼠，竟然惊慌逃跑。妻子向来就怕老鼠蟑螂，在电话里大呼小叫。

我犹豫了一下，将所有书和信，连同那两本厚厚的日记都包进了旧报纸，一并带走。

　　我回到家里，我的妻子，这个戴着厚厚近视眼镜的瘦女人，她站在板凳上，手持捣衣棍，十分紧张地环视周围地面，好像害怕那只老鼠会突然爬上板凳去咬她的脚。我见她这样子十分滑稽，不禁哈哈大笑起来。她见到我，听到我的笑声，看了我一会儿，然后蹲在板凳上抱头哭泣起来。我被她的哭声弄得手足无措，只能走过去接过她的捣衣棍，抚着她的肩膀，说一些空洞的安慰的话。

　　"我不想在这村里再住下去了，这里我一个认识的人都没有，什么都没有！我实在不知道为什么每次放暑假，就要回到你的老家来受苦，你妈一个人在家很可怜，但也不要让我成为陪葬品，凭什么……凭什么我要成为你操蛋的乡土情怀的牺牲品……"

　　我的瘦女人嘴里蹦出来的粗暴的句子，显然跟她这个高中女教师的身份不符，但非如此不足以表达她此时的愤恨。这个从不说脏话的瘦女人突然说出了连她自己都陌生不自然的脏话，这让我的心情跌落到了低谷。我眼前仿佛有千百具浮尸漂过，胸闷得慌。

　　"啊——"妻子突然尖叫着站起来，她的手指着我的身后。

　　那只跟猫一样大小的老鼠正肆无忌惮地吃着一块面包屑，偶尔还抬头看我，毫无退却的意思。仿佛在它眼里，它才是这地方真正的主人，而我，只不过是一个过客，一个不速之客，一个奇怪的陌生人。

　　我挥舞着捣衣棍朝它打去！没中。在妻子的尖叫声中，我已经将老鼠逼到了沙发底下。这只硕大的老鼠，着实让我很紧张，此时我穿着球裤拖鞋，很害怕它突然跑出来在我的小腿上咬一口。老鼠我见多了，但这么大的老鼠确实很少见。而现在，在我妻子眼里，我俨然是一个英雄。英雄不能够表现出丝毫的懦弱，即使我时常是一个懦弱的人。我让妻子退出去，把房门关上，将我和老鼠关在房里。我决心与它决一死战，却也不能让我的妻子看到我十分慌乱狼狈的一面。

连我自己都觉得自己打老鼠的动作十分滑稽夸张，很多动作显然非常小题大做，如果录下来一定是一组喜剧镜头。但这毕竟是一场实力悬殊的打斗，大老鼠目标比小老鼠大，所以还是挨了我两棒子，当场晕倒。我小心翼翼地将它装进垃圾袋，在袋口打了一个死结。我正准备提它出去跟我妻子炫耀，却看到她正在窗户上看着我。

她显然看到整个过程。我突然觉得脸色一热，一种懊恼的情绪在内心生成。我将这种无处消解的情绪迁怒在老鼠身上。我知道它还没死，于是拿了一把火钳，钳住它的脖子，把它放在臭水沟里溺水，每隔两分钟让它浮出水面呼吸几次，就这样反复折磨，直到它不能动弹。

我老妈挎着一篮子青菜从巷口走来，问我："阿浩你在做什么？"

我答："没做什么。"

我站起来，这个瞬间仿佛回到了三十年前的童年，我在臭水沟旁边溺死一只蝗虫，时空流转，所有时空并存而未曾消失，仿佛刚才的一切只是一场梦游。

五

夜深人静的时候，我再次打开我外曾祖父惊心动魄的日记。我在电脑前重新梳理了一下，很快就理清了头绪：壬戌年是 1922 年，这一年八月二日有一场史上罕见的台风，八到十二级的大风在潮汕地区整整盘旋了一天两夜，风暴所过之处，死伤无数。对这场骇人听闻的台风，史称"八二风灾"。

当晚我查阅书柜上的《潮州志》，赫然发现这样的记载："下午三时风初起，傍晚愈急，九时许，风力益厉，震山撼岳，拔木发屋。加以海汐骤至，暴雨倾盆，平地水深丈余。沿海低下者且数丈，乡村多被卷入海涛中。已而飓风回南，庐舍倾塌者尤不可胜数。灾区淹及澄海饶平潮阳揭阳南澳惠来汕头等县市，田园湮没，堤围溃决，人畜漂流，船筏荡析，衣履系于树杪，轮船溢于山上。财生号被风吹上妈屿外之孔蓬山，山东号搁于碈石狗母涵山腰，潮汕小火轮二艘搁于潮阳后溪蝴蝶交山腰。受灾尤烈者，如澄海之外砂竟有全村人命财产化为乌有。计澄海死者二六九九六人，饶平近三千人，潮阳千余人，揭阳六百余人，汕头二千余人，统共三万四千五百余人，逾月而山陬海隅积秽犹未能清。"

到底死了多少人？我打开电脑查资料。网络资料显示，潮汕地区有八万余人遇难。这个数字显然并不完全准确，也有人估计遇难人数超过十万人。八万余人遇难是什么概念？大约就相当于 2008 年汶川地震死亡的人数。当时康有为等名流听闻了灾情，也在报纸上登出广告义卖书法作品赈灾。而国内战乱频仍，政府救灾不力，更多还是依赖华侨及民间团体的救济和自救。

有了这样一个背景，我重新沿着外曾祖父的日记回到 1922 年的春天，接下来要发生的一切就显得十分富有柔软的弹性。1922 年春天发生了几件事，都十分耐人寻味，我将这些事件归纳如下：

第一件事是拆老屋。拆除老屋腾出地基，另外购得隔壁一间破旧的猪圈，也一并拆除作为地基。在老屋地基的基础上建新屋，主要出于风水上的考虑。

第二件事是拆屋的进程一度中断了一个月，原因是在老房子的土墙里挖出两块花岗岩的石碑，上面刻有一些符咒一样的符号，形状怪异，大家都觉得不太吉祥，于是停工。我外曾祖父花了十多天的时间，将这两块石碑的四面都拓印下来，他对这些铭文十分好奇，一度以为它们是甲骨文或西夏文，但翻查了有关典籍，都不太像。

第三件事是那年夏天，江浙一带发生了大水灾（我通过谷歌查找了一下，六月确实有一场大水，淹没了很多地方），加上北方的战乱，陆续有一些受灾民众经由福建往南走，半步村也接济了一些受灾民众。

第四件事有必要多说几句，因为它在日记中的篇幅最长：当日两个和尚从北方来。半步村的人所谓的北方人，是指在半步村以北的一切人。两个和尚，一老一少，说是来自黄山脚下的玉泉寺，他们声称能摸骨看相看风水，驱邪除魔保平安。我外曾祖父在日记中这么描述这两个人：老者白色长须已经变黄，小和尚头上已经长了寸发，衣衫褴褛，面容枯槁，扶杖而立，颤颤巍巍。当路边商店里好心的人们给他们俩端来两碗水的时候，他们两手颤抖，几乎连碗都拿不稳。天气炎热，两个和尚在村口的大榕树下面露宿倒也不碍事。碰巧我外曾祖父因为家里的老房子拆了准备重建，也正借住在榕树下一间竹子搭成的小房子里。那是一个亲戚用来存放农具及渔网的。就在和尚到来的当天晚上，半夜里老和尚来敲门，希望小和尚能住到竹屋里来。问其故，老和尚说小和尚是阴阳眼，能看到常人看不到的东西，在这池塘边不干净的东西太多，他有点受不了。小和尚站在老和尚背后，双手互抱藏在袖管之中，脸色苍白，瑟瑟发抖，他对外曾祖父说，池塘边一片婴儿啼哭的声音，还有许多小孩在池塘边徘徊戏水，阴气太重，再不避开他怕自己会大病一场。外曾祖父心中暗自称奇，这池塘边，恰好是半步村人处理流产儿童的地方。凡有流产或夭折的小孩，一般都会放到这榕树下的池塘之中。这里刚好是大池塘活水进出的地方，碧河之水通过河堤的暗渠，便从这里穿过，人们相信水流能将污秽的东西带走。而这两个外来的和尚，如何准确知道这个，难道真有鬼神之说？于是他将两个和尚都请进了竹屋，竹屋太小，那一夜，两个和尚只能席地而卧。但老和尚说，他们已经有一个月没在室内睡觉，一个月来，小和尚第一次睡得这么好。

次日清晨，外曾祖父邀请两位和尚一同去建屋的工地看看，两位和尚绕着被拆得七零八落的老房子转了一圈又一圈，两人又私下耳语了一番才朗声对我外曾祖父说："公子，你这房子建不成，建议还是一个月之后再建，最好能带着族人逃离此地，半月之后再回来。"

那一天工地上既有拆房子的工人，也有建房子的工人，他们都是村里最有名的工匠，他们对和尚的话非常反感，以为和尚是在质疑他们的手艺，纷纷围过来理论。两个和尚显得十分不安，他们对这些大汗淋漓的汉子们感到恐惧，但和尚的口舌显然也不太伶俐，他们十分艰难地解释刚才的话，却又吞吞吐吐，似乎有什么忌讳不可言之。但当他们说出"半步村将大难临头"这句话的时候，村民已经将他们团团围住，外曾祖父怎么也插不上话。最终，和尚因为妖言惑众引发众怒，被推搡着押到大榕树下。有人叫嚷要烧死这两个妖僧，于是和尚被绳索捆成两个粽子，被吊到树上。他们太瘦也太轻，一阵夏风吹过去，他们竟然打起转来。

"会刮大风——"小和尚喊道。

但围观的人们已经笑起来——"风吹得你们打旋，你们就说会刮风，半步村见过的大风还少吗？"——太阳此时已经升高，气温开始升高，人们纷纷从田地里回来，许多人围在凉风习习的榕树下，边擦汗边看热闹。"烧死他们！"人们起哄道。

大暑刚过，我的老祖宗不止一次在日记里描写那个夏天的炎热，热得出奇，热得令人窒息。而此时，距离"八二风灾"的到来，只有不到一个星期的时间。

六

同样的夏天，闷热，多汗，空气里塞满了蝉的叫声和无边的空虚。暑气渐渐消退的时候，我会到夏雨斋溜达一下。我对时空那头的 1922 年的关注，让我一次次重临这个地方，后来，我这个不爱做家务的男人，居然也带着扫帚和抹布，开始打扫夏雨斋。

妻子对我的行为表示不解，她说："你没事吧？"这个问句背后的意思，既有对我不务正业的无奈，也有一丝无法言喻的嘲讽。我只能说我最近对古建筑感兴趣，还跟她讲了我最近的研究成果：什么是硬山顶、悬山顶、歇山顶，我都能说得头头是道。为啥研究这些？那理由是十分充分的——古老的屋顶正在消失，而被没有任何修饰的天台所替代。以瓦片为代表的文明正在消失，所以要趁现在暑假回到老家的机会，好好研究一下本土文化，挖掘其中的精髓。

我的理由堂而皇之，无懈可击。这样的对话不是第一次出现，而如从前一样，妻子眼睛里的光芒因为我的狡辩而暗淡下去，那是一种深深的绝望。她回到窗前的桌子旁边，坐在椅子上备课，但我分明听到她抽泣的声音。我不知道怎么办，她需要的那些东西，我似乎一直都给不了。结婚四年，就如同念了四年大学，她一刻也没有停止对我的改造重塑，而我是一个永远无法毕业的学生。对她一脸"哀其不幸怒其不争"的表情，我从一开始的愧疚到如今的厌恶，也并不是一句话说清楚的。别人都羡慕我找了一个中学女老师当老婆，非常幸福，假期也统一，但没有人知道每天都要面对班主任的痛苦。她对我寄予深深的厚望，让我开始后悔自己为什么不是一个坏男人。夫妻关系是一个零和游戏，能量此消彼长，所以做一个坏男人有太多的优势，至少可以心安理得地"勇敢做自己"。

我妈眼睛尖得很，她早就察觉我跟妻子之间的矛盾，但她总以一种过来人的口气对我讲述她和我老爸之间曾经出现的矛盾，以一种旁敲侧击的方式教育我要互相忍让。"我们那时候，东西坏了就修，你们年轻人，东西坏了就换，这是要不得的！"她语重心长，将所有的矛盾处理为小事。而她眼中的大事，是我妻子的肚子，为何迟迟不见动静。我无意间发现她在倒垃圾的时候会特别拨弄一下我们房间的垃圾袋，后来我才知道那是在检查我们有没有性生活。有一次她发现了一只用过的安全套，非常不高兴，她的意思是要赶紧造人，而不应该再避孕。我无法跟她解释，我们都还没有准备好要小孩。"要小孩还需要什么心理准备？"她的眉头皱起来，如果在小时候，这就意味着我必将挨揍。她希望我们早点生孩子，不能太迟："早点生，如果是女孩，你们就再要一个！"我跟她说计划生育，只能生一个。她也懂，当年也没少吃计划生育的苦，还被抓去强制堕胎，但她嘴里还是喃喃地说："最好能再生一个。"只是声音变得很小，似乎只是在对她自己说。

她虔诚地到寺庙里去许愿和祈祷，希望能得到一个孙子。为此她一改以往锱铢必较的性格，不惜重金买来所谓的灵符烧水要我喝，我不喝，告诉她被骗钱了。但她坚持一定要这么做，最后我要了一个小把戏将那碗脏兮兮的水偷偷倒掉，她以为我喝下去，才安心地走开了。

七

而我心中最为关切的是，两个和尚究竟被烧死没有？

我曾一度怀疑，日记之中对这两个和尚的描写，会不会是老祖宗的即兴创作？两个和尚的胡言乱语，真的就可以招致杀身之祸？大家真的会这么冲动吗？我搜索有关的记忆，一个词语从暗淡的记忆之中蹦出来："外省仔。""外省仔"是一切外来人口的称呼，这里头包含的不仅仅是轻视，还有排斥。在我小时候，这个村庄开始

149

有外来人口到来，他们开始以乞丐的形象到来，和本土乞丐不同，外地乞丐花样明显更多，吹拉弹唱什么都有，最流行的曲目是《九月九的酒》："又是九月九，重阳夜，难聚首，思乡的人儿，漂流在外头，又是九月九，愁更愁，情更忧，回家的打算，始终在心头……"后来"外省仔"不再是乞丐，他们越来越多，渐渐成为打工仔的另一个代名词，慢慢融入半步村生活的许多角落。半步村的人们一面惊叹于他们的吃苦耐劳，而另一面又对这种吃苦耐劳表现出不屑一顾，他们和"脏、乱、臭、体力好、不怕吃苦、价格低廉"联系在一起。对"外省仔"的排斥一直没有停息过，即使我们知道他们很聪明，即使他们能做出比我们更白的豆腐，比我们更好吃的面包。在很长的一段时间里面，半步村的自我封闭表现在顽强的心理意志上。

而仅仅在二三十年以前，这个村庄划分贫富贵贱的，却不仅仅是本村人的艰苦奋斗吃苦耐劳，而更在于谁家有"华侨"。我们似乎忘记了，当年扬帆出海谋生的华侨，对于他乡的人来说，就是第一代"外省仔"，备受歧视和欺凌。没有人会将这两者联系起来。

对于我们这一代人来说，上个世纪六七十年代，是一个模糊的概念，教科书上只有短短的几行字就概括了一切。而对于我妈那一代人来说，这个概念完全不同，它代表着饥饿以及和食物有关的一切。"很多人饿死了，"我妈不愿多提，"你爷爷的爸爸，就是饿死的，国民党军官，打仗回来之后就被批斗，1962 年饥荒，活活饿死，听说尸体都浮肿了，用草席一卷就埋在杨桃树下。"我见过穿着军服的曾祖父，风度翩翩，威风凛凛，眼神傲视一切，在战场上杀了很多日本兵，他至死也想不清楚自己错在哪里。

这个大家族在改天换日的时候凋敝凄凉，而不至于完全死绝，便都有赖于华侨的救济。那个时候，我的外祖父，那个喜欢在夏雨斋的阳台上养四盆玫瑰的老人，可以昂首挺胸走在大街上，可以非常慈悲地施舍乞丐，便是由于夏雨斋总是会接到暹罗寄来的侨批。人们说我的外祖父是一个"笔下有黄金"的人，意思是，只要他动笔写信，诉说家中的困难，千山之外的地方，就会给他寄来一笔钱。

半步村的人们对于侨批的期待，也和骑绿色单车走街串巷的邮差联系在一起。喜欢捉弄人的年轻人，有时候会骑着单车到夏雨斋楼下，像邮差那样铃铃铃敲响车铃。我的外祖父听到铃声，大叫一声"来了——"，他从阁楼上小跑下来，脚步声里都透着喜悦；待到出门发现被人捉弄，就用他手中的小拐杖敲着门前的地板大笑或者大骂。有一次家里光景艰难，苦等侨批不来，又遭到戏弄，外祖父一通大骂之后，竟然进屋去暗自流泪。

八

和尚在榕树下被挂到当天下午，狂热的村民真的捡来柴火，准备把他们烧死。两个可怜的和尚被挂在树上，苦苦哭泣求饶。看到这个情景，我不禁想起小时候有一次村口的菜市场跑进来一条大白狗，它显然迷路了，在菜市场寻找食物。那天刚好下过大雨，大白狗的皮毛都变成一簇一簇的，被污泥粘在一起。卖猪肉的摊主向四叔，开始还丢给它一块骨头，但当天夜里向四叔就按照"见者有份"

的原则，给我们家送来一截狗腿肉。

"丢了几块骨头，它可能饿坏了，就赖着不走，傍晚还没人来找狗，我们用麻袋一套，杀了。"

狗被吃了，大家都夸肉新鲜。而现在，两团肉正被挂在大榕树上，盖上日记，我仿佛看到他们正在我眼前晃动。他们的晃动大约持续到下午三点，村长来了，他让几个年轻人马上去解绳索，把两个和尚放下来；又吩咐人倒来两碗水，他放下他的黑木拐杖，颤巍巍地端着两只瓷碗送到和尚的嘴唇边。村长看起来比他的年龄老，须发皆白更让他仿佛真的老得不行了，其实他才刚过六十岁。他站起来告诉众人，后天就是六月初六，不可造次，惊动了鬼神，不太吉利。他说话很慢，但大家都听进去了，纷纷散去。

半步村的六月初六，这是除了中元节"普度"之外最为隆重的鬼节。过去一年家里有人去世的人家，会选择在这一天进行拜祭，仪式颇为隆重，要用米粉蒸制七块两三寸宽、七八寸长的"桥板"和几个"桥墩"，在桌子上砌成一座桥，也就是阴间的"奈何桥"。六月初六天气非常炎热，传说阴曹地府的鬼魂会到阳间来挑西瓜回去避暑，所以这一天活人不吃西瓜，见到西瓜也避之唯恐不及，夜晚更会早早关门睡觉，谁都不想沾到晦气。因为传说有人被鬼看上，会雇去挑西瓜，第二天醒来腰酸背痛，口袋里装满了烧成灰的纸钱。

被绑在树上挂了好几个时辰，两个和尚全身都快散架了，他们只能继续跟我外曾祖父挤住在榕树下那间竹屋里头休养。那是小和尚最为恐惧难熬的几天，他几乎夜夜失眠，口中轻声念着阿弥陀佛，第二天说到屋后池塘边洗脚的"东西"越来越多，而我外曾祖父除了声声蛙鸣之外，并没有听到其他声响。六月初六那天晚上，我外曾祖父料定这个有阴阳眼的小和尚会分外难受，于是给他准备了两个棉花团，让他塞耳朵。但是那天晚上，小和尚却神清气爽，既没有蜷缩成一团，也没有跟往常一样瑟瑟发抖，竟然推门而出，在榕树下乘凉。老和尚也非常诧异，跟了出去。黑暗之中，只见小和尚抬头望向天际，天边有一颗不知名的星星，异常明亮。小和尚说，"他们"都走了，因为这个地方即将刮大风，会死很多人，到时"鬼满为患"，所以他们争论了一个晚上，决定提前离开。

"我知道没有人会相信我的话，你的房子真的建不成，还是先离开这里吧。"小和尚在黑暗之中坐着，他形容枯槁，有一种不被理解的孤独。他脸上的神情忧伤而肃穆，良久竟嘤嘤哭出声来。他们商量了一下，说天亮之后他们就启程离开此地。我外曾祖父对他们的话半信半疑，但他依然表示，如果村落有难，他也无法独活，应该留下来帮助其他人。这几句话说得慷慨激昂，赢得和尚的喝彩。越聊越投机，我外曾祖父来了兴致，他回到竹屋之中，从床底下取出没舍得喝的好酒，取了三只蓝花瓷碗，在树下跟两个和尚畅饮起来。此时一勾弯月斜挂天际，我外曾祖父取出一沓纸来，告诉两位和尚，他建屋子的时候挖出了宝贝，两块石碑，他将上面看不懂的经文拓印下来。外曾祖父对和尚说，他刚好多拓印了一份，就送给两个游方僧人，希望有机会遇到高人能将其中的咒语或经文译出，送回村北的木宜寺中保存，也算是一件功德之事。老和尚接过拓本，在灯下打开细看，皱着眉头左右端详，只看懂了石碑开头的三个大字：分身术。我外曾祖父并不相信他的话，他并不认为这是什么法术，更觉得应该是大悲咒之类的祈福咒语。

和尚走后的第四天下午，那场已经被历史淡忘的风灾开始到来，大风盘踞在澄海附近长达三十多个小时，两夜一日的时间里，人畜伤亡无数。我透过残存的只言片语的记载，隐约能读懂那一段时间里这偏安一隅的人们的恐惧。大风像是一场没有尽头的长跑，占据了他们生命中的某个时刻，仿佛整个世界就要结束。那些居住在老房子里头的穷人成为风中摇曳的蜡烛，他们的屋顶被掀开，暴雨直接倾注进他们的被窝，狂风直接将他们的锅碗瓢盆卷上天际。无数善良的人们在家中祈求观音菩萨和妈祖的保佑，保佑风灾快快过去；风灾过去之后，他们又祈求在风中走散的亲人能找到回家的路，祈求失踪的人们突然能在某个角落发出呼喊。

九

当天夜里我上网搜索半步村的出土石碑，并没有一块是从夏雨斋出土的。外曾祖父日记中提及的那两块石碑，如果没有猜错，应该是被重新埋进夏雨斋的地基之中。外曾祖父日记中说和尚认为石碑记载了"分身术"，我倒觉得有几分道理。半步村有许多巫师声名显赫，他们不但能为本村的人们解决各种无法解释的疑难问题，还经常外出游历四方，很多巫师在附近市镇都有固定的信众。

中午吃饭的时候，我有意无意和我妈聊起当地的巫术，还专门提及"分身术"。我老妈对于分身术倒不是第一次听，她说以前有人说矮弟佬就会分身术。这位号称"黑镜婆婆"的巫婆，绰号矮弟佬；也有人说她丈夫就叫矮弟，佬就是老婆的意思。这个总是戴着黑框眼镜的老妇人，据说她能徒手驯服暴怒的水牛；传言她还能将人一分为三，分属不同年龄阶段的三个人。每个讲述神奇故事的人都说他曾亲眼见过，但估计应该没有人真看见过。

我妈显然对这些神神鬼鬼的东西见怪不怪，并不想谈这个，她说早上收到一件快递，应该是护照到了，问我什么时候去泰国。我这才猛然惊觉，自己在半步村已经住了将近一个月了。这一个月中，我似乎每天都陶醉在自己的世界里，应该说陶醉在我外曾祖父的世界里。我外曾祖父曾经多次提及分身术，他的念念不忘与我的念念不忘很快重叠在一起。后来他干脆用一个 × 来代指分身术，这个动作表明，他对于分身术开始上升到机密的级别。在阅读那本混乱的日记的过程中，我一度怀疑我的外曾祖父有严重的臆想症。他系统地分析了分身术的运作原理，认为一个人可以分成老年、中年、青年三个人生阶段，三个不同的时空可以平行并存。我相信他手上正在阅读从泰国或马来西亚等东南亚国家带回来的巫术书籍，这些书对他产生了非常不好的影响。他甚至认为只要分身术得到推广，他所处的国家的各种纷争也将迎刃而解，因为一支三万人的部队可以变成九万人，三十万人的军队就可以成为百万之师。

我上网搜索分身术的相关材料，在一个无意的机会我看到有一个魔术师表演青蛙分身术的网络视频。他居然能够将一只青蛙分成一只大青蛙、一只小青蛙和一个蝌蚪。虽然蝌蚪和青蛙很快就死了，但这让我大吃一惊。我的搜索进一步深入，已经远远超出我的专业范围，也完全不是为了写那该死的论文。我开始搜集关于平行宇宙和量子力学的相关理论，开始理解类似多维空间这样难解的问题，并试图摸清一些说不清楚的规律。几天之后，我又有意外的收获：在某个大型论坛里面，有一个帖子中写了楼主的同事（一个教辅资料的推销员）曾经来到半步村，在停顿客栈里头学会了分身术，并用这种法术将一个女人分成三个而行淫秽之事。这个帖子除了让我欲火焚身之外，还点明了一个道理，那就是分身术并非存在于什么古老的咒语之中，而是变成致幻药物的另一个生意来源。也就是说，是不是这个推销员自己嗑药，然后觉得跟他上床的人都可以分成几个，纯属幻觉。这样一个帖子，无法假设也无法证伪，它让我常常感到恍惚：什么是时间？什么是空间？它们是否连续？还是有看不见的断裂？

帖子里提到的停顿客栈，我似乎有点印象，小时候曾经见过，但后来好像被一把火烧掉了，也不知道有没有重建。我询问我妈停顿客栈的事，她摆摆手不置一词，却骂我最近总问一些奇怪的问题。每个半步村人心中都有一个玄冥世界，他们通过特定的道具（比如两块椭圆形的小木块）来预测未来的凶吉，表达内心的悲喜，祈求神灵的庇护和内心的安宁。我理解她的意思：这些神鬼之说，宁可敬而远之，"切莫自以为是"。她又追问去泰国的事情，我随口说机票已经订好了，但其实我正准备着手去订，还完全没展开。她倒是紧张起来，说订机票也不跟她先说，她什么都没准备好。但其实她半个月前就已经收拾了一袋行李，还经常挑挑拣拣放几张老照片进去，过几天觉得不妥，又将老照片取了出来。就在这犹犹豫豫取进取出之间，多少干净而酸楚的记忆在她内心流过。

十

妻子知道我要带我妈去泰国，那是以前我们结婚那阵子讨论去度蜜月的地方，后来没去成，便将计划降级为海南三亚，但因为大家都忙，婚假缩短，所以又改成厦门鼓浪屿。生活好像就这样，不断在妥协，不断在迁就，不断在降低我们的期望值。她也知道我一直在阅读两本厚厚的日记，但她并不知道我在夏雨斋的阳台上发呆究竟在想什么。在这一个月的时间里，她写完了三本备课本和几本教辅练习题。我知道她在尽量让自己忙碌起来，她必须不停地往时间里头填充各种可做可不做的事件，才能让日子继续运转下去。

我尝试着给家里带回来一只小猫和两只小兔子，希望我的妻子能喜欢，但事实证明她并不喜欢猫，也不喜欢兔子。我记得我刚认识她的时候，她很喜欢各种小动物，当时我发信息告诉她，我在半步村的河堤上散步，看到一池漂亮的荷花，很美。她说她喜欢美丽的花草，也喜欢养一条小狗，她还将我的那条短信收藏了很久。我很高兴，认为自己遇见了一个善于发现美的女子。在我眼中，一个女孩如果能发现美，说明她聪明又善良，而这两者基本就是衡量一个女人是否容易相处的最重要的指标。

在外人看来，我们一个是大学老师，一个是中学老师，出双入对，应该和谐而恩爱。但在这一片祥和之中，大概也只有我们才知道危机所在。有那么几次，在深夜，她背向我侧卧着，用因哭泣而

157

变得含混的声音对我说："要不我们离婚吧，趁现在还没有孩子。"

我沉默以对。在这样一个关口，我不知道接下来会发生什么，我也不知道什么样的决定是对的，我发现很多人也和我一样，对于婚姻的厌倦找不到理由，而保持婚姻的理由仅仅因为对于换一个结婚对象就会变得更好完全没有信心。既然换一个人也会如此，不会更好，那为什么不凑合着过下去呢？

我的妻子骄横、偏执而隐忍。和半步村其他的女性一样，她在别人面前永远会扮演一个好妻子的角色；她有时还会下厨露两手；我想做爱的时候，她会躺着配合我，但她从来不肯叫出声来。她忍着，即使是在最需要释放自己的时刻，她也忍着，只把手伸向我的后背，狠狠地掐痛我。

所以，她没有什么不好，也应该说没有什么缺点。她演得很好，她只是希望我能更好。她像一个封闭的圆形，她希望我能变成一个更大的圆形把她圈在中间成为同心圆。但我一直是一条不规则的曲线，我并不能满足她对于一个男人的想象。我大概早就将自己这个角色演坏了吧："大专院校助教，一直是助教，这简直让人无法忍受！"

有时候我也会想，不能总让她觉得我需要改造，有时候是不是也应该让她认为自己应该在我身上寻找优点发现美呢？是她没找到足以驯服她的男人，还是她会永不知足？如果她嫁给奥巴马，会不会嫌弃他太黑需要变得更白呢？

——这样的问题自然有助于缓解我内心的压力，但并无助于我们关系的改善。

所以在我邀请她一起跟我和我妈去泰国时，她拒绝了。然后她说："我劝你别去，你会后悔的。"顿了顿又说，"泰国有什么好玩的！"我将之理解为她不喜欢泰国，而不知道她此时正怀着我的孩子。而就在我登上去泰国的飞机的第二天，她并没有如约回到娘家，而是走进东州最好的医院，准备去堕胎。在去医院的的士上，她将手机里关于我的照片，一张一张删掉了。

十一

飞机降落在素万那普机场，我妈才深深呼出一口气。三个小时前飞机起飞的瞬间，她突然抓紧了我的手，这让我有点难堪，也有点难过（那只手握起来是多么陌生而生硬，我已经多年没有碰过，虽然这期间我碰了不少陌生女孩子柔软的手）。飞机终于平稳了，我妈看到了漂亮的云海，她非常激动，探头到窗口一直看着。过了很久，她看累了，她说："怎么除了云还是云，上面什么都没有。"我笑而不答。是的，蓝天白云，这里很美，但所有的美都意味着单调，只有丑才来得千奇百怪。

我的英语很蹩脚，口语更差，但幸好网上有一些非常详细的攻略，按照攻略上面的指示，我很快就找到了机场底层最角落里的机场员工餐厅，这里头的东西果然便宜又好吃。我妈说："这么新鲜的水果，你应该把老婆也带上的，书倒是应该少带点。"

我背着外曾祖父的日记出来，这样无论我走到哪里，都如身处夏雨斋，可以继续跟随我外曾祖父的脚步，回到上个世纪初。台风退去之后，又接连下了三天的大雨，碧河之水漫过了河堤，空气里弥漫着腐烂的味道。这种乱糟糟的感觉我经常在火车站里感受到，但在曼谷火车站，你不会有这样的感觉。虽然说是首都火车站，但火车站其实很小，大厅正中挂着泰王的巨幅照片，各种肤色的人们在靠背椅上休息等车。我买了两张从曼谷到四色菊府的火车票，票价六百五十一铢。趁在火车站溜达的空隙，买了一张泰国的手机卡，上网速度非常快，打电话也便宜，于是给妻子打了一个电话，通了，没人接，发了一条微信告诉她新号码，便上了火车。这时我突然想，可以试着用侨批家书上面的地址到谷歌搜索试试，果然，不但找到了具体的位置，还有一个主页，上面有一个电话号码。电话拨过去，一个年轻人的声音用泰语在说话，我用潮汕话回应。那边停了半晌才用生硬的潮汕话回答说："会听，不会讲。"询问三舅公，说已经死了；我妈登时就落泪了。又问还有谁在，说三老妗去拜佛，中午才回来。就这样算是联系上了，省去了许多不必要的麻烦。火车继续往前开着，仿佛将要打开一个世纪遥远的时空之锁。一路向东，火车整整开了十三个小时，窗外无一例外是田野，以及突然长在田野中的树。

四色菊府的火车站比曼谷更小，就是一排平房和两条铁轨。整个四色菊府比我想象中也小得多，它更符合"城镇"这个词的本义，像城市的小镇，没有高楼大厦，慢节奏，人们生活朴素自然，拜佛祈福，看蓝天白云。和尚就是和尚，不用有丝毫怀疑，赤足行乞百家饭，给人们带来祝福，谦恭严肃，十分敬业。

七十多岁的老妗是个虔诚的佛教信徒，她开着一辆福克斯慢悠悠过来火车站接我们。她戴着老花镜，车座位调到最前，鼻子都快顶到方向盘。她十分祥和，牵着我妈的手边走边聊。那些关于潮汕话能畅行泰国的传说在老年人身上还能存在，而在年轻一代泰国华裔身上已经绝迹。老妗的子孙众多，子女一代尚能听懂一点潮汕话，能说一两个简单的词汇；而孙子孙女那一辈，已经完全听不懂潮汕话了。我和这些年轻的亲戚交流，已经只能潮汕话加上英语再加上手势辅助，才仅仅能表达最粗浅的意思。但他们总是哈哈地笑着，非常爽朗，并不像国内的年轻人，很多都是心事重重的样子。

因为有祖辈的打拼，他们在当地已经有殷实的经济基础，但可以看出，年轻一代已经完全认同泰国文化，不再有异乡人的感觉，对于血脉上的事情，年轻人已经不如祖辈那么关心。对于他们来说，他们理所当然已经成为泰国人，而对于故土的想象，他们十分有限。我想向他们介绍夏雨斋，但忽然觉得似乎已经没有必要了。我妈置身于陌生的亲戚之中，感觉更像是一颗沉重的秤砣。她开口征询老妗关于夏雨斋拆除的事，老人家停了停说，该怎么处理应该由我妈来决定，她不应该拿主意。然后话题又回到桌子上的炸鱼，她让我妈多吃点，但老人家自己吃素。

十二

老妗带我们参观他们的新房子和老房子，都是五六层的楼房，里面堆放着各种货物。我对这样庞大的家业并不感兴趣，却留意到这几栋房子跟周围的房子有一些不同的地方，而这种不同却似曾相

161

识，隐约在哪里见过。及至下得楼来，在外面端详的时候我才恍然大悟——阳台！这些楼房的阳台无一例外地安装了同一种栏杆，那就是夏雨斋那些绿色瓶子状栏杆！仿佛有一些东西被打通了一样：这样的栏杆同时在四色菊府和夏雨斋出现，而同样区别于周围房子的栏杆装饰。这样的栏杆是不是有一个名称呢？

答案当然只能求助于那两本厚厚的日记本。夜深人静的时候，打开日记，直接跳读建房子的片段，一个词语蹦了出来："绿釉宝瓶柱栏杆。"我顿时觉得这样的栏杆妙不可言，它与那些逐渐消失的屋顶一起，在记忆中重新复活。百年之中人事变迁，白云苍狗多少轮回，倒是这些房子成为最好的记忆棒，它在沿袭某一种风格的同时，也间接地保留了某个人的喜恶和情感。记忆忽然被打开，我隐约记起童年时候，曾目睹外曾祖母用抹布细细拭擦这些绿栏杆的情景，这位因长年病痛困扰而日夜期待死去的老人，总是在这样的时刻黯然落泪。小时候我并不喜欢这位爱哭的老人，也无法理解她看着下午的阳光渐渐在对面的屋顶消失的忧伤。有时候我们总是希望生活能像小说或电影那样，只有那么一条或几条主线，然后前后呼应一直到故事终了，但生活偏偏不是这样，它就是一栋夏雨斋书楼，栏杆和屋顶负责了不同的忧伤，每个局部牵系着完全不等量的暗线，即使它们同样沉重。

我以我老妈和我妻子为例，她们合不来，同样沉重，也负责了不同的快乐和忧伤。她们就仿佛是我的屋顶和栏杆，将时光往前推移百年，我不知道我亲爱的外曾祖父是如何处理不同国度之间不同亲人的感情的，难道他真的练成了分身术了吗？一分为二，一个在半步村，一个在四色菊府？若真如此，那倒真是暗含了神奇的寓意。我对自己这样胡思乱想而产生的怪想法感到吃惊，但同时也觉得，大概时空那头我的老祖宗应该也曾在心里闪动过这样的渴望，不然他不至于要在日记里用符号"×"去替代"分身术"这三个字。那么，不妨假设外曾祖父能够分身，我再带着这样一种假设去翻阅日记，竟有了一些意外的收获——在第二本日记的中间位置，某一日，只写了一句话："○○来过，送来译本，惊喜。午后同往木宜寺。"我怎么看，都觉得这两个圆圈的代号，很像两颗和尚的光头。如果和尚真的回来找他，并送来碑文的翻译文字，那么，日记中弥漫着离别的焦虑，也许会得到解决。

另一个问题是，当我的外曾祖父决定重新出发，回到暹罗时，他为什么要将两本日记藏在箱箧之中，留给并不识字的外曾祖母？他们到木宜寺中，究竟谈了些什么？因为从木宜寺回来之后，次日的日记只写着两个字：绝望。

十三

第二天一早，老妗提着油条和豆浆来敲门。她高估了我的食量，又买了一些叫不出名字的小吃，有的好吃，有的并不好吃。这个时候，我妈突然聊起她不识字的外婆，为了那个我妈从来没见过面的外公守寡一辈子，她总抱怨自己活得太长，斗地主、抄家、饥荒、"文革"……天灾人祸没有一样落下，都经受了，像一个密闭的瓶子，都封装起来了。老妗很安静地听完我妈的描述，才开口分享了自己的故事，讲她的家公（也就是我妈的外公，我的外曾祖父），来到暹罗并没有像家乡的人想象的那么容易，创业艰辛，"他也想回去，但回不去了，你们那儿打仗了"；其次是她的家婆，在她口中叫"番婆"，她说番婆脾气不好，外曾祖父死后，她把持了全家的财政大权，日子很难过，"我都被打过好几回"。

这早餐吃得太沉重。我吃完就独自出来溜达，留两个老人在屋里聊天。我再次拨打妻子的电话，这次电话接通了，但没有人说话，过了一会儿，我突然听到一个打喷嚏的声音，声音奇大，是个男人！然后电话就被挂掉了。我再拨，又被挂掉。第三次拨，提示关机。此后数日，妻子的电话就一直关机。我感到心烦意乱，但没有将这件事告诉我妈，怕她担心。

我突然想起临走时妻子哭着跟我说最好别去。"我劝你别去，你会后悔的。"这句话又一次在我耳边回响。"你会后悔的——"我感觉糟糕到了极点。她的电话怎么会在一个男人那里？为什么接通了又不说话？为什么要关机？

我打电话到我丈母娘家，问妻子有没有回去，得到的答案是没有。然后丈母娘问："你这是在哪呀？吵架了？老婆在哪你都不知道？"我回答说带我妈来泰国。"你暑假撇下老婆带你妈去泰国？"我丈母娘很不高兴。我不得不解释半天，最后在非常不愉快的气氛中结束了通话。

我又打了几个朋友的电话，都说不知道；然后，他们也都知道我在假期撇下老婆带着老妈来泰国。我的朋友就会说："你小子对付老婆有一套啊！要是我老婆，那还不得翻了天啦！"我妻子的朋友会说："好啊你，娶你妈算了！老婆都不要了？"

总之这是糟糕的一天。我恨不得马上学会分身术，一个留在四色菊府，一个赶紧飞回去看看究竟是怎么回事。以前在路上开车，遇到有人开车不规矩，违规超车，把车开得张牙舞爪，我就会骂说："这么急？赶回去抓奸啊？"现在我大概不会这么说，因为我觉得有一种可能，我回国要做的事就是抓奸。她在我这边从来不叫床，或许她跟奸夫就毫无压力地叫喊出来——电影里不是都这么演的吗？

又一转念：或者更坏，失踪……不会是被绑架要赎金吧？每当我躺下的时候，一些似曾相识的画面就像电影一样在我脑海中盘旋。在睡梦中，那只被我溺死的老鼠仿佛又回来了，它恶狠狠地在我的小腿上咬了一口。醒来时，我发现自己的小腿正挂在台灯上，幸好没把台灯踹下来。

十四

所以泰国之旅我是不快乐的。跟我一样，我的外曾祖父在泰国也是不快乐的，老妗说他一直想回到半步村去；同样在泰国，老妗处心积虑要家族兴旺，她也是不快乐的，她拜佛，她有一种宁静的不快乐；我妈和我妻子都是不快乐的，一种不堪重负的不快乐。不快乐仿佛是一种家族疾病，在根脉之中游走。相反，这一帮讲泰国话（老妗说是骗子话）的华夏子孙，围绕着我们，却一直很开心，他们毫无规矩地大声说笑，笑起来咔咔咔，很响。他们在草地上铺上草席，放上炭炉和火锅，很高兴地叫喊着。老妗的儿女，四五十岁年纪的人了，看上去跟我这个三十几岁的人也差不多，甚至比我更年轻，因为他们能跟他们十几岁的孩子混在一起，仿佛也是一个个小孩子。他们谈论着日剧和韩剧，然后问我：中国有什么好看的电视剧吗？我一时答不上来。"我很少看电视。"我说。他们用一款叫 LINE 的社交工具，问我用什么，是不是 FACEBOOK。我说不是，我用微信，脸书我们都用不了。他们又手脚并用，问我有没有小孩，能生几个："是不是只能生一个？"得到肯定答复以后，他们脸上都挂着同情的表情。"那要是不小心怀上了呢？堕胎？"我点点头，他们似乎也不快乐起来。

"真惨！"他们用泰语对他们的孩子说，"要是在他那边，你们都不会存在。"

是啊，就在三天前，我的妻子正走在去医院的路上，她想去将肚子里的孩子拿掉。对于许多人来说，这真的是一个很小的手术，不用很久，孩子就会被排出来，或者被钳出来。我的妻子交了费，护士十分熟练地递给她一张纸："签字！"我的妻子拿起笔，眼泪簌簌就往下落。她后来跟我说，如果不是这个带有仪式感的"签字"，我们的孩子可能早就被装进垃圾袋。但是拿起笔的瞬间，她觉得她拿起的不是笔，而是刀，所以她的另一只手捂住了小腹。作为一个女人，她将自己放在一生之中最为艰难而悲哀的时刻，她不是在保护她的孩子，而是要扼杀掉他来到这个世界的权利。护士对于这样的情况看得多了，所以护士十分机械地说，想清楚再来签字，签字之后就没得后悔。

这是永远想不清楚的。所以我的妻子精神恍惚地往回走。这个女中学老师，走在白雾茫茫的街道上，她身后的医院离她越来越远。"我也不知道走了多远，突然一辆面包车停在我旁边，车窗的玻璃都是黑的，然后车上冲下来三个人，推着我往车上去。这样的情景我在网上新闻看过，我觉得自己应该是遇到劫匪，我在他们捂住我的嘴之前本能地喊了一句'我怀孕了别碰我'，那几个人中的一个愣了一下，就大声说'算了，抢她的包，不抓孕妇，我老婆过几天要生了'，然后他们抢了我的包就跑上车，包里有我的手机和钱包，什么都在里面，所以你说一直打电话都没通，手机都在贼那儿。我一下子不知道能去哪，刚好附近就是陈小路家，我到她家去，迷迷糊糊病了好几天，都是陈小路在照顾我。"在我回到她身边时，她这样对我描述事情的经过。我问她报案没有，她说没有，全国每天这样的事情太多了，没被伤着就算了，报案也无非是登记一下，还能怎么着？况且，她因过度惊吓也病倒了，根本来不及去报案。

　　"那时我突然觉得你如果在身边还是好的，"妻子把头靠在我怀里，"我独自受不了这些，我受不了！"她呜呜哭了起来。这个石头一样僵硬的女人，终于肯表露她的软弱。女人的软弱，就是她最锋利的武器，我觉得自己的心完全被她的眼泪洞穿，就快碎了。"别评什么教授了，只要你对我们好就好。"她妥协了。她从有了孩子那一刻开始，构成她悲伤的质地并没有改变，但形式完全不同了：这种悲伤的形式慢慢跟我妈趋于一致，她们之间的战争也就更加剑拔弩张了。只可惜我当时并没有及时体察到这样一种变化，跟许多男人一样，我简单地认为怀孕的女人变得更加温柔了，殊不知她们在孕育美好新生命的同时，也孕育了一种与这个世界对抗所必需的狠毒，用来保护自己的一切不被侵犯。

十五

我们离开四色菊府，送别的时候老妗说，多苦厄就会多福报，以前华侨都害怕回去，乡里亲戚都是穷鬼，现在好了，都好起来，你们看，华侨并非都是富人，更不是神，都是穷苦人出身啊。老妗这话也是有感而发，在她人生最重要的那几十年当中，总是见到家里不断往唐山老家寄钱，那边不是打死人，就是饿死人，有时候钱寄出去，都不知道能不能收到。我从小也只见到村里人收到侨批的兴奋，却从来没从暹罗的角度来观察这件事，毕竟我没有学会分身术。泰币的汇率就是一条神奇的命运线，及至今天，人民币已经比泰币值钱太多，用老妗的话说，寄钱过去都不顶用，还是人民币好使。

在万米高空，白云铺路，飞机仿佛凝固不动，只有阳光分外刺眼。我妈没有来时那么兴奋，她似乎很累了，紧紧靠在椅背上，呼呼大睡。这个写在侨批上的神秘国度，几代人的血脉和纠葛，生离死别的故事，斑斑泪痕中的家书，梦中惊醒而斯人已逝，老人临死的遗愿，全都在这云端里飘散。老妗说她数年前其实来过北京，也去过广州和汕头，但不敢回老家。她也说不清楚为什么没回去，大概是没有准备好吧。我妈当时还喃喃回应："应该回来的，应该回来的。"老妗说有心脏病的三老舅，也就是她的丈夫，临死前几个月，还挣扎着到机场去，要回唐山，后来都被家人硬拖回家。日寇侵华之前，我的外曾祖父让三老舅回到村里学习中文，认守寡的外曾祖母做娘亲。外曾祖母在这个十几岁的男孩身上灌注了自己几乎全部的爱，1942年饥荒之年，外曾祖母变卖所有家当都换不来多少米粮，她自己喝米汤，将带着米粒的粥给三老舅喝。三老舅得了天花险些丧命，她在床头守了七天七夜；三老舅醒来时，只看到她默默在床头垂泪。苦难年月的恩情无法用语言去描述，苦难加深了亲情的纯度，不识字的外曾祖母，无数次在梦中叫喊着三老舅公的名字。醒来时，她走到阳台上，抚摸着这绿釉宝瓶柱栏杆，她一直认为他们父子俩都喜欢这样款式的栏杆。但在外曾祖父的日记中，他却说外曾祖母看到这样的栏杆就眼前一亮，于是他决定在夏雨斋最显眼的地方加装一排这样的栏杆。不识字的外曾祖母可能至死都不知道这样的栏杆是为她而存在，一直都是。

苦难深重的家族记忆，压得那代人喘不过气来。而这些是终究要消失的——夏雨斋就要被拆掉了。我希望能在地里挖出那两块刻着奇怪碑文的石碑，但什么都没有。它们仿佛只在外曾祖父的日记里出现了一下，然后就凭空消失了。我打电话给我研究地方志的朋友，他也怀疑日记里的描述有可能是我外曾祖父的即兴创作，是虚构杜撰的。然后他跟我说他最近在看一些书，有关于乾隆三十三年，也就是1768年中国发生的妖术大恐慌，建议我也可以读一读。他用十分迷惑的语气问我："书看得越多越乱，你说当年风靡全国的妖术，究竟是有还是没有？会不会有一些真相是被遮蔽的？"但谁能够说清楚那些所谓的真相呢？就连我外曾祖父亲历的一场风灾，我们都无法确定它死伤的人数。我们对于时光的描述是没有细节的，这是我为什么会认真阅读那两本厚厚的日记的原因。只有在我外曾祖父的日记里，他会详细地描写救灾的情况，会详细地记录一个传教士带着两个修女来到这里，在那棵大榕树下挂了一只篮子，在篮子下方挂了一块木牌，上面用中文写着："请将婴儿放在这里。"那只空篮子一直在风中打转，人们还是习惯性地将刚出生的畸形的婴儿丢进榕树下的池塘里溺亡。只有水里才是安全的，碧河之水会将这些不应该被记住的记忆细节全部冲走。

拆迁之前有个工人问我还有什么要保留的没有，我说没有，但很快又改口说，希望他们给我一根宝瓶柱栏杆，我喜欢这种陶瓷栏杆，想留一根做纪念。那只花瓶状的陶瓷栏杆被我搬到家里去了，但我却一直不知道将它放在哪里更合适。它一直被放在阳台的角落里，跟几只来不及扔掉的啤酒瓶摆在一起。离开夏雨斋，这段栏杆就什么也不是，它成为家里多余的部分，最后还是我将它丢进了垃圾桶，它就是在掉进桶里的那个瞬间破碎的，哐当一声，仿佛都安宁了。

冬雨楼

一

有些东西是无法评说的，譬如白色的乌鸦和白色的鸽子在一起飞翔，它们不分彼此，不分雌雄。白色的恶鸟总是会制造各种悲剧，以此让软弱的人时刻感动于自己的不幸，让坚强的人义无反顾地前往。能去哪儿呢？大概必须经过挣扎，才弄明白宿命的到来，需要由疼痛开始，以泪水结束，这中间就是零零碎碎的幸福。幸福在哪儿呢？幸福又不是公车，投币就能拥有它。

幸福向这边开来了！三路公车像一个醉汉，摇摇晃晃穿过了碧河镇，车身上是巨幅的地产广告，写着四个龙飞凤舞的大字：幸福时光。这路公车起点站是半步村的木宜寺，终点站是碧河镇码头。今天是农历十五，恰逢木宜寺锁骨菩萨的佛诞，公车里挤满去木宜寺拜佛归来的香客。公车虽然很挤，但经过冬雨楼的时候，几个说东州土话的本地人还是不禁议论起这座清代书楼将被拆迁的命运。

不少古老的书籍中都提及这座书楼，它一度成为碧河镇的标志性建筑。当地的老人讲，当年这附近几里地曾有一片美丽纯净的桃花林，不记得什么时候一位京官被贬到此地，修了一座院落，又建了这座书楼。冬雨楼矗立在街头，它所属的那个院落在"文革"中被焚毁，只剩下它和一堵高高的马头墙孤零零地立在那里。上个月东州发生了一次小地震，除了山体滑坡吞掉西夏村十几户人家之外，也顺便把这座书楼震成危楼。拆迁公司好几次把这座楼围了起来准备拆掉，无奈这座书楼的主人李耀义是个倔老头，会点文墨，纠集了一帮东州文人，每次都闹得满城风雨。有一次眼看挖土机都开到书楼门口，李耀义竟做出了一个惊人之举：他把衣服一脱，绕着书楼在十二指街裸奔起来。现在领导们都重视舆论，舆论不好，拆迁项目就屡次被迫叫停。所以公车里的人都说，这次把屋顶都震歪了，看样子不拆也得拆了。

公车过了书楼站，下来了一些人，这时靠在前车门的胖售票员才看到角落里的葱油饼，她本来一直在喊"上车往后靠"，一看到葱油饼便改喊"保管好财物，小心扒手"，弄得葱油饼很没意思，只得识趣跟着大家下车。

葱油饼本名叫林人杰，半步村的亲朋都叫他小林，但江湖上的人都叫他葱油饼。这个绰号不知道是怎么来的，大概是他长得太瘦弱，跟一张葱油饼一样薄吧。绰号叫久了大家基本都忘了他姓林，很多刚入行的小弟见面便叫他葱大哥。

"我拆了你！百家姓有姓葱的吗？"

"对不起，对不起，葱大哥……不对，大哥，您姓啥来着？这百家姓说实话我也没读过，你们半步村当时不是还有姓且的吗？连'且'字都可以做姓氏，这葱……好了，别打了，我不敢了，以后不敢再说葱的事啦！"

这样抗议过几次之后，依然没有人叫他小林，大伙转而叫他饼哥。"算了，那还是叫葱哥吧，再叫都成武大郎了。"葱油饼以前在一家公司当保安，跟着涛哥混，后来跟了破爷，入了扒手的门，吃着扒手的饭，他觉得日子好过多了。以前老是跟着保安队长帮公司催债，所谓的催债其实就是去揍人，久而久之他觉得这揍人的活儿不太适合自己，用他自己的话说是这凶巴巴的节奏不太对，开锁摸钱他倒是心灵手巧，屡屡得逞，就如演奏一曲轻快的音乐，很快就搞定了，就连破爷都夸他有天赋。资历渐长，他的活动范围从五条街分配到三个方阵：车站、码头、木宜寺。在这条道上混了三年，不但火车站的保安认识他，公车上的售票员也都将他列入黑名单，甚至他们都知道"背壳子""找光阴"就是掏包，"挖光阴"是上车行窃，上衣兜是"天窗"，下衣口袋是"平台"，裤兜就叫"地道"。然而这都不碍事，大家都是出来混口饭吃，也犯不着互相得罪。再说谁都知道他是破爷的人，谁都不愿意惹。

但今天从公车下来，葱油饼就感觉不舒服，昨夜跟他舅舅喝了太多啤酒，昏昏沉沉睡到中午就出来干活，到现在一口东西都没有吃。今天状态也不好，绕着三个方阵转了一圈，就只偷到两样东西：一只公文包和一台破手机。公文包是在火车站偷的，看那两个外地人都肥头大耳，一个还秃顶，以为是做大买卖的，没想到包里头除了几张纸以外，没什么值钱的东西，他之所以没丢掉，是觉得这个小公文包还挺漂亮，他舅舅林少群最近被学校辞退，昨夜借酒浇愁说到最后痛哭流涕好不凄凉，这正好送他一件礼物让他高兴一下。至于那台黑白屏的诺基亚手机，他将它关机之后便塞进口袋里，还没想清楚怎么处置，不值钱，但丢掉倒是有点可惜。前阵子才听说诺基亚都已经被收购了，弄不好这机子以后可以当古董。

二

在肥姐饭店一口气喝了两碗白粥，葱油饼总算缓过神来，恢复了元气。一只猫在他脚边撞来撞去，让他突然想起昨晚舅舅找他喝酒的事。舅舅林少群五六年前在碧河职中谋了一份教职，签的是聘任合同，待遇不高，也没有那些正式编制的教师稳定，但怎么说也比更低一等的代课老师强。碧河职中在东州市名声很差，里头的学生经常打架斗殴。葱油饼有一次被朋友请去喝酒，还遇到几个自称学生妹的出台小姐，都说是来自碧河职中。她们异口同声这么说，又说得那么真诚，倒不好意思怀疑了。荒诞的是，职中学生逐年减少，里头的老师却越来越多，大部分是领导亲戚，到这儿占个位置领工资，平时人影都不见一个，弄得还得招聘代课老师才能勉强应付。

前阵子地震，西夏村死了很多人，房子倒了，很多村民流离失所，于是学校号召捐款。学校十分煽情地播放了地震的宣传视频，把很多学生都弄哭了，纷纷捐款。而学校对待老师就没有这么温柔，捐款都直接从工资里扣除，每人五百，没有商量的余地，很多老师都敢怒不敢言。有编制的老师工资高，五百就五百，也没说什么；临时代课的老师工资低，但怕被学校炒鱿鱼，哑巴吃黄连也就认了；所以就数聘任制老师怨气最大，经常趁领导不在便在办公室拍桌子骂娘，林少群就是其中最激烈的一个，曾有清洁工阿姨看见他用篮球把楼梯的日光灯逐个打碎泄愤。

"都怪我那些天手头紧，你舅妈娘家又有老人病倒了，需要钱，所以我就在善款里截留了一些补贴家用，当时也没多想，总觉得这些钱到了红十字会手里，就等于给郭美美的皮包增加一根纱线，反正层层截留，我不拿也会有人拿，不料那帮兔崽子会去写举报信揭发我！"舅舅端起玻璃杯用杯底接连敲了四下桌子，当当当当，"一定是我班里的学生，不然没有人知道具体的数目！"

舅舅表示一定要查出到底是谁干的，要把这个忘恩负义的家伙找出来，然后……然后怎么样舅舅没有说，他的意思是先找出来。

"怎么找？"

"人杰啊，你不是会偷东西吗？你去校长办公室，帮我把举报信偷出来，那封信是手写的。那天校长找我谈话，就把信摔在我面前，冲我吐完口水，又收回去了，我看得清楚，就放在校长办公桌左边的抽屉里。你去，把它偷出来。"

到一间学校里去偷一封信对于葱油饼来说是小事一桩。葱油饼觉得自己完全有能力做好，他拍拍胸脯就答应了下来。现在喝完白粥，他望望天边西斜的太阳，心想今天刚好是周末，要赶在太阳下山之前把信偷出来，免得晚上黑灯瞎火难找。

葱油饼偷偷溜进学校，在校园里转悠了一圈。他个子小，适合装嫩，门卫没怎么注意他。但周末的校园，安静得跟鬼城一样，他在行政楼前溜达就显得很惹眼，楼下那个脸色发黄的保安不怀好意看了他两眼。看来无缘无故要大摇大摆走进行政楼不太可能，于是葱油饼决定从行政楼后面攀进去，围墙不高，爬上一棵树就能直接跳进去。进了围墙，是一条死胡同，横七竖八停了一些单车。行政楼后墙种了一排香蕉树，没人打理，荒草齐腰。葱油饼拨开青草，熟练地沿着排水管往上爬，从二楼的窗户进去了。根据舅舅的说法，他很快就找到那封举报信，原路返回。

就当他正想爬下水管的时候，外面传来说话的声音："把她推进去，推到里面去收拾！"葱油饼一惊，从水管上哧溜滑下来，摔进香蕉树下的草丛里。

三

这条围墙和香蕉树形成的死胡同里，进来了七八个学生模样的人。他们叫嚷着将一个穿着校服的女生推到墙角。那个女生低头抽泣着，两手僵直地下垂，不知所措。

"开始！开始！"三个男生都拿出来手机，开始拍摄，"NG！NG！姿势好看一点！"葱油饼开始以为他们是在拍电影，但当为首那个满脸青春痘的女生开始助跑，冲向校服女生，飞起一脚将她踹倒在地，葱油饼开始目瞪口呆。那个校服女生痛苦地从地上爬起来，依旧啜泣着，只是两手都捂着肚子。

那七八个人笑了起来，有的开始大声说着什么，然后青春痘女生第二次走向校服女生，她扬起手，重重地给了四记耳光。后面的人就吹起了口哨，有一个男生举起手机，走近她们："再来一次！再来一次！刚才没拍清楚！"

又有一人说："你那样打手不疼吗？用鞋子！"

青春痘女生似乎受了启发，脱下脚上的人字拖，左右开弓啪啪啪连环耳光将校服女生打得伏在地上。

"起来！起来！"他们喊着，"让她起来，这样拍不到脸。"

青春痘女生回头一笑："没事，她要是不起来，我就脱掉她裤子！"这话果然很灵，校服女生挣扎着站了起来。

青春痘女生对后面的人说："拍她的脸，别拍我！"她又给了校服女生一耳光，"别捂肚子，来，举起手，对着镜头，耶一个！做不做？！"她又扬起她的鞋子，校服女生往后缩，然后抬头看着那些高高举起的手机，竖起两根手指，做了一个胜利的动作。

"笑一个！"他们命令说。

校服女生照着做了。

"说！说你是婊子苏婉！妓女苏婉！是全世界最贱的女人！说不说？"

"我是婊子苏婉……"

"大声点！"

"我是婊子苏婉，妓女苏婉，是全世界最贱的女人！"苏婉喊完又呜呜哭了起来，但她还是不敢把她那两根手指放下来。

"怎么样？被人打的感觉怎么样？说！不说我就接着打！"

"痛……"苏婉一手捂着肚子，一手捂着脸。

"痛？那做一件不痛的事，把衣服脱下来，让我们拍一拍你的咪咪！"

"不要！不要！"

"打！"后面的人开始兴奋起来，"脱！脱下来！"拿手机的男生开始往前靠近，希望拍得更清楚。

青春痘女生又飞起一脚，又踹中肚子，苏婉一个趔趄跌坐在地上。她这回索性抱住膝盖，不愿意再站起来。

"脱！脱光她！让她光溜溜在镜头前耶一个！"青春荷尔蒙弥漫在空气里，氛围很快就达到了高潮，除了两个手机拍摄的，其他人都围过去，开始扒开苏婉身上的校服。苏婉一手护住胸口，一手抓紧肚子，全身蜷缩成一条龙虾，她声嘶力竭地咆哮着，声音撕心裂肺。

葱油饼想要像个电影主角一样冲出去阻止，又不敢，他感到很难过，更难过的是在他们对准苏婉的乳头拍摄时，他自己裤裆中的把柄也不争气地雄伟升起。

苏婉被扒光了。她的两条腿就这样被撑开，他们就用手机对着她的下体拍摄。几个男人还每人过去摸了一下她的小乳房。青春痘女生高高举起苏婉的白色三角裤，上面还有一块带血的卫生巾："好恶心，你们看，来那个了，好恶心！"她把内裤连同卫生巾往苏婉脸上摔去，还吐了一口口水，以表示她自己是十分圣洁的。

这一摔让男生都捏着鼻子退开了。他们说："别忘了正事！"

青春痘女生弯腰将苏婉的衣服一把抓在手里。苏婉虽然身体蜷缩成一团，但她泪眼蒙眬中也看清楚了这个动作，她后悔自己没有

178

一把将衣服紧紧抱住，万一他们把她的衣服带走了，那她岂不是要赤条条穿过学校走回宿舍。这是星期天的晚上，放假回家的同学很快就会陆续回到宿舍，那无异于一场当众的裸奔。

青春痘女生背过手去，将她的衣服裤子和胸罩都藏在身后："怎么样？要不要穿衣服？要穿衣服就按我们说的做，如果不要衣服……"青春痘女生作势要将衣服扔到围墙外面去。

"不要！"苏婉从地上蹦起来，就要去抢衣服，青春痘女生轻巧往后退两步就避开了。

"求求你……"苏婉又哭了。

"那行，我们复习一下你要做什么，时间？"

"明天晚上九点。"

"地点？"

"水云间大酒店。"

"哪间房？"

"303 房。"

"如果不去会怎么样？如果没办法将我们老大伺候得舒舒服服会怎么样？"

"呜呜……"苏婉又哭了。

青春痘女生帮她说了："如果没去，如果敢反抗，如果有什么差错，那么，以后见一次打一次，而且视频和照片传上网，还会通过微信微博转发给全校同学，大家应该会很高兴看到全校成绩最好的女生的玉体，特困生婊子的玉体，耶！"她学着刚才苏婉的样子举起了两个手指，做了一个鬼脸，然后将衣服扔给她，穿上人字拖，领着其他人在阵阵笑声中扬长而去。

葱油饼等着苏婉将衣服穿好，这才从草丛中蹿出来。他的出现把坐在地上穿鞋子的苏婉吓得一声尖叫，然后在苏婉惊怖的眼光中，他将身上仅有的一百多块钱扔在她面前，然后跳到那几辆破自行车上，轻轻一个腾挪就翻过围墙。那只偷来的公文包还在围墙外的草堆里等着他，他拎起包，走在风中，忽然有一种想哭的冲动。他为什么要扔钱给她呢？不知道。大概身上除了那一百多块，根本就没有什么值钱的东西可以表达内心的愧疚。他仰起头，泪水就涌了出来，他自己打了自己一记耳光。路上有几个人惊奇地看着他，他不管不顾地往前走。

他想起了十岁时就在池塘里淹死的妹妹，以及自己那个饱受欺凌的童年。在半步村，多少同龄人因为他体格矮小虚弱而欺负他，打他。父母总觉得是他捣蛋先惹别人，每次他在外被人揍了一顿，回家还要被父母再揍一顿，说他贪玩不学习。而只有自己的妹妹，好几次勇敢地挡在自己前面，不让同龄的孩子打他，不让父母打他。妹妹如果没死，应该也有苏婉那么大了吧。

四

"唉，我都被学校辞退，当不成老师了，你还送我公文包干啥？"林少群给葱油饼倒了一杯茶，便直奔主题问道，"人杰啊，举报信拿到了吧……你脸色不好？生病了？"

"没事，昨晚喝多了，又没睡好。"

林少群将那封举报信打开，就开始骂骂咧咧起来："白眼狼！养了一条吃里爬外的白眼狼！我就说怎么会有全班同学捐款的名单，原来出奸细了！"

"别生气，怎么回事？"

"举报我的是副班长苏婉，一个早熟的孩子，知人知面不知心啊……这孩子很有自己的想法，写起作文来老气横秋，我有时候忍不住还跟她聊聊内心的想法，这古人说得好，交浅言深是大忌，亏我还掏心掏肺把什么事都跟她说。"

"你说是谁举报你？苏……婉？"葱油饼以为刚才自己走神，听错了。

"苏婉，一个女生，你也不认识，她当时分到我班上来，很多同事都羡慕我得了块宝贝，结果养了一条毒蛇。我一直看她可怜，很早就死了爹，家里还有爷爷奶奶，俩老人也是个负担，就靠她娘一个人撑起整个家庭，本早就该辍学了，也是她命好，撞死她爹的那家人，每年都寄钱给她补贴生活费，这才勉强支撑下来。"

"你是说她爹出车祸死的？"葱油饼瞪大了眼睛。

"五六年前的事了，那一年碧河大桥换栏杆装铁架，她爹是建筑维修工，用绳子挂在半空中，谁料一个醉鬼开车刚好撞过去，栏杆还没拧紧，那辆车直接就冲进碧河里，她爹也被撞下去了，两条人命，一辆车，这事是当年的大新闻。酒鬼的老婆后来一直资助苏婉读书，两个家庭，唉……说起这些我好像也没那么恨她了，怎么说咱们还活着，丢了工作可以重新找，丢了命就活不下去了，这孩子也算是我教出来的，有正义感啊，文章写得漂亮，你看这些句子：如果为人师者都可以克扣善款，这个社会的底线何在？信用体系何日才能重建？人们又如何能信得过红十字会等慈善机构……多么有想法的一个孩子，我一直鼓励她要参加高考，虽然进了职中很多人都不读书，但她一直都很另类，小学初中的课她都提前修完，班里同学的年龄就她最小，她选择职中是想早点出来工作，但这一定不是最好的选择啊。"

"如果她变成一个妓女会怎么样？"

"什么？"林少群一怔，十分疑惑地看着自己的外甥，"什么意思？"

"没什么，我乱说的，从昨夜喝醉到现在一直活得像条狗。"葱油饼惨然一笑，"也不早了，我想回去睡觉。"

"哦——好吧，你把这公文包也带走吧，看起来挺贵重的，现在给我浪费了。"

"给一个小偷就不浪费？"两个人都笑起来，"这是我在车站偷的，那两个胖子，我本来以为很有钱。"

林少群将皮包打开："这是什么？"他抽出几张纸。

"不就是几张纸吗？都是字，我没细看，你可以用来垫锅底。"葱油饼穿鞋准备出门。

"关于冬雨楼文物价值评估的鉴定报告……"林少群一个字一个字念出来，"人杰啊，这份东西好像很重要。"

两人重新坐下来，细细看这几张纸。这是关于冬雨楼被地震破坏之后变得毫无价值建议拆除的报告，上面盖了好几个红章，是几个部门的共同决定。后面还附有两名专家对书楼损毁情况的调查报告，将书楼描述成基本坍塌、无法维修的样态，而葱油饼今天中午才看到那书楼，还稳稳当当屹立在十二指街，只是有一根柱子歪了而已。

"奇怪，你看，报告上所有鉴定日期、落款日期都是下个星期，也就是说，他们还没有鉴定就已经把鉴定书给拟好了，这是个大新闻啊！将文物拆除腾出地方建所谓的文化大厦，这真是非常有文化的做法啊！"

林少群义愤填膺，葱油饼感觉他身上那股酸溜溜的气息就出来了，书生意气，仿佛已经掌握了重大的机密，准备大干一场。葱油饼不得不泼他冷水：

"舅，拆迁公司那帮人没有一个好惹的，我听说他们都有黑社会的背景，跟我们破爷也很铁，这份文件你还是保存着，别随便拿出来，更别傻乎乎拿给李耀义，他那性子要是拿到这份东西，那还不捅破天？事情要是闹大，到时人家一追问，我们两个吃不消。"

"那我们不告诉李耀义？不妥吧？"林少群皱起眉头。

"你明天可以找个机会跟他喝喝酒，吹吹牛，就说你是听说的，听说有这么一回事，提都别提文件的事，让他有个心理准备。拆迁公司如果搞到了合法拆迁手续，那么最大的阻力就是李耀义了，鬼知道他们会怎么整他！"

离开林少群家，外面下着小雨，葱油饼突然间有种清醒的感觉，恍惚刚才和舅舅聊天的一幕以前什么时候曾经发生过。合同、公文包、苏婉……怎么就那么巧，这个世界不会是一个设定好的网络游戏吧？

五

葱油饼的忧虑并非没有道理。第二天晚上，林少群约了李耀义在路边的大排档喝啤酒，两人还喝不到三瓶啤酒，李耀义就说要上洗手间，这一去就没有再回来，一直到在报纸上看到了关于他的新闻，整件事前后才突然有了呼应。

在很长一段时间里，林少群一直在努力回忆喝掉那三瓶啤酒的时间里李耀义究竟说了一些什么话。但因为李耀义走后，他又自己将自己灌醉了，扶着墙走回家，所以脑袋里一直像浴室里蒙着热气的镜子，模糊一片。他唯一能记得住的是李耀义高高瘦瘦的样子，直挺挺地坐在那把小矮凳上，像一棵被大风拉弯腰的树。李耀义还指了指自己的胯下，告诉他为了方便随时裸奔，他已经好几年没有穿内裤的习惯。林少群说他"吊儿郎当"，两人哈哈大笑。笑完之后，李耀义还提起王小波小说里的一个情节，说唐朝时候的薛嵩在大热天就是赤身裸体，还用篾条将龟头固定在腰上，以防止"吊儿郎当"。在王小波的想象里，生殖器被裸露和限制，大概是一个十分重要的隐喻，关乎人的自由的存在状态。李耀义还借题发挥谈了一些什么，但林少群都忘光光了。

啤酒利尿，李耀义就提出两个人一起去尿尿，好让林少群知道他真的没穿内裤。

"露阴癖！你自个去，我没喝够，不想尿。"

醒来之后林少群十分后悔，他应该陪着他一起去尿尿的，就如两个人在"文革"后一起复习高考的时候一样——在一起吃饭，在一起拉屎。那时农村的厕所是一个粪坑上摆着两块石板，石板是破四旧的时候从人家祖坟上挖过来的，上面还刻着各种名字。这种粪坑厕所非常之臭，所以他们总是把烟盒里最后一根烟留到这个时候抽，边抽烟边对着粪坑里的虫子聊天，烟抽完了，刚好用烟壳纸擦屁股。这是那一代人难以磨灭的共同记忆。

所以在李耀义死后，林少群不止一次对着天花板发呆说："走，一起去拉屎！一起去尿尿！"不了解情况的人以为他在说梦话，只有他的老伴知道他在想什么，大概人过了某个年纪都会怀旧，跟年轻人怀旧不同，记忆饱和之后的怀念是最真诚、最不可逆、最无法共享的。所谓岁月，就是那些你想赶也赶不走的东西。该忘记的终究会忘记，想记住的却不一定记得住。现在他只是安安静静躺在这里，让时光流过他的身体，记忆如指缝筛糠，没有悲喜，只有折腾。不知道应该怎样去处理这种状态，因为多数人都是这样活着活着就死了。

这些都是后来的事，而对于当时的李耀义来说，当时街上的路灯刚刚打开，老友林少群请客喝酒诉说被解雇的苦闷，当然不得不奉陪。他刚才开着一辆摩托车从书楼来到大排档，就已经隐隐感觉后面有一辆汽车在跟着自己，他无数次假设那辆车会追卜来将自己撞翻，然后再从自己的肚子上开过去，但所幸他们没有这么做。盯梢的事，李耀义遇见过多次了。所以他对林少群说："有时候会怀念过去，过去的碧河镇很小。"林少群打断他的话说："碧河镇一直很小，就那么一些人，说起来可能大家都是亲戚。"但李耀义说不是这个意思，他想说的是，现在人们不愁吃不愁穿，但仿佛碧河镇变大了，变得空荡荡的。以前见不着面还会写信，现在连电话都懒得打，倒是互相防着，互相窥探着，属于自己的空间越来越小，甚至于没有。

"连祖上的一座楼你都保不住，他们会不停骚扰你，盯着你，仿佛你就是一条狗，不穿衣服的狗。人人都是衣冠禽兽，这是我在剥掉衣服狂奔的时候感悟到的，穿衣服跟不穿衣服，其实都是一样的。"

林少群对"衣冠禽兽"这个词有点敏感，对于一位失节的教师，他最忌讳的就是这样的词汇，所以他说："喝酒！喝酒！"他给两个杯子都满上。李耀义喝完那杯啤酒，就决定去尿尿。大排档没有厕所，所以李耀义穿过马路，到对面的街头拐角的那家公厕去。

当时街头的路灯刚刚亮了起来，光线里有一种迷人的黄。初秋的夜风带着一丝舒服的凉意吹过来，又吹过去。他走进公厕，厕所里没有灯，他眼前一黑，感觉手臂上挨了一针，很痛。他本能地挥出一拳，没打中，整个人却站立不稳。迷迷糊糊中他感觉自己尿了一裤子，有人帮他把裤子脱掉，醒来的时候，眼前已经是另一番天地。

六

葱油饼潜伏在水云间大酒店外面等了一个多小时。终于，苏婉在街角出现了，比他预计的时间迟了十分钟。

他截住她："你应该报警。"

她抬起头，看着他，呆了两秒，然后从他身边绕过去，继续往前走。

"苏婉！"他第一次叫她的名字。她站住了，背对着他，肩膀颤抖着，控制不住地哭了起来。这时葱油饼才发现苏婉穿的不是校服，而是比她的身体宽大的浅绿色上衣，款式很旧，应该是她妈妈的衣服。她突然转过身来，用袖子抹一下眼泪："你是谁？他们派你来试探我会不会报警的吗？你躲在旁边看我的好戏，你还没看够吗？"

"我……"葱油饼想说我是一个贼，突然又觉得不妥，"我是你老师林少群的朋友……反正我不是坏人！我……"他突然不知道该怎么撒谎。

"我信你。"

苏婉直视他的眼睛，大概是他的窘态给了她做出判断的信心。

"不管你是谁，我信你一次，我也找不到谁可以帮我了。这个拿着，"她递给他一张折叠成一个心形的纸，"如果我发生什么不好的事，请把这个交给我妈，其他的，都不重要了，我都想好了。哦，你有没有多一只手机？"

葱油饼摸摸口袋，他摸到那只旧款的诺基亚手机："这个，给，这个是偷的，我一直关机到现在。"

"偷的？"

"我叫葱油饼，其实我是个扒手。"说出这句话，他觉得浑身都轻松了。他看到她对他笑了一下。人与人的沟通，有时候需要一条长河，有时候却在一个瞬间就打开了全部世界。

"我就说林老师没有这么年轻的朋友。"她回头望了一眼不远处的酒店大门，"我的事，千万别跟其他人说。我还没满十四周岁，我带了户口本给他看，相信他们老大不会难为我。而且我现在来例假，我问过了，我什么都懂。"

葱油饼后来问她怎么可能还没满十四周岁，她说当时她爸看到第一胎是女的，还想再生一两个小孩，为了躲避计划生育，两年多时间没给她上户口，后来到老家托关系找人上户口，所以比实际年龄小了两岁，大家也都没在意，加上她聪明读书早，所以是班上年龄最小的。林少群经常拿年龄小懂事聪明做文章，好几次班会课都以她为例子树立榜样，结果却给她招来各种嫉恨。

"我会在楼下窗口守着，如果你遇到危险，就把窗玻璃砸碎，或者把什么东西往下扔，我会冲上去救你的。"

"万一他们有刀或者枪，你冲上去不也是白搭一条命？"

葱油饼一笑，心想你这小女生以为是拍电影吗，上面就一个变态恋童癖，你先上去应付，回头我再帮你收拾那几个青春痘女生。但他却说："没事，别看我瘦，我是蜘蛛侠。"葱油饼看着苏婉消失在酒店里，心中一酸。他又一次想起了妹妹，又一转念，想自己真的是一个心慈手软的贼。其实一个人如果不懦弱，也不至于要当贼，跟着涛哥打打杀杀跟人要债日子风光多了。狼有狼道，鼠有鼠道，而自己最终选择了后者。再干几年，有点钱，讨一个像苏婉这样的小女人回家当老婆，就回半步村去，养鸡养鹅什么的——那是上一代人的生活，以前总觉得那样的生活没意思，现在发现能有自己的一个小农场，围起来过小日子，每天晚上家里的灯光都是温暖的，那才是真正合乎本性的生活。

七

苏婉没有选择坐电梯，她沿着酒店幽暗狭窄的楼梯往上走。她在心里不止一次告诉自己，别把这个身体当作是自己的就可以了。她讨厌这个身体，也讨厌自己的懦弱。她把自己关在房间里，独自对着一把剪刀，很长时间，她都没有勇气拿起那把剪刀。她没有勇气结束自己——她恐高，她怕冷，她怕黑，她害怕一切突然静止。

"只要他们不把视频和照片传上网，别在同学里扩散开，怎样都行。我不想再读书了，离开这里，到外面去打工。"她对着梳子说。糟糕的情绪是一缕轻烟，刚一出口就消失在风里，只有你自己知道它在。

就像一个人无法抓着自己的头发将自己提起来一样，命运永远会令你无法自拔。青春成长的代价，有多少是需要隐瞒和妥协的？有多少事情是永远无法用语言去描述，更无法与他人分享的？

在走上楼梯的这个时间里，苏婉觉得这是一个没有边界没有穷尽的噩梦。这种恐惧与几年前失去父亲的痛苦相比，来得更为强烈，而且两者交织在一起——如果父亲还在，他们还敢这样欺负我吗？如果父亲还在，凭什么这么好的成绩要选择到职业中学去？为什么别人可以活得那么潇洒，而自己偏偏就这么命苦？是老天在故意折磨我吗？——苏婉内心回荡着的声音，正在吞没她，她听到自己又啜泣起来。

三楼到了，303房。她从口袋里掏出房卡，这是出来的时候他们递给她的。

"乖乖的，开门进去，什么也别想，脱光自己的衣服，躺到我们老大身边去。别人问你什么都别说，都说不知道。如果我们老大喝醉了，你就躺着就好，别乱动。万一被人发现，比如来个警察什么的，你就说是我们老大让你来陪他就好。我是说万一，你就只说老大让你来，其他什么都别说，不能把我们牵扯进去。事后会给你钱，我们也会把视频和照片都删掉。别想耍花招，你能想到的小心思，我们都算计好了。明白了没有？"

嘀！门锁上的指示灯闪亮几下，厚重的门就可以被推开了。房间里光线很暗，但仍然可以看到床上躺着一个人，正在呼呼大睡。苏婉深深吸了一口气，捏了捏拳头，小声说："你好！"

他们要她脱了衣服躺好，但她按照自己想好的那样，将上衣脱下来放在椅子上，裤子和胸罩誓死不脱，手里拿着户口本，悄声在床边跪着。她告诉自己，必须跪着，等老大醒来，求他网开一面。

从被子没盖住的部分可以看出来，老大没穿衣服，至少是没穿上衣。老大是一个五十岁上下的男人，脸型很瘦，个子很高（两只大脚丫从被子里伸出来，突破床的限制，悬在空中）。房间里有一股酒的气味，老大看来喝酒了，一时半会醒不来。

如果他不醒来，自己倒是愿意从现在跪到明天早上。但万一他今晚没得逞，事情没有解决，没有取得老大的谅解，明晚会不会又要再来一趟？

又跪了一会儿，四周寂静，自己像一个等待上台的演员却被永远搁置。苏婉决定还是必须叫醒老大。

"老大……老大……老大……"

没反应。不会死了吧？苏婉一惊！用手探探，有鼻息。她摸索着将床头灯打开，让灯光照在老大脸上。多么安详的老人，父亲如果还在世，也没有他老啊。不过很难说，父亲总是起早贪黑，看起来总是比实际年龄要大一些。

又跪了一会儿，觉得这样下去也不是办法，她终于伸出手去拍了拍老大的胳膊。却不料人跪着，身体很难保持平衡，这一拍，身体前倾，一巴掌狠狠拍在老大的脸上。老大哇的一声从床上一跃跳起来，发现自己还赤身裸体，赶紧用被子裹住身体。

"该死！该死！"

"谁？这是哪？"

"老大，我该死，弄疼你了……"

"什么老大？你是谁？"

"我叫苏婉，这是我的户口本，你看看我的年龄，我还没满十四周岁，请你放过我吧！求求你！"

"这是哪？我怎么会在这？林少群呢？"

"这是水云间大酒店，林老师？林老师也在这里吗？"

"林少群刚才还跟我喝酒呢，我去上洗手间……遭了！有人暗算我！你是谁？谁让你来的？"

还没等苏婉回答，外面走廊上响起了急促的脚步声，有人在走廊那头拍其他房间的门："警察查房！开门！"

"你刚才说你什么？还没十四周岁？"李耀义登时急了，"你快……快把衣服穿上！我的衣服呢？这是要害我啊，你还未成年，我就要被判个十年八年啊！"

有人拍门，还没等他们反应过来，门就被警察踹开了。

八

葱油饼在酒店门口探头探脑，忍不住又坐电梯到了303门口，呆立了几秒，发现走廊尽头的摄像头闪着红光像独眼龙在眨眼，于是退了回来。他站在酒店门口抽烟，又到303房间的窗口去看了一会儿，一切那么安静，好像什么都在按照一定的程序运作着，反而是他自己，像个病毒一样不安分。

他蹲在角落里，忧心忡忡。但很快他发现探头探脑的人不只他一个。有三个跟他年龄差不多的喽啰在另一个角落里小声谈论着什么，还不时瞄他一眼。很显然，他们或者认识他，或者注意到他了。于是他摁灭烟头假装离开，绕了一圈站在树下的暗处盯着他们看。其中有一个开始打电话，另外两人一直在探头探脑，然后那两个人突然一脸惊讶地轻声交流着什么。沿着他们的视线望去，有两个胖子正从出租车里溜下来，往酒店里走；在他们后面，跟着一个高挑的女人，长腿上穿着黑丝袜。秃顶胖子在前台开了房间，两人便带着那个化浓妆的女人，一起进了电梯。三个喽啰互相看了一眼，就从酒店里出来，其中一个依然在打电话，从葱油饼身边经过的时候，只听见他一直强调"不会看错就是他们""这种时候他们不会接电话的""来不及了，来不及了"。声音听不见了。他们走到停车场，开着一辆面包车走了。

两个胖子怎么看起来那么眼熟？葱油饼想了很久，终于想起了车站和公文包："专家？"他不禁说出声来。这时他瞥见303房的窗口突然亮灯了。303房的窗口向北，下面是一条小街道，路灯很远才有一盏，非常昏暗，倒是道路两旁的木棉树，长得像寺院里吓人的四大金刚，笔直贴着墙壁往上长，在高处有些枝条还互相交织在一起。于是他躲到另一棵木棉树的后面，隐没在树的阴影里，一直注视着窗口。

窗户上有人影晃动，葱油饼能认得出那是苏婉的身影。

就在这时，停车场传来两声刺耳的刹车声。他探头去看，两辆车里出来十来个人，虽然看不清楚脸，但灵动的身形，凌乱的脚步，这些都是葱油饼害怕而熟悉的。他几乎不用思考就在脑海中闪出来两个字：警察！

"苏婉报警了？"他不由得蹲下来，让夜的黑暗充分将他浸没。有时候人是需要黑暗的，就如同人也渴望光明。

不可能的，即使是报警，也不可能这么快就出警，而且来这么多人。

这是有备而来——他基本能做出这样的判断。酒店传来嘈杂的人声，葱油饼完全可以从这些破碎的声音中拼凑出一幅幅画面。然后他听到很多房间发出了不同的声音，紧接着，他所关注的303房终于被打开，警察喊别动，但窗台上赫然多了一个人！

窗台上怎么可能站着人！苏婉怎么可能往下跳！

但好像不是苏婉，那个人已经扑向高高的木棉树，在撞断两段树丫之后，他的身体继续往下坠。就在这个时候，葱油饼伸出手去，他想把他接住，但又本能地往后缩，结果这个人毫不客气地在他左手小臂上踹了一下，便往一旁歪过去，把一只垃圾桶撞得滚出老远。

那个人从地上爬起来。窗口的警察在喊，叫他别跑，跑就要开枪。但他站起来一个趔趄，又捂着肚子往前跑。葱油饼左手手臂传来一阵锥心的痛。他认出来了，那个人不是什么老大，而是大名鼎鼎的"裸奔王"李耀义。

李耀义捂着肚子往前跑，他赤身裸体，样子像一只袋鼠。但他有两条长长的腿，跑开了速度奇快。斑驳的木棉枝叶的影子投射在他身上，让他看起来倒像一棵不断移动的小型木棉树，很快就消失在街道的小巷里，让葱油饼完全忘记他刚才根本没有穿衣服，也完全忽略地上留下的鲜血。李耀义又在黑暗中裸奔了一次——这是警察将他按住的时候他脑海中浮现的一句话。

"别碰我的手，我的手好像骨折了！"他大声叫喊。警察当然不会把他的话当真，他们只会将他当成李耀义的同党，猛地把他的脸按到满是疙瘩的木棉树皮上，又将他的手往背后扳。葱油饼发出一声凄厉的惨叫，痛得不敢动弹，冷汗直冒。

九

碧河镇派出所不大，临河而建，就在桥头水电局旁边，与后者相比，它很不显眼。葱油饼进去过几次，里头的警察基本都打过交道。一进派出所好几个警察嘴角上扬，对他似笑非笑，潜台词大概是："你小子又进来了。"

一行人被带进一间铁窗紧闭的办公室，里头有几只铁条长凳，屁股的位置被磨得锃亮。警察用手铐将他们往铁凳上一锁，训了几句，就出去了。听他们在走廊互相招呼着，应该是在讨论去什么地方吃夜宵。

被带进来的七八个人，男女分开锁在房间的角落里，中间隔着几张破办公桌。葱油饼看了苏婉一眼，看到苏婉也正看着他。她用眼神问他左手怎么样。左手早就痛得没感觉了，葱油饼低头一看，那仿佛不是手，而是一根法国面包棍。葱油饼对苏婉笑笑，表示没事，他举起左手，做了一个啃吃的动作。苏婉也一笑。葱油饼感到奇怪，这个爱哭的小姑娘现在不哭了。老天让她经历了太多了，她以后一定会有出息。葱油饼突然这样想。

大家很沮丧，都低着头，谁都不想说话；是胖子专家打破了沉默，其中一个对另一个说："别怕，一定会有人来救我们的，他们应该能找人把咱捞出去。"

"怎么救？电话在酒店的时候就被没收了。倒霉啊，丢了东西已经够倒霉，出来喝喝小酒散散心，玩一下都玩出祸来。"

"你说会不会有人想算计我们？怎么就这么巧？又丢东西又被抓，不会是一个局吧？可别把咱给……"他做了一个抹脖子的动作。

"这倒应该不会，嫖娼就是几千块的事，最多十五天拘留，不

195

过咱说话得小心，就怕被抓去收容教育，那没有半年出不来。"

对结果的糟糕预期触动了所有人的心，对面那个高个子黑丝袜妓女脸贴着墙壁呜呜地哭起来。

"别哭了！"胖子专家突然吼她，"你一定也不是第一次进来，你们休闲中心会来救你的。"

"就是第一次，就是第一次……"泪水一涂抹，她那浓妆艳抹的脸马上就变得跟跑马场一样凌乱不堪。

"要是有电话，爷现在就能把你救出去。"胖子专家吹牛皮地说。

"真的？"在角落里的苏婉突然出声，"有电话你能把我们都救出去吗？"

她从口袋里掏出那部诺基亚黑白屏手机。她看了葱油饼一眼，见他没有反对的意思，就将手机举起来。胖子专家一脸尴尬，他既想用电话，同时他感觉刚才牛皮吹大了——谁敢保证能把这里的人捞出去，怕是谁都没有这个能力。于是他转了个话题，准备套近乎：

"小姑娘，你还在念书吧，怎么出来做这个？"

苏婉不接他的话，她不想跟他多说什么，便说："我扔给你，你能接得住吗？"

"能！能！"

"手机给你，别对其他人说是我给的，行不？"

"别怕，警察来了就说是我私藏的，不说你，这么多人都可以作证，大人说话算话。"

"好，你接好了，手机我一直都没开机，不知能不能打。"她看了葱油饼一眼，便将手机扔过去。

那台黑色的诺基亚手机就从空中抛出一个弧线，但胖子专家依旧没接住，手机正好砸在他胖胖的脸上，掉到地上碎成几块。大家不禁发出嘘声。胖专家尴尬地从地上捡起手机，说："没事，诺基亚就是耐摔，我以前用过好几台，从二楼丢下来都摔不坏……你看，这不是还能正常开机吗？"

两个胖子专家在那嘀咕了一会儿，决定先给公司打电话，再给朋友打。"开扬声，我们都能听！你记得他号码不？"大胖子对小胖子说。

"他号码很好记。"

他果然开始拨号了，嘟嘟几声之后，一个男中音接了电话。现在找到人了，两个专家激动得话不成句，结结巴巴说明了情况："阮主任，您一定要来把我们捞出去啊……"

对方沉默了一会儿，才说："给你们安排小姐，你们就假正经说不要，自己又瞎跑乱搞坏我们的事，现在我们要的鉴定报告你们也丢了，唉，叫我怎么说呢……总之你们也别急，我们这边会想办法的，该做什么先按警察说的做。"

电话就这样被挂断了。

两个人面面相觑，不知所措。周围的人都一脸失望。

"别开扬声了，你再打过去，就跟他说，文件上说了，过几天我们要去检查鉴定，如果我们人在号子里，跟他们的报告就是矛盾的。"

197

"他们一定另外换人出报告！"

"你再打就是了！"

小胖子专家再拨了一次号，但提示对方已关机。两个人气急败坏一通臭骂，狼心狗肺过河拆桥的词都出来了。就在这时，手机突然重新响起，有人打电话进来了。

"我就知道他不会过河拆桥，你看是不是又打回来了，赶紧接！开扬声！"两人好像捡回了救命稻草，对着手机毕恭毕敬接电话，脸上堆着笑，喂了一声。

手机里传来另一个男中音："这手机是你的吗？"

"是啊是啊，"小胖子看了大胖子一眼，"我是王通啊，我旁边还有赵渔，我们在碧河镇派出所，赶紧来救我们啊！"

"王通、赵渔？你知道我是谁吗？"

两个胖子又互看了一眼："这……这……你不是阮主任……的人吗？"

"明天中午之前，如果你们不把这台手机送到停顿时光咖啡馆，我会让人把你们给阉了！"

电话嘟嘟嘟被挂掉了。

"莫名其妙！荒唐！"

"爷我要是能出得去，还用这样求爹爹告奶奶！"

这时候外面响起了脚步声，警察们吃完夜宵回来了，正准备一个一个抓他们去录口供，这时候胖子专家口袋里的电话又响了。

"竟然藏有手机？"警察过来照胖子的头上就是一下。

办公室里回荡着熟悉的诺基亚铃声。

"给我，"那个警察把手机接过来，开了扬声，"喂，这里是派出所。"

还是刚才那个男中音，他缓缓地说："警察叔叔好，我是破爷。"

"什么破爷！"警察把手机挂断放到口袋里，然后便出去了。

又过了一会儿，那个警察重新回到房间里，有点慌里慌张，他的眼睛扫视了一圈，然后停在葱油饼身上："你叫葱油饼？"

葱油饼点点头。警察把他带到走廊，把手机递给他：

"收好，有人让你把手机带回去。"

十

葱油饼一早就听出电话里是破爷的声音，吓出了一身冷汗。

一个警察录完口供，另一个警察又进来录，反反复复地问，葱油饼都耐心地虚构，补充了许多无关紧要的细节。到了下半夜，他和苏婉都被放出来，其他人都被留在里面。警察没有难为他们俩，一个是惯偷，有背景；一个是小女孩，再说李耀义都跑了，将一个小女生关押在派出所也不是太对，训导几句也就放了。

从派出所出来，面对滔滔的碧河，葱油饼长叹一声："人生如戏，全靠演技，他们也知我在编，但还是得把戏演完。"

苏婉说了一句："对，人生如戏，还得演戏。"

两人相视而笑。葱油饼说："我以为你会哭得稀里哗啦的，没想你还挺行，我第一次进派出所，吓得险些尿裤子。"

"我不怕大人，大人一般不会拿我怎么样。"苏婉的眼睛穿过深邃的夜色，望向远处的碧河大桥，路灯勾勒出桥的轮廓。几年前她还是个小学生，她的父亲就在这里被撞到河里冲走。时间真是神奇的怪物，拥有和失去，仿佛也只是一瞬间的事。当记忆足够遥远，必须以年、几年或十几年作为计量单位的时候，许多本来活着的细节就会流失。艰难地沿着时光之轴往回走，依稀可以看到父亲还站在那里，但她和他们都无力选择更多。就是在十几个小时以前，她还独自一个人面对一把锋利的剪刀，恨不得将自己像一袋垃圾那样剪碎丢进垃圾桶。而现在，吹着夜风，她突然感到一切好像还有希望。她对葱油饼说："饼哥，我们走吧，到碧河医院去看手。"

"叫我葱哥吧，饼哥太难听了。"

"就偏叫你阿饼！"从看到苏婉到现在，她第一次恢复了少女的活力，"给，这是你上次给我的钱，我不是乞丐，也不是妓女，你给我钱做什么？我那时想了半天都不知道你为什么掏钱给我，后来想想，总归你应该是好意，现在还给你，去医院看病。"

两人一路谈笑着来到碧河医院，急诊室的医生给葱油饼拍 X 光片检查，初步诊断没有大问题，做了一些消肿止痛处理，嘱咐白天再来骨科一趟。平时做这些烦琐的事，葱油饼总觉得不耐烦，但今天，他觉得时间过得特别快。他似乎明白有什么发生了，又好像什么都没有发生，只是内心有一种莫名的欢喜。

"等以后，我带你去看海。"在路边摊吃夜宵的时候，虽然老板总催他们快点，说要收摊了，但葱油饼还是说出这么一句，就因为苏婉说她还没见过海。其实碧河镇离海边并不远，几十公里的路程便可到碧河入海口。苏婉说，也许她父亲还在下游某条渔船上生活。"我总梦见在一张渔网后面看到我父亲还活着。"她用略带怯弱的眼睛与葱油饼对视，在柔和中透露出自己内心的勇敢。幸福就是为没有意义的生活确立意义，在贫瘠的土地上发现了诗。

天快亮的时候，他们刚聊完李耀义裸奔时候的动作。

"林老师上我们课的时候有一次说到李耀义老师，他说大部分人只有到死后才实现人生的裸奔时代，而李老师提前做到了。现在想想也是，不像我，被人家脱掉衣服就寻死觅活觉得天塌下来了。经过今夜这一遭，我算是死过了一次，裸奔过一次。书上的真理说一千句一万句，还不如跪在床前求人家别强奸自己的那五分钟来得深刻。所以，阿饼哥，从今以后，不许看不起我。"

"我从来不敢看不起任何人，我只看不起我自己。"

一辆洒水车从街路那头开过来，发出嚓嚓沙沙的声响，车上的音响开得很大声，正在播放《走进新时代》。碧河公园前面的广场旁边，清洁工戴着口罩开始扫地。回家会吵醒家人，苏婉提议干脆到公园的长椅上小睡片刻。于是两人各选了一条长凳卧倒看星星。星星很稀疏，远远不及心中的星星来得明亮。

十一

立冬就要来了，碧河镇上很多人还穿着短袖。葱油饼想起小时候冬天在高墙根下晒太阳取暖的老人，他们都喜欢聊战争、部队、老蒋、炸弹、老虎凳、"公社化"、饥荒……大概如同春风带走冬雪，朝阳带走晨雾，一代人的消失，也就带走了一批关键词。

就在葱油饼和苏婉有说有笑从碧河医院走出来的时候，李耀义正在门外的花圃中看着他们走远。他赤身裸体跑出了几条街之后，才意识到刚才某根木棉的枝丫刚好在自己肚子上开了一个长约一寸的口子，再跑下去怕肠子都要跳出来。确认后面没有人追来之后，他在老屋区的屋檐下偷了两件衣服穿上，虽然不合身，但基本能将重要部位遮住。他本来准备往书楼的方向走，但发现全身发软，几乎没什么力气。以前总笑话林少群酒量太差，喝两杯就得扶墙走路，而现在李耀义也必须扶墙走路，艰难而缓慢地挪动着脚步，一直走到医院门口。

他看到葱油饼，本来想喊住他，但看两个年轻人正甜蜜地聊天，不忍心打断他们，于是没有开口。他在医院门口的黑暗处静静坐了十五分钟，观察着有没有警车过来，一直等到草丛中的蚊子将他小腿叮了十几个包，他才摇摇晃晃走进急诊室。

他看到医生的时候，眼前的景象已经一片模糊。医生当然认得李耀义，什么都不用说，叫醒正在前台打盹的护士，实施抢救。几个小时之后，正当葱油饼和苏婉在公园树下的长凳上睡着了的时候，李耀义醒过来了，他感到口干舌燥，但他明白自己挺过来了，死不了。他躺着不动，开始构思下一步应该怎么做。在医院躺着是绝对不行的，那等于是等死。待到所有人都上班了，迎接他的很可能就是警车。电影里医院里的枪战情景在他脑海中一个个闪过。当然，他李耀义什么都不是，人家随时随地都可以像捏死一只蚂蚁那样把他结果掉。他留意了这几年的新闻，凡是钉子户几乎都没有什

202

么好下场，死的死，伤的伤，有的还活生生被车轮碾成了肉酱。

他真切体会到时间对于一个人的摧残。生命以一种耻辱的衰老正在不断摧残一个人的身体，也在不断扭曲一个人的意志。作为一个上过前线的老兵，他接受被时间遗忘的命运。除了那些炮火纷飞的记忆和自己有点暴戾的脾气，那段岁月什么都没有留下。他因伤退伍回家的那一年，从前一起复习高考的林少群已经大学毕业进了一家国有企业，日子过得风风火火，而自己只有一栋祖上留下来的破书楼。他在书楼下面弄一间小书店，卖文具图书，但卖得最多的是教辅资料。就这样不咸不淡地过着日子，一直到周边的旧房子都拆了，一直到很多开发商觉得这座书楼碍事。

南方的夏天太长，冬天太短，就连冬雨也零星得很。冬雨楼，注定是一座孤零零的书楼。年轻时候的李耀义也一直觉得这座书楼很破，没什么用；退伍以后他依然咒骂父亲没留给他什么钱，就留下一座空空的书楼。直到有一天，一位比他年纪大的老战友远道而来，到碧河镇找到李耀义，要将二十多年前借的一笔钱还给他。当年高考没考上，李耀义找了亲戚辗转进了部队。二十年前新兵蛋子青春豪迈，如今白发苍苍灯下相见泪眼婆娑。他压根就忘记当时借了什么钱，但老战友很认真，他用当时大米的价格与现在大米的价格进行换算，郑重其事将几千块钱交到李耀义手中，说自己不知道能活多少天，这钱一定要还回来。然后他走出门去，抬头一望，摸着冰凉的青砖，说了一句让李耀义终生难忘的话："这是我这辈子见过的最美的房子。"那时门口的三角梅开得正艳，整栋书楼看起来就要和碧蓝的天空连接在一起。老人可能是在表达当时的心情，也可能只是在表达一种真诚的赞叹。但从来没有人当着他的面这么赞美这座书楼。

那天黄昏时候，在买菜回家的路上，李耀义骑着自行车，远远端详着这座书楼，在落日的余晖中，他发现了一种习焉不察的美。就像没有人会说月亮不美，没有人会说星星不美，他这时觉得这个世界上没有人会说这样一座书楼不美。美感的产生是那么毋庸置疑，那么坚定而无可辩驳。他突然也明白任何美丽的东西都是没什么用的，有用的东西都不怎么美。比如推土机有用，但很丑陋。他们想在这个地方建一座文化大厦，大厦一定会建得比书楼丑陋，但比书楼有用。李耀义反观自身，他遍体伤痕，贫穷不堪，这一身臭皮囊是没什么用的，如果灵魂还不美丽起来，那么就真的是一个废人了。

领悟到这些，李耀义决定跟没有什么用的书楼站在一起。他用令人不可思议的决绝推开了任何拆迁赔偿协议。他大声呼吁应该将这座书楼纳入文物保护单位的行列，但大家都装作听不见。这座书楼除了漂亮的青砖、半堵雄伟的马头墙、并不显眼的浮雕，实在也看不出有什么神奇特异之处。东州自古就是南蛮之地，也没有什么名人墨客来这书楼上面题写诗词书画，更关键的是，大家都怕麻烦——没什么事，就少折腾。"老李，不破不立，拆了对大家都好，不拆对你也没什么好处。"他们对李耀义这么说。

用他们的话说，别逼我们对你下手。所以现在他们下手了，看来也是迫不得已。只要把李耀义迫走，或者关起来，不用一天时间，他们准可以把书楼拆得一块砖头都不剩。李耀义眼前开始浮现他们用竹架和绿色的保护网将书楼围起来的情景。那绿色的网就如同死囚的衣服，一旦穿上就命不久矣。

"要死也要和冬雨楼死在一起。"他提一口气，坐了起来，拔掉手背上的针管，赤着脚走出病房。

十二

碧河公园很小，几只石椅，几条木凳，一片小树林，在路边弄几件可供晨练健身的廉价器材，就没有了，几乎可以一眼望到底。但人们并不因为公园小而嫌弃它，相反，附近的人对这么一个小地方倍感珍惜，一大早就有很多老人到这里来扭屁股。

一条小狗对着葱油饼狂吠，直到把他和苏婉叫醒。晨练的老人们都假装没有看到他们，但其实每个人都在心里暗暗感叹现在的年轻人太疯狂都夜不归宿了。葱油饼打了一个哈欠，苏婉伸了一个懒腰，他们都太累了，本来只想打个盹，没想睡了这么久。

"你回家还是回学校？"葱油饼问，"我送你回去。"

"我穿成这样，还敢回家吗？这些都是他们借给我的衣服。"

于是两人往碧河职中走，边走边聊，从李耀义的裸奔再到两个专家的鉴定书，再到当天他去偷举报信的事，两人聊得眉飞色舞，都很兴奋。"我也很愧疚，不过后来想想真不应该写那封信，我压根不知道那信会让老师丢工作，那时太单纯了，觉得善良就是世界的真理。"葱油饼解释说他舅舅从来都没有怪她，还夸她信里的句子写得好。慢慢地，两个人的话题又回到什么时候选个好天气一起去看海的事上面。葱油饼忍不住说："我想先到你们学校找个保安的工作，等会儿去找破爷，他一定有办法。"

但苏婉却沉默了。沉默着穿过两条街，葱油饼突然觉得这个比自己小好几岁的女孩沉默起来显得比自己深沉。他终于忍不住问："你在想什么呢？"

"没什么，"苏婉叹了一口气，"我在想我必须改变自己，一定会有机会转变的，从小我们家就穷，一直被人欺负，一直被人瞧不起。我有一段时间还愚蠢地认为书本上写的都是真理，我越来越觉得自己是在学校里浪费时间，只不过拿那些貌似正确的东西在自己的脑海里浇铸了一层玻璃，看起来明亮美好，但真到社会的现实里来，就哐当一声全都破碎了。然后你就会觉得很痛苦，这个社会不是按照书上的真理在运行的，你越善良，就越脆弱。"

真是个早熟的女孩，葱油饼一时倒不知道她在说什么，也不知道怎么接话，只能说一句："哦。"

"哦什么哦，我的意思是，我不想读书了，我想出去赚钱，我也不想我妈那么辛苦。我从来不敢告诉同学我妈是做什么工作的，我每次写作文都写我妈是个农民，或者我妈是一名工厂工人，但其实她已经当了十几年的清洁工了，就是扫马路的。"

葱油饼惊讶地望着她。她继续说："我现在根本不想去学校，我想回家，但我知道这个时间点，我妈一定还在我回家必经的那一段路上打扫卫生，我不敢看到她，更不想她看到我，她会伤心的。"

理解一个人有时候不需要太多故事，只需要一个细节。但葱油饼此时只能说一个"哦"，他不知道该说什么。

转了一个弯就看到碧河职中的校门了。但他们都没有看向校门，而是看到校门对面的小卖部。小卖部前面的小桌子旁边，围坐着七八个人，正在那里嗑瓜子抽烟。

看到苏婉他们就都站起来。很显然，他们一直在等她。他们向她走来，青春痘女生走在前面，她先问葱油饼："你是她的谁？"

葱油饼想说"男朋友"，但看了苏婉一眼犹豫了，一瞬间竟不知道怎么回答，只能答："我是她哥。"但声音一下子就示弱了。

青春痘女生鄙夷一笑，便无视葱油饼的存在，对着苏婉举起手来做势要打，苏婉习惯性地往后缩。青春痘女生劈头盖脸一通臭骂，然后才问："听说你没把那个人伺候好，我们大哥很不高兴，这事情没办好你知道我们大哥损失多少钱吗？"她又伸出手来，要去抓苏婉的头发。

葱油饼挡在苏婉前面："你们这哪里有学生的样子……"

"你是新来的保安吧……"他们哈哈大笑，大概只有新来的保安才会这样说他们，"学生应该是什么样子，像这婊子那样吗？我呸！"

青春痘女生手指着苏婉，一脸鄙夷。葱油饼忍无可忍往前两步，青春痘女生赶紧往后躲："有人要打你们大姐大，你们还愣着干啥？"后面那三个男生就向葱油饼冲过来，每人都向他踢了两脚，顷刻之间就把葱油饼踢倒在地。

偷东西葱油饼在行，但打架他一直没入门，况且他受了伤手臂上还缠着绷带，根本不是三个男生的对手，不到一分钟就被按倒在地动弹不得。三个男生打起架来都有一股狠劲，其中一个男生将葱

207

油饼受伤的手臂踩在脚下，每踩一下葱油饼就发出一声惨叫。其他的女生看局面已经控制，都围过去揪住苏婉的头发，拖倒在地拳打脚踢，仿佛在发泄什么，边打边骂：

"贱人，你知道我们大哥罚了我们多少钱吗？你要去坐台当小姐赚来赔给我们！"

"你这臭婊子，叫你去伺候别人，你倒是去钓凯子哩，有本事也找个高富帅，你找个病猫做什么？"

"我们跟你怎么说的，你还哭？事情没办好，视频照片全部传到网上去，你自己看着办，耶！大家都看到你这骚货的裸体了，有得你哭的。"

"你身上的衣服都是我们的，脱！现在就脱下来还给我们！脱下来让你的新凯子看看你有多骚！"

她们开始剥苏婉的衣服。这时不远处传来一声哨声，在门房里头聊天的三个保安大概听到了葱油饼的叫声都出来朝这边走来，其中为首那个以凶神恶煞闻名职中的保安边走边大叫："妈的，又打架了！哪个班的？班主任是谁？"眼看保安往这边来，那七八个人见情况不妙撒腿就跑。他们速度很快，转眼就消失不见了。

保安对着葱油饼问："哪个班的？"葱油饼从地上爬起来，没回答。保安又问苏婉："同学，叫什么名，哪个班的？我们要登记。"旁边另一个保安突然拉住问话的保安，悄声说："视频那个……就是今早广播操的时候男生拿给我们看那个……"三个保安都瞪着苏婉看，然后没再说什么就走开了。

葱油饼想去扶苏婉，但她推开他的手，自己爬起来。葱油饼陪着她到宿舍换衣服，他站在女生宿舍外面，一直在听里头的动静。半个小时之后，什么事都没发生，苏婉冲了凉，换了衣服，背着一个大书包就出来了。

"破爷是你的老板？"

葱油饼一怔，点了点头。

"走，我跟你一起去找他。"苏婉回头看了一眼宿舍，就走在葱油饼前面，脚步很快。她的头发还是湿的，发尖还有水珠滴落。葱油饼跟在她的后面，感觉自己是那颗水珠，貌似在哪里停住了，又身不由己地往下坠。

十三

停顿时光咖啡馆离碧河公园并不远，由一座旧房子改造而成。那房子以前属于碧河镇供销社，墙上还画着红色的毛主席像（比原来描得更红），在阳光下显得十分显眼。随着东州市区这几年房价暴涨，很多白领阶层也开始选择到离城区只有十几公里的碧河镇居住，这里有山有水，环境好，这些年房地产开发得也快，住着远比市区舒服。各色人等来来往往，镇上很快就开了好几家咖啡馆，但停顿时光咖啡馆被认为是碧河咖啡里的头牌，成了伪文艺青年的集散地。

当然是因为破爷。二十年前，破爷组织了一支放映队，到碧河镇各个小山村去放电影。从一个"放电影的"起步到发廊，再到林场、铁路建设、炒地皮，及至后来的什么高端科技产品，破爷已经

209

海陆空立体渗透到碧河镇的城市化进程中，在其中起到难以估量的正面和负面效果。简单用一句话概括：黑白道中人，谁也惹不起。

"小饼啊，"破爷经常这么语重心长地对葱油饼说，"你多交些朋友，再锻炼一段时间，爷想将你带在身边，干点正经事，眼下我们的公司正在转型，烧杀抢掠的事情咱现在不做，或者少做。你看我带出来的徒弟，一个个都出人头地，你也加把劲，别浪费了自己的才华！"话都说过几遍，但葱油饼还是葱油饼，他还是习惯于用啤酒把自己注满的生活。而破爷，也似乎有意将他安放在最末梢的地方做眼线，仿佛一个转身就会把他忘记了。

破爷偶尔才到咖啡馆来。二楼西北角靠窗的包厢，平时都是空着的，只有破爷来了，才会将他专用的桌椅和烟灰缸迅速摆好。但今天那个位置坐的不是破爷，而是一位老太太，旁边还有一个小孩。咖啡厅的经理回过头来对葱油饼说："破爷还没来，那边那位是破爷的老母亲，她吩咐，您过来就直接带过去。"

老太太略微秃顶，但一头齐耳短发发出银白色的光芒，非常好看。葱油饼觉得她有点眼熟（偷了人家东西当然眼熟），但老太太开场白也很有意思，她招呼两人坐下："现在年纪大了不记事，也忘了是不是见过你们，都叫什么名字呀？"

葱油饼连声说"没见过"，然后主动介绍自己。老太太拉过苏婉的手摩挲着说："多精致的小姑娘呀，你看长得像个小菩萨呀，要是我的孙女该有多好呀！"她将"呀"的尾音拉得很长，让原先有点拘谨的气氛瞬间活泼起来。

老太太嘴巴没停："你看，跟我这孙子多般配——"

210

葱油饼这时才转头去看旁边的小孩子，他一动不动趴在桌子上，下巴枕着手臂，一只眼睛一动不动盯着玻璃上一只爬行的蚂蚁。是的，一只眼睛，这个孩子只有一个左眼，没有右眼，他的嘴唇还是兔唇——上唇沿着人中裂开。老太太留意到他们的惊讶，笑笑道："这孩子可怜啊，是我不久前刚领养的，我的儿子不给我生孙子，我就只能让他帮我去要一个孙子。他叫阿丁，不喜欢说话，也只会说一句话，叫哈里路亚，我信佛，他信基督，我们都是有信仰的人。他的手指两三年前还被人截掉两个，幸好后来接上了，不知怎么的，又被贩卖人口的人弄瞎了一个眼睛，自己吃错东西又弄裂嘴唇。我准备过些天带他去给他的嘴唇做个小手术……"她喃喃地说着，边说边用手抚摸着阿丁的头，像抚摸一条小狗，"有人说他姓施，有人说他姓苗，但没事吧，叫什么都只是个名字，我就喜欢他安安静静的样子。"

"哈里路亚！"阿丁突然开口说。

葱油饼打了一个冷战："难怪我跟阿丁一见如故，对，一见如故……阿婶，这手机是给您还是给破爷？"葱油饼切入正题，将手机掏出来，准备还了手机赶紧走人。

"当然是给我。这是亡夫之物，我一直带在身边，也怪我自己，我就喜欢坐公共汽车，不喜欢坐他们的轿车，一上轿车我的头就晕，大概是佛祖希望我虔诚一点，每次都必须坐公共汽车去寺里拜佛，不小心就把这手机给弄丢了。我那老头子啊，一辈子受了多少苦，算不清楚，也说不清楚啊！他死前最喜欢的东西就是这部手机，他的朋友们啊，也会通过这手机跟他通话。他就喜欢听朋友们的声音，可惜腿脚不灵便，动不了，所以就整天摸着这部手机，你看，键盘上的数字都摸得掉色了。他活着的时候我老是烦他，我就想啊，我一个大活人在家里你不跟我说话，整天摸着个手机干啥。后来我懂了，你看我活到这岁数，也喜欢说话，从刚才到现在，就我一个人在说。"

"您说，您说，我们都喜欢听。"苏婉很乖巧地说。

"我那老头死了，我还是天天跟他一样，给这手机充电，他的那些朋友啊，老年痴呆，总以为他还活着，隔三岔五就会打电话给他，说着说着还哭起来，所以这电话一丢，我就着急了，好几天都睡不着觉，幸亏你们这些年轻人，品德好，都帮我给带回来了。"

她笑呵呵地看着葱油饼，葱油饼只能也笑着，但内心很不是滋味。

这时候葱油饼的手机响了，是舅舅林少群的电话：

"人杰啊，我被一伙人打了，现在在医院。他们一早就说来找李耀义，说我隐瞒行踪，但我确实不知道他去哪儿了呀。没错，李耀义昨晚是跟我喝酒，不过他不辞而别，让我一个人喝闷酒，还连累我被人打一顿，听医生说，昨天夜里李耀义也来过医院，好像伤得挺重的，但一大早又偷偷溜走了，警察都在找他……"

"这事我知道，等会儿我过去看你。"

正说话间，破爷在楼梯口站住，也不急着走过来："我在楼下就听到你们的笑声，年轻人，就应该多来陪老人家聊聊，氛围好。"

十四

如果不是从破爷嘴里听到的，葱油饼绝对不会相信第二天李耀义那一场惨烈的裸奔竟然是有预谋的演出。如果他能冷静再考虑一会儿，他就会明白他的所谓抵抗只是从一颗棋子变成另一颗棋子。那一场裸奔秀让许多人不堪回首，人们就在网络上观看他裸奔之后跳楼的直播。

破爷一来，老太太就起身说："你们有事要谈就好好谈吧，我的手机拿到了，就不占你们的位子了。"她拖着小丁的手就下楼去，苏婉十分机灵地贴上去给老太太当拐杖，扶着她下楼。"我就说你是个小菩萨，要是能留你在身边就好了。"老太太连声夸奖，似乎是在说给破爷听的。

老太太下楼去了，破爷笑吟吟看着葱油饼，他依旧瘦得像一只衣架，刚好把身上那一袭长衫撑住，两颗门牙露在风中，一双小眼睛笑起来就快看不见了。

"手机是你偷的吧？"破爷还在笑。

葱油饼却不由得紧张起来，环顾左右之后只得连连点头。

破爷取出他的烟斗，边装烟丝边往角落里一指："坐吧。"葱油饼不知道是该坐还是该站着，只能弱弱说道："您先请。"

破爷接着说："你也不用怕，我早就知道一定是你偷的，人家堂堂两个大专家，怎么会去偷这么一部破手机。再说啦，在你的地盘上丢的东西，无论如何也会找你要回来的。如果是在往日——"

213

破爷眼中陡然露出一道凶光，把葱油饼吓得低下头去，"要在往日，我会先切掉你两根手指再和你说话，老太太的东西你都敢动，你是长了狗眼了！但今天不同，我要表扬你啊，按李耀义刚才的说法，大概是你救了他的……"

"您刚才见到李耀义？"葱油饼忍不住打断破爷的话，"他没事吧？"

"他还活着，活着不容易啊，但明天他就要死了，他自己决定要死的。为了救他的书楼，他准备豁出去了，这盘棋太大了，我也不展开，但冬雨楼是一定要保住的。李耀义自己写了捐赠书，把他的书楼无偿捐赠给木宜寺，剩下的事，就由我破爷来处理了。"

葱油饼知道，木宜寺其实就是破爷的木宜寺，书楼到了木宜寺，就是到了破爷手里。破爷并非没有打过冬雨楼的主意，只是各方利益纠葛太复杂，他也不好下手。而现在一个子儿都不花就将冬雨楼拿了过来，而且书楼的主人明天就要死了，这简直是天大的利好。

苏婉不知道什么时候站在旁边听着，她突然插嘴说："阿饼，你要把他们伪造书楼鉴定书的事跟破爷说，现在两个专家都还关在里头，只要把鉴定书公开给媒体或网络，势必引起轩然大波，同样一件东西在你舅舅那里没什么用，但在破爷手里可能是绝杀技。"

"咦，这小姑娘是谁？让我猜猜吧——"破爷笑眯眯地说，"昨晚在水云间酒店里的小孩是你吧，多么机灵的孩子，可惜就是总被人欺负——开门见山地说吧，来找破爷有话要说吧？"

苏婉十分平静地说："是，我就是那个被欺负的学生，我现

214

在——"苏婉突然就呜咽起来了，说不下去了。

葱油饼心头掠过她那句"人生如戏，还得演戏"的话，他现在真分不清楚这个聪明的女孩究竟是真哭还是假哭。他只能告诉自己，没有一朵花是在等待中盛开的，她是克服了凝固的惯性，才成全了自己的美丽的。

破爷伸手摸摸她的头，又拍拍她的肩膀："唉——好孩子，你不容易，不容易啊——这么机灵的孩子，实在不应该得到这样的对待，竟然还发布到网络上去！"破爷最后一句话声调陡然上扬，以表达强烈的愤慨，也同时表示他已经掌握了所有情况。

"所以我想留在破爷身边做事，阿饼哥等会儿要求您让他去当保安，您也不能让他去，我们两个都想给您做事！"苏婉用一种连自己都感到陌生的口气说出这句话。

"这——"葱油饼急了，这不是明摆着自己往魔窟里跳吗，"你要跟你妈妈商量，要回去念书才对。"谁都希望一个转身，便切换了人生的频道；只是为了一次华丽的转身，她需要那么多的与众不同，也积攒了背叛过去所需要的自以为是。这一刻，绝望长着一张死神一样的脸庞，却偏偏和爱神并肩站在同一个地方。

苏婉用袖子擦了擦眼泪，眼神如两根筷子直挺挺看着葱油饼："今天是我的生日，我实际上已经十七岁了，我可以做决定！我得决定我自己的人生，我不能回到学校去给人家蹂躏，我不能忍受那样的生活——"

葱油饼还想说什么，但被破爷抢了话头："好啦好啦，明天事情办完了，我会让人先送点钱给你母亲，算是预支工资，你啊，苏

215

婉同学，就到破爷这儿上班吧，你会做什么事呢？我可不会让你到酒店去伺候什么男人，你就去伺候我老母亲吧，顺便教阿丁认字，算是阿丁的家庭教师。只要你的聪明劲还在，等以后你长大了，破爷会重用你的。"

破爷转头对葱油饼说："学学人家小姑娘，不然你永远只能当个小偷，坐下吧坐下吧，好好谈谈那份鉴定书的事，明天一早，李耀义又要开始裸奔啦！"

随后他让葱油饼火速将鉴定报告取来，葱油饼本以为破爷会用那份鉴定书大做文章，所以将事情的经过讲述得很仔细，但破爷显然没有什么耐心，几次打断他的话。待葱油饼讲完，他掏出打火机嚓的一声生起一点火焰，毫不犹豫地将那几页鉴定书烧掉了："别太多枝节，只要李耀义按我说的去死，冬雨楼一定能保住。"

双线笔记

一

　　在半步村，教师这个职业跟其他职业不一样。我们管杀猪的叫杀猪佬，管补锅的叫补锅佬，管卖豆腐的叫豆腐佬，唯独管教师，我们会在前面加上"人民"二字，叫人民教师。这样的称呼，一部分确实是因为尊敬，但大部分是一种调侃的语气。

　　我的外公蔡蓝是个人民教师。香港回归的第二年，我外公刚好七十岁。有一天傍晚，他出现在我们家门口，把我妈吓了一跳。他是骑自行车来的，早晨从西宠出发，绕过东州城区，骑行五十多公里来到我们家里。

　　这是一个夏天的夜晚，蚊子特别多，在一片蚊子的轰鸣声中，他将一辆二十八寸凤凰单车哐当一声推过我们家的门槛，轮胎上的黄泥巴在刚用水洗过的水泥地面上轧出了一条十分荒诞的痕迹。天

217

气太热，我外公只穿着发黄的白色短袖衬衫，下配一条深蓝色的大裤衩，短而白的胡子像仙人球的芒刺一样长满了他的下巴。

"你怎么来了？"我妈问道。她的问句里面包含着很多内容，包括对他的关心，对他不合时宜出现的责怪，以及这样一副丢三落四的形象的抗议。

"我怎么不能来啦？"外公说话带着奇怪的西宠乡下口音，音量虽小，却带着家族特有的铿锵感，让我妈不知道怎么回应。

外公这时才看到我，我坐在门口的矮凳子上边打蚊子边用双线笔记抄写生字词，旁边还摆着复习试题——我六年级，马上就要升中考试了。

"柳素丫头这么大了？过来，给爷爷亲一个。"

我不愿意给他亲，亲什么亲，我又不是小孩子。外公见我没动静，就自言自语说了很多话，音量太低音调太怪，没听明白，只知道他开始卸下单车后座上的大包小包，从里面掏出各种稀奇古怪的东西：塑料做的玉佩、脱胶的乒乓球拍、无法照明的手电筒、总是卡带的录音机、缺张少页的扑克牌、没有任何作用的尼龙绳、单颗的麻将和象棋……用我妈的话说就是，他带来了一堆垃圾。

他大概准备向我推销他的那堆垃圾，但被妈妈的呵斥声中断了。

"她下个月就要考试了，别打扰她！过来吃饭吧！"

我妈为外公热了饭，夹了一块肉放在他的碗头，又夹了一点咸菜。我爸看了一眼碗里的肉的分量，走进里屋去抽烟。我外公却不识时务，大声嚷嚷："有咸菜就行，有咸菜就行，用不着这么大块的肉！肉块这么大哪里吃得完？"我妈恨不得捂住他的嘴巴。在一个物质短缺的穷家庭里面，我的父母经常为了一块肉一点菜这样的小事吵架。现在我外公这个不速之客带着一张嘴巴过来吃饭，我爸脸色本来就不好看，外公一点都看不透，还在那儿说着不合时宜的客套话。

"你就吃你的呗，就你话多！不说话也没人当你是哑巴。"我妈训斥他的语气，就像训斥我年幼的弟弟一样。却见他两口就把那块肉吞了下去，看来是饿坏了，又忍不住悄悄给他夹了一块卤豆腐。

二

出租屋外面的雨声，在狭小的巷子里被回荡放大，发出嗡嗡的声响。陈柳素对着镜子用食指摸摸自己的嘴唇，唇形很美。

"你有多久没有好好接吻？"陈柳素不禁这样问，她接着解释说，她指的是真正的吻，不应付的那种。她抬头望向小弯。小弯在窗边剪脚指甲，嘀嗒，她说："吻？找和尚要吻？"小弯的男朋友是个和尚，非常不正经，俗姓贾，小弯说他就是个假和尚，据说欢喜寺由一家公司参与运营，所以假和尚也很快就能当住持了。"真正的和尚哪里会这样好色贪财，但管他是真的假的，只要他当上欢喜寺的住持大师，一切就好办了。"几年前，小弯四川老家的房子被地震震塌了，她一直在盘算着怎么从大师男友那里要到钱，回家建房子。大师说，等他当上住持，就好办了。

"我对接吻没有期待，我现在只想回家建房子，买一套音响，在空空的房子里听音乐。"

三

我妈对外公说："来了就来了，不好赶你走，但我先说了，不能喝酒。"我妈的眼睛戳过去，外公的眼睛也十分诚恳地看过来，四目对望之下，他嘴唇动了一下，才说："戒了，别吵了，戒了！"他似乎十分厌恶别人提及这件事。

接下来几天，我外公确实没怎么出去。看他对着饭菜发呆，我妈心软了，给他倒了半碗米酒，外公盯着透明的液体从玻璃樽里冲向蓝花瓷碗，转了一圈稳住了。他在期待第二波的液体冲出来，但没有了，我妈把酒樽往回收，拧上瓶盖。外公的眼神一直跟随着酒樽移动，直到撞上我妈的眼神，这才触电似的低头看着自己的酒碗。

"小妹，"他叫我，"我跟你讲，我写字的灵感，全在这酒里！"

他一改刚才疲惫发呆无精打采的神态，十分小心地呷了一口酒，长长呼出一声"唉咿——"，开始滔滔不绝地讲以前的事情，讲他如何在县里的学校与我妈的养父（也就是我早死的外公，我管他叫阿公）成为生死之交。外公是那所学校的老师，阿公是那所学校的炊事员。学校食堂掌控着全校师生的胃，阿公那里有外公所需要的一切食物，包括酒。三年困难时期饿死很多人，阿公的妻子卖掉收藏多年的金钗才勉强让家里几口人活下来，自己却在饥饿和病痛中全身浮肿死去。"粮食留给你们，反正我也活不久，吃了浪费了。"据说后来她后悔了，挣扎着想活下来，却已经吃不进任何食

220

物。妻子死了，膝下无儿无女，家里冷寂凄楚，阿公放下船桨，到中学食堂去当炊事员。外公经常半夜往食堂跑，他饿，找老陈讨点吃的。有一夜风雨大作，两人挑灯对坐，杯盏话家常，阿公回忆显赫家族如今衰败至此，他跟外公说起了地主家史，家里活人如何变死人，一个个数过去，批斗死的，病死的，吞金自杀的，偷渡暹罗下落不明的，没有一个能有好下场；说起两片门板当棺材埋了父母爹娘，只恨自己少年贪玩不早婚，历经劫难破落却不早死，官宦世家书香门第，如今膝下无儿无女，说到动情处不禁潸然泪下。外公听到最后，竟然笑了起来，他说："老陈啊，你哭没孩子，我还哭孩子太多呢！"外公家里可没有金钗，他贫农出身，一口气生了七个子女，三男四女，家里早就揭不开锅，经常吃不饱才来食堂交朋友。

"男孩不能给你，女儿倒是可以给你一个，日后你入赘一个金龟婿，生个白胖孙子，这香火灭不了。"两人一拍即合，外公说大女儿已经懂事，小女儿难养，于是将二女儿，也就是我妈骗出家门。"带你去看戏。"这是我外公对我妈撒的谎。让我妈记恨一辈子的谎言，将她带到了半步村。

外公对此事洋洋得意："双活。"他用一个围棋的术语来解释卖女之事。他从阿公那里得到了不少好处，一个人走到县城里最好的酒楼吃了一顿大酒，这才醉醺醺地回家，把一沓钱交给我外婆。外婆拿到钱，开始大喜，吃饭的时候看不到二女儿，登时大哭大闹，但外公三缄其口，不愿诱露我妈的下落。

"我跟你阿公，生死之交啊，他救活了我一家子，我永远记得那一回的夜雨雅事！"

酒刚好被他喝完了。酒太少了，他即使小心翼翼地喝，也有喝完的时候。他暗示我帮他把酒樽拿过来，但我不敢。他悻悻然离席，躲到房间里去写书法。

书法是他的唯一骄傲，却也是我爸爸最讨厌的东西。"乱涂乱画，一股臭墨味儿！"我爸掩鼻对我妈抱怨。

"小妹，过来，你长大了我教你写字。"他见我怔怔看着墙上荒草一样的字，一脸茫然，连忙解释道，这是两句诗，黄鲁直之佳句。"桃李春风一杯酒，江湖夜雨十年灯！可惜你阿公死得早，要是他今天能看到这句子，一定击节赞赏，他最喜欢我的字画了！"他盯着自己写下的字看，仿佛它们已经被镌刻在悬崖石壁之上，千秋万载，痕迹永存。

四

小弯对陈柳素说，她要开始减肥。大师嫌她太胖，因为他自己也是个胖大师，胖大师嫌弃一切胖的东西。和平年代，和尚都比较胖，据说胖和尚与瘦和尚的比例是七比三。

陈柳素说："他不会想整你吧？你身材……挺好的呀！"话语停顿的当口，陈柳素的眼光扫过小弯的身体，除了肚子上的小肚腩之外，小弯的体形匀称，波大屁股翘。陈柳素不忍心告诉她，"胖嘟嘟很可爱"几乎就是她最大的优势了。

此时的小弯固执地认为，只要减掉身上的肉，假和尚就会更喜欢她。她永远也不懂，男人对女人的背弃，都是从挑三拣四放大女人的缺点开始的。

小弯每天只吃一个苹果和两根红萝卜，晚上她经常被饿醒。饿醒了她就晃旁边陈柳素的手臂："醒醒，陪我聊天。"

"干……什……么……"

"我怎么感觉窗外有人在看着我们？"

"你饿出幻觉了，去冲杯牛奶喝，很快就睡着。乖！"

五

我外公住在我家一间放杂物的房间里。房间挺大，原先这里住着我的姥姥。姥姥前些年去世了，很多亲戚说她是被气死的。这位姥姥活了八十多岁，他是阿公的岳母，阿公去世以后她无依无靠，只能住进我们家。这位八十多岁的老人，看过这个家庭太多的悲剧。阿公死的时候，她难过得流不出泪来，几天不吃不喝。我妈对我说："你去叫她吃饭，我们叫都不吃，得你去。"

我不懂为什么要我去送饭。我推开那间杂物间的门，将饭菜放在她床头的小桌上，喊了一声"姥姥吃饭了"，就准备转身离开。

她一把抓住我的手，将我搂进怀里，呜呜地哭了起来："素，你坐这里，我跟你说。"她没有说我妈如何跟我亲生父亲离婚，如何带着我嫁给现在的爸爸；也没有说她在饥饿中死去的女儿如何挣扎求生。她的故事越过离奇的家史，落在跪老虎凳的阿公身上。我至今不能明白她所描述的老虎凳是什么样子的，只隐约知道阿公跪着，腿上压着木板，四个人站到木板上。姥姥喃喃地念出了一串名字，并说："记住这些人，这些人都不是人，恩将仇报，陈家接济了多少穷人，到头来却落得栽赃陷害的下场。"那些陌生的名字我是记不住的，而且我知道这份名单中有些人早已离世，但我从她在稀疏的牙齿中间蹦出来的并不清晰的话语中，依稀记得阿公拄着拐杖走过村子时此起彼伏的问候声。半步村的人都敬重陈家，这是我从小就形成的一种印象。

大街上贴满大字报，姥姥让阿公偷渡出海。"去哪都好，离开这儿就好。"但阿公没有走，他坚定地相信自己没有参加什么"救国军"，那不过是虚构出来的罪名。这个错误的决定令他付出惨痛的代价，这个高而瘦的汉子最后挨不住了，他迷迷糊糊中承认自己参加了"救国军"，他按照水浒的标准虚构了诸多头目，在现实与虚幻的边缘，他成为最好的小说家。

罪名平反了，但腿也被打坏了。他必须拄着拐杖才能穿过村子。他头发全白，固执地穿着中山装。他偷偷在衣柜的暗格之中收藏有中山先生身影的相片，这些相片是当年海岸那边过来宣传时候撒下的。

姥姥突然想不起为什么跟我讲这些，她空洞地看着我，然后总结道："你是阿公的唯一希望，他一直生气你为什么不是个男的，但女的也一样，一样能传家。"阿公千挑万选，帮妈妈挑了她不喜欢的夫婿。父女俩的战争持续了整整一年，最终以妈妈的屈服结束。但他们并没有按照外公与阿公在大雨之夜的计划生下男婴，而生下了我，陈柳素，一个有六个脚趾的女孩。

"那个脚趾长错地方了，长到胯下就好了。"村里人都说。

香火的使命是无法在我身上实现的，于是我多受鄙薄，成为一个累赘。"要不是你，我也没这么大的压力。"妈妈嫁给爸爸以后，连续两胎都生了女孩。一片阴云笼罩着这个家庭，这个贫穷的多子之家（应该是多女之家）变得更加贫穷。公公婆婆冷眼以对，愤而分家。爸爸对妈妈说，你不但带了这个小的，还带了一个老的，怎么也要给我生个男的。小的指的是我，老的指的是姥姥，所以姥姥抱着我，流着同病相怜的泪水，讲着原来的一家之主的故事，仿佛我们都在冷宫之中，追忆先王的丰功伟绩。

后来姥姥就去世了，他们都说姥姥是被气死了。姥姥生气源于我爸爸打我的手法。我爸爸有一种孩子脾气，他的情商还停留在十几岁放牛娃的水平上，小气耿直，野蛮爱发火。他发火的时候就会叫我："柳素，过来。"我走过去，他说："弯腰。"我就弯腰，他的手放在我的脖子上，将我像个陀螺一样旋转起来，我自己无法停下来，能让我停下旋转的是墙，哐当！我每次都撞在墙上。我很奇怪别人对爸爸打我的手法的惊讶——难道别人家的大人不是这样打小孩的吗？

但爸爸打我有一个潜在的原则，不能让我姥姥看到。有一次我姥姥看到我爸把我旋转去撞墙，她举起她的松木拐杖，用尽全身力气向我爸爸打去。啪！拐杖打在门槛上，折成两段。我爸爸落荒而逃，还回头像个偷李子的放牛娃一样破口大骂。此事半条街的人都知道了，所以才有后来的传言。那天早上爸爸在天井里打我，行动不便的姥姥在房间里破口大骂，她的拐杖这次没有打在门槛上，而

225

是打在自己的额头上。她声嘶力竭地吼叫，气急败坏地走了，留给我无尽的恐惧。我读小学五年级，整日沉浸在《封神榜》和《聊斋志异》的电视剧里头，对这个世界只有恐惧，并没有感到许多不妥。

姥姥死后房间就空了。按照半步村的风俗，死人的房间带着鬼气的，不能住人，只能用来放杂物。开始那几个月里头，我爸爸最怕进那个房间，要取放什么东西都让我妈进去。但我外公无所顾忌，他大摇大摆地躺在我姥姥睡过的床上呼呼大睡，鼾声阵阵。他在房间里写草书，一条条白色的对联挂满了四面墙壁，像一道道符咒一样令人望而生畏。他说他写了很多悼念的话："悼念你阿公，也悼念你姥姥，都是可怜之人。"但在我妈眼里，外公的这种严肃是虚伪的，就如那一年他说带她去看戏，结果带她走进另一种曲折且哭哭啼啼的命运。

"他就是个酒鬼。"我妈说。

六

陈柳素被向日葵舞蹈培训中心解雇了。原因是她叉着一个孩子的后颈将她转到墙上去了。这其实不打紧，以前她生气的时候也这么转过，只是这次有人将视频传到网上去了。她大概知道是谁传的——培训中心里的同事早就看她不顺眼。

她在出租屋里睡了一个星期，其间出去面试了两趟，都觉得不合适。房东来敲门，小弯倒是很大度，帮她垫付了房钱。

"你多住几个月也没事，工作慢慢找，别太快搬出去，我一人住害怕。"

"你干脆包养我吧，"陈柳素空虚地描着眉线，"等我找到工作，就还你。"

电话铃响了，不是应聘的公司，是她的母亲。为了节省电话费，老人一开口就说，她就说两件事，第一件是收到中奖信息，让她登录某电视台的什么网站去领取好几万美元的奖金。

"假的！"陈柳素打断她，"我一天收到好几条，说第二件吧。"

"你爸病了。"

"严重不？用不用我回去？"

"不用，如果要你回来，我再给你电话，你安心工作吧。"

刚挂了电话，小弯就急切地问："你要回家？"她的眼神里很担心，主要担心一个人睡，她总觉得晚上有人在窗口看她。陈柳素说，现在不一定回，上次她妈也说她爸病了，结果回去也没什么大病，倒是让她去相亲。

"相亲？打死我都不嫁到农村。"小弯表明了态度。她建议陈柳素忍辱负重，继续找工作，像她舞蹈跳得这么好，脸蛋也不差，不愁没工作，以后再找个城里人结婚。"都说城里钱多，但其实农村人最势利，以前那些出来当"小姐"的回去建了大房了，大家都骂不要脸，现在哪管你的钱从哪里来，只要建了大房子，都夸有本事！"所以她的梦想是建大房子。她说她宁可当鸡，也不回乡下，穷是罪恶。

老妈的电话又来了："你爸说想见你。"老妈说完哭了。陈柳素眼圈突然也红了，她从小最怕妈妈哭，妈妈一哭，她也控制不住跟着哭。

"你大妹要读书，你小妹要读书，你小弟也要读书，全家就靠你一个人在外打拼工作，现在还要你放下工作回来。"

陈柳素不敢回答，也不敢说自己已经没有工作。"我知道了"，她说完便颓然挂了电话。突然之间要她回家，总不能空手，必须借点钱应急才行。要多少？小弯很警惕地看着她，她很不愿意，因为这不但有借钱的风险，还意味着她要一个人睡，这对她来说是一件恐怖的事。

七

在最初的几天里，我外公每天只喝小半碗米酒。这种隐忍的生活最终换来了他在半步村最后一次大醉，而此时距离他离开人世，大概还有两个半月的时间。我人生的第一次历险，也自此始。

根据后来到我们家里来讨债的店铺老板的描述，拼凑起来大概可以比较完整地知道我外公这一天的走向。那天一大早，他在大榕树底下遇到帮人家写书信的段秀才，两人很久没见有说不完的话，抽了大半包烟之后，段秀才提出跟他回家去写几笔，两人在屋子里轮流用毛笔写大字，互相吹捧，都得意扬扬。但段秀才其实是瞄准了我外公的口袋，很快他就提议玩一会儿麻将，外公欣然答应。段秀才叫来两个麻将老友，"一会儿"过得太快，四个人废寝忘餐一直玩到午后，一清算我外公这才吃了一惊，不但口袋里的钱没了，

228

还欠了一大笔。他提出写一张欠条，段秀才当然不答应，因为我外公曾经用这种办法赖过几次小账，名声不好。秀才一只脚踩在凳子上，手指敲击着麻将桌要他还钱。协商调停之后，外公的赌债被折算成我家楼梯底下那两头母猪。"她是我女儿，我女儿家的猪，就是我的猪，只是现在那两头猪还不够壮实，你们最好缓些天，等它们大一点再去抓。"我外公写了欠条，签字按了指印，然后悻悻然离开段家。

走出段家他才发现肚子很饿。他走过榕树下，看到卖鹅肉的光头佬和卖猪脚的跛子在那里打苍蝇说黄笑话。他走过去，要了鹅肉，又要了猪脚，佯装到口袋里去掏钱，突然很吃惊大叫一声坏了忘了带钱。"没事没事，人民教师信得过！"生意人都精得很，十分热情地将肉塞到我外公手里。

他以同样的手法赊了两瓶酒，走到河堤上，在凉亭的石凳上坐下来，啧啧两声打开了酒肉，边喝酒边自言自语。从河堤上走过的人都提到我外公自言自语的事："就好像和许多人在那里聊天。"河堤上自古以来都是祭鬼的地方，所以没有人敢走近去和一个对着空气聊天的人说些什么。我外公一口气喝了一瓶半，他随着年龄逐渐萎缩的酒量让他有点力不从心，于是倒在石凳上呼呼大睡，醒来之后他做的第一件事是将剩下的半瓶酒喝完。鹅肉上爬满了蚂蚁，他挥动手掌驱赶着蚂蚁，眼看蚂蚁不听指挥，他提起鹅肉口中念念有词，就连同蚂蚁一块吞了。然后拍拍屁股，将酒瓶丢进碧河之中，若无其事回家里。他在门口打了两个饱嗝，他站住，整理了自己皱巴巴的衣服，进得门来他先到楼梯底下去看那两头猪。猪在那里哼哼唧唧睡大觉，他感到踏实，但不敢多言语，怕酒味泄露了太多秘密。

"一整天去哪儿了？"我妈问。

"找段先生切磋书法。"我外公像个小学生，十分严谨地回答。我妈将这种严谨当成心情不好，于是晚饭时候，她斟酒时给我外公倒了满满一瓷碗。"够了，够了，太多了。"我外公谦虚地说。

是真的多了。这满满一碗酒成为最后一根稻草，我外公边喝边对我讲爷爷的故事。喝完时他就将酒碗砸碎在地上，指着我爸破口大骂，大意是不孝顺老人，以为他好欺负，如果不是碍于面子，他现在就可以跟他来一场男人的决斗，替死去的老人揍他一顿。家里顿时乱了，我妈一声不吭坐在炉灶前面烧火，掩面呜呜流泪。我爸黑着脸斜躺在破沙发上抽烟，他其实没有勇气去应战一个酒鬼，但却不得不装出一副倔强的样子。妹妹们还小，吓得直哭。

我外公反反复复说的就是那么几件事，他似乎忘记自己已经将那些事情说过很多遍，还饶有兴味一遍遍重复，不厌其烦。这胆子都很小的一家人，因为酒精的鼓动而弥漫着暗淡的激昂。而我爸的烟抽完了，他必须站起来，走到客厅，出门去买烟，以此来躲避这个很没意思的地方。从屋里走出来，倒是把我外公吓了一跳，他的诉说登时出现结巴："你你你……你想干吗！"

我爸本来也不想干吗，但他踩到地上的碎瓷片，哎呀一声，怒从心头起，恶向胆边生。我当时正坐在门槛上吃最后一口饭。他一把抓住我的脖子，将我整个人提了起来，像拎着一件玩具。我手里的筷子和碗都掉到地上，发出哐当的声响。我爸将我提到厕所旁边，卡着我的脖子，让我弯腰，手一用力，我就不由自主旋转起来。哐当，我的头撞到厕所的墙上，眼前是一片迷雾般的白色。我妈的哭声升级了一个层次："全家死绝！全家死绝！"她单调地咒骂着。哐当！我的头第二次撞击墙壁，头脑嗡嗡地响，一个哭声从我嘴巴里发出来，似乎不是我的声音。

"可恼！"我听到我外公一声大叱，他操起楼梯下面收拾猪粪的铲子，朝我爸打过去。这发狠的一击并没有击中——我爸早就夺门而出，买烟去了——我外公扶着墙直喘气。我在这喘气声中仿佛看到了我姥姥，同样熟悉的情景，所不同的是当年我姥姥手里握着半截拐杖气得发抖，而我外公扔掉铁铲来扶我的头。

"流血了流血了！快拿纸来！"

到底没流多少血，但头脑里一直有个哐当的声音在回响。

半夜里，我外公悄悄将我叫醒。他说有个宝贝给我看看，我睡眼惺忪跟着他来到空荡荡的房间里，他让蹲下来，轻轻揭开被窝的一角，让我探头去看。

我惊呆了——在被窝的黑暗之中，有一种发出绿色荧光的大鸟，展翅欲飞！

"会发光！"我大叫起来。

"嘘——"外公将食指放到嘴巴前面，"柳素，公跟你说，跟公走吧，不要在这里受苦，你这样下去还不知道会被打多少回。还痛吗？"他用手在我头上的大包上摸了一下。

"痛！"当然痛了，他故意在提醒我的疼痛。

"走吧！我有退休金，我能养大你！"他的口气中带着浓浓的酒味，"不说话就表示同意了，我帮你收拾一下，等一下我们偷偷走，离开这里，离开这个臭地方！"

我并不懂走与不走的意义，便在夜风中被我外公夹着抱上了他的车后座。后来我想，他将那只发光的大鸟塞进我怀里，可能是我跟他走的原因——哪有什么原因，只是模模糊糊知道应该就这样吧，不跟他走，这只如此讨人喜欢的发光的绿色大鸟就会从我眼前消失，和我失去的其他亲人一样。

此刻，会发光的大鸟就是一切。

天亮的时候我已经离开东州。我并不知道天亮的时候那只能发出荧光的大鸟竟然如此普通丑陋，早知如此，我应该不会离家这么远。我的课本都没有带，双线笔记本写了一半，还摊开摆在板凳上，想起双线笔记我就想哭。

八

陈柳素并没有在第二天就坐车回东州。她被耽搁了几天。她爸在电话里破口大骂，骂她的不孝顺，她并没有出声，但眼泪簌簌滴落横放在大腿上的皮包上面。对面年轻帅气的警官好奇地看着她，在她打完电话的时候还禁不住问她没事吧。

"我爸，他可能快了，他想见我最后……没事，就是骂我。要问什么你继续问吧。"

其实也没什么好问的，事情很简单：那个小贼什么都没偷到，他偷了小弯的手提包和陈柳素的二手单反相机，他准备从阳台攀上

232

空调架，然后顺着排水管到地面去，但小弯半夜起来上厕所发现了他，在阳台大声一喊，那贼错误估算了四层楼的高度，从阳台上翻下去，脑髓都溅了一地。小贼有前科，警察也乐意他别再添麻烦，现在只是例行公事需要录口供。

从警局回来，陈柳素拉着小弯的手。小弯一直在发抖："他自己翻下去的，不是吗？我就说有眼睛在外面看我们，不是吗？他是贼，他罪有应得，不是吗？贼最讨厌，死一千遍一万遍都是该死，不是吗？"

她并不是真的想得到任何答案，她仿佛只是在说服自己去相信一个贼的死亡具有合理性。"要不我和你一起回老家吧，反正我男朋友最近也挺忙，就当放假去旅游好了。"这房子是不能再租了。她现在更不敢一个人住了。

小弯的大师男友到出租屋里来坐了一个下午，但没有过夜，他坚定地说贼的灵魂已经被超度，不会有什么恶鬼来伤害她们。陈柳素弯腰去帮大师倒水时，他对小弯说："你看人家陈小姐神定气闲，就你在哆哆嗦嗦。"胖大师又说："陈小姐气质真好。"

后面这句话倒真把小弯激怒了。她开始碎碎念，用烦琐的反问句来表示自己的抗议。陈柳素知道大师很快就会平息事端，她假装下楼去买饮料，躲开了。

九

我外公带着我，开始将自行车骑得飞快，直到确认我的父母没

233

有追过来，他的动作才慢下来，后背的汗珠湿透了他的白背心（其实不白，而是黄里透黑）。太阳慢慢升上来，离地数尺就发出热辣辣的光。我坐在自行车的后座，听到外公在上坡的时候喘息声慢慢变得粗重。终于，在爬坡的时候他没力气了，恼怒地大喊："下来下来，走上坡去，你看起来瘦，没想这么重，天生贱骨头。"

上坡的路仿佛走不完，外公推着车走在前面，我茫然跟在后面。我们路过很多树，路过拴狗的铁皮屋，路过一条木板搭成的独木桥，路过闷热空气里不断叫喊的虫鸣。电线杆慢慢密集起来，路上开来更多的汽车，树木掩映之中一家小饭店出现在路的转角处。外公回头看了看我：

"要不我们不吃饭了，中午回家吃？"

他吞了一口口水。早上到现在什么都没吃，赶了这么远的路，我们其实都饥肠辘辘。他将我抱上车后座，推行了几步，右腿往前一盘就跨坐在车座上，十分吃力地骑行了一段。他停下来，环顾四周无人，才从后裤袋里掏出皱巴巴的皮夹，翻看着，口算着零钱的总和。然后，他啪的一声合上皮夹子，像是下了一个巨大的决心，调转了车头，对我说："咱吃饭去！"

我当然是高兴的，店老板也高兴，他打量着我外公，又看看我，说了一些奉承的话。我外公小心翼翼，他盘问了各种鱼的价钱，然后说最近胃口不好不吃鱼，又问有没有豆腐。店老板一笑："说这里女人没有，豆腐怎么会没有？"外公又问有没有酒，老板列出了店里的几种酒。外公自然是挑了最便宜的米酒。老板说："我们这儿的糯米酒不错，不妨试试！"外公舔了舔嘴唇点了点头。

酒菜很快吃得干干净净，连菜汤都被外公搅进饭里头吃掉了。酒足饭饱，外公喊了一声算钱。"一百六十二，给一百六十吧！"老板慷慨地说。

　　外公眼睛都瞪直了："怎么算的？"

　　老板脸一黑，朝里面喊："伙计们，给这位大爷算算！"里头出来几个伙计，来帮外公算钱。一共三四个菜，他们将每个菜的单价列出来，改了几次菜价才把总数凑对。

　　"还有糯米酒呢！还没跟你细算，险些把酒钱给忘了，给两百算了！"老板站在柜台后面，嘴里咬着牙签。伙计们都看着我外公，外头林子里的蝉声十分刺耳。

　　"能不能少点？我真没钱！"

　　"没钱把那辆破单车留下！小女孩留下洗碗也成！"

　　"等会儿！等会儿！"外公哆哆嗦嗦地掏钱，零钱是用不上了，他把钱包里仅有的两百块往桌子上一丢，拉着我往外走。推着车走了几步，外公突然弯下腰捡起一块石头往店铺的玻璃窗砸过去，猫着腰翻身上车，喊我扶稳一阵猛踩，自行车像离弦之箭一样在林间飞奔。身后传来的咒骂声渐渐听不见了，但外公依旧骑得贼快，骑出一段路之后，外公这才哈哈大笑起来，有几分胜利的得意。

十

　　小弯拖着一个巨大的行李箱就出门了，陈柳素一再让她少带一些行李，只是去去就回，不是长住，一部分衣物完全可以寄存在房

235

东那儿；但她置若罔闻，声称这只大箱已经是她最简便的行李。看小弯翘着大屁股将大行李箱拖过门槛，陈柳素觉得又好气又好笑。

汽车沿着蜿蜒的山路在凝重的空气里切割出一条看不见的弧线。公路两边偶尔出现的树木突兀地站在那里，仿佛不是如此就不足以证明自己的存在。陈柳素在脑海中想象自己多病的老爸是怎样一个样子？憔悴？皮包骨头？白发苍苍？所有这些形容词都不足以概括他。她突然发现自己的父亲的脸有些模糊了，许多人就像一把茶壶那样在你身边存在很多年，但你也许很多年都不曾端详过。

小弯上车就睡了，轻轻地发出鼾声，东歪西倒最终还是将头倒在陈柳素的肩膀上。汽车有一次刹车，小弯的鼾声突然停了，她陡然坐直了起来，一把抓住陈柳素的手，大声叫喊："地震了！地震了！你……你怎么还不跑？"车里的人开始都愕然望着她，发现她是说梦话之后都哈哈大笑起来，前面的人都回过头来看她。她羞愧得像鸵鸟一样将脸埋进陈柳素的肩膀后面："他们还在看我吗？"

陈柳素说没有。

小弯抬起头一看，大家还是看着她，骂了一声"讨厌！"还拧了陈柳素一下。

下车时，许多人对小弯笑。小弯脸蛋红红的，对陈柳素说："到你们村里去，咱们说好了，不许说我也是乡下人，要说我从小就在城市里长大，乡下的规矩都不懂，成不？"

"成！"

十一

　　离家越远，我发现自己越不断在贬值。外公不但骂我贱骨头太重，而且越来越觉得我是个累赘。他的雅室跟他描述的完全不符，所谓清幽居处鸟语花香，不过是一间破败的平房，看起来比我们家的房子还不如。一进屋子，有一股说不清楚的难闻气味，过期墨水和臭袜子的腐臭味道令人作呕。四壁都挂满了各种字画，龙飞凤舞；就连画轴遮不住的墙壁上，也看得出写满了字。

　　外公将墙角的一块一米宽的木板拿出来，横放在两条板凳上面，又拿出几张报纸一铺，便对我说："你先将就睡一会儿，我也睡一会，骨头快散了，睡醒我给你买张草席。"

　　说完他兀自躺到他那个黑乎乎的床铺上呼呼大睡。所有的美好瞬间被击碎，我当然不会躺上去睡觉，而是逃到屋外。屋子一侧是一口水井，我坐在凹凸不平的井沿上暗自啜泣。太阳已经慢慢往西边去了，偶尔有一两只小鸟从天空蹦跳着飞过去，我开始想念我的爸妈。我想回家！我刚在心里对自己这么呼喊，泪水就克制不住涌出来。在泪光之中，我隐约看到闪闪的金光，以为是天上的仙人下凡，像《西游记》《封神榜》那样，弱者总能得到神明相助。我擦去眼泪才发现并不是什么神明，而是一个玻璃球。这个透明的玻璃球在一个男孩手里，男孩靠着水井旁边的院门站着。他很瘦，眼睛深陷在眼眶里，一动不动地看着我。

　　他眨了眨眼睛，举起手里的玻璃球，说："别哭，送给你。"

我这才看清楚玻璃球里有几颗绿色的草树，还有几朵花，很漂亮。

男孩抖动火柴棍一样的手臂，又说："拿着，送给你。"我不敢走过去，他的头颅看起来像一颗骷髅头。

"别哭，不用难过，"他看着他的脚尖，他穿着一双红色的拖鞋，可能是他姐姐或妈妈的拖鞋，"我快死了，医生说大概是这个秋天，我就要死了，所以，这个，送给你。"他再一次举起他的玻璃球。

我走过去，接过他的玻璃球。我突然想起我有一只青色的鸟："我送你一只鸟……你等着！"我正想回到屋里去拿我的青鸟，但男孩却摇摇头："我快要死了，你留着送给其他人吧。"院子那边有人在喊一个什么名字，火柴棍男孩应了一声，拖着他的红色大拖鞋就滑进院子里头去了。

只有我呆呆立在那里——死，对我是一个多么陌生的词汇，而他，整天都在复习这个词。那么一个瞬间我突然觉得自己真的没必要哭泣，我折回屋里，开始收拾屋子。我把屋里外公的脏衣服都带到井边来，用井桶取水，开始洗衣服。衣服真脏，我在两条裤子的屁股位置还发现了黄褐色的屎迹，险些让我恶心得呕了一口酸水。但一咬牙我还是将全部的衣服洗干净，在院子里寻找晾衣服的地方。

一个老妇人在院子门口经过，她走过去的时候看了我一眼，又折回来，站在院门那边，眯着眼睛看我。

"你是谁？叫什么名字？"她终于忍不住问我。

"陈柳素。"我清晰地回答她。但她对这个名字并没有反应，接着问："你妈妈的名字叫什么？"我说出我妈的名字，这个头发半白的老人便用手撑着大腿跨过了院门的门槛，她的眼睛一直没有离开过我的脸："我就说像，真像！那你爸妈呢？有没有跟着来？"

我摇摇头。

"你就跟着那个老不死的过来？你爸妈知道你过来了吗？"

我摇摇头。

"那老不死的偷偷把你带过来的？"她瞠目结舌，"你就这样跟着过来了？还在帮他洗衣服？"

她一把抓过我的手："我是你外婆啊！快叫外婆！"外婆眼里全是泪，她伸手摸着我的头，又说："你得跟我走，不能跟这个疯子在这里……你居然在帮他洗衣服，你就跟你娘年轻时候一样勤快。有人告诉我说在村口碰到疯子带着一个小女孩回来，我就怕有什么事……果真，你这命苦的孩子……"

十二

进村时，小弯还不忘跟胖大师发微信，说她已经到村里了，还瞎胡吹了一番，说什么景色很美，有很多百年古树之类的，而对于破旧的房子和路边苍蝇飞舞的垃圾堆则避而不谈。水泥路走完了，还必须走一段黄泥路，小弯的高跟鞋果然吃不消，高高的鞋跟刚好踩穿一只烂杨桃，她摔了一跤，把脚踝都给摔肿了。幸好快到家了，陈柳素背着背包，一手拉着大行李箱，一手还要扶着小弯，就像红军过草地，走得十分狼狈。

"你家比我想象中还要破，"小弯心直口快，说完之后才觉得不妥，又更正道，"我是说屋子不太新。"陈柳素最小的弟弟在天井淘米，看到小弯一瘸一拐走进来，本来还打算给她搬一把椅子，听她这么说，椅子搬了一半就放在那里，继续去淘米。小弯只能一跳一跳过去坐在椅子上，赶紧把高跟鞋扒下来。

"爸呢？"

"在医院。"

碧河医院虽然多次出过人命官司，口碑不好，但丝毫不影响它的生意。命悬一线的时候你是无法挑剔什么的，所谓饥不择食病不择医。单调的病服、愁苦的脸庞、烦急的脚步、让人心寒的呻吟声、刺鼻的消毒水味道、电梯里盖着白布推出来的车子……没有一个元素是讨人喜欢的，没有一件东西不让人心情沉重。

直到看见自己的老妈蜷缩在走廊的长椅上睡觉，陈柳素才从恍恍惚惚中活过来。一双期待的眼睛看着另一双期待的眼睛，陈柳素期待更多的情况，而她的老妈，则期待更多的支持。老妈劈头盖脸就问："你这次带了多少钱？"她真的没带多少钱，而且还是跟小弯借的，但她不能这么说，她说："现在情况怎么样？钱的事我会想办法，放心。"妈妈眼圈是紫色的，她还扬起袖子去擦，其实什么眼泪都没有："亲戚们都劝我拔管子，他清醒的时候也说拔管子，但我说还是等你来……"

陈柳素心头咯噔了一声，等我来干吗？等我来拔管子吗？但她什么都不能说，她往病房里走，床上卧着她的爸爸，那个曾经无数次将她的头往墙上撞的男人，他在病中，说要见见他的女儿。她的爸爸盖着白色的被子，手上和头上都插着各种管子，那张脸瘦得十分陌生，倒是露在外面的脚趾头反而有点熟悉。

病房里还有另一个病人，光头，见陈柳素进来便说："大女儿来了！他没动手术以前就说想见你，就怕见不到你。他逢人便说你，说当年是他主张让你去学舞蹈的，你现在才能成为一个舞蹈老师，是你们弟妹们的榜样。"

陈柳素在脑海中搜索这个情景，但"主张让你去学舞蹈"这样一个情景好像被记忆过滤掉了，她自己也记不清楚当年为什么就会学跳舞。

"你来了就好。"病房里的人都这么说，眼神里也是这么期待的。

"就说你们家多生几个小孩还是对的，我们家就一个女儿，汇钱过来，人影都不见一个。"在病房里，陈柳素居然成了救星，而她自己从来没觉得自己有这么重要过。

十三

外公蔡蓝在外婆门口砸酒瓶子，外婆的门虚掩着，任他骂骂咧咧就是不出去。

"别怕，你别出去，他不敢进来，他敢进来我就打断他的腿。"

我看着眼前这个有点驼背的外婆，无法想象她如何打断一个喝了酒的男人的腿，但外公确实是怕她的，他只敢砸酒瓶子，只敢大吼大叫，就是不敢走进这扇门。

"够胆你就进来！"外婆就只是这一句。

"我才不进去！你把她还给我，我带着外孙女有什么错，你管得着吗你，你这个死老太婆，我跟你说，我要教她写书法，让她成为书法大师，你这臭婆娘你懂个屁，快把她还给我……"

外婆说已经让人捎口信去给我妈，让她来接我回去。我呆呆地服从安排，一手拿着青鸟，一手拿着玻璃球，并不知道我的人生要去往哪里。

"那年门口这个疯子，他把你妈给卖了，卖给那个厨师，换了一身新衣服，换了满身的酒气，还带了一篮子鱼回来，我哭得眼睛都快瞎了……现在，他没酒喝又想胡来，就怕他又想把你给卖了，所以你现在不许离开这屋子，就等你妈来，你爸妈来了，就会收拾他！"

"但我爸会打我的……"

"孩子不打怎么会长大，天下父母心，父母总是不会错的。"

十四

"小弯，你的脚好点没有……我是想问你，你带了多少钱，我的钱……可能不够。"

"我哪有什么钱，我的钱……"小弯压低了声音，"还不是他给的！你可别把我当摇钱树啊，我没钱借给你的。"

"要不你帮我向大师借一点，我爸快死了，他们在商量着要拔管子，就等我来……你说我怎么忍心？"

"我可以把他电话给你，你自己找他借去。"

"求求你啦，你行行好帮我开个口，发个微信也行，你说总比我说好。"

"嘘！别那么大声！"

"那么你同意了？我等你的消息。你看他能借我多少，能借多少是多少，我回去找工作，拿了工资就还他。"

十五

外婆靠买卖鸭毛赚钱维持生计，她屋里倒是干干净净，但是满地的鸭毛也有一股恐怖的臭味。"闻久了就习惯了，我现在就不觉得鸭毛有臭味。"外婆笑着，咧嘴露出整齐的假牙。

一个星期过去了，我的父母都没有出现。我觉得他们是不要我了，但我外婆却总在不断安慰我，一定有什么原因，他们一定会来的。第二个星期的时候，外婆就将那句"他们一定会来"改为"他们如果不来外婆也会养你"。

第三个星期过去，外公已经不到这边来闹了，他似乎找到了新的兴奋点，骑着自行车又兴致勃勃地出发了。外婆对我说："你可以放心活动了，你外公锁了门出去了，他每次出去都十天半个月的。"

我终于可以正式在西宠生活了，田野溪流，山坡野果，慢慢就变成我的玩具。我跟着外婆走街串巷收购鸭毛，她总是斤斤计较喋喋不休，我就跟在她后面背着一只蛇皮袋装鸭毛，探头探脑去看各家各户门上的对联。

"半步村来的丫头，我的外孙女……住些日子吧，正好也帮些忙。"外婆总是这么介绍我，说话的时候总是用手摸我的头。

那是七月，刮过两次台风，也下了雨。总体说来我是开心的，不开心的时候我就到河边去摘覆盆子，吃起来比桑葚还要好吃，这是半步村所没有的味道。那个七月发生了两件大事，一件是那个瘦弱的火柴棍男孩死了，他的棺材刚好从我门口经过，我手里捏着他送我的玻璃球，哭成一个泪人，把外婆都吓坏了。她还以为我没见过死人的场面，拼命帮我拍胸口压惊。另一件事，是外公终于从外面回来了，但这次与平素不同，他是被人扶进村里来的。外婆说她是不会理这个老不死的，但她用石臼捣蒜泥的时候却两次砸到手指，痛得直抹眼泪。然后眼泪就止不住了，说："我还是过去看看吧。"

我点点头，跟在她后面出门了。

十六

小弯说话吞吞吐吐，说了半天都不在点子上。

"他究竟答应借钱了没有？"

"你托我问他借钱，他却托我来问你，你是否愿意跟他做朋友。我说你一定不愿意，他偏要我问你一下，反正我这就算问过了，你不回答就表示不愿意吧。"

"做朋友？"

"像我这样，你懂的。"

陈柳素低头沉默了。她应该料到大师会提这样的要求，世界荒芜，各取所需罢了，哪有什么交情可以借你钱，自己真的太天真了。

"那我就跟他说，你不答应。"小弯装作若无其事，其实眼珠子一直在观察陈柳素的表情。

"我和他做朋友，那你呢？你同意？"

"我嘛，你就别管……好吧，我们谈过了，他给分手费，如果你同意，我的分手费还会加百分之三十。所以，我没意见，跟他在一起，我不就是图钱吗？难道图感情？难道还能嫁给他？"

"要是你是我，你会怎么做？"

"我无所谓，快乐就喊；不快乐，你就当不小心被擀面棍捅了几下。从来只有累死的牛，没有耕坏的地，忍一忍人生就改变了，你说呢？"小弯露出了一个人生导师般的笑容。

"你这口气真像鸨母，唉，那你告诉大师，给我点时间，让我考虑考虑。"

"他一定会等的，着急的是你爸，又不是他……我这还有点钱，你先顶两天。"

十七

医生说，外公应该是中暑了，问题不大。医生的口气若无其事，让外婆很后悔降低身份就这样跑过来。她嘟囔了几句，大意是说不会再踏进他的家门，她帮外公付了药费，拉着我就往外走。

"别急着走，"外公躺在床上，看到外婆为他着急，有些得意，"我去了一趟半步村，去看看情况。"外公说到这里就不说了，他等着外婆悻悻然从门口往回走。待外婆走到床前，外公嘴巴一咂："没酒了，打酒，我就说。"

外婆气不打一处来，但又拿他没办法，只能掏出零钞，塞给他。外公接过来，又是得意地笑了："出人命了……半步村最近抓计划生育，她妈妈被人抓走了，关起来，流产结扎，所以啊，家里都没人打理乱成一团，他们知道女儿在外婆这里吃好喝好，才懒得过来领。"

我扑哧一下笑着哭出来。

外婆拧了一下我的小脸蛋："傻瓜！以后不许说你爸妈不要你了！只有狼心狗肺的人才会把自己的孩子送去给别人！我们走！"

十八

陈柳素和她妈轮流守夜。有阵子需要鼻饲护理，这是个技术活，她们请不起专业的护理，所以只能在护士的指导下自己来。从鼻孔里将管子插到胃里，输进去的营养液要不多不少，这样的折腾方法就是将人当机器，而不是什么活物。

在医院里吃不下睡不好，几天下来陈柳素感觉自己走路都有点飘。她妈妈心疼女儿，让她回去休息两天，也旁敲侧击问她工作的事。"医院在催款了，不交钱他们不给药了。"老妈边说着边在帮老爸擦身子，好像并不是专门在谈钱的事，而是在聊遥远的往事。擦到双脚的时候，她便说："你爸这双脚啊，是不忍路的，他性子烈，后来为了你们的生计，不是还到东州市区去当建筑工，赚了两个月，回一趟家，怕遭贼便将那点工资分成几个地方藏在身上，袜子里面有钱，鞋垫子底下也有钱，不料坐错车，半途居然迷路了，舍不得雇车，走了两天两夜才回到半步村，袜子里的钱都被汗水泡烂了，他心疼念叨了一个夏天。"母亲的这几句话又一次刷新了她的记忆。在她的记忆中有一个完全不同的版本：父亲确实迷路了，他将钱藏在几个地方，最后还是被一伙人搜身抢走了一半的工资，剩下的钱藏在袜子里却又被他自己的汗水泡烂碾碎，可以说他忙活了两个月之后一无所获，而这样一个无能的男人，他回到家里居然还敢大摇大摆让母亲端着热水为他洗脚。然而在母亲的复述中，她听到了一种心甘情愿。

陈柳素靠在门边看母亲那么仔细地擦洗父亲的每一根脚趾，内心突然有说不出的滋味。大概她已经决定了，她想起当年外公在路途中决定去吃一餐饭的时候那种骄傲的声调，有时候觉得那一代人活着虽然贫穷，虽然也有讹诈，但似乎更有尊严。

从东州市区回到半步村已经是深夜，一身疲惫，打开房门却发现小弯和一个男人在里头接吻。陈柳素说了一声抱歉关门退了出来，过了一会儿那个小男生才猫着腰开门跑了出去。陈柳素认得那是邻居电工的儿子陈楚杰。

"你怎么进来不敲门？"小弯反守为攻，气势汹汹责问她。

"你见过进自己房间还要敲门的吗？"

小弯哑口无言，转而赔笑着说："你就当什么也没看到行不？

反正无论如何也不能告诉大师，不然我的分手费就全都泡汤了，我们这么好的姐妹……"

"成，只是你借我的钱那就……"

"行，就当封口费！"小弯恨恨地说，"你怎么说，大师又问了我两次，他急着要你去上班……"

"你先说说跟隔壁那小白脸怎么认识的？"

"还不容易，手机呗，微信一搜附近的人就全出来了，你都不知道你家附近都有多淫乱……反正我只要拿到分手费，我甚至都不想走了，就嫁在半步村，在这有钱也挺好的，要什么有什么……阿杰没什么不好，你别老小白脸小白脸地叫，姐姐我就当前几年不小心被擀面棒捅了，现在总得给自己找根年轻有劲的吧，要不你说女人活着为了干吗？"

"难怪你把所有行李都搬来了，原来都打算好来这里长住了。"

"这也是冥冥中自有天意，我就等你的答复，你要答应了，我钱到账就搬去阿杰家住了。"

"那你明天就可以搬过去了，你告诉他，我就跟他一年，多一个小时都不行，而且有一条，不准亲我的嘴。"

十九

西宠的丧礼非常奇怪，简直都当婚礼在办了。一村子的人任谁都可以过来吃饭，越热闹越好；而且还必须请仪仗队吹拉弹唱，越起劲越好；亲戚朋友都要干号两声，越卖力越好。

就比如那天我看到那个骨瘦如柴的男孩的葬礼，一队人马咆哮着，敲敲打打从我门口经过。我手里握着那枚鹅蛋大小的玻璃球，放声大哭。此后我不止一次将玻璃球放在阳光下，它光彩夺目折射出好看的光斑，总让我感觉玻璃球中大概有另外一个我们看不见的世界。或者说，这个世界大概可以分为玻璃球之内和玻璃球之外两个部分，一部分熠熠生辉，另一部分则阴晴不定。心情不好的时候，我就将自己整个人都缩微到玻璃球里去，那里有光芒、草树和花朵。

再比如我外公的葬礼，更令我相信玻璃球的阻隔可以让人没有痛苦——大概痛苦与否只是取决于所选择的阻隔物罢了。

二十

所以很难说清楚大师解开陈柳素第一个纽扣的时候，她究竟有没有痛苦。大概她也是用玻璃球将自己的心包裹起来了吧。

她克制着自己，希望真能够装作不小心被一根擀面棒捅了几下。但她越专注于自己，就越管不住自己的呼吸。呼吸如此急促，让她的胸脯高低起伏，正与大师的手指形成十分和谐的呼应。喔！这是多么不应该！但它正在发生。

她想起自己的父亲，此刻也正大口大口贪婪地呼吸着空气，于是只能在床上平摊着放开了自己。面前的这个坏人，正在掏出他的擀面棒。

"大师，你是一个好人，还是一个坏人？"热血汹涌让她的心智变浅，心中所想，她不由自主就问出口来。

"我先是一个人，然后是一个男人，然后才是一个和尚。"大师面对这样的问题居然毫无愧色，"我喜欢就是喜欢，我就是喜欢占有你。"说出最后三个字的时候他长驱直入，直没入柄。陈柳素感觉自己正飘飞起来，她感觉钳住他的腰部，这才稳稳拿住了。

拿住了什么？你我不过两手空空。于是她翻转过来希望能要得更多，再多一些。现在，她是船长，她正驾驶这艘破船，在情欲熔铸之中，她发出最后一击：按住大师的光头，咣当一声往墙上撞去。

胖嘟嘟的大师平时没有体育锻炼，体能不及舞蹈教师的一半，撞了一下就应声而倒。陈柳素这才如梦初醒，慌慌张张过去扶他。大师自己从地上爬起来，晃了晃脑袋才站稳，他淫笑着竖起一个大拇指："真舒服，你能再打我一下吗？"

游戏可以继续，陈柳素登时来了激情，她又伸出手去，按住他的光头，咣当一声撞在铺了一层被子的床板上。大师明显兴奋起来，似乎更加高兴。她大叫着，竟然主动去吻他那门牙悬空的嘴巴。

这个抹布一样的男人，使用起来跟远远看着完全不同，现在这个时刻，只有将他狠狠往墙上撞去，他才会发出惨厉而兴奋的浪笑。

而这个时候，他的电话响了。接电话的时候，他变成了另一个道貌岸然的师尊，一个浪声浪气的女弟子打电话请教他："师父，您说我今天应该穿蓝色的裙子，还是红色的裙子呢？我在这边犹豫半个小时也拿不定主意！"

"蓝色，天空的颜色，悠远深邃。"他的声音雄浑有力，十分坚定。该女弟子赶紧口称佛号，欢天喜地换衣服去了。

陈柳素将一床蚕丝棉被钉满出租屋的一面墙，以防止大师被撞傻掉。但每次大师还是被撞得晕头转向，但他对这个游戏乐此不疲，一直到有一次陈柳素叫他爸爸，他才决定变换一个游戏的形式：用一只木桶将他胖嘟嘟的上半身装进去，只露出屁股，然后让陈柳素抽打他的屁股，他自己像一只鸵鸟一样在木桶里痛哭流涕，大声叫喊，说以后不敢了。只有那些欢天喜地的女弟子打电话过来，他才暂停游戏，其他的电话一概不接。

"这些弟子都是明星，她们的心灵需要我的拯救；而我的心灵，需要你的拯救，你就是我的女菩萨——"

二十一

外公一直以为他还能够欢天喜地再次骑着自行车出门去。所以当他在床上病了将近一个月之后，他竟然可以站起来，他精神焕发，以为自己的病已经好了。于是他换了一身衣服，容光焕发出门去，他到菜市场去买了两条巴掌大小的金枪鱼，倒了二两好酒就回来了。他开始动手煎鱼，口中抑扬顿挫背诵着唐诗，将香喷喷的鱼和酒摆上桌面以后，他突然又改变了主意。他用一只白色的盘子将其中一条鱼盛好，小心翼翼端着来到外婆家门口：

"老太婆，你最爱吃的金枪鱼，赏脸吃一口？"

251

外婆在里屋的门口边补袜子，头也不抬，看都不看他。

"那我放你灶台上啊，你趁热吃，我亲手煎的鱼，特地来谢谢你！"

"说吧，要借多少？"

"不是来借钱，是真的来谢谢你，我生病的时候是你给垫的医药费……"

"用一条鱼就来顶你的医药费？"

"不是这个意思……唉，跟你说不清楚，记得趁热吃，你一条，我一条，我要回家里去吃我那一条。"他今天神采奕奕，说话像顺口溜。

但他那条鱼和那杯酒，原封不动在桌子上摆了一天。一直到第二天人们才发现我的外公蔡蓝扑倒在自家的门槛后面，就这样趴着一动不动，他的身体和盘子里的鱼一起慢慢变冷。

二十二

小弯将陈柳素送到村口，像送别远征的娘子军。小白脸陈楚杰站在她的身后。小弯对陈柳素说："好姐妹，我听说过一句话，人生如戏，全靠演技。根据我这几年了解到的消息，假和尚勾结了破爷，在寺里印假钞，迟早会出事，你演技越好，钱就赚得越快，要靠这个人过好日子那是扯淡，你要能赶在他们垮台之前全身而退，那就是成功了。"

看来在每个女人手里，男人有着各自不同的使用方法。反之亦然。大师要陈柳素浓妆艳抹跟他到禅房里去，但陈柳素却十分聪明地要求加钱："我从来不化浓妆，要我化妆得加钱；咱们只说好在外头，要到欢喜寺里去也得加钱，到佛祖地界干那事，我会折寿的。"

大师看着她，像父亲看着要脾气的女儿："我给小弯的钱，都是假币，当然现在都不说是假，而叫高仿，跟真的一样，这样的假币她也能当真币花出去；但我给你陈柳素的钱，每一张都是真的。这是我的态度问题，如果你要加钱，我就只能给你假币。"

大师的话说得诚恳，陈柳素似乎没有什么理由拒绝。于是她化了浓妆，穿着旗袍高跟鞋跟他出了门。她以为进了禅房就要干活，所以旗袍下面什么都没穿。但大师却只是要她端坐在床上，而他自己，却在窗户下面的桌子旁边拿着毛笔练习书法。陈柳素以为他只是热身，马上就要进入角色，但练书法的大师仿佛换了一个人，他满脸虔诚，一笔一画，一丝不苟。

"我只是想让你端正认真地看着我，佛门圣地，我们今天玩的是高雅。"他傻笑着，一脸天真。

"看来我现在做的是世界上最好玩的工作，只需要坐在这里看着，你就给我付工资。"

"是的，我现在只能花钱买你的时间，希望有一天能买到你的心，我就还俗娶你，当着许多人的面给你戴上婚戒……"他扬了扬左手小指上的一枚戒指，突然悠悠叹了一口气，"希望赶得及，不久之后我会死，现在这盘子太大，他们会灭口的。"

他第一次谈论起自己的死亡，仿佛是在谈论一只被猫吃掉的耗子。陈柳素脑海中突然浮现小弯的话，脱口而出："人生如戏，全靠演技，情圣，您的演技太好了。"

他一愣，继而哈哈笑了两声，挽着袖子，继续用毛笔写着小楷。陈柳素问他写的是什么，是不是在抄《金刚经》，他摇头不语。陈柳素坐不住，探头去看，只见黄色的信笺上写着一首诗，标题叫《异乡梦》：

前生的阳光照耀今世的冷土

祖先拥抱熊猫走向更冷的死

黑夜的袖口，变幻的浮云

被打成粉末的梦想侵蚀着记忆之胃

那些死去的人，活在未来

异乡人的信札空无一字却滴满泪痕

种满白菊的大地，推土机是巨大的橡皮擦

擦！擦！擦！铁蹄过处寸草不生

来吧！在梦里再铸造一个梦

那里不再有手握飞刀的疯子

不再有穿越迷茫的隐士

那些空洞的痛苦将不再被叙述

嘶哑的喉音不再代表任何声音

这是异乡，夜鬼在空巷找不到归途

走吧，异乡人，喝杯甜酒，笑对流萤

254

陈柳素说看不懂，问大师是不是他写的。大师又摇摇头，说有一次坐火车捡到一本杂志，在杂志上看来的，好像是一个叫且东的诗人写的，他读了几遍觉得很喜欢，居然就记住了。陈柳素摸摸他的光头说："这机器有这么好使吗？难怪被我摔了那么多次也没坏！"

二十三

在我外公的葬礼上，我外婆成为唯一不哭的人。我清楚地记得，夕阳西下的时候，她站在门口那棵高大的金凤树下面，大风吹过，金凤树细碎的叶子飘洒下来，落在地上，落在她银白色的发丝上。

一直到葬礼结束，她都没有流下一滴眼泪，她乐呵呵地笑着，问周围的人这究竟是谁的葬礼。人们一遍又一遍告诉她，但她还是一遍又一遍地问，丝毫没有发现我的外公已经死去多时。

葬礼结束，她回到自己的屋里，灶台上的金枪鱼被猫偷吃了一大块，她用手抓起来，坐在门槛上吃得津津有味："老不死的，他煮的金枪鱼是最好吃的，我们结婚那时很穷，他知道我婚宴上没吃饱，在袖子里偷偷藏了一条金枪鱼到洞房里给我吃……哪一年的事了，记不清楚了。"

有人说我外婆在装糊涂，但很快她就变成真糊涂。我离开西宠的时候，她已经很难将我和来接我的母亲区分开来。她叫我大姐，叫我母亲也是大姐。她让我们坐，还弯腰要给我母亲捶腿，把我母亲吓坏了，差不多跪下来求她饶命。

二十四

半步村的葬礼与西宠不同，更加安静，只有近亲可以参加。送葬的队伍自然也需要号啕大哭，但以碧河大桥为限，只有男丁可以送到桥那边去，女眷都只送到桥头，就披着白色的头巾折回祠堂里来。所以陈柳素只看到年龄最小的小弟，走在阿叔阿伯的前面，手里拿着父亲的照片，无比惶恐地走向深山。这样一个情景自然都在意料之中，医院里各种各样的管子最终只是维持一个多月空白的时间，对于自幼好动的父亲来说，这样的维持几乎是完全没有意义的，相当于他一觉醒来，发现自己即将死去。但对于这一觉睡了多久，他并没有任何感知。

他像一个小孩一样惊奇地看着周围的人，然后问大家："我要死了吧？你们都来了？"他这一问，周围的人便都哭了起来，只有陈柳素没有哭，她不知道自己该怎么样才算悲伤。她感到自己似乎被安装进某种悲伤的程序之中，而她一直拒绝那些仪式感太强的东西，这种被固定设置的悲伤反而让她只看到空白。空白中睡着自己一息尚存的父亲，他呼吸着，双唇微微张开，偶尔才从仅有的呼吸中挤出一句话来。他摇曳的生命之光，让他并未说出更多的真理，最后他只说："好，好，好，好……"

然后就熄灭了。

从一个物到一个人，从一个人到一个物，几乎都隔着很薄的距离，一个转身轻轻招手就会破碎。

二十五

我还记得那种叫"双线笔记"的劣质笔记本，每一页上排列着大行和小行，大行用来写字，小行用来注拼音。那个夏天，我就是用这种本子在板凳上写作业。我对这种本子讨厌透了，因为每次被罚抄，都是这种本子，一页页地写，让我无比厌倦。

我最后一次离开半步村去见大师，就是被罚抄的最后一页。小弯的小腹已经微微隆起，她大摇大摆地走过来向我问好，并惊奇于我在父亲的葬礼之后还依旧要去见大师。

"约好的事情就要完成，我不能过河拆桥。"父亲过了碧河埋进深山，而我还有半年的合约需要履行。大师很忙，我在出租屋里等了他好几天，他终于来了。他来了之后就不紧不慢地告诉我，这是双线笔记的最后一页："我快要死了。"他这么说，他正活得好好的。

死亡的恐惧还是侵蚀着他，他时常发呆，有时还伏在被子里流泪。他要我每天都浓妆艳抹，同时告诉我，如果有人从门口进来抓走他，要我一声不吭。

果然，那个被反复想象、模拟和等待的夜晚终于到来，几个穿着黑色西装的人站在我们的床前。他们让大师站起来，大师就站起来。他们用手电筒照着我的脸，然后问我：

"你是他老婆？"

大师抢在我前面先说了："她是鸡，才化这么浓的妆，等会儿，我还没付钱。"

他将口袋里准备好的那卷钱递给我："嫖资不能欠。"他举起手慢慢向我走来，以表示他并不像耍花招。他将手里的钱递给我的时候，我顺带抓住他的小指，将那枚戒指取下来，轻轻套进我的无名指。他对我笑了，然后十分豁达地对身边那几个人说："这是我嫖得最值得的一次，爽死了。"

他们让大师背过手，大师就背过手。他们将他捆好，捆得扎扎实实的。他就这样被带走了，自此出租屋里什么都没有了。楼下的灯光将窗前的树影照在窗玻璃上，这么好的夜晚，我真该借着微光，跳一支无声之舞。

折叠术

那天早上，有两个人来到我的杂货店，想了解葛先生的一些情况。他们穿着衬衫，无法判断是不是便衣警察。他们只说是随便问问，大概也就真是随便问问。我是从他们的嘴里才知道葛先生开车撞向石头死掉了。照理说，出了这么大的事，我多少应该知道一些情况。但葛先生出事的那天下午，我刚好不在店里，简直该死。那块石头我倒是知道，葛先生以前曾经骂这块石头丑。没错，谁会那么无聊去批评一块石头。但千真万确。"那块石头真丑。"葛先生第一次在我的店里买东西，我记得清楚，应该是买了一包花生米和一罐鸡精，或者是一包瓜子和一罐棉签，走的时候他顺便评论了这么一句。况且，一块石头即使长得丑，也确实没有开车去撞它的必要。所以我告诉这两个疑似警察的人说，这事八成是个意外。

葛先生说的石头就立在碧河镇最显眼的路口。那头地势高，从我的杂货店门口望过去，踮起脚尖可以看见石头的一角，像凝固的火焰。印象中，石头上的字换过好几回了，比如"生男生女一个样"，还有"厚德载物"之类的。最近大概是镇里换了领导，石头又被磨平，刻上了"诗与远方"四个大字，仿佛整个碧河镇都成了远方。其实管他刻什么字，反正大家也都没留意，老天也不会凭空打个雷劈出一只猴子来。那几个字不会比我店里一包花生米的价格更引人关注。所以他说那块石头丑的时候，我随便应了一句："看久了就习惯啦。"结果他大为不满，愤愤然说了几句什么，我没记住。百货店虽小，但人来人往，我也不可能记住每一个人的话对不对？那是我第一次见到葛先生，他的山羊胡子没有在风中飘舞，却给我留下了深刻的印象。

二

　　我们造一个句子说"什么玩意儿给我留下了深刻的印象"，一般都带有点不说人话的成分。比方说，在杂货店工作以前，我摆过地摊，城管就对我说："你给我留下了深刻的印象。"说完就把我打了一顿。如果再往前追溯，抓暂住证的家伙喜欢指着我的鼻子说这句话。再往前，比较喜欢对我说这句话的是我的班主任，他只要说："徐灿，你给我留下了深刻的印象！"我就知道马上要发生什么。但我在这儿说葛先生给我留下了深刻的印象，这句话里头全无恶意。我这样说，你们可能都不相信我。如果我告诉你，在认识葛先生一年以后，我成了他的读者，你大概就会理解这里头包含的敬意。情况应该从一次偶然的电台深夜节目说起。那天看店到午夜，我无聊听着收音机里的节目，心血来潮地参加了一档节目的互动问答，询问他们的药物能否发挥持久的作用，能否增大和增强身体的某个部位。随后我就莫名其妙获赠一年的《东州都市报》。这份报纸不胜其烦，竟然真的每天都送来，上面的新闻基本上都是网络上的旧闻，只配用来垫锅底。大清早假如我还没开店，送报纸的也会特别负责任地把它从我的门缝里塞进来，仿佛我十分渴望读到它似的。这种厌恶的感觉一直持续到我看到了葛先生的头像出现在报纸上，我大吃一惊，没想到我身边的人居然能出现在那上面。此后每一期专栏，我都认真阅读葛先生的文章。我当然也想过有一天要告诉葛先生，他的文章我都看过了，但一直都找不到合适的机会来表达这件事。有两次他到店里来买烟，我将报纸摆在收银台非常显眼的位置，想制造一次机会跟他谈谈他的专栏，但他居然视而不见，付了钱扭头就走掉了，整天一副心事重重的样子。

三

关于这家杂货店，我还可以说点其他的事。我开口闭口说这是我的店，这也是出于习惯，其实我最多就是一个看店的。这家店的店主是钱玉隆，或者是钱玉龙。我只见他签过两次名，两次签名都不一样。据说他以前玩网络游戏大大地赚了一笔，现在在这里开了一家店，啥事也不干，整天在家里诵经拜佛，有点像个和尚。他深居简出，神龙见首不见尾，如果我知道他是碧河地区"A团"传销组织的老大，打死我也不会接受这份工作。这是后话。反正他把店交给我，对我还不错，他有时候两三个月都不打一次电话，这让我有种我是店主的幻觉。平时我也不会给我们老板打电话，当然，需要请假的时候除外。如果请假，老板就会派张三过来看店。张三本名不知道叫张什么，反正比较难记的名字，幸好他在家里排行老三，大家都叫他张三，好记。这店虽小，但由于周边有几个小区却没有什么大型的超市，生意倒还不错。葛先生有一回也看中这家店，说位置不错，问要不要转手。我刚想说什么，他的手机响了，转身出去接电话，然后就没有然后了。我那时其实非常希望他能买下这家店，这样我就有一个作家店主了。

我知道葛先生有钱。我当然知道，给报纸写专栏是赚不了什么钱的。后来我还参加过他的新书发布会，在本镇唯一的新华书店二楼，现场就十来个人，还包括几个记者，场面非常尴尬，但葛先生淡定自若，在台上侃侃而谈，不时用手捏捏他的山羊胡子。葛先生讲到一半，场面突然热闹起来，从门口涌进来一帮人，后来我才知道是副市长来了，于是县领导和镇领导跟在后面全来了；新华书店的经理吓坏了，站在一边赔笑。副市长不知道姓什么，坐在最前面，手里拿着笔记本子，葛先生讲，他像个学生认真做着笔记。坐在我身边的两个女记者非常清楚其中的秘密所在，她们一直窃窃私语，我将她们的对话简单总结如下：葛先生曾经在北京工作过，他回到东州市，是北京高层亲自送来的。但他只在东州市委工作了一个月，就申请到县里去。在县里，每次县长的重要会议，县长指定所有的材料必须由葛先生来写。他唯一的乐趣，是坐在角落里听领导们读他写的讲话稿，仿佛一人分饰多角，会场如剧场，每个领导就是他的分身。这样的洗礼，能让葛先生每个毛孔都打开，百病全消。葛先生在县里工作不到半年，就申请到一所大专学校去。那是一个新学校，校园里没什么树木，许多花圃都空着，恰逢植树节学生们联名请愿让学校植树，学校以经费问题为由，回绝了学生的请求。结果葛先生组织了办公室的男同事，到旁边的森林公园里偷树，雇了卡车拉过来种在校园里，此事惊动了园林局，他们知道是葛先生干的，非但没有问责，还派人到校园里来种树。但葛先生觉得校园待着混日子也没意思，于是回到碧河镇，他的好友金天卫是"大乐教育集团"的老板，听到他回到碧河镇居住，第一时间就找到他。在碧河镇最大的剧场里，每年举办四次培训班，葛先生主讲，称为"大乐公考四季巡回讲座贵宾班"。所谓公考，就是公务员招聘考试，每年都火爆得不行。据说每一季讲座开班之前，平时非常冷清的碧河剧院前面都聚集了大量倒卖门票的黄牛，葛先生的票因为供不应求而不断被哄抬价格，情况非常恶劣。考生们排队进入剧场，手上都拿着厚厚的公务员考试复习辅导书，封面十有八九是葛先生的头像。这些材料不一定是葛先生编写的，但都会请葛先生写上一句推荐语，只有这样才具备权威和火爆的可能。据说慕名而来的，除了全国各地应考的考生，还有各级政要，他们经常能在剧院里碰到自己的同僚和政敌。此时他们也顾不上打招呼，只是默默在角落里做着笔记。葛先生一个人坐在台上上侃侃而谈，他的声音不疾不徐，句子精当没有废话，偶尔穿插一些寓意深刻的笑话。

下课铃一响，无论讲到哪里，他都会戛然而止，收拾东西走人。许多穿着西装的人会追出来递上名片，主动介绍自己，希望能交个朋友。葛先生收了名片，应付几句，拒绝了所有添加微信好友的请求，在工作人员的保护下匆匆走掉了。

所以葛先生有钱，但他没有来买我的店。

四

虽然比不上葛先生，但我也有钱。我叫徐灿，秃顶，矮子，以前在一家家具厂打过工，在此之前我是一个小偷。当然，进了厂我本来打算不偷东西了，但某次为了泄愤，我顺手偷了领导的手机，发现了一些不应该知道的事情，怕捅了娄子，就从厂里辞职。那时候我的好朋友衣郎刚出柜，为了躲避他的父亲，打算离开东州到其他城市。他是一个理发师，手艺随身，不愁没饭吃。我们两人吃了一锅砂锅粥，喝了两瓶啤酒（大部分是我喝的，衣郎不怎么喝酒），就去买彩票，三个星期后再次路过彩票站，我才知道我中了二等奖，扣了税之后是五十五万。我打电话给衣郎，想告诉他我现在有钱了。电话接通，他在哭，所以彩票的事就暂时没讲，我也不打算再讲。我在支付宝上给他转了三千块，犹豫了一会，又转了八千。他回复说谢谢，再没说其他话。但衣郎的哭声让我不安，我拿了一个本子，在上面列了很多人的名字，最后删减下来，只留下十人，我给他们每个人转了一些钱。他们分别是……还是一个一个说吧。首先是我的老母亲和我老哥徐可然。母亲糖尿病加上老年痴呆，现在已经不认得我了，由我哥照顾，所以一加一等于二，两万块都打给我哥。第三笔钱打给记者龙哥，我跟他借过钱，现在双倍还他；他是个厚道人，跟其他记者不一样，他从来不收人家的红包。他救过我的命，这事我现在不想再说。第四笔钱打给一个哑巴女孩，叫谭琳，有一年我跑出去玩，吃了一碗牛腩汤之后就遇到了谭琳，特别安静的一个女孩，专注地画画。我买了她的画，加了她的微信，但没有再怎么聊。只是会习惯性去翻看她的相册，看着就开心，虽然我明白这辈子也许不会再见面了。但知道这个世界上还有这么一个人存在，安静而美好，我就感到暖意。第五笔钱转给我的老师崔浩教授，他是个蛮有意思的人，我喜欢听他的课。听说他后来死了儿子，好像也离婚了，感觉他过得不好，虽然不知道是否需要钱，我想了个法子匿名给他转账过去了。

第六笔……算了，后面的人就不说了，我们说点其他的。

大概晃荡了一个月，我再也不会像开始一样每天跑去银行查看我的账户余额。但是我发现除了彩票站的招牌，我对其他地方提不起兴趣。我在杂货店工作的原因，不是因为我需要工作，而是杂货店旁边就是一家彩票站，方便我随时买彩票。所以衣郎的舅舅马腾龙老师推荐了这份工作，我也就来了，没想到这一来像落地生根，在这儿待了很多年。

这次中彩改变了我对金钱的态度。之前我的口袋里基本没有什么钱，只够自己吃饭，我也没有觉得我需要赚许多钱，其实也赚不了。但自从账户里有钱了之后，我比以前更节省，有空的时候我就会盘算着怎么让我的钱翻一番。我就像一只老鼠，死死守着过冬的食物。有时候脑海里面闪过一些念头，比如是不是应该用这笔钱到老家买房子，然而很快，我就否定自己的想法。还是把钱放在口袋里才是最安全的。我看过许多中了彩票之后倾家荡产的故事。有许多人没有福气承受突如其来的财富，有的疯掉了，有的瞎折腾最后挥霍一空。我把我的钱妥妥地存在银行里，小心翼翼地守着，我一遍遍对自己说，那只是卡里的一串数字，我还是应该照旧过我的穷生活。而且，我相信我一生最大的运气还没有来。因为我能感觉到生活中的坏运气在一点点累积，我的人生经验是坏运气总是必须积分到一定量，才能全部兑换成好运气。

应该说，我非常理解葛先生的病。在中了彩票之后，有那么一段时间，我也陷入了恐慌。我的手脚倒是没有什么毛病。我的毛病来自男人的要害：我发现我的小鸡鸡尺寸不对，而且每天都有所减少。关于这个细节，还是有必要多说几句。我很小的时候，就听我姥姥说，村里有一种能让人分身成数人的巫术，练完之后小鸡鸡就会变小。但我不理解中彩票和分身术有什么内在的联系，就如这个世界上有很多事情我不理解，而这些事情在我姥姥那里都不是问题，她觉得半步村的山水都是山神变的，只因为山神的时间和我们不同，所谓天上一天地上一年，山神的时间慢，也就慢悠悠配合我们假装整座山都是不动的。山啥时候动过？我姥姥面对我的质疑，悠悠抽了一口水烟说，把你饿上一个星期，山就开始动起来了。当然，她不会真的让我挨饿。她那么疼我，也应该不会允许我拿着一把尺子在杂货店的厕所里左右比画，就如要挥剑自宫的东方不败。

唉，不说我姥姥了，她都死去那么久。

五

还是谈谈葛先生吧，我们今天的主角是葛先生。我认识葛先生的时候，我最爱的姑娘还没有出现，时间充裕，或者说整天无所事事。所以说，大家不要笑我，在葛先生死掉之后，我是有充分资格来谈论他的。因为他这个估计没什么人阅读的专栏，暴露了他所有的心路历程。而我，就是他的读者，而且很可能是唯一的读者。如果你想说是因为我的日子足够无聊，所以才会去调查一个小老头，我也不会反对。

唉，说来话长，我还是从一阵风说起吧。如果没记错，那是我所能找到时间最早的他的文章，里头记述了一阵风："一定是那阵风，在林间小道没有任何来由突然降临，满地的落叶都被卷了起来，我打了一个哆嗦。此刻四野寂然，而内心的旋风久久不去。"我用想象去还原这个萧瑟的情景，根据那篇文章的语境推测，当时是冬天，可能是在北京，或者是在西宁，那种能刮起冷风的城市。这阵风引起的直接效果，是葛先生在他所钟爱的棒球帽后面，加上了一条不伦不类的头巾，以保护他的脑后和颈部。远远看去，他的山羊胡，他戴着"屁帘"的帽子，有点像抗日电视剧里头的日本鬼子。果然，在相隔不久的一篇专栏中，他讲述自己如何因为穿戴了这样带头巾的帽子，如何不幸遇上抵制日货的游行队伍，那些凶狠的家伙在打砸同胞的汽车之后，当然也顺便把他给打了。"小腿上狠狠挨了三下。"葛先生没有细说究竟打出血了没有，但他的愤怒之情差点就击穿纸背，一连用了九个感叹号来描述这件事。九个感叹号就像九滴横飞的口沫，直接溅到我脸上。我在他的文章里再也没有看到过这么多感叹号接连使用的情况。

六

在医院躺了几天之后，葛先生慢慢明白自己的病根是在脚上，而不是在头脸和脖子。我后来在他的一篇访谈里头读到这个细节，葛先生说他在医院里头，慢慢领悟到他的脚底才是一切罪恶的根源。这跟他在医院里读到的一本书有关，这本书叫《脚底穴位与人类的情欲》，此书当时非常火爆，每间书店都在最显眼的位置摆着它。这本书从清朝宫廷画家郎世宁的《十骏图》写起，论述了脚底如何连接大地，影响整个人的气场。我不知道葛先生是如何将它跟罪恶联系在一起的，总之，小腿上挨了三下已经不是问题的关键，罪恶之根不在胯间而在脚底，是他的最新结论。另外，住院时期他还读了两本山本耀司的书，他在文章里发出了跟山本耀司一样的感慨："什么能比孤独来得更奢侈？"自此他抛弃了棒球帽和头巾，换上了黑色的礼帽。在我看来，男人的成长跟女人不同，是需要仪式感来确立的。戴着棒球帽的葛先生，简直就不是葛先生。黑色的礼帽往他头上一戴，自此葛先生的形象就和那顶黑色的帽子联系在了一起。"活了。"葛先生自己对着镜子点评道，仿佛看见戴上金箍的孙悟空。

从医院出来之后，基于对脚底的研究，葛先生迷上了去足浴城。常乐足浴城是碧河镇最大的娱乐场所，篆体"知足常乐"二字巨大的招牌在碧河桥头与水塔上"大乐教育"的招牌遥遥相对，这二"乐"仿佛在告诉每一个光临这个小镇的人，这里的人都喜欢享乐，却也希望自己的孩子好好用功读书。这些年碧河镇给外面的人印象确实不怎么样。这里常年聚居了很多做电商的人，吸引他们的是房租低，快餐便宜，物流也便捷。这些来创业的人，隔三岔五就跑到东州市区最好的别墅区或名车4S店去拉横幅，啥也不买就呼口号录视频，说自己终于拿下了人生第一套别墅第一辆玛莎拉蒂，夸张的表情弄得店员哭笑不得。

　　在这波人的衬托下，葛先生真是个老好人。他一直拒绝去任何娱乐场所，包括足浴城和KTV。葛先生反复描述他第一次走进常乐足浴城的感觉，他觉得像走进巨人张开的大口里，周围是阴森而参差的牙齿。"不寒而栗！"他在文章里这么写道，"大概是地狱的大门，或者温暖子宫的入口。"我觉得他类似的夸张书写，大概只是在渲染某种情绪，有点酸。我的朋友衣郎第一次发现自己竟然喜欢男人的时候，也是这种洋相：滔滔不绝，喋喋不休，总想向别人讲清楚自己内心的感觉。但衣郎发现什么都讲不清楚时，他便闭嘴，什么都不说，那个夏天他辞掉理发店的工作，我经常见他到溪水边去钓鱼，把自己原来非常白皙的皮肤晒得黝黑。从此，他常常一言不发，问一句答一句。葛先生也是这样一言不发走进了常乐足浴城，一个喉结很大的经理接待了他，给他介绍了不同的价位的服务："价格不一样，技师也就不一样，女孩子会年轻点，漂亮点。"见葛先生一脸茫然，便说："今天恰好有个刚来的年轻女孩子，按最低一档的价格给你吧。"于是苏长夏，我们的苏姑娘，就这样出场了。苏姑娘敲门进来，看了葛先生一眼，但葛先生觉得她是白了他一眼。确实，苏姑娘今天心情不是太好，她把木桶往地上一放，发出了不太友好的声音。她还朝它踢两脚，调整木桶的位置，眼睛都不看葛先生。葛先生有点后悔，觉得自己第一次来沐足，不应该占这种便宜，居然要了个新手。

"你要不要按头？按头就不能戴帽子！"苏姑娘让葛先生将脚放进水桶以后，绕到他身后，看样子，已经准备好给他按摩头部。葛先生只能将棒球帽拿下来，放在旁边的方桌上，身子往后一倒，闭上眼睛："按吧。"苏姑娘从太阳穴开始，开始揉捏葛先生的头。从头顶看下去，没有戴帽子的头颅就像一棵发育不良的萝卜，让人很有冲动用一把削皮刀把凹凸不平的地方都给刨一刨。

"痛，轻点，痛！头是我的，知道不？你看着点。"还没开始刨，这个萝卜就发出了呼救的声音，苏姑娘只能放慢了速度。

"痛才会爽。"苏姑娘的这句话让葛先生有了联想，他张开眼睛看了苏姑娘一眼，但这个角度看不到全貌，只看到她疏松的眉毛。葛先生在心里想，按照古人看相的理论，眉毛这么轻，估计命理不会太好，难怪要出来帮人沐足。

"我这是刚入行，你是我第二个客人，我以前是幼儿园老师，命不好，丢了工作。"

葛先生心中一凛，以为苏姑娘在他心里装了窃听器，他心里想什么，她全听到了。为了掩饰慌张，他只哦了一声。

"我以前是教舞蹈的，所以手劲有点大，你多担待。"

一听就知道是本地人，"您"字都不会用。本地姑娘都骄傲，除非生活艰难过不下去，不然谁愿意出来帮人家洗脚。葛先生嗯了一声，表示他已经谅解了。

"坐起来，帮你甩甩头。"

"你要记得头是我的，千万别给拧出来。"

"放心，别看我新手，手法好着呢，"苏姑娘的手不知道什么时候移动到葛先生的脚上，葛先生浑身一震，"您不是第一次来吧？这么敏感？"

生命之门果然是在脚上。葛先生更肯定了自己的想法。他笑而不语。

"现在大学生都很懂得享受，昨天就接待了一波，练体育的。您到了这年纪，更要多来，"苏姑娘见他不太爱说话，便自言自语地说，"保证你下回还会找我，要记住我是 38 号。"

果然，第二次还找她，即使她的价格竟然翻了一番。"翻一番也是辛苦钱。"苏姑娘这样解释，葛先生倒是听进去了。没错，有钱谁愿意来摸男人的臭脚丫。葛先生在他后来的文章里提到第二次沐足的经历，他将苏小姐刻画成一个内热外冷的人：平时看起来一脸阴沉，像是经历过什么大事情；但一听到葛先生讲黄段子，又笑得咯咯响，像个天真的孩子。他还着重描写了一个细节，就是苏姑娘手臂和脖子都有被打的痕迹，葛先生问了一句，苏姑娘说了一句："你别管，给我坐好，按背！"这个娇嗔薄怒的表情让葛先生想起幼儿园的老师。

"葛先生小时候喜欢自己的女老师吗？"他说不知道，他说他什么都记不起来了。

271

七

"你的手帮别人按脚，然后又来帮我按头，按背，你说我的头会不会得脚气？"葛先生开始调侃她。没想到苏姑娘倒是认真起来，她觉得这是在侮辱她不讲究卫生，解释了几句，舌头打结，她不说了，捂着脸抽泣起来。这下倒把葛先生搞得手足无措，说了许多安慰的话。

"我命不好，我爹病死了，我没钱治他，打工哪来许多钱，我被人包养，第一个老板被抓走，第二个跑路了，留下别墅和两条大狗，别墅的物业费我都没钱交，不是自己的房子住着心慌，所以我带着我的狗回到乡下，跟了一个男人，但他总是打我，骂我不会赚钱。前些天他到碧河镇上来，发现我在这里上班，觉得没面子，就大闹，又打我……我现在特别想我爹，他是个好人。"

最后一句话让葛先生的眼泪都快掉下来了。他问她还能做什么，要不帮她再找份工作，就不用这么累。她说她能跳舞，以前年轻不懂事，打了孩子，被录视频发到网上，挨了骂丢了工作。葛先生笑了："能教人跳舞，那你还洗脚干吗，大乐教育的老板金天卫是我的老朋友，回头让你到他那边去教小孩跳舞。"葛先生这才留意到，她的腰很细，动作有力，应该是跳舞的好料子。

苏姑娘破涕为笑，说："那我应该怎么报答你？"

这样的对话跳跃有点快，语气坚定，仿佛这事已经办成了。葛先生第一次在一个女人那里感受到自己的一诺千金。

"举手之劳……"他说不下去，因为苏姑娘的手不知道什么时候已经来到他的大腿根部，萌动的情欲像一只苏醒的小兽，从两腿之间探出头来。但苏姑娘并没有拿住要害，她的手柔若无骨，掠过他的小腹，又从大腿内侧一直游走到脚踝，葛先生嘴巴里轻轻呼出一口长气，整个身体非常舒服地往后仰下去，像一片在热水冲泡中舒展开的茶叶。他感觉身体内部的某个密码被这个姑娘轻巧破解，所有的秘密都了如指掌。他的脚底又痛又痒，大腿内侧像是长出了几张嘴来，每张嘴都在大喊我要我要。苏姑娘慢慢牵引，让他侧过身去，让他两条大腿夹紧她的一只手，另一只手则在他的屁股上狠狠打了一巴掌。

"你这招厉害，跟谁学的？"

"自学成才！"苏姑娘对他一笑，十分得意，"还有更厉害的，今天让你试试我自己发明的折叠按摩术。"

苏姑娘的动作突然慢了下来，她缓慢地牵引，将葛先生的手指、手臂、躯干、双腿都一一拉直摊平，嘴里还哼着不知道什么调儿。在她含混不清的声音里，葛先生感觉自己被一股力量托举起来，浑身变软，被白云般的棉被包裹起来；或者自己干脆就是一床被子，被苏姑娘铺平，稳妥安放，又折叠起来。她不是在按摩，她手指似乎也没有用力，只是非常准确地将原来应该在那里的东西摆放了回去。葛先生感觉自己浑身的血液，正在沿着一种奇妙的秩序完成一次翻转，他非常舒服，也非常迷糊，只知道苏姑娘的手掌是温热的。

他们从下午一直聊到晚上，没吃晚餐，也不觉得饿。

八

苏姑娘说要在沐足城做完这个月，把工资拿到手。然后她要回半步村几天，调整一些东西。

他们约好，苏姑娘最后一天在沐足城上班，她想只为葛先生一个人服务，她要他成为自己的最后一个客人。葛先生如约而来，他上了楼，点了 38 号，大喉结经理说要稍等，上一个客人还有十分钟。葛先生说好。他脱了鞋袜，斜躺着看电视。十五分钟过去，苏姑娘来了，对他笑，她还是那种节奏，重重地将水桶放下来，哐！再踢上两脚。葛先生微微一笑。这时门开了，大喉结经理探进一个脑袋，尴尬一笑，然后朝苏姑娘招手，让她出去，苏姑娘站在门口，说了两声"这样不好吧"。然后她进来，面无表情，搬着木桶走了，只听到远去的脚步声，留下一脸愕然的葛先生。门开了，大喉结经理走了进来，进来就点头哈腰笑了一下，从这个谦逊的动作里，葛先生看到他想摆平这件事的自信。他说先生非常抱歉，因为有一个重要的客人，专门点名要 38 号，因为他是大顾客，所以临时换一下人，他会安排一个年轻漂亮的技师过来。葛先生一听，登时脸色大变，一股无名火从肝胆之间升腾了上来。他把电视遥控器重重拍在桌子上："到底是什么大客户？你们就这么不讲规矩了？"一个瞬间，葛先生非常理解古代的歌楼酒馆为什么有那么多争风吃醋。他心里十分明白这样的怒火显得很不成熟，但依然还是被点燃了。大喉结经理看情况有点应付不过，他走近凑到葛先生耳边，压

274

低声音说："今天情况有点特别，客人是副镇长，跟重要客人谈业务，所以请您……"

"哪个副镇长？"

"呃，孙……姓孙，或者是姓温。"大喉结有点慌。

"去！你去，去问他，东三楼厕所里的那个耳光还记不记得？！"

"我觉得您没必要……"

"去！"葛先生一根食指笔直指向门口，大喉结一溜烟就出去了。

没有风，那扇门悠悠弹了回来，像脱臼的下颌，没法合拢。葛先生盛怒之后，突然安静下来，他有点后悔，但没法说出口，内心像一块通红的烙铁，偏偏不知道哪里来的水滴，一滴又一滴，寥寥落落全滴在心头，发出吱吱的声响。他感到累，泄气皮球的那种累。劣质棉布沙发托着他的躯体，他一阵眩晕。身体里 70% 都是水，吱吱冒着热气的水。这时苏姑娘梦幻一般再一次推门而入，她跟往常一样，将木桶"咣"的一声放在葛先生面前，再踢两脚，调整木桶的位置。大喉结很快也跟进来，他告诉葛先生今天的单孙镇长已经帮他给过钱了："孙镇长今天忙，他说改天再去拜访您，给您当面致歉。"今天的房间原来没有窗户，这是以前从来没有留意的细节，所以房间里的空气非常浑浊。

"别生气了，这不是来了吗？"苏姑娘让他把头往后仰，她用力一扳，葛先生似乎看见自己的头颅就像一棵萝卜那样被丢出去，身体里有什么纯手工的东西断掉了。

"算了，不按了，今天有点不舒服。"

九

身体里没有什么东西断掉了。但耳朵里的石头还是移位了——在谈到葛先生的耳石症之前，我想谈谈龙哥。记者龙哥是个聪明人，今天他突然就出现在我小店门口，大声叫我的名字："徐灿！徐灿！"我喜欢他这样叫我，平时到店里的人，没人知道我的名字，他们经常叫我"喂"。我朝他挥手，夜色朦胧中见他手里拿着一盆仙人球。他走进来，把仙人球摆在我旁边显示器后面，告诉我这玩意儿防辐射，我天天对着屏幕，辐射多会变傻。我说龙哥这么客气，还送仙人球给我。他让我别误会，只是先借我摆几天，回头来取走。原来他午后出发来碧河镇的时候，碰到中学的一个女同学，该女同学刚好出门买盆栽，热情送了他一盆，一路上他一直在考虑这个仙人球应该放在什么位置不扎手，后来还是决定先拐个弯寄放在我的店里，带着个仙人球出去办事总觉得有什么不妥。记者龙哥是我的好兄弟，他是个生意人，但也是个好人。我提前两小时关了店，和他到附近的咖啡店喝东西。其实这个小区附近，有很多咖啡店，但平时我们都不叫咖啡店，叫"喝东西的地方"。在喝东西的地方，好人龙哥坐在我的前面，谈起了另一个龙哥："你的老板，也是龙哥，你有他电话吗？"我把电话给了他，他校对了两遍号码，才把手机放进口袋里，笑了。他笑的时候先笑右边的脸，再笑左边的脸，隐约能看到脸颊上两个酒窝。

然后我从他两个酒窝中间的嘴巴里听到一个陌生的词汇："A

团"传销组织。显然，他为此而来。他表示此事牵涉重大，不宜跟我说太多："徐灿，再这样下去，碧河就算完了。只要这事查出来，整个碧河地区得翻过来。"他说记者这一行现在也没什么搞头，大家都在辞职，他也打算最后办完这单事，然后就辞职回家建房子。"现在媒体也不好混。"他这样抱怨道，只是只字未提我给他汇钱的事，仿佛忘记了。我喝啤酒，他喝咖啡，他要开车不能喝酒。咖啡店的墙上挂着电视，龙哥指着电视里的广州塔"小蛮腰"说，如果东州混不下去，他就要去广州，"小蛮腰"怎么看都觉得好看。

　　"我前些年立了遗嘱，如果以后老了病死掉，烧成灰，骨灰就别乱放，放哪都碍事，不如烧制成一个广州塔的形状，就摆在家里，万一摔碎了，就找个地方埋起来，也算是落土为安。"

　　我那时还不懂影视的主角通常会有"死亡 Flag"，事后回顾总觉得令人心惊。我几乎忘记他提到遗嘱这么严肃的事情之后，我说了什么话来回应他。只记得我询问了回家建房子的预算，大概需要多少钱，我也在计算自己账户里的钱，看是否足够；他抱怨了自己这个职业，觉得现在的记者已经失去神圣的光环，走到哪都被人家当成摆设的仙人球，看着没什么用，碰着又扎手。说到这里他向前俯过身来，手臂越过桌子，把手搭在我肩膀上晃了晃说，这话也只能对我说了。提到仙人球，他又交代了一句，让我好生照顾那盆仙人球，因为是中学女同学送的："仙人球千万不要浇水，我过些天就来取。"看来送他仙人球的女同学，不是一般的女同学。唉，这个风流鬼！后来我才知道他这样吩咐的深意，只是当时已惘然。

他将杯里的咖啡一口喝完，站起身来，叫服务员买单，说下次不开车的时候再请我喝酒。但从我认识他，就从来没见过他不开车的时候。

这是我几年后第一次见他，也是最后一次见他。再后来见他，他已经不是活人了。整个碧河地区没有翻过来，他自己翻了，他的车翻进水沟里，捞起来时人已经泡得浮肿。警方调查说是谋杀，却找不到任何证据：通往半步村的山路上没有目击证人，也没有摄像头，没有指纹。有一种推测是，人是被杀死放进车里的，然后整辆车被人抬起了，掀进水沟里。这个案子后来在网络上引发了许多关注，不过你也知道，网络上的热浪是一浪高过一浪，讨论持续了三天，就不了了之。大概现在已经没有人再记得这个疑点重重的命案，除了我。

我手里拿着报纸，报纸上是龙哥最后发出来的一篇报道，是龙哥去半步村后一周之后发出来的，标题是《半步村发生狗吃人怪事》，讲的是一个男人自己把自己反锁在家里，他养的两头藏獒将他吃掉了，邻居发现的时候，现场一片狼藉。新闻最后告诫养宠物的人，一定要注意安全，将自己的宠物锁好，特别是大型宠物。新闻配了那两条藏獒的照片，看起来非常凶猛。

好人龙哥被运到东州殡仪馆火化，按照他自己几年前给自己立的遗嘱，他的骨灰被烧制成一件瓷器，样式是他自己挑的：广州塔"小蛮腰"。广州是他最心爱的人所在的城市，他们没有在一起。

十

我对照过日历，就在我和龙哥喝咖啡讨论他死后将烧制成瓷器的第二天，葛先生的耳石症刚好发作了；而苏长夏姑娘正打算回半步村待半个月再回来上班，葛先生想在她走之前送她一个什么礼物，因为苏长夏姑娘说她马上就要生日了。以上都是故事背景，我对故事背景的处理，一般都是忽略不计。但有一个信息必须提一下：我们的苏长夏姑娘，真名叫陈柳素。我看过她的身份证，那天她到杂货店复印身份证，我看得真切，名字就叫陈柳素。用这个名字可以在网络上搜到许多信息，比如她以前当过幼儿园老师，后来因为虐待小孩，出了大新闻，又说与和尚有染。另外，她的生日也不是这几天，她是摩羯座，不是处女座。她将这些都跟葛先生坦白了，只是说得含糊其辞轻描淡写，估计葛先生也没记住。

葛先生那天起床就觉得天旋地转，下楼来到我的店里，买了一包感冒冲剂。我跟他说感冒还是要吃感冒药，这些所谓降火的冲剂，没有什么效果。他说没有发烧，也没有流鼻涕，就是转身就天旋地转，持续十来秒，只要不动，就能缓解。可能是熬夜上火了，用冲剂降降火就好。走了几步他突然又折回来问我："你说想买一件礼物送给女孩子，送什么好？哎呀……晕！"我脱口而出："买个工艺品吧，广州塔'小蛮腰'的造型之类的，还不错。"说完我自己也吓了一跳，觉得这话似乎不太妥当。没想到葛先生露出一个灿烂的笑容，连说了两声谢谢，就走了。果然，他接受了我的建议，在网上买了一个钢铁"小蛮腰"，金属的质感，次日加急快递就送来，放在他的书桌上。这个"小蛮腰"确实好看，线条流畅，婀娜多姿，顶部尖尖的天线桅杆笔直插向天空，看着仿佛已经就住在珠江边，眼前便是省城的夜景。

在常乐沐足城昏暗的大厅里，几乎斜躺在沙发上的苏姑娘也很开心，将"小蛮腰"举起来，一定要葛先生和她合影。他们俩那时候还没睡在一起，所以还可以为第一次合影露出灿烂纯真的笑容。我想葛先生一定非常悔恨留下这样一张合照，应该说，他压根就不应该走进常乐足浴城。

他得了脚气。他以前没有脚气。

他得了耳石症。他以前也没有耳石症。

他慢慢回想所有的细节，觉得应该是最后一次沐足的时候，他心神不定，被苏姑娘拧了一下脖子，估计这么一下就把耳朵里的石头弄移位了。这是一块疯狂的石头。他躺在床上，一转身，就感觉天旋地转。他知道苏姑娘早已经抱着钢铁"小蛮腰"高高兴兴回乡去了，而他躺在床上不敢动弹。他开始猜测是颈椎被拧坏了，是不是脱臼了，但后来证明，这个病就叫耳石症。他到碧河医院去，接待他的医生告诉他，根据古书记载，苏东坡就得过这病。医生说，这个简单，做个复位体操就可以。他让葛先生坐在蓝布床上，引导他左翻右翻，葛先生感觉自己已经升天了，飘在云上，天地在云水之间不停翻转。他脑海中空空如也，一个词凭空跳了出来：折叠按摩术。苏姑娘那套独创的折叠按摩术，他还没体验够。"所以不能死。"他在心里对自己说。

痛苦不堪中，他给苏姑娘打电话，打了几个都没接，后来终于接通了，苏姑娘说她在杨桃林里，正在修剪枝叶，现在没空。他们只简单说了几句话，但葛先生还是在通话结束之前将最重要的话说了。他说："我听别人讲话老走神，只有你，能让我集中精神。"苏姑娘没有接话，电话里传来了几声狗吠，然后就挂断了。

十一

事实证明情况并没有碧河医院的庸医说的那么简单。那套转来转去的体操只让他轻松了两天，不知道怎么回事，耳朵里的石头又疯狂了起来，世界继续打转。一种绝望袭击了他。如果这鬼病治不好，只要转动头颅就会天旋地转，那就真的完了，以后还能出门去做什么事吗？什么都做不了啦！

"完了！"葛先生自言自语，像平时那样跟自己说话，只是他感到一股以往没有的寒意。他感觉整个客厅太空洞了，于是打开了电视机。电视里说东州碧河镇最近总有人失踪，警方正在调查，可能跟很多年轻人迷恋一款叫"私人行刑场"的虚拟死亡体验游戏有关。

"如果能凭空消失，倒也是一个不错的选项。"他在客厅里说了这么一句，十分钟后，他在我的店里买烟，又把这句话说了一遍。那时候天色已晚，我正打算关门打烊，但葛先生拉过我店门口的竹椅子，坐下来，撕开了刚买的烟，点了一支，并没有马上要走的意思。

"小伙子，来，坐坐，聊两句。"

我搬了一只塑料矮凳跟他并排坐着，这是我第一次跟他近距离坐在一起，我内心掠过一丝紧张，当然，他永远都不可能知道我的紧张。

"你说，一个人怎么样凭空消失呢？"

这个问题有点熟悉。我当时来应聘时，店主钱老板倒是这样问过我类似的问题。我记得我的回答，我的回答是给鳄鱼吃了。因为我想起小时候的儿歌里五只荡秋千的猴子都被鳄鱼吃了，记忆中儿时的我很错愕。这个答案逗得他哈哈大笑，笑得他眼泪都出来了。他说他在另一个世界见过一个鳄鱼池，里头真就有一头鳄鱼，太凶猛了，太凶猛了。他笑完了，似乎有点沮丧；他又夸我有才，就这样录用了我。

所以我又笑着回答："被鳄鱼吃了呗。"

葛先生在竹椅上坐着，没有笑，也没有说话。他眼望前方，头部不敢乱动。南方漫长的夏天侵占了秋天，夜风似乎来自宇宙的第二空间，很快刷新了人们对于白天的体感和看法。这时候，他的电话响了。

十二

打电话的是大乐教育集团的老板金天卫，说孙副镇长约饭局，让他给面子出席。葛先生说不去，金天卫说还有钱玉龙，最好还是出席一下。葛先生不说话，他听出了语气，金天卫希望他能去。镇子小，就这么一个像样的馆子，一场酒席仿佛所有的大人物都在场。

馆子是衣郎的舅舅马腾龙开的，他原来是碧河中学老师，也热爱买彩票，还真被他买中了，于是他辞职开了这家客家菜馆，名字就叫"双色球客家菜"。有一阵子我喜欢跟他一起探讨彩票，但后来他中了，就宣布不再买彩票，要做点正经事。所以这家菜馆，也算是他的正经事。他经常在我的光头上一拍，说："别做梦啦，做点正经事。"但我从来不知道啥才叫正经，只能正经地看杂货店。

葛先生戴着黑色的礼帽，走得很慢，到了客家菜馆的时候，其他人都已经到齐了，所以理所当然地将最中间的上座留给他。如果以往他会谦让一下，但今天他完全没力气说什么话，整个地球对他来说就是一艘正航行在波涛骇浪中的轮船，随时都有颠倒过来的危险。"好呀，欺负我迟到。"他努力保持平衡，让自己的身体能够平移到椅子上坐定。

大家注意到了他的满头大汗和扶墙走路的动作，都问他是不是病了。他不敢摇头，也不敢点头，伸出一根手指，像手枪一样指着自己的头颅，说："里头的螺丝松动了，可能过些天就好，现在走路都天旋地转。"

孙副镇长非常认真地问他，是否需要组织一场会议，全场用他的讲话稿。据说上一回他大病一场，但经过一场讲话稿会议的洗礼，浑身舒爽，大病很快就好。这个事情在葛先生的文章里倒是多次提及，他说一人分饰多角，就如同练习了一遍分身术，气血通畅百病消。

"葛老要保重！"马腾龙站起来，端着矿泉水瓶过来倒酒，"这茅台是孙镇长带来的，现在喝酒有风险，茅台都装在矿泉水瓶里头。"

孙副镇长也站起来，抢着要给葛先生倒酒，说是上回多有冲撞，非常抱歉："本来我想今天也将您喜欢的那个洗脚小妹叫来，热闹热闹，无奈常乐的老板说已经辞职回老家，您老如果还有哪个喜欢的，说个号，我电话让他们开车带过来。"

葛先生脸色一红，倒有些不是滋味的羞涩。他端起酒杯抿了一口，这时候才环顾四周：经常说自己神经衰弱的金天卫，不怎么说话整天带着一块手帕的钱玉龙，头发都竖起来像刺猬的马腾龙，大热天还捂着西装的孙副镇长……对面还坐着一个女孩，不认识。

"我来解释一下，"马腾龙咳了一下，"这是小界，是钱总的朋友，主要做古玩生意的，还从事国学研究，北大高材生。"

小界站起来，对着葛先生笑："葛爷好，别听他说的，仿佛高学历都成了罪过。"她一袭旗袍，胸部夸张地鼓起来仿佛随时可以爆炸，笑起来两个虎牙，下巴有一块硬币大小的黑色胎记。

钱玉龙穿着香云衫，又高又瘦，坐在椅子上像倚着一根甘蔗。因为小界是他带来的人，所以他开口说："下午小界带我去看一幅王羲之的对联，因为这书法确实太精妙，我反复端详，反复琢磨，流连忘返，不知不觉都到了吃饭的时间，所以就把小界一起带来。孙镇长总说葛先生喜欢美女，吃个饭，都是爷们，气氛也不太对。"

金天卫没等他说完，就问："王羲之的对联？之前没听说过，拍了照了吗？给我瞧瞧。"

钱玉龙望向小界，小界拿出手机，翻出照片，递给金天卫。马腾龙也凑过去，嘴里啧啧："这还真从来没见过，这得多少钱啊……中两次双色球都买不起！"马腾龙的嘴角往下拉，他本来就饿纹入嘴，眉头一皱更是一脸苦相。

小界笑道："这对联还有些来头，是几十年前批斗抄家，从国学大师陈寅恪家里流出来的，来路清晰，还是有些意思的……"

孙副镇长也凑过去看，连连赞叹不已，说这东西比《兰亭集序》有价值。他接着说："手机递过去，让葛先生品鉴品鉴吧。"

葛先生摆了摆手，表示不用拿过来，他的嘴角荡起一抹十足轻蔑的笑意："假货。"小界看到这样的笑，有点受不了，一脸不高兴："手机还我，葛先生也不是啥都懂嘛，品鉴啥？！"

"啊？怎么可以这样跟葛先生说话！"钱玉龙伸手抚着葛先生的肩膀，"小女孩不懂事，先生不必介怀。"

"你倒说说，你都没看，怎么知道是假货？"小界一脸认真。

"现在能够考证的材料，对联最早就开始于五代十国，五代始于907年，东晋的王羲之，出生于公元303年，如果这对联是真的，就相当于在明朝挖到了手机。现在的人，真是太不讲究了，造假也需要智商啊！"

小界脸色忽红忽白，站起来，将分酒器里的白酒拿起来一饮而尽，然后说了一声"我有事先走了"，扭着屁股就出了包厢。

氛围有点尴尬。

孙副镇长又一次站起来。他个子矮，就喜欢站起来。他说："别的就不说了。那天冲撞了先生，我来赔罪，这杯酒先干为敬，先生随意！"说着端起酒杯，仰头一饮而尽，嘴里发出对酒杯深情一吻的声响，把大家都逗笑了。

葛先生举起酒杯，停在空中："你就是套路多，带点茅台，还用矿泉水瓶，我刚才抿了一口，觉得这酒是有问题，你莫不是用假茅台来忽悠我们吧？"

孙副镇长一脸错愕，惶恐地拿起矿泉水瓶，左看右看："不可能吧？"

葛先生举起酒杯，也一饮而尽，哈哈大笑："我们就喜欢假茅台！"

知道葛先生是开玩笑，紧张氛围一下子荡漾开来，大家都笑了。

葛先生才转头对钱玉龙说："小姑娘一口喝了那么多酒，你还是跟出去看看什么情况。"钱玉龙犹豫了一下，出去了，不久就搂着小界回到了房间。小界脸上泪痕未干，妆容已残，重新落座，低着头一言不发。

马腾龙说："我来给大家唱一首客家山歌吧。"大家还没说好，他就开始唱，都是哥哥妹妹之类的，大家笑，接着喝酒。

小界这时候站起来，倒了一杯酒，走到葛先生座位旁边。众人起哄，说这是要干什么。没想到小界居然单膝跪下，旗袍开衩的地方，白皙的长腿都露出了。

"葛先生，我年幼无知，得罪先生，这杯酒，不单是赔罪，我还想拜师，你不收我做徒弟，我就不起来了。"

来这么一出，大家兴致更高了。

"不是……"葛先生慌忙转身去扶她，这一扶不得了，天旋地转，人往边上一倾，整个人扑在小界怀里。他的脸都感受到她胸部的柔软，但他不敢动，也动不了。

后面的情况就全乱套了，大家轮流过来祝贺他收了女徒弟，他自知理亏，喝了好几杯，天地早就一片混沌，于是就完全放弃了。他模模糊糊只记得大家都在讨论引力波和阴阳两仪的关系，还谈到了神秘的"摸物读字"，这种被开发出来的特异功能，不用眼睛就能看到纸片上的字。另外还有死了一个记者，他来调查藏獒怎么咬死了人。反正零零星星的事，他也不需要记住，所以就什么都没记住。

第二天清晨，他还模模糊糊，只觉得胯下大动，小界灵动的舌头唤醒了他的小弟弟，然后才间接唤醒了他。

这温热的包裹，他热爱这个操蛋的世界。

十三

小界在葛先生家里住了五天。她洗衣、煮饭、拖地、做爱，仿佛就是这里的女主人，早就在这套180平方的房子里住了很长时间。

南方季节不明的天上坐着太多憨厚的云朵，从地上看，也只看到一个个白云的屁股，浑圆而柔软。葛先生在阳台上望着天上的屁股发呆，然后他决定必须将小界赶走。不是因为自己快被榨干成为药渣，而是苏姑娘的电话。葛先生回到房间，将小界的所有衣物收拾了一遍，放在客厅的沙发上，然后他回到书房，假装看书。他听

287

到外面洗碗的声音停了。他能听到小界脱下衬衫和球裤的声音（在家里，她一直穿着他的衣服，她会将宽大的衬衫衣角在肚脐处打个结），换上牛仔裤的声音，扎头发的声音。然后，书房的门被推开了，小界无比妖娆地倚门而立。

"我会走。"她说。

"好。"他不知道说什么。

"男人都一样，你再好，他都会腻，看透了。"

"不是这个意思……"

"哦对，还有一件事，"她刚想走，又突然想起什么事，侧回身来，"刚刚钱总知道我还在您家里，说让我一定转达问候，并希望您帮他两个忙，您一定要帮，要不我就赖着不走了。"她笑着，甩了一下长发。她的语气像是开玩笑，又似乎不是开玩笑。她说钱总希望葛先生去给他们庞大的员工队伍上一次课；另外，下个月香港有一个量子力学研究机构过来探讨失踪人口问题，希望葛先生能出席记者招待会。葛先生感觉自己好像没有什么理由不答应，只不过这样的邀请方式有点奇怪，为什么不是钱总直接邀请他？这让他感觉那个晚宴简直就是个局，甚至连王羲之的对联什么的，都是事先预演好的。钱玉龙知道葛先生一定一眼就看穿这件所谓古玩对联的破绽，也估计到他的所有应激反应。

这样一想，他打了一个冷战：孙副镇长一定跟钱玉龙说葛先生喜欢女人，于是钱玉龙就给了一个女人。小界的身材长相，都比苏姑娘要好。好多少？好一些都可以说是好一百倍：比她年轻，比她有文化，比她胸大，比她技术好，虽然他还不知道苏姑娘床上技术怎么样。

外面防盗门被哐当关上了，高跟鞋的声音听不见了，整个房间突然安静下来。

十四

上上课，站站台，本来也没事，这些事都是老本行。但葛先生完全失算了，根据后来一些老朋友反馈的消息，因为他去给"A团"上课，出席了"A团"的活动，大幅的宣传图片上了网，本县电视台晚间新闻都播了短消息，对这个传销组织的抓捕计划足足推后了三个月。三个月，有多少家庭的血汗钱都被吸进这个庞大的机构里面来，有多少亲情陷入了骗局。关于传销的大致骗局模型，我们就不展开讨论，无非是利用大家的爱国情怀，以及发财致富的强烈愿望，利用多数人的思想来征服一个人的思想，从而让心魔在整个组织之间传播。只不过"A团"确实高妙，据说钱玉龙是在那个叫"私人行刑场"的机器里，感悟到传销之道，于是彻底失踪，开创了一个人生新局面。

那个所谓的香港量子力学研究机构更是滑稽，所有人开口闭口都是"薛定谔之猫"，仿佛这些失踪的人，这些弟妹姑嫂，最后都被关在一个盒子里，然后大喊一声："开！"总存在失踪和不失踪两种情况。反正不管你信不信，最后他们都是失踪了。

这段时间几乎是葛先生最难过的日子，北京开了会，新闻联播里的很多经典表述都换了说法，政治考试复习资料上葛先生的头像也纷纷被拿下来，情况不太乐观。但如果你说葛先生是因为过气转而成为传销组织的帮凶，有了人生污点，才开车去撞石头，我想说，不是这样的，一定不是这样的。葛先生是一个经过风浪的人，胸中有沟壑，大脑的频率通向星辰和大海，他知道自己在做什么。

葛先生的痛苦，还是来自于苏姑娘，这个他至死执念的女人。

十五

在离开碧河镇区三个星期之后，苏姑娘终于回来了。她在电话里问葛先生，她能否到他那里住几天。从她的语气和迅速的补白"我只是说说"可以猜到，她已经做好被拒绝的准备。而此时的葛先生，眼泪都快下来了。他盼望她快点来，迅速来到他身边。耳朵里疯狂的石头总是时好时坏，这种感觉糟透了，总觉得自己不知道啥时候就会挂掉。特别是在参加马腾龙的葬礼之后，葛先生又一次感到虚无。

这个倒霉的人，马腾龙，开了这家兴旺发达的"双色球客家菜"，本来以为从此走上新的征程，因为毫无疑问这馆子已经是碧河地区最火爆的饭馆了。但还不到两年（用他老婆的话说装修费都还没赚回来），马腾龙就挂了。那天他觉得胸闷，说是要上楼去休息一下，但居然爬不了楼梯，浑身没力气，在送去医院的途中就已经不行了。医生说是因为这两年喝酒太多，心脏喝坏了。他老婆一听就哭了，说这两年喝的酒比他前面四十年喝的都多；早知还不如拿着福利彩票的奖金去海南买套房子，一家人就在天涯海角快乐生活，啥都不用瞎操心。在葬礼上，他老婆拉着每个人将上面的话都说了一遍。她来拉葛先生的时候，葛先生反手就抓住她的手，握得紧紧的。他希望掐醒她，但她的心被一层玻璃包裹起来，她宛若在梦中，自己对着自己说话。

当然碧河镇也流传着一种说法，说是钱玉龙的算命先生说了，一镇不容二龙来抢珠，马腾龙知道得太多了，所以就病死了。对于这个说法，我只想到龙哥，他就那样活活遭了毒手。看来名字里有龙字的，都不应该到碧河镇来。

在葬礼的前后，葛先生都给苏姑娘打电话，但她没有接。一直到当天晚上，她终于来电话，说她第二天就会回到碧河，她希望能在他家寄住几天。她在电话里没提到达瓦，一直到她出现在这套180平方的房子门口时，葛先生才看到八岁的达瓦。

"达娃？藏族孩子？"

"不是，我的孩子，他父亲是个和尚，我也不知道和尚叫什么名，只知道这世界最大的和尚叫达摩，就姓达；而且他生出来时哭声太大，屋顶有一片瓦掉地上碎了，所以叫他达瓦，瓦片的瓦。"

"达瓦好，达瓦好，快进来！我都不知道你有个孩子……"

"这么大的房子，就你一个人住？"苏姑娘疑惑地看着葛先生，葛先生只是笑。

进了屋，达瓦用他那双特别黑的眼珠子盯着葛先生看，眼里都是陌生而古老的敌意。不过很快，在吃光了冰箱里的柚子和杨桃之后，达瓦开始将眼光往上移，盯着那顶黑色的礼帽看：

"你是一个魔术师吗？"

葛先生激动得跳起来，连忙说是。他头也不晕了，耳朵里的石头也没出来作祟，摸出一枚硬币就开始玩把戏，客厅里充满了久违的童真的笑声。有几回还险些失手，急得手心都是冷汗。可能太急，硬币的把戏很快就没招了。正着急是否露几手蹩脚的纸牌魔术，然而达瓦已经换了频道，拿着他妈妈的手机打游戏去了。

十六

葛先生是真心喜欢达瓦。刚来那阵子，他几乎每天都带达瓦到我店里来买冰淇淋，然后带他逛碧河体育公园，每次都累得满头大汗，嘴里却发出乐呵呵的笑声，全然无视达瓦爱打闹、脾气不好种种毛病。达瓦每次到店里，都来摸我的光头，然后坐在我膝盖上玩桌上的计算器。这样的孩子几乎每个人见了都会喜欢，但我也从他的眼睛里看到了某种不易察觉的阴郁。

这小男孩有他的秘密，来到这个小区不到一个星期就出了一单事。苏长夏将葛先生送她的"小蛮腰"又带回来了，洗干净放到电视柜上。"小蛮腰"放在那里果然恰当，葛先生正想着那个位置早应该放点东西。这种感觉随着苏姑娘重新移动家里的家具器皿而不断出现，仿佛因为她的到来，家里所有的事物才找到了自己的位置。

然而"小蛮腰"在电视柜上待不了多久，就被达瓦扔到了楼下。苏姑娘发现"小蛮腰"不见了，就问达瓦拿到哪里去了，才发现达瓦在阳台上只盯着楼下看。幸好，没砸到人，只是将一辆宝马的车前盖砸个窟窿，又弹起来把挡风玻璃砸成蜘蛛网。达瓦跟随着两个大人下楼，看到这样的情景，知道自己干了坏事，眼泪止不住地流。葛先生长长叹了口气，苏姑娘扬起手就要打，葛先生慌忙将达瓦抱起来，大声叫道"别打孩子"。他在达瓦的耳朵边告诉他没事的，只是以后绝对不许往楼下扔东西。达瓦抱着葛先生脖子号啕大哭，没有人知道这个孩子为何如此伤心。

葛先生和车主谈赔偿的事，达瓦跑到我店里来，他啜泣着，手指拨弄着桌上的圆珠笔。我给了他一罐可乐，他不要。我问他为什么扔掉"小蛮腰"，他只说他不喜欢。隔了很久才说："我不喜欢我妈用它砸我爸。"

苏姑娘回乡的这段时间究竟做了什么事，葛先生无从得知。实不相瞒，为了这事，我还专程跑了一趟半步村，那破地方，如果不是龙哥死在那儿，我是不想去的。就单说一个细节吧，半步村有一座碧河大桥。我一听这么气派的名字，以为大桥至少也得用钢铁绳子斜拉起来，到那一看，就一座小破桥，又小又破，长度不过三四十米吧，竟然敢号称是大桥。当然，毫无疑问碧河大桥是半步村唯一的大桥，这个村子里的其他桥，比如独木桥、水闸桥，都不过是几块水泥板加上一个水闸而已，在我看来都不好意思叫作桥。

但我没有获得关于龙哥的任何消息，倒是大概打听到关于藏獒吃人的事情，再结合达瓦非常关键的简单描述，我大概能还原事情的经过：苏姑娘以前跟过一个假和尚，生了达瓦，并将达瓦交给母亲抚养。为了孩子和一家人的生计，她住进了一个商人的别墅里，后来商人生意失败跑路了，她在别墅里支撑不了，离开时将两条对她忠心耿耿的藏獒带回老家。她只知道那是狗，不明白这是

293

会吃人的狗。在半步村，为了给达瓦找个爸，她嫁给一个姓顾的酒鬼，日子很难过下去，她独自外出打工，顾酒鬼在家里主要就是喝酒，然后虐待他的牛和两条狗。苏姑娘辞职回家去，和顾酒鬼在工作问题上起了争执，顾酒鬼打她，她反击，用"小蛮腰"砸倒了他。顶部尖尖的天线桅杆成了凶器，在他的大腿上刺了一个口子，鲜血直流。他倒下了，嘴里还骂骂咧咧说着酒话。整个空间突然安静下来，只有两条饥饿的藏獒在笼子里狂吠。她茫然，走到院子里喂狗，只希望两条狗别再吵，也别把邻居引来。但是笼子的门一开，可能因为血腥味，两条狗就扑向顾酒鬼，将他活活撕开了。慌乱中，她抱着达瓦一路狂奔，逃到娘家。后来的情况，就可以参见龙哥的新闻报道了。当然，那篇报道里，只说了狗吃人，没有提到"小蛮腰"的任何细节。

十七

所有事件的细节，都会被折叠到时间和想象的褶皱之中。

比如，这个事件的整理，也让我开始怀疑龙哥去半步村的真正目的。加上来换班的张三有一回无意说了一句"你的龙哥也不是什么好人"。我再追问，他却什么都不说。所以我更相信我的猜测，龙哥并非去调查传销案，而是另有所图。他有意高调地暴露自己，让别人知道有一个记者正在半步村，如果不是找死，就是为了找钱。我有种直觉，是张三将龙哥杀掉的，这小子横竖看都不是好人，但没有任何证据。不久之后，张三也人间蒸发了，没有人知道他去了哪里。

比如，为什么尖尖的"小蛮腰"是扎在大腿上，那也是我的虚构。如果砸倒一个男人，最顺手的位置是头部；如果想扎得对方鲜血直流，最合适的位置莫过于颈部动脉。但我不敢去想象这个情景，我不相信苏姑娘能经历这样血腥恐怖的场面。所以只能扎在大腿上，那地方肉多，松软，如果没有扎在大腿内侧重要的地方，不会致命。那么，苏姑娘就不是凶手，凶手是藏獒。

葛先生是不会爱上一个凶手的。

当然，说到爱，这样其实有点肉麻。葛先生这个年龄的人，已经不太谈这个了。年龄让人不谈情，也不说爱，只说生活，一起过日子。如果能够这样过下去，葛先生也就不用去撞石头。苏姑娘不愿意，不愿意再莫名其妙住进一个大房子里面，不管是 180 平方的楼房还是 810 平方的别墅。

她认真地对葛先生说："我不想被包养，我得去工作，你如果真想帮我，就给达瓦找个小学念书，学费我自己出。"

葛先生这才意识到，达瓦不应该孤独地在家里玩，他应该去上学。不应该将他留在家里像宠物一样养着，而应该把他送到学校里。这么简单的事情，他怎么就完全不懂呢？不过这对他来说，也是一件简单的事。葛先生打了两个电话，就跟苏姑娘说，明天可以把达瓦送进碧河中心小学，这个镇上最好的小学，刚开学不久。

苏姑娘眼圈都红了，她眨了眨眼睛，低下头，说了声谢谢。那天下午，他们逛了一下午的超市，给达瓦买了书包和学习用品。葛先生和苏姑娘都很激动，只有达瓦非常平静，他波澜不惊，对于小学，他只问了一个问题："小学里有三个弯的滑滑梯吗？"这个问题把葛先生都难住了，他又打了电话，问清楚了，小学里面有滑滑梯，但不是三个弯的。达瓦嘴巴就翘起来，说那有什么好玩的！

葛先生知道在电影院的隔壁有一个破旧的游乐场，里面有三个弯的滑梯，还有脏兮兮的鸵鸟。他们正打算去，发现达瓦已经在葛先生背上睡着了。他们只能往回走，一路无话；钥匙在锁孔里扭开门时，苏姑娘才说了一句："当时就不应该把他生出来，生出来跟着我都是受罪；我也受罪，为了这臭小子，这些年来我哪有什么尊严啊，现在更不应该要什么尊严，管他娘的包养不包养……"

"我可以娶你。"葛先生这句话把苏姑娘镇住了，她呆呆看着他。他背上的达瓦睡觉时流口水，他的小手还紧紧攥着葛先生的衣领。

"我可以娶你。"葛先生又机械地重复了一句。

"你就不怕我会害了你？"说了这句话，苏姑娘小跑进了洗手间，只听到水龙头的水声响了很久，听不到她的哭声。

十八

没错，我知道得这详细，是因为我手里有葛先生的日记本。我用尽办法让达瓦从葛先生家里偷出来的，我是老贼，达瓦被我教唆成小贼。我在日记本里看到"你就不怕我会害了你"这句话，发了一下呆。这句话有太多理解了，但不管怎么理解，从洗手间出来之后，他们俩就在沙发上做爱。这次性爱葛先生用了两页纸来描述，都不说人话，讲的是山洪、狂风和梅花鹿什么的，说苏小姐把他的整个世界都折叠了起来，但我全看出来了，就是性高潮。

　　我不明白的是葛先生不知道怎么想的，反正没有马上就去民政局登记结婚，反而放任苏小姐出来找工作，不小心就进了传销组织，达瓦全交给葛先生负责接送和照顾；一个星期之后联系上了，跟换了个人似的，想法全变了。她成了小界的副手，穿着高跟鞋、笔挺的衬衫和黑色西装。葛先生是在钱玉龙的酒局里见到她，她也跟小界一样，端起分酒器一饮而尽。葛先生大概听出来了，苏小姐的酒场名声远播，整个碧河的女强人都斗不过她。她三次端起酒杯，来向葛先生表示感谢，当着很多人的面叫他老公，并说她现在的事业刚刚有起色，打算租个房子再请个保姆照顾达瓦。三大杯酒葛先生都喝了，但听到她提起达瓦，他终于忍不住说得去一趟洗手间。葛先生扶着自己走向洗手间，他的背后响起苏姑娘对着众人的慷慨陈词："我在生活中发现一股平行的力……"这句话让他的脑袋嗡嗡作响，她讲话的语调都有点像钱玉龙了。他抱着马桶吐了，胆汁和眼泪都倒进马桶里。他在马桶里听到自己的喘息声，像一头被豹子追击的梅花鹿。马腾龙的电话就在这个时候突然响了起来，把葛先生吓得瘫倒在地。接通之后，只听到马腾龙的老婆在电话里哭泣，她什么也不说，只是哭。哭了一分钟，就挂掉了。葛先生的耳石症也就重新发作了，他下了楼，摸到车门，开着他的破车，直接开向那块要他老命的石头。

　　按照葛先生不知道什么时候立下的遗嘱，苏姑娘终于正式搬进这个 180 平方的房子。她越来越有气质，穿着高跟鞋和丝袜，每次来店里买东西，都在抱怨达瓦太不懂事，母子俩经常闹翻了。达瓦跟我说的是另外一个版本，他说他明白一切。他跟我要了一个大塑料箱，将葛先生的很多东西都寄存在里面，包括他的黑色礼帽，这些被苏小姐当成垃圾清理出来的东西，全被这个小鬼当成宝贝藏在我的店里。我发现他很有当小偷的潜质，所以什么小偷的技巧都不能教会他。

龙哥的那盆仙人球，也是这个调皮的小鬼打翻掉的。我这才在花盆里发现了一个小优盘，插入电脑，里面全是"A团"的犯罪材料。这让我想到，龙哥的死可能不是因为他的正义的事业，而是因为他将这个正义的事业当成了一笔生意。他手里已经握有如此重要的证据，却让这盆仙人球在我这里放了将近一年，而此时"A团"已成往事。如果他没去半步村跟钱玉龙谈判，如果他将仙人球送给警察叔叔，故事将是另外一个走向，开车撞击那块"诗与远方"石头的应该是钱玉龙，他没有理由可以潜逃国外。

达瓦打翻了我的仙人球，他以为我会骂他，吓得很老实地坐在角落的竹椅上假装看书。我把他叫过来，让他把那盆仙人球帮我拿到垃圾桶里扔掉。他扔了很快回来，然后突然问了我一句："徐灿叔叔，你说你以前是个小偷，你要是人贩子就好了……我想问你，这镇上你认识什么不要太坏的人贩子吗？你说哪天我跟我妈闹翻了，人贩子就可以带着我远走高飞。"

我将优盘藏好，我相信钱玉龙总有一天会来找我。诸事混沌难明，我们总得和凶手生活在同一个世界。我指着墙角的鱼缸告诉达瓦："那些鱼也整天想着远走高飞，但它从水里一跃而起，飞起来之后就会掉到地板上。"

我的恐惧是一只黑鸟

我的恐惧不是因为黑暗，也不是因为幽暗蒙蔽我的脸。

——《旧约·约伯记（Job）- 第 23 章》

一

我三十岁生日那天，我二叔陈大同送了一本《圣经》给我，扉页写着：我的恐惧是一只黑鸟。

但我完全没有想到，这个写得歪歪扭扭的句子竟成了他留给世界最后的话。认识我二叔的人都知道，他终其一生，都在和恐惧做斗争——这是一种比较斯文的说法，准确的说法是，我二叔陈大同看起来有点神经质。我本来以为他会走完他传奇的一生，他的死亡怎么说也得染点个人色彩，比如：死在他练辟谷术的时候，死于癫狂（在自己的头上敲个洞大叫几声好），等等。但都没有——碧河大桥一断，我二叔连同他最心爱的自行车一起掉进江里，捞起来已经面目全非，骨架撑着衣服，就如一只泡在水里的纸风筝。

我二叔的尸体被运了回来，整个半步村的人都感到伤心。当然，这是我的夸张之词。总之在我看来，他们总对着我哭丧着脸，他们的询问一遍又一遍地温习着我的悲痛。

当年，我那个当村长的父亲死的时候，全村的人也排着队到我家吊唁。我父亲的尸体就停在我二叔现在躺的这个地方。灵床是一张长方形的水杉木大床，祖祖辈辈，村里的老人会排着队一个一个到这里躺下。床很大，我一米八个头的父亲看起来很小。我二叔那一夜为我父亲守灵。那时，我二叔还没想过他有一天会死，但他的脑子已经开始犯迷糊这是人尽皆知的事情。我母亲死得早，我父亲是村长，公务繁忙，东家的牛西家的犁，出问题全找他。从小我和二叔相处的时间，要比父亲多得多。于是，我二叔的脑袋一犯迷糊，大家看我的眼神也容易迷糊，似乎我和二叔是同类项，平时拆开，必要时就合并。其实我已经快三十岁了，从来都不迷糊，我的心跟镜子似的。我二叔说要用心镜看人，他的辟谷术我没学会，这一招看人的本领我倒是学会了。

我父亲陈大康躺在灵床上，我二叔在他旁边坐了一夜，端端正正，不敢动弹。第二天，他依然精神抖擞地对我说："你爹昨夜和我说了一个晚上的话，说那边已经是夏天，没有这边冷。"我一听倒是打了一个冷战。但其实此时正是十月的天气，一点都不冷，反正我是打了冷战的。

八年前，我二十二岁，我父亲的尸体放了三天以后，就被送到火葬场。家里已经没有别的人，我和二叔尾随坐在殡仪车里，旁边的铁箱里装着我瘦小的父亲，他一声不吭地躺在里面。我不停地抽烟，但二叔说太熏人，叫我别抽。他用手在鼻子前面扇了扇，说：

300

"别抽！别再抽！"我对他笑，他说："别笑！"我的脸就僵住了。

骨灰盒很贵，但总得买，那些人就是押着死人坑活人的钱财。我买了骨灰盒回来，看到我二叔脸色发青，浑身颤抖。他指着那蒸锅一样的焚尸炉，龇着牙对我说："我……我听到你爹啊地叫了一声！就这样，啊——，对，这样叫了一声，他一定在喊疼。"二叔的嘴唇变得很白，牙齿很黄，像电视里饮了毒酒的人，这给我留下了深刻的印象，并永生难忘。

父亲死后到二叔死之前，要求土葬就成了二叔和我之间永恒的话题。我告诉他，如果我父亲还活着，他当村长，那么还有一点希望；而今，我只有他留给我的一点钱，没有权，更没有地，葬哪里？怎么葬？现在专业的挖尸队经常沿着各个山岭巡查，看到有土葬的新坟，挖了就运走，运到火葬场每具尸体可以拿两百块钱。他们都是用塑料薄膜纸包着湿漉漉的尸体，就往木板车上一放，噼里啪啦地就拉着往火葬场跑，有时总会掉一截手臂或小腿在路上，头发也掉得特别多，最多的是肉化出来的脓汁滴在草上，大白鹅一不小心吃到，翻个筋斗就死掉了。总之，我用尽了一切办法，试图告诉我二叔，土葬这条路是行不通的。但我二叔全然不顾这些，像个孩子一样瞪着眼睛看我。

二

八年前我父亲像一条鱼一样被放在村里祠堂的灵床上，八年后，这种情景再次发生，这一回轮到我二叔。唯一的区别是，前者如一条金枪鱼，后者则如一条咸带鱼。

我二叔陈大同活着的时候，我试图说服依法实行火葬。但在他的理解里，我这是劝他去烧掉。他说他现在只有我一个亲人了，该死的和不该死的，都已经死光光了，而我正准备把他烧掉。他开始戒烟，并且出人意料成功了，因为他怕看到烟灰。除此以外，他还远离炉灶，怕见各种火光，连擦燃火柴他都哆嗦。猫也不养了。我家的黑猫一直很乖，它爱干净，有礼貌，而且爱好广泛。第一大爱好是喜欢炫耀它的平衡技术——它喜欢爬上对面五楼的天台水管，悠闲地蹲在细细的水管上，看小路上人来人往。它的第二个爱好，直接葬送它在我家继续生活的可能性——它喜欢在我烧水的时候蹲到灶台边看火。温暖的火光让它感觉舒服，它眯着眼，十分温柔。但这种温柔在我二叔看来十恶不赦，于是黑猫立刻便结束了它长达三年的幸福时光，被卖给村口的饮食店，也不知给谁吃掉了。

我觉得这样下去不是办法。在门口的石墩上抽完第八根烟以后，我扛着鱼篙就出去了。天快黑的时候，我终于回来，裤管上湿漉漉的，滴着水。我手里提着一条大鱼，走进家里。我二叔早就已经饿了，他现在不但怕烧，而且怕饿，更怕死，于是天天练功。但练功之后，饿得更快，于是他摸着肚子一直在等我回来做饭。我一进门，他显得很高兴。一看到鱼，他显得更高兴。他说："我就知道你有本事，这么大一条鱼，今晚的菜好啊！我就知道你不是去跟卢寡妇勾搭去了，你是去钓鱼了！"但我明确告诉他，今晚不吃鱼，吃酸菜。

"那你养着什么时候吃？有什么大节日？有客人？你又不生日？我也不生日？"他瞪着圆鼓鼓的眼睛看着我手里的鱼，一直嘀咕着。

我没理他，开始烧火煮饭。吃饭时，他还不时去望吊钩上那条大鱼，然后看看我。我只顾着吃饭，吃得津津有味。他鼓起勇气说："要不我去烧吧，鱼不新鲜就不好吃了。"我说："不用了，你怕火。"他就不再吭声了。

当天夜里，我用几块木板钉了一只木盒子，将鱼放进去，埋在后园。天气还是那么热，连一点风都没有，知了拼命地叫，把土地都叫瘦了。几天之后，我把二叔请到后园，放把椅子，让他坐下。我就开始挖了。他说："挖什么，挖地瓜，挖什么宝？"我挥汗如雨，终于把木盒子挖出来，此时，一股臭味扑鼻而来。我指着木盒子："这是棺材。"我二叔点了点头。我把盖子打开，请我二叔来欣赏那条鱼。于是他看到一团白色的虫子在大鱼上面蠕动，那条鱼已经面目全非，任由虫子从左眼爬进去，再从右边爬出来。我二叔依然眼睛圆鼓鼓地看了一会，哇的一声吐了。接着他拔腿就跑，穿过后门，进了院子，再从前门出去，一转眼就不见了影子。

我知道我用心良苦的现场教育终于有了效果，很满意地睡觉去了。我太累了，一觉醒来已经是第二天中午，但我发现我二叔不见了。那天晚上他并没有回来。

三

第二天中午，我开始寻找我二叔。两小时后，我也不知道怎么就走进了一片瓜地，瓜棚上的黄瓜实在诱人，看一眼都觉得一定是又甜又脆。我吃了两条。当我站起身回头望了一眼，顿时我的鸡皮疙瘩就如谷子一样粗，我看见两双眼睛正在瓜叶的掩盖之中盯着我看，两双眼睛看着我吃完两条黄瓜。"啊——"，我开始尖叫起来，然后是他们开始尖叫起来。三个声音一起叫。接着，我看到一男一女怀里抱着衣服矮着身子在瓜棚底下逃窜。他们的慌张倒使我镇定下来，我开始仔细看，看到他们弯腰走路的样子很像我家的黑猫。不过我们的黑猫已经死了。我掉转头，上了路，路边的杂草绊得我小腿好痒。

我从卢寡妇家门口经过，本来想进去，但考虑到我二叔还没有找到，所以又掉过头，但此时，我听到水声。卢寡妇在洗澡。门是虚掩着的，所以我不得不进去看一看。我踮起脚尖在窗口看她洗澡，听她边洗澡边唱歌。然后听她也开始尖叫："啊——"叫得比瓜棚里的男女还大声。突然静下来，我也看不到她了。她似乎蹲了下去吧，反正看不到她了。我正想走，就觉得腰上挨了一下，眼前金星直冒，双腿一软就瘫了下来。然后就听到卢寡妇尖声鬼叫起来："哎呀，原来是你这死鬼！平时给你看还没看够，偏要来看我洗澡，站起来！你不能软，你要死在我家里，那我怎么办？"

我醒来时，腰上似乎栽上了辣椒，热辣得厉害，还有蚂蚁在上面爬。卢寡妇又开始鬼叫："我就知道你不会死！"

我一醒来就想到我二叔，我总怕他死得比我早，偌大个屋子，就我一个人住，很黑。我又想起我父亲，想起他临死之前拉着我，对我说："傻正，我就不放心你，你和你二叔一个傻，一个癫，以后这日子怎么过呀……"说着他呜呜地哭了。

我还向我临死的父亲保证："我从明天开始就不傻了，我要照顾好二叔，直到他也和你一样死掉。"但现在我二叔不见了，而我也没有傻，所以我得去找他。我从床上坐起来，才发现卢寡妇手里一直握着我的把把。我一把推开她就往外走。她又在后面鬼叫起来，大概说什么傻子不解风情。我不理他，一头就撞到了黑夜里。黑夜真黑，黑得没有骨头。我在黑夜中摸索，想起我二叔说过，人最开始是被孵出来的，就像小鸡从鸡蛋里出来一样。我和他都没见过女人生小孩，村里的女人生小孩都不让看，所以我只好信了他的话。他还说，人到了一定时候，比如说修炼辟谷术，到了一定时候就能像一只黑鸟，大黑鸟，他强调了大字，像大黑鸟一样张开翅膀飞了起来。他用他的手，做大鸟飞翔的动作，似乎在我的面前，真是一只鲲鹏。我就问他，那如果刚飞起来，猎人一枪就给打下来那可怎么办？为了把道理说明白，我还提醒他，用枪打人不行，但用鸟枪打鸟，这事情我以前可是经常干。他就摇了摇头，说我不够层次和他讨论这个问题，然后像个赌输了钱的人一样走开了。

我在黑夜里走着，想起了我二叔也在黑夜里走着。他的脚指头一定和我一样，在触摸着大地，和大地上松软的泥土。松软的泥土是不是大地本身呢？我不知道。我和他一样，我们整个家族，都长了第六根脚趾。我父亲说这是一件丢人的事情，所以不得张扬。

我在黑夜里走着，想念着我走失的二叔，就如他也和我走在一起那样脚步轻快。田野上响起了绵延不断的虫鸣，这些大地的生灵此刻如此欢愉。它们一定是在交尾，我想。人们白天在田里在瓜棚里交尾，晚上在屋子里交尾，但虫子只有到了晚上，才能在田野里交尾。如果过些天他们把路修到这里，两边铺上草皮，那么虫子就得滚蛋，背着一条命逃得远远的。

我在黑夜里走着，不知不觉就回到了家里。我实在太累了。腰又这么痛。我觉得我应该睡一觉，今天我找我二叔，找得真是累坏了。或许寻找的方法不对头，也没有人帮助我，但我毕竟去找了。

但第二天一早，我二叔自己风尘仆仆地回来了。他带了几条鱼，并开始做饭。我发现他不怕火了，还自言自语表扬自己做饭手艺好。我想大概是我的死鱼计划出了效果。果然，我二叔连续几天不和我提土葬火葬的事情，这让我很开心。

但接着，蚊子又不听话了，它们在我二叔身上叮出了很多个包，让我沉默的二叔又开始抱怨。我二叔说："你看，你看，你过来看，你看这些蚊子，它们咬我也就咬了，怎么要咬对称呢？"

我凝神细看，果然，蚊子在他左手臂上咬了两个包，又到他右手臂对称的位置咬了两个包。接下来，这种事情连续不断地发生，我想告诉我二叔，这大概不是蚊子咬的。不是蚊子咬的是什么？你说是什么？我也说不清楚。所以他时而暴躁，时而低落。此时离他掉进江里，还有两年时间，他有足够的时间来闹腾。

四

自此以后，蚊子总是以它独特的对称规律在我二叔的身上留下一个又一个的红点。我二叔声称他亲眼见过两只蚊子停在他的左右耳朵上。我继续争辩："一个人是无法看到自己的耳朵的。"我二叔继续提供证据，一直指着他的耳朵。但我不理他。屋子已经很久没有打扫，袜子也没有洗，空气里弥漫着一股类似金龟子被踩烂的臭味。

打扫完毕以后，我开始开导我二叔。我告诉他，他身上的红点可能是一种皮肤病引起的。"就像现在，只要把屋子打扫干净，一切就干净了，而且不再有红点黑点。"我建议他到桥头的瘸子薛医生那里去看一看。但他偏不。如果我被逼得大声吼叫，他就双手抱头，然后开始寻找他的头。他说他的头不见了，被别人换掉了。我揪他的头发，告诉他，这就是他的头。但他否认，说这个头已经不是他的头了。我真受够了！我真受够了！但我二叔还是蹲在门槛上，用低低而急促的声音嚷着："我的头！我的头！"声音低哑让人毛骨悚然。

这样的情景反复发生以后，村里人也知道我的不容易。在他们偶尔发作的善心背后，在他们偶尔出现温度的语言背后，是我日复一日面对我二叔发癫的切肤之痛。所有的切肤之痛只有自己知道，别人的安慰无异于隔靴搔痒。

有人要来换掉陈大同的头，所以他必须分外小心。他开始重新布置自己的房间。首先他在自己的门上挂满了蜘蛛丝，还煞费苦心抓了几只蜘蛛在门上织网，让他虚掩的门布满了蜘蛛网，似乎多年没有人住。他又在门槛内外铺了一些青苔，每天还按时浇水。不到一个星期，青苔长势喜人，一片墨绿。随后，他又在屋子里拉铁丝，让千丝万缕把他的房间切成不同的小块。这样，他如果要从屋子的最里面走到门口，为了不被粗细不一的铁丝绊倒，他至少要挪动一个钟头。除此以外，他还在小窗口上撒了玻璃碎片，挂上铃铛，以防万一。至于其他秘密的机关，他就不肯告诉我。总之，经过他细心的改造以后，这个房间已经变成一部机器。他用这部机器来保护自己的头不被换掉，同时也把自己困在里面——他已经没法出来。

于是，每天我又多了一项任务：送饭。用餐时间一到，他就开始嚷嚷。他总会肚子饿，而且非常准时。饭盆和便桶都经过他精心设计，是两个类似盘子的器具，两边有耳朵，可以绑上两根绳子，一根绳子在我手里，另一根绳子在他手里。每次把饭菜放在盘子里，他就用力往里边慢慢拉进去，吃完以后，我再拉着绳子把盘子拖出来。盘子一进一出由于重量的不同，会在地板上摩擦出两种完全不同的声音。他的排泄物是两日一换，往往臭不可闻，完全可以想象我每天面对一盘黑色的东西时心情如何，此处略去不讲。

两个月后，我亲爱的二叔终于生病了。他躺在墙角的木床上不停地呻吟。一个老人的呻吟声总是令人难受，况且这屋子里就我们两个人了。第二天，我发现他的食物完全没有碰，盘子拉进去和拉出来，发出的声音变得一致。而且他开始拉肚子，这是个坏兆头。那天中午，他开始发抖着呻吟，哆哆嗦嗦像是在筛豆子。我等待已久的时刻终于到了。我请了村里的两个工匠，带了家伙，破门而入，把一屋子的铁丝都剪了下来。这个过程中，正在昏迷中的二叔似乎觉察他所经营的一切在顷刻之间化为乌有，像一只乌龟被剥下了龟壳。他开始颤抖着抗议，但声音在喉咙深处发出，细得几乎听不到。这时我不可思议地发现，破坏这间铁丝屋的过程，我像撕开了一层处女膜，传遍全身的快感竟使我一连打了十三个喷嚏。

我二叔终于重新暴露在阳光下。在担架上，我几乎认不出他了。他变得又白又胖，身体浮肿，连头发也变成银白色的了。四条壮汉把他抬到医院，累得都趴下了。两天之后，他竟又若无其事地出院了，而且精神饱满，晃动着一身的肥肉往回走，在路上遇到每个人都打一声招呼，还不时停下来和别人聊天，显得非常精神。但如果认为这一场病能让他不癫了，那就大错特错了。因为第二天，他就搬到山里的尼姑庵里去了。长乐庵的尼姑开始不同意，但一来磨不过他，二来怕他一直在那里发癫，三来他已经一再重申，自从我父亲火葬那天，他听到我父亲在炉子里尖叫一声以后，在他眼里就已经没有男女之分。他指着胯下说，那地方早就已经没有动静了，不信，师太可以摸摸！长乐庵静安师太只能让人收拾了一间偏僻一点的房间，给了他几本经书，让他住了进去。要不是他在庵里朗读《圣经》，并且开始给小尼姑讲《圣经》，我还以为他能一直在那里住下去，那对我来说，真是阿弥陀佛了。

但我二叔对此也完全否认。他就喜欢否定别人的观点，以显示自己的与众不同。我二叔是这样说的：他被赶出长乐庵，不是因为他研读《圣经》，而是因为他发现了尼姑庵里的奸情。尼姑才不管你读什么书呢。我二叔说，尼姑们只关心晚上爬窗而入的男人的数目和质量，并互相攀比。这些话把静安师太气得发抖。

五

我父亲临死之时，拉着我的手，拍了又拍，呜呜地哭泣，老泪纵横。他呜咽着对我说："傻正啊傻正，你要知道，人活在这世界上，每时每刻都在进行着心理战。几个人走在一起，总有一个心理占优的人，这就是头儿。夫妻走在一起，总有一个人必须避让，不然就整天吵架。父子、朋友、上下级之间，莫不如此。还有，活在这世界上，你除了要懂得去承担责任以外，还必须教会这个世界一种看待你的方式，这样做，就叫作个性。"

我父亲知道我理解不了，就让我一字不漏给背下来。这个倒是我的强项。从小他就让我背古诗古文，甚至连《易经》的爻辞我都背了下来。于是我对他说："避让就是潜龙勿用嘛。"这句话让我父亲开怀地笑了。我这辈子做得最得意的一件事，是让我父亲带着笑容离开人世。

我二叔对我父亲的死又有不同看法。他认为那是苦笑。他说人是没法子教会别人用某种方式看待自己，倒是经常为别人看待自己的方式所改变。他举例说明。他说："我哥哥（他哥哥也就是我父亲）死了，我本来也不会感觉到怎么的难过，人总得死的嘛，两腿一蹬就一了百了；但他们偏偏总是跑来告诉我，村长死了你一定很难过，我知道你一定很伤心，我理解你的悲伤——这样一来，我还真不得不伤心，我才知道我是必须伤心的，也是必须难过的，于是我就悲伤了起来，并呜呜地挤了几滴眼泪。"

三十岁开始，我就开始长络腮胡子。胡子长势喜人，我看起来有点像电视剧《西游记》里的沙僧。由于经常到碧河里去摸鱼，我的皮肤被晒得黝黑发亮。卢寡妇说："什么时候给你做一圈骷髅项链，那就更像沙僧了。"我说我不做沙僧，我要做唐僧——是谁，送你来到我身旁——这个卢寡妇又一把握住我的把把，于是我就动弹不得。她又问："你有什么法子给你二叔土葬呢？"我嘘了一声："这事情你还是少知道点为好。"

在我三十岁时，我二叔骑着自行车，一头栽到碧河里去。河水滔滔，捞起来时他已经面目全非，我对此深感内疚。

那一年，我二叔从长乐庵下来以后，臭骂那群尼姑一顿。但没过多久，他就不骂了。他成为长乐庵的常客，并且和住持静安师太成为好朋友，每天都去和她交流《圣经》的心得，用他的话说是中西合璧，碰撞出很多火花。他说师太身体不适，有些老毛病，他用他多年修炼的内功，刚好可以治好。

我不大相信这些鬼话，果然，不久后就证实了我的看法。那天中午，午餐吃鱼，我二叔和我聊捕鱼的事情，非常健谈，滔滔不绝。我不耐烦地应付着。紧接着，他话锋一转，便说到，他已经把墓地落实好了，就在长乐庵的后面，静安师太说可以给他一块地，还能出点钱，给他刻墓碑，而且保证没人敢来挖坟。"关于火葬，我知道你一定有办法的，怎么说，你也是村长的儿子，我知道你一定有办法的。"我登时火冒三丈，把饭碗一摔，不吃了。

我二叔一直坐在餐桌旁，小心翼翼地吃着鱼，他皮肤白皙，伏在那里的样子像一只专注的白猫。我和二叔的冷战开始了。但我不知道为什么要生他的气，到后来，不再和他说话只是　种习惯。我很多时候对很多事情都无言以对。

每次关门出去，我都会让门发出"嘭"的一声巨响，由此推测，我家的那扇门一定非常讨厌我；而二叔出门时，总是踩着碎步，用屁股引领全身，非常小心地退出去，一点声音都不会发出来。

六

我这么穷，穷得只能静静坐在夜的黑暗之中。黑是彻底的，把我裹得紧紧的，没有留下一丝缝隙。我在黑暗中坐着。我刚从梦中醒来。梦中发生警匪片，彼此的枪都对着胸口。都说别乱来，别乱来，大家冷静一点。慌乱中对着我胸口的那把枪颤动了一下，那个耀武扬威的人大呼走火。于是我感到子弹似乎穿过心脏。怎么可以这样？心脏的部位酸酸麻麻，故事谢幕，退场了。我还没开枪呢！退场了？他们妖媚的老婆都和我无关……我刚从梦中醒来，心有余悸。我爬起来，颤着步子出去撒了一泡尿。正当我拉上裤子转过身来的时候，我发现在我身后站着一个人。我惊叫一声"鬼啊"，感觉到天地有点晃动。定睛一看，不是别人，正是我二叔。

我二叔站在黑暗中，眼睛看着我。他对我说："人是孵出来的。"我冷静下来，没有说话，从他身边绕过去。我们的冷战一直在持续。

接下来几天，我一直感觉到有人盯着我的后脑勺看，但转过身去，又没人。一紧张，我就抽烟。我点烟的时候，也感觉有人在后面看着我，于是停下来，往后面看。后面是墙，墙上有个绿框小窗，窗外竹影婆娑，啥都没有。我望着窗外，打火机在我手里点着，发烫，我哎呀一下，一松手，它就灭了。嚓嚓，我再次打上火，点烟，卟呼卟呼，深深抽了两口，呼了一口气，看着天花板。

我二叔的自行车丢了。他一直放在门口，但这一次，终于丢了。偷车贼一定没有跑远，这么一个小村子，我一定把它找回来。

于是他就去找了。最后在旧车市场被他找到了。但人家说要钱。

"我自己的车，我拿回去，凭什么要给钱？"

"你凭什么说是你的？我这是卖旧车的，有人把这车推来，卖给我，我买了，花了钱，你一来就把车推走，这不成道理！是你的，你给个凭据！"

现在的自行车又没有什么牌照，我二叔确实找不出什么凭据，可以证明那辆车是他的。他只能反复强调，他整天骑着那辆破车走来走去，多少人都看见了，这是他的车。

但卖旧车的老王说："谁知道你会不会缺钱花，把车转给别人了！"两人越说越激烈，真给打起来了。

最后还是我，花了钱，把车给买回来。车回来了，我二叔也不说什么，但眼里分明有些感激。他出去买了一把好锁，牌子叫"奈我何"，锁在破车上。这完全是浪费一把好锁，但也不好去说他。过了几天，他又把钥匙给丢了，天上地下找钥匙，没找着，坐在门口，望着破车上的"奈我何"发呆。

在半步村生活，最大的本事，就是要学会如何发呆。可以说，除了发呆，人生的其余部分，都属于盲肠阑尾，可以切除。我们整个家族，都长了第六根脚趾。这大概也表明这个家族的人都通通可以切除。我父亲是个昏头昏脑的村长，虽然他自称是半步村有史以后最有智慧的村长，但他除了给村里造了一座碧河大桥以外，剩下的也就是张三的水牛李四的犁铧这些芝麻小事。"事小心大，别小看这些小事"——他经常这样说，但他也知道没几个人认同。就说那碧河大桥，最后又被证明是豆腐渣工程，当然，全村人都被工程队给坑了，但大家都认为是村长收了好处。以前的感激慢慢演化为愤恨，桥所带来的便利已经全然被忘却，而变成一个罪证。及至发现我二叔竟然是因为碧河大桥断了，掉进河里淹死的，他们更是变本加厉，大骂报应。所以，当我二叔躺在祠堂的灵床上，许多人还过来问候吊唁，其实是冷冰冰地要我这个傻子去复述故事，复述所有的悲伤。

不过这些都是后来的事，当我二叔对着"奈我何"发呆的时候，一股哀伤的感觉涌上我的心头。于是我摔门而出，去找卢寡妇。一进门，卢寡妇又熟练地握住我的把把。自从上次误伤了我的腰，这个妖精开始对我温柔起来，声称要用她的柔情似水来融化我心头的焰火。于是我决定送她礼物。当我把我娘留给我娶老婆的玉手镯戴到她手上时，她欣喜若狂。她问："这个可以值很多钱吧？"我点了点头。她又问："你送给我，我是不是可以随意处置它，包括卖掉它。"我想了很久，也点了点头。她大呼："那太好了！"但又说："还是等以后吧，虽然它戴在我手上，我总怕会碰坏它，不如钱放在口袋里安心。但还是要戴一段时间的，因为我确实很喜欢它。"看着她高兴的样子，我竟然呜呜地哭了起来。她把我抱在怀里，并说："如果你舍不得手镯，我可以还给你。"我摇了摇头："我不是因为它哭，你卖掉它吧！"

但这个妖精还是比较有良心，她是等到我死了二叔以后，才托二牛子到市镇上去卖掉它。她说，她怕我没有钱可以葬二叔，反正手镯也是我的，卖点钱，我们分了它——"你二叔也不容易，死得这么难堪，让我想起他风光时候的样子。"

七

我们没有动,是时间穿过了我们的身体。同时,时间也穿过墙壁、镜台、树木诸如此类的其他事物。时间在这些事物身上表现出不同的速度,就如台风穿过村庄,阳光穿过树林。这个身体最终将千疮百孔,就如破败不堪的房屋。生命越吹越薄,最后,房屋终于是要倒塌的——有一天时间停了下来,我们就被流走了,冲得无影无踪,化为灰尘。

但我二叔对于时间的认识,很明显没有我的境界高。我二叔说,人是孵出来的。他认为人出生以后,身上还是覆盖着看不见的壳。三十岁,他说,就在三十岁,人身上的壳就开始变软变脆,最后破掉,那时灵魂才刚刚出生。这种看法,在我这个聪明人看来,是十分不成熟的。然而,也正因为这样的看法,他的恐惧,带着悲伤,或者说,他的恐惧来自他的悲伤,带着燕子低飞的姿态,像深夜里的呜咽,让人忘记了他的风光时刻。

我二叔最风光的日子,是在那个大食堂里。现在大食堂已经破落,人们将它当牛棚,一股牛粪的味道十分浓烈,整天臭烘烘。但在时光还没有完全穿过它之前,这里曾经是整个村子的食堂。人们把家里的粮食都聚集到这里来,开始吃大锅饭。卢寡妇那时还小,但眼睛却是异常清澈。她还记得我二叔站在食堂的饭鼎之前,手中握着巨大的铁铲为人们打饭的样子。她说,我二叔通常是一声大叱,扬起手臂,把铁铲举得老高,然后又是一声大叱,铁铲轰然落

315

下，直扑大鼎中香喷喷的饭。"大伙的心都提到喉咙头了，眼睛里只有那铁铲！"卢寡妇说。饭铲插到饭里时，大家的渴望就达到顶点，因为用劲大，所以这一铲下去，满满的一铲饭，令人垂涎。但紧接着，我二叔用右手（他是个左撇子）接过人们递过来的饭盆，像一个神一样开始分饭。

卢寡妇说，每次都是那么奇怪，眼看满满的一铲饭，落到饭盆里，手一颤抖，白米饭却被均匀地分成若干小份。是的，我二叔从来都这么得意他这么一手功夫。这样做事，总是感觉良好——全村的人要吃饭，就必须看他眼色；但饭的分量必须控制。这样既给人恩惠，又吊人胃口的事情，我二叔做起来是风生水起。

"他总是会在第一次给我打少一点，第二次给我打多一点。"卢寡妇在我二叔死后神情悲戚地回忆当时的情景。"这样一来，我就可以很快吃完第一碗，才能赶上吃第二碗；很多人都是吃完第一碗，就没有吃到第二碗。"

我二叔对吃饭是这样理解的：他认为蛋壳没有破之前，人就需要吃大量的饭来填满空间。等到壳破以后，吃得太多，就会生病。"因为装不住嘛，都漏掉了。"又问我："你开始漏了没有？"我摇了摇头。他说："你骗人，你今年就三十岁了。"说着他从他的抽屉里抽出一本书来，晃了晃又放了回去，并说："过几天你生日，这本《圣经》就送给你。你开始漏了，需要读《圣经》。"

我摇了摇头。小时候我父亲让我背《易经》，现在到了而立之年，我二叔倒是要我读《圣经》。我抬头望了望天空，对我来说，此生最神秘最令人神往的事，是仰望星空。但此时我二叔又指了指胯下他的老家伙，对我说："我本来没有漏的，但你爹在火炉里一叫，我就全漏了。你看，它现在安安静静，萎掉了。还是别把我拿去烧，墓地长乐庵静安师太都给我选好了，非常隐秘，不会有人去扒。看在你爹的份上，你只要把我放到里面用土一埋，就可以了。"

于是我反驳他："你说人是孵出来的，蛋壳一破人的臭皮囊就可以废弃了吧，灵魂才刚刚出生，对不对？"

"对！"

"那么小鸡都孵出来了，蛋壳拿去烧掉，又有什么所谓呢？"

"你……你……你……"

他登时语塞，过了良久，才说："你应该从蛋壳的角度考虑问题。"说着，他又一次像一个输了钱的赌徒一样走开了。

八

当我看到二牛子黑不溜秋的脑袋从卢寡妇的门口探出来时，我没有意识到这个人很快就要死掉。他还是那样幸灾乐祸，嬉皮笑脸。

二牛子从卢寡妇家出来，手里拿着我送给卢寡妇的玉手镯，身上有一股甘蔗的味道。他看到我神情有点慌张，但很快就幸灾乐祸起来。他对我说："傻正，你二叔刚死掉，你就开始来卢寡妇这里换气啊？不用这么看着我，我来取手镯，是要帮她拿去市集卖掉，钱还是归你们的。"他把"你们"念得特别重，让我感觉我和卢寡妇能组成"我们"。

他故意说得特别大声，似乎不是说给我听的，而是说给卢寡妇听的。卢寡妇衣衫不整地跑出来，一把将我拉进屋去，一进门就伸手往下一掏，动作非常熟练，然后她判断说："它怎么无精打采？别怕，很快就龙腾虎跃！"我闻到她身上也有一股甘蔗的味道，而这味道是她一贯所没有的。卢寡妇身上的味道是一股酸橘子味。只有二牛子那种经常跟牛在一起的人，才有甘蔗的味道。但我很快就没有办法思考这些问题了，因为卢寡妇用她的胸脯把我点燃了。我积极配合，因为我想证明，到了三十岁，我还没有漏掉。此时，我二叔还躺在祠堂的大灵床上，无论我证明的结果如何，他都不得而知。

这时风吹起窗帘，阳光飘了进来，那么亮的光让我不寒而栗。为了让我不再战栗，我挥出手掌，打了卢寡妇一记耳光，她竟哈哈地笑起来。我看了看自己的手掌，突然感到怒火中烧，便又打了一掌。这一巴掌打在她的屁股上，她更是热情高涨，快乐地呻吟。我从她灼热的眼神中可以看出，她对这样新鲜的游戏，对我在打这个动作中所表现出来的创意，十分满意。我更是怒火中烧，打了起来。终于，她呜呜地哭了起来："别打了，别打了，我不玩了……跟个傻子玩，一点情趣都没有……啊，啊，别打了，你滚开，啊——"

她踹了我一脚，我滚了两滚，从床上滚到地上去。我翻身坐起，背靠在床沿上，不住地喘气。低头看时，我的把把斗志昂扬，笔挺向前，有种火辣辣的快感。这时窗帘又再一次被吹了起来，我又看到了阳光，这一次，我的脸部肌肉竟然控制不住地抽搐起来。我在颧骨上揉了几下，但还是感到脸上的肌肉正在跳动，仿佛眉眼口鼻想彼此交换一下位置。我回头看时，卢寡妇也累了，她赤裸裸地躺在床上，躺成一个大字，眼睛笔直地望着天花板，如果不是不停起伏的胸部，我一定以为她死了，因为她的眼神和我二叔没有什么两样。

我坐在那里，仔细地抽完了身上最后一根烟，同时想起我二叔，我知道他还躺在灵床上，我知道我还有事要做，我知道我必须去找一个我不愿意找的人——孙保尔。因为我已经决定了：要把我二叔的蛋壳交给土地，而不是交给大火。我二叔一直知道我有办法，因为我认识孙保尔。但他一直不提孙保尔，因为知道这是罪恶；我也一直不想孙保尔，因为这是罪恶。此刻，阳光这么刺眼，我几乎都看得见我身上的罪恶。但我是傻子，不管是否罪恶——我穿了衣服，夺门而出。

卢寡妇大叫："神经病，爽完拍拍屁股就走，你到哪里去？"

我头也不回："这就不能告诉你了。"出了门，我又伸个头进门去，对她说："我不拍屁股也是可以走的。"

"滚！"她一声大叱，一只鞋从屋里飞出来，正落在一条臭水沟里。

我沿着碧河一直往下游走，我知道这样就能找到孙保尔，那个无恶不作的家伙。

九

我二叔不会再回来了。他的灵魂已经挣破了蛋壳，难怪，那天早晨，我看他一个人坐在那里。早晨是那样忧郁。他的头发已经很长，又很蓬松。早晨，这个将死之人坐在那里，就如一棵落叶缤纷的枫树。

在碧河边走，我一脚把一只癞蛤蟆踢到河里去了。我发觉踢这个动作很洒脱，那只癞蛤蟆也感受到了洒脱，所以他在河里吐水泡，不停地对我表示赞赏。

孙保尔，我叫他阿保，人们叫他孙保尔。我开始想，进门之后，我应该对孙保尔说什么呢？我应该说：孙保尔，我来找你，想和你要一具尸体，去顶替我二叔的尸体，我二叔的尸体要拿去埋，不能拿去烧，我和你要一具尸体，拿去烧。我摇了摇头，这样的话一出口，大概孙保尔会当胸给我一脚，把我的世界踹成黑白两色。那么，我要从他父亲和我父亲的关系讲起，讲义结金兰，讲我父亲对他的恩惠，然后再讲我二叔是怎么死的，讲前天早上我二叔坐了很久，起身出门，骑着车直奔死亡而去……但孙保尔是个急性子，可能没等我讲完，他就一刀将我宰了。

但估计他也不会宰我，那把刀是用来杀猪的，虽然偶尔也杀人，但孙保尔不杀兄弟的。或者我应该要挟他，告诉他，碧河大桥从中间坍塌，他也是有责任的——那个施工队就是他请来的，他一定还收了黑钱，他一定会狡辩，但或许他也是被人骗了，他那么讲义气，一讲到义气他就傻乎乎的。我是不是应该先跟他讲义气？可是他根本就看不起我这个傻子，换言之，他看不到我身上的聪明。他整日腰上别着一把杀猪刀，假如不是因为我傻，他也不会喜欢和我讲心里话，大概我二叔也不会认为我和他关系不错。谁知道呢？或许他和我谈话，也只是为了亲近我爹，把碧河大桥的项目拿下来。我爹死了以后，他就没有再和我做朋友，也没有再让我给他练功。那阵子，他在练一指禅，和我谈心完毕以后，他就对我说："傻正，站住，挺胸！"我就立正，眼望着他。他开始运功，我知道他的指头就要戳向我的小腹，于是我赶紧呼吸急促起来，把腹部的肌肉都绷得紧紧的。但他通常会虚晃一下去戳我的命根，我大惊失色，漏了气，于是他一个指头像锥子一样就扎向我的小腹，这下我就瘫坐下来。我一定要瘫坐在地上，以前没经验，我还硬挺着，结果他很疑惑地看他的指头，怀疑自己练功不得法，所以要再试，再试，再试，直到把我戳趴下为止。后来，我又听说他在一指禅的基础上，开始摸索点穴。我一想，这个可不是玩的。戳小腹已经有时候让我小便失禁，要是再加上点穴，那我还不变成布娃娃。于是后来，我老远一见到他，就拼命地逃跑，做梦都在逃跑。我老是梦见枪匪战，梦见子弹奔着我的小腹过来。

猛一抬头，已经来到孙保尔的杀猪摊，门关着，里头亮着灯。我停住了，实在想不出好办法。我想起刚才踢癞蛤蟆，觉得这个动作还是比较洒脱。于是，我抬起脚，嘭的一声把木门踢开。反正一会大概也会挨踢，先踢一个做本钱再说。

我一进屋，一股血腥味就熏得我一阵恶心。我奇怪为什么还有两个小伙子能在这屋里待着，而且还在昏黄的电灯下津津有味地打着扑克牌，他们很明显是被我吓了一跳，瞪着我看。此时里屋传来孙保尔的声音："出什么事？"

"老大，有人砸场！"

"奶奶的！吃了虎胆了！"我听见铁腰带扣上的声音，屋里还有女人"咿呀"一声。紧接着脚步声传来，小门开了，一个人箭步向我扑来，我还没看清楚，就被按在桌子上，感到后颈挂着一把杀猪刀，冰凉冰凉，然后裤子也被解了下来，风吹屁股凉飕飕的。另一把刀顶在我的命根上。这是他打架时的惯用绝招，我看了无数次，但还是第一次亲身感受，心中一阵慌乱。果然，就听孙保尔哑着声音："说！你要上头还是要下头，要大头还是要小头？"

我呜嘛一声哭了。孙保尔一听声音，咦了一声："这不是傻正吗？帮他把裤子穿起来，大白天点什么电灯，关了！"

"老大，屋里黑。"

"黑就黑嘛，你怕鬼啊！傻正，找我有什么事？"

"我要一具尸体。"

孙保尔似乎听错了，哈哈大笑："只要我没把你的蛋蛋掏下来，你就还活着，没变成尸体。"

十

日子使人感到厌倦。日复一日的食欲和性欲也使人厌倦。对厌倦的厌倦，更让人厌倦。

我告诉我二叔，很多人最终都变成屎。人死了，本身就会成为食物。有人还专门举行天葬，让天葬师用锤子把骨头敲碎喂秃鹫。也有人海葬，最后是喂鲨鱼。鲨鱼嘴巴比较大，一口咬掉上半身，再一口吃掉屁股和双腿，剩下零星的手啊耳朵啊，它不一定感兴趣。总之这些骨头会被动物胃里的酸液化软，然后消化吸收，再变成一坨屎被拉出来。天葬是鸟屎，海葬是鱼屎，土葬就是虫子屎。

我二叔默然良久："我不想变成一泡屎。"

我又进一步跟他解释，只有火葬，烧成灰，谁都不会吃掉你，也不会变成屎。但他说，火葬也等于被火吃了，成了一堆灰排出来，本身就是一堆屎。

我一想，这样说也没错，竟也无言以对。

我二叔乘胜追击说，火烧以后皮肤首先起泡泡，接着被烧硬了，裂开，如果这时有感觉，你还会喊痛，但为时已晚，大火还是会把你一口吞掉。先是把你的皮肉烧成胶状粘在骨头上嘶嘶作响，然后骨头也变脆，散落一地，再然后，渐渐就没有了骨头的概念。大概头骨是比较硬的，还能留下来，给铁锤敲一下，变成几块。人们随便抓一把骨灰，放到盒子里，再拿出一块大小差不多的头盖骨，盖在上面。你可以看到白色的骨头上有一些黑色的窟窿。自此，音容笑貌就必须靠照片来追忆。当然，我二叔没有说得这么斯文。他说的是："自此，谁也不知道你的把把是长是短，是硬是软；如果是美女，一烧，连乳房也不见了，那有什么搞头？"

我又一次无言以对，只能举目从门口望去。一条土灰色的路一直延伸到远方，如果把一个人放到路上去，那么这条路无疑是一个无穷尽的条形棺材，它那样空旷，令人心里发慌。

我二叔将《圣经》交给我做生日礼物之后，就把自己交给了那条土灰色的路，一直到他跌进江里淹死了。据说那天出现了轻微的地震，有一些女人吓得穿着内衣跑到街上去。我那时正躺在藤椅上睡觉，对此浑然不觉。人们在街上站了一会，觉得世界又恢复平

323

静，都纷纷回到屋里去。就在这时，碧河上传来一声巨响，把我吵醒了。接着就有人大喊"桥塌了"，于是大家又朝窗口像乌龟一样探出头来，等确证桥已经断了，便开始议论纷纷。我这才想起我二叔出门时对我说："你今天生日，就别去钓鱼了，我到市集上去买，你躺着睡一觉，我做了饭就叫醒你。"现在想来，他的背影是那样消瘦，简直就像一条鱼。而我对上苍这个暗示，竟然浑然不觉。

我对孙保尔说了这些，并告诉他："就说我二叔吧，人其实也挺好的，我本来应该待他更好一些，但我却还经常和他争吵。就说火葬吧，也没有什么不好，符合国家政策，但他老人家活着的时候，一直都怕火，但居然在我生日那天，要为我做饭，你说，这能不让我感动吗？"

孙保尔坐在椅子上，做了一个非常夸张的手势，并说："感动！"

"你这分明是应付我！"我勃然大怒。

"你这个傻子，你瞎嚷什么，我一腔真性情——谁不知道我孙保尔是性情中人，你再这样说我，我可要戳你肚子了！"说着，他竖起了中指。

我一听吓了一跳，憋了半天才说："那你给我弄一具尸体，我拿去烧，然后，我把我二叔运到长乐庵后面去埋掉，怎么样？"

孙保尔摇了摇头："我去哪找尸体？我好久不干那一行了，现在专心杀猪，要不借你把杀猪刀，你自己去外面砍个人回来？"他嘿嘿一笑，把一把杀猪刀往桌子上一插，黑油油的刀就立在桌面，像一个士兵。旁边两个原先在打扑克牌的，这时也开始起哄："去啊，你就一个二叔，你忍心他又被水泡，又被火烤吗？"

孙保尔又说："去啊！我把刀都借你了，怕什么，刀是我的，你砍了人，别人只说是我砍的，谁知道是你啊？去啊！"

不知什么力量使我竟然有勇气去拔那把刀，看他们都很高兴，于是我就想，我只要拿着刀出门，逛一圈再回来，再想想办法怎么要到一具尸体。

于是，一个傻子就这样提着刀出门了，大踏步走上了那条土灰色的路。

<h1 style="text-align:center">十一</h1>

我提着一把刀出门了。明晃晃的阳光还是照在我的身上，我感到冷，持刀的手开始发抖。我整个胳膊都僵直了，于是我换了一只手，但它还是不停地颤抖。我深呼吸，祈祷心中的音乐响起。没有音乐。这是一个安静的下午，连喜欢过街的老鼠都没有——大概它闻到了我刀上的血腥味了吧。只有蚂蚁没有闻到，它们成群结队，从一个草垛到另一个草垛，不疾不徐，但坚定不移。

我没有坚定不移，站在路口，我开始感到疑惑。生活总是引领我去做这个决定，又做那个决定，我对此总是感到无能为力。时间把我放在某个点上，让我不由自主地向前滑行。而现在这个点，叫作杀人。这让我想起了同样阳光灿烂的下午，我父亲在家里杀鸡的情景：他一时失手，把鸡头给砍了下来，那只没有头的鸡在后院里快速奔跑，拍打着翅膀，左冲右突，有几次还撞墙，红色的血被甩得满地都是。

很多事情都可以快乐而美丽地开始，而结束时，却异常悲伤而沉重；一如生命，一如爱情。在别人的笑声里开始，在自己的泪水中结束。

但这一次，我没有杀人，也没有杀鸡，我杀牛。这头牛就拴在碧河边的槐树上，我走过去的时候，它一直非常警觉地看着我。太阳斜斜地挂在大上，不时穿过槐树的叶子，照耀我的眼睛。我眯了眯眼，看清眼前的一切。我想清楚了，既然已经出来了，总应该杀点什么，杀牛总比杀一个人要好一些。

于是我出手了。第一刀就捅在牛的脖子上，并没有中要害，但鲜血已经开始往外冒了。牛挨了痛，急得团团转。我转了个弯，第二刀划过它的肚子，依然不是要害，但疼痛一定传遍了牛的全身，要不是鼻子上系着绳子，它一定向我扑来。这是一头黑色的水牛，很瘦，却很精神。此时，我完全理解疼痛会使它的眼睛开始模糊。有一次我的脚趾出了故障去做手术，麻醉不到位，一刀切下去，我也有同样的感受：这个世界一片朦胧。

疼痛一定使这头牛开始愤怒起来，这种愤怒是盲目的。没错，牛开始咆哮起来，一直在跳，这加快了它流血的速度，也使它更加疼痛。但它毕竟是一头畜生。我深吸了一口气，扎了一个弓步，杀猪刀举过头顶，在等待第三次出招。

假如现在你远远地看着我，就会看到一个傻子手持杀猪刀，像一个武功高手一样玉树临风，而他的面前，一头水牛正在咆哮。

然而此时看到我的不是你，而是二牛子。二牛子也是一声咆哮："傻正！你为什么拿刀捅我的牛？"

"呀！有人来了，跑！"我撒腿就往孙保尔家里跑，路边的野草野花，都如一幅幅的图片，贴在我视线所及的各个角落。跑！我一口气跑回孙保尔家，一脚踢开门，里面三人，再一次惊愕地看着我，一个血淋淋的人，手里拿着杀猪刀，站在门口，下午的阳光从我的背后射进黑暗的屋内，所以他们一定看不清我的脸。

我回头一看，觉得奇怪，二牛子居然没有追来，这就好，这就好。

孙保尔倒是吓得不轻："奶奶的，你真杀了人？我孙某人从来不在附近作案，你这个傻子倒是……倒是倒是……杀了谁？"

"牛……牛……"我竟然说不出话来，直喘气。

"快，快去看看！"孙保尔对两个小的说。

"看什么？"

"还看什么？看谁躺倒在地上，给抬过来，看能不能救活！"

"哦！"两人应声而出，孙保尔继续絮絮叨叨说了一些话，没听清说了什么。过不了多久，他们把二牛子抬了进来。这回轮到我目瞪口呆——我捅的明明是牛，怎么二牛子身上会一片血红。只见二牛子瞪着眼睛看着我，喉咙嗬嗬地响着，嘴角流出血来，已经说不出话了。

两个小伙子解释说："去的时候牛死了，人也已经这样，也不知道人是这个傻子捅的，还是牛角顶的，反正已经出血了，估计没救！"

孙保尔一巴掌扇过去："娘的！估计没救你们还往我这里抬？"

"那……那现在把他抬回去？"

孙保尔又扇了一巴掌，没打中："蠢蛋！把他身上值钱的东西都给我搜下来，把尸体交给这个傻子去火葬！国家每年失踪那么多人口，多一个不多，少一个不少，现在再抬回去，刀是我的刀，不管是不是傻子捅的，我们几个逃得了干系吗？娘的，你这傻子，你怎么真杀人了呢？你怎么真杀了呢？要坐牢的！"

我没有！是牛！我闻到了 股甘蔗的甜味，却再也想不清楚·是我回头捅了他一刀，还是他被那头受伤暴怒的牛用牛角顶穿了肚子？总之这已经不再重要了，因为我不许别人再提——这堆血肉第二天就被送去火葬场烧掉了。而那天夜黑风高，孙保尔三人也帮我把我二叔埋在长乐庵后面事先准备好的坟墓里。

孙保尔拿到了那只玉手镯，我说是我的，他说："这个就归我了，你也别想拿回去，我已经是做了亏本生意。以前我弄到尸体，都是往大城市运的，放在运西瓜的卡车里，绿色通道，高速都不收费的，大城市需求量大，安全快捷。你这傻子，鬼知道什么时候人家会把你二叔给刨出来。"

"一具尸体能卖多少钱？"

"反正比一头猪贵。"

十二

女人的丑陋，很多时候是从自以为是开始的；而男人的丑陋，多数因为他们的人生只能如此，无法再继续自以为是。黑暗而绝望的色彩占了上风，这一部分人生，叫作中年。就像我现在，三十岁，我感觉自己没有足够的智慧来应付这样的人生。

因为怕人追查，怕人把他从土里扒出来（这一定是他死时的另一种恐惧，死了之后就不恐惧了），我发现我二叔的墓碑上没有刻他的名字，却刻着他无比熟悉的那句话：我的恐惧是一只黑鸟。这让我想起了他张开双手作飞鸟状的那个得意的样子。他小时候在乡间小路上，大概就是这样张开双手，将自己当成飞鸟一路奔跑吧。或者，在他心目中，恐惧就是这样一副得意扬扬的样子，至少在他死了以后，应该是如此的。正因如此，我却分不清，他的恐惧是不是一种伪装。再或者，他像一只黑鸟一样，跑得太快，跑过头了，错过了他所需要的东西，跑进了碧河里，跑进了另一片时光，在那里继续恐惧着吧。

那些年头，整个世界正在闹饥荒，我二叔开始修炼古老的辟谷术。他把自己反锁到房间，只带了一篮枣子，每天吃两个，而把本来应该属于他的那份口粮，留给了我和他的哥哥（也就是我父亲）。我父亲当时还没当上村长；而我十岁光景，正是长身体的时候，食量奇大，整日无所事事，在田间像只野兔一样乱窜，寻找可以充饥的食物。我每次回家，总会到二叔的门缝中偷偷看他。只见他总是神色凝重，一动不动，像一只懒惰的乌龟，端坐在那里。他后来告诉我，在那个境界之中，他感觉自己若有若无，仿佛世界不复存在，差点就开了天眼。我问他是不是跟要死了差不多。他瞪大眼睛，看着我："别乱说！什么要死，你懂什么？"

我辩解说："饿出毛病，就会感觉自己若有若无，是不是还看到五彩斑斓的图景？"

"你怎么知道？"

"村口那个瘸子薛医生告诉我的，有一次我饿晕了，就看到五彩斑斓的图画。薛医生说，每个饿晕的人都会如此。"

我二叔又一次无言以对。现在回想起来，我二叔的理论到了我这里来，经常会被破解得一干二净，多数时候他会无言以对，像个输钱的赌徒。这是因为我不单是个天生的傻了，而且是个天生的匪徒。如果稍加引导，我相信自己可以成为土匪中的霸主。如果给傻子以力量，那么傻子不但不傻，而且可以成就霸业。当然，这一切只是傻子的幻想（傻子的话，不必当真——叙述者注）。它和我二叔的不同是，我的恐惧来得非常真实，而我二叔的恐惧来得异常虚幻。而如果谈到理想，则刚好相反，我二叔的理想非常真实——他只想要一次土葬，让他亲爱的泥土把他和他的骨肉（也就是蛋壳）一起埋掉。如此看来，像黑鸟一样的恐惧，未尝不是一种得意扬扬的表现。而这种得意扬扬到了我这个世界，依然会成为无言以对。因为我可以让我二叔感到他的人生只能如此，无法继续自以为是。

对于黑鸟这种表情的解读，大概无数人会有无数的看法。但大黑鸟腾空而起的瞬间，它的悲伤是显而易见的。此刻，我在黑暗中坐着，嚓的一声打亮打火机，点了一支烟。过了一会儿，就听到有人正用钥匙在捅我家的门锁。如果来的不是小偷，那么大概是我二叔。多年以前，喝醉酒的二叔，也是如此小心翼翼地用钥匙费力地开锁。不同的只是他开门之后，见到的是他所习惯的黑暗；而不是现在，他会看到黑暗中有一个红色的烟头，在空中一明一灭。门锁被捅开了，但开锁的人一直站在门外，一声不响。

碧河往事

一

傍晚时分，周初来将戏班的事交代给儿子，独自穿过池塘柳堤，去柚园西巷看他的母亲。这些年柚园西巷的住户越来越少，大家都搬到碧河对岸的新屋区去了。这条小巷里那些熟悉的面孔越来越少，搬走了，或者永远走了。周初来不止一次告诉自己要多回来看看母亲，但马甲剧团居无定所，有时候半个月都来不了一次。不过巷子里人少了也好，没有当街哗啦的泼水声，也少了许多口角。母亲向来和邻里相处得并不好，她爱训斥人，谁家乱丢垃圾塞了水沟，谁家的猫偷了别人家的鱼干，只要被她看见，她都会找上门兴师问罪。大家表面上敬她三分，"大姐""大婶"喊得亲，但背地里不免飞短流长，甚至有人还怀疑她梦游，说她有一阵子凌晨四点就起来，大冷的天，她用折扇的扇柄挨家挨户敲门喊大家起床；也有人说她半夜会起来唱戏，还有菜市场卖菜的也说她有时会喋喋不休讲些数十年前的陈年往事。

只有周初来知道母亲已经多年不听戏不唱戏了，即便他的马甲剧团来到半步村，她也不去。她骂儿子的戏班弄虚作假，早该通通扫除："真的就是真的，假的，就应该扫进垃圾堆！"周初来不想争辩，戏本来就都是假的，这碧河六镇，压根就找不到一个戏班子会唱真戏，大家都是假唱嘛，只需要买来以前专业大剧团的录音带子往音响里一放，吹拉弹唱的声音就都有了，剩下的，只需要让演员跟着比画就好。遇到陌生的唱段，随时打开电脑便可现学现卖。嘴巴一开一合，熟练了形声也就浑然一体，谁都看不出破绽来。其实也没有多少人会留心所谓的破绽，因为这戏是逢年过节初一十五唱给天上的神仙看的，台下本来就没有多少观众。大家听说唱人戏，开始都来凑热闹，但一出戏三五个小时，没有多少人真有耐心看完。通常都是开始时人特别多，都围着嚷着，半个小时以后就剩下阿伯阿婆之类的老戏迷，再过半个小时，阿伯阿婆有的回家做饭，有的回家哄孙子睡觉，有的在台下打瞌睡，基本也可以忽略不计。但周初来对剧团的人说，无论有没有观众，动作都要做到位，天上的神看着呢！

二

"阿妈。"他叫了一声，推门而入。老太太正坐在天井的藤椅上，微倾着身体，背对着周初来，一动都不动。周初来又叫了一

332

声，将手里的鹅肉轻轻放在餐桌上，绕到老太太前面，这才看到老太太正用一根红棉线给她那只梅花黑手镯打结。手镯戴在右手腕上，所以她不得不用残缺不全的门牙咬住绳子的一端，见周初来进来，她微微抬头，那双眼睛越过老花镜镜框的上沿看着他，眨了又眨。周初来不觉一笑。

他接过她嘴巴里的棉线，问她："绑手镯做什么？"

"绑结实点，多打几个结，系在我的手腕上，我怕它会掉。"

"不会掉的。"

"会掉！"

她说她最近每一次转身的时候，总能听到一声清脆的玉镯坠地的声音。她猛地一惊，左手握住右手腕，但手镯还在，稳稳当当在那里。她的手腕确实太细小了，瘦作为弱的前兆早就通过两场手术在她身上铺开了。她尝试过用一根小红绳将手镯系住，绑在手腕上，但也不好，因为夜里总是梦见蛇，红色的白色的，就盘踞在手镯上。于是就用剪刀剪下来，所以这几天来，她就不停地在打结剪开，再打结再剪开。这个手镯已经跟了母亲几十年，不肯离身，她经常紧紧握住它，任何人都不许碰。有时候周初来多看一眼，她都不太高兴，说他愿意喊她阿妈，纯粹是为了图谋她的手镯。"我会考虑应不应该传给你。"最近她说，"毕竟这东西，不是我们的。"对此周初来哑然失笑。这手镯墨绿以至于深黑，发出一种无法描述的光芒，无论谁看了都会喜欢。

有一阵子她身体不好，她总疑心是手镯在吸她的精气。"它正在缓慢吸走人的精气！"她举起手腕对周初来说，她知道罪魁祸首就是这只手镯，但她愿意给它吸。"你看，要不是我给它输精气，它哪能如此温润？"

"那就别戴了，阿妈。"他顺口说说。

老太太警惕地看着他，说："我愿意。"

他只好再笑笑说："没有，我买了鹅肉……我最近忙，可能要出去半个月，如果生意好可能要一个月。"

三

马甲剧团居无定所，哪里需要请戏，就到哪里去，"所歇老爷宫，所交大神明"，没有固定的粉丝，往来都是陌生人，大家也都不懂戏。最风光的一次还是出国演出，一个有钱的华侨生日，喜欢听戏，经碧河镇上一个朋友推荐，搭上了线。开始周初来还很忐忑，后来发现那里的人也不怎么关心是不是真唱，就大着胆子去收获掌声。那是剧团最荣光的日子。这些年戏班子生意并不好，请戏的村子也越来越偏远，都是以前给钱都不去的地方，一来一回都得好些天。但毕竟在碧河混了这么多年，各个村也都有一些固定的联络人，他们负责联系请戏，赚取回扣，所以排期还算过得去。最让人忧虑的是现在的年轻人都不愿意玩这个，他们宁可到手机、服饰的专卖店帮人家看店发呆，也不愿意画脸谱唱大戏。有志于戏剧事业的，科班出身，都会去找专业戏剧团，也瞧不上这种黑不溜秋的戏班子。这大概是民间剧团纷纷倒闭的主要原因。当然，福建过来的戏班子抢占市场也是客观威胁，在周初来看来，那些戏班子都根本不专业，开出的戏金都很低，纯属恶性竞争，活生生把市场搞坏了。

但周初来最近运气不错。有朋友介绍了一个女的，想要加入戏班，叫韩芳，四十来岁。周初来开始嫌她太老，但她说不计较薪金多少，只要够支付她儿子读大学的生活费就行；再一亮嗓子，竟然是有底子的，化了妆在台上转了两圈，周初来心里已经有了想法。这是近十年来马甲剧团第一次请到真能开腔唱戏的人。他让人在电脑上将《金花女》的音频剪辑了一下，每次轮到金花女的唱段，就只有背景音乐；韩芳跟着唱了几回，很有点模样。

也巧，刚把这出《金花女》排练好，半步村就来请戏了。半步村已经好些年没请戏了，这次听说是村书记一年前许诺，如果栖霞山下那三百亩香蕉林地能卖出去，就出钱还愿唱戏给神看。许愿灵验了，谈判顺利，合同已经签了，一切妥帖（虽然有人抗议，说修建化工厂会污染水源，但并不碍事），所以要请戏。地点照旧是在晒谷埕，南边的戏台还在，那是几十年前重修过的，花岗岩墓碑垒起来的地基，很结实，当年批斗"黑五类"，把人的脸往台基上用力一磕，就跟磕鸡蛋一样，能听到一声骨头的脆响，很坚固。唱样板戏的时候，顶上本来有盖，不是这么空空荡荡的，但不知道哪一年台风把顶盖给掀走了，只剩下光秃秃的四根四方柱子，对着安静的星空。

拜神的大棚早就搭好了，全村神庙里大大小小十几座神像都被请到这边集中供奉。大竹棚正对着戏台，棚前面烧着巨大的龙香，一根根像士兵那样一列排开，无风之时烟柱笔直，微风则烟雾缭绕。

母亲开始不愿意来。周初来试探着说，这回戏班里来了一个会真唱的，想请她来点拨点拨；再说她生日也快到了，也算是提前祝寿。老太太好像没听他的话，只顾缠她的线。他以为这事不行了，没想到临走时，母亲突然说："好吧。"他想确证一下，母亲却又不理他了，只是低头缠线。

四

傍晚热气散去，人不多，周初来才将母亲接过来。藤椅被摆在最中间的位置，她坐上去，周初来才嚯地把大雨伞打开。没有雨，只是增加点这个位置的仪式感。《金花女》已经唱了大半，演驿丞的是周初来的儿子，鼠头鼠脑，一看奶奶在下面坐着，猫着腰跳得起劲，蛮像那么回事。周初来很少到台下来，这次在老妈旁边站了会儿，才看到戏台上真的十分寒碜，道具不到位，就连遮挡的幕布也脏兮兮的，音箱里传来噗噗的声音，就像一头老牛在里头吹气。周初来自己不免有点局促，偷眼看了下老人，老人看得很认真，只是脸上比较漠然，看不出她是高兴还是讨厌。

韩芳出场的时候，老人好像提了点精神，头开始往前伸，一会儿又摇摇头，一会儿又点点头。不久，老人竟然跟着哼唱起来："念妾身金家人子，祖居南山通都有名。金花奴名姓，金章我亲兄，配夫刘永荆钗为聘……"有那么一两个瞬间，周初来分明听出母亲唱的略略比韩芳唱的快了半拍。

他假装没有注意到这些，只仰着脖子看台上。

336

突然有人拉了一下他的裤子，原来是母亲。她让他弯下腰来，"这姑娘是谁？这是演得太投入，还真哭了？"周初来定睛一看，韩芳真的满脸泪花，妆都有点花了。演驿丞的儿子显然给吓到了，动作都有点跟不上声音，口型也对不上，幸好老人家眼花，看不清。

"这演得还好吧？"他问道。

"还不错，是可以跟她好好说说戏，说说当年陈小沫是怎么唱的。"母亲说。

"对，是该把戏传下来。"周初来说。

母亲说："你觉得她像陈小沫吗？"

周初来不知道该怎么回答。母亲的脸色突然变冷了。

母亲说："你今天是不是设局来给陈小沫报仇的？"

周初来愣住了，没想到这喜怒之间的转化丝毫不用过渡，只得赔笑道："阿妈，咱今天看戏，不动气。"

母亲说："我不动气，说实话，她离陈小沫还差得远。"

"是，是。"周初来说，不想多谈了，只希望这场戏赶快结束。

母亲点点头，看着台上，戏里失散多年的夫妻终于团圆了。

她好像长长地舒了一口气，周初来想让儿子把她送回去，没想到母亲突然说："戏唱完了，我请你的角儿去吃番薯粥吧，就到碧河镇上去，你开车。"

周初来为难地看着母亲。

母亲说："你不是想让我给她说戏吗？"

周初来惊讶地点点头，犹豫了半天还是决定遂母亲的愿。

337

五

碧河镇上已经没有专门卖番薯粥的店铺了。夜宵吃番薯粥已经是十年前的习惯了，现在的人们喜欢喝砂锅粥，可以放麻虾和甲鱼。面包车在碧河镇寥落的路灯下转悠了两圈，终于确定没有番薯粥，才在一家砂锅粥店门口停下来。

"卖番薯粥的怎么会都关门了呢？大概天气不好。"下车的时候老人对韩芳说，"以前，只有那些有钱人才能请角儿吃饭，我是轮不上的。"

韩芳忙说："阿婶，我不是什么角儿，只是年轻时候在省剧团跑过龙套，有老师指点了一下。"

老人似乎没听到韩芳说什么，却只管说她自己的："想当初，我们这儿最大的角儿是陈小沫，这手镯就是她的……"她像是想起了什么事，茫然露出了一个笑脸，随后又哈哈笑了两声。

周初来和韩芳都不知道她笑什么，只能跟着笑。他们围坐在桌子旁边。服务员过来招呼他们，也答应在粥里加放番薯。话题于是转向了番薯与饥饿，聊了几句，老人突然看到韩芳的额角上有一块乌青。

"刚才化了妆没看出来，被丈夫打了？"

韩芳摇摇头，没说话。周初来接过话："被村里人打了，就昨天早上，我们刚演第一场，就有村民来砸场……不是年轻人，年纪都比较大，不知道会不会是养老院的，他们不是反对卖地，是觉得

338

书记分钱太少。每个人口发一千多块，真的少，听说那几百亩地卖了好几百万，凭什么每人只发一千多……人家也只是说说而已，还不知道是不是真的分钱，也许一分钱都分不到。反正老人们意见很大，带头组织了年轻人出来抗议，祭神的竹棚不敢动，书记的人也不敢动，就砸我们。有个老人还顺手捡走了两个铜锣，我们不敢说，只有韩芳上去抢，被那个老人用铜锣砸到额头，险些破相。"

老太太听完点点头，脸色变得很严肃，再没有孩子气的狡黠，而是义正词严："还是要多听听老人的话。我们年纪大的人见的事情多，这个社会变成什么样我也不懂，但总得有个说话的人，现在就是少了一个说话大家都听的人，如果在以前，插把红旗就把你家祖坟给挖了。"

粥端上来，大家都不说话，嗦嗦喝着粥。静默良久，周初来也不知道要说什么。韩芳就想找个什么话题，她看到老太太手上的梅花黑手镯，就说："阿婶，你的手镯很漂亮！"

老人拿汤匙的手抖了一下，她坐直了，摸着手腕上的黑手镯，还有那根系在手腕上的红色棉线，"漂亮吧？"

"漂亮，看着眼熟，就像是在哪里见过！"韩芳本来想说在电视里看过，但怕老太太误会她说这是便宜货。老太太低头啜了一口粥，粥很烫，她吸溜了一口气。她缓缓抬起头来的时候，望了一眼天上的月亮，哑着声音说："抢来的。"

韩芳也笑起来："阿婶，你说这么漂亮的手镯，哪里有得抢，告诉我，我也去抢一只来。"

老太太扯了点纸巾擦了擦嘴，笑着说："那时候有个叫陈小沫的潮剧演员，你知道吧？"

韩芳说："以前听老师们提起过，据说唱《金花女》一级棒。"

老太太把手镯伸过去，让韩芳摸一下，又缩回来，接着说："'文化大革命'的时候，她被斗得很惨，他们让她把钉子敲到她师傅的脑袋上，说是让她戴罪立功。"

韩芳说："她敲了吗？"

老太太说："当然敲了，我们都看着呢，不敲不行啊。她还把这只镯子上交给我们，我帮她保存到现在。"

她微微抬着手腕，审视着那只手镯。

韩芳有点不知所措，看了一眼周初来，周初来朝她使了个眼色。

老人突然开口道："你说这算不算抢？"

韩芳不知道怎么回答了，支支吾吾地说："过去的事，我不懂。"

老太太点点头说："我们对不起她。"

过了一会儿，她抽了一张纸巾，将嘴巴擦了又擦，生怕擦不干净似的，然后对韩芳说："韩先生——"

"阿婶，我是女的……"

老太太突然好像换了一个人似的，直视着韩芳："韩先生，我以为刚才的戏，你有好几处没做好。《金花女》是南荆钗，分分寸寸都是法。你站在台上，就该是全剧的魂。这金花女不爱金钗爱荆钗，随夫上京，路遇贼人，流落回乡遭嫂欺，心中自然郁郁难平。但她是金花女啊，不是别人，心中有不平之气，更有无限柔情，惟有柔情可以抗恶……"

"阿婶，金花女很惨，我也觉得她很惨，但她都以为丈夫死了，能对谁柔情？"

"你先听我说，别打断我的话。人在命运最悲怆处，也应该有柔情，对亡夫有柔情，对驿丞有柔情，甚至对可恶的嫂嫂也该有柔情，唯有如此，所有遭难才有意义，才会楚楚动人。金花女是衫裙旦，介乎于花旦和闺门旦之间，亦庄亦谐，但怎么能流泪呢？你是在唱戏，不是在演戏。"

韩芳听得似懂非懂，不停地看一下周初来。周初来好像没有看到，脸色阴晴变化不定。

六

送完老太太回家，夜已经深了，面包车漂浮在黑暗里，车灯昏暗，只照着几米远的地方。

"你脾气挺好的，我还一直担心你会顶撞她。"

"没事。"

"我妈胡言乱语，你别介意。老人的话听过就算了，她回头又忘记自己说了什么，你别往心里去。"他伸手在韩芳的腰上掐了一下，力度恰到好处。韩芳没什么反应。她用后脑勺敲了敲车椅靠背的枕头："以后这种夜宵，你就别让我来吃了，老太太估计也不太喜欢我。"

"她怎么会不喜欢你，她一直看着你……就连你在台上流泪，

341

她都看到了。"

"我流泪也不是因为戏，是我儿子早上说中秋不回家来过了，要陪女朋友回家，刚好唱到'数月受尽千般苦'，不小心眼泪就下来了……老太太是不是看到我走神了？今晚是鸿门宴啊——听说你们半步村当年批斗人是蛮凶的，以前我们村的也是，应该说整个碧河的老人，很少没干过坏事的。"

"也不能这么说，那年代大多数人还是受苦受难，你不知道，以前她……"

"别以为只有以前打人的现在会变坏，以前受苦受难的，坏起来更坏——好了！不说以前的事了，这社会就是被这帮老人给害惨了。我前夫的父亲，有一回有个学校校长开车碰到他，赔了钱，他尝到甜头，有了经验，每个周末都出去碰瓷。后来孩子要在城里读书需要找关系，老头就只想起那校长，跑去跟踪人家，想再碰碰运气。老人的想法有时候跟小孩一样天真，那么快的车人家哪里刹得住，活活给撞死了。人家校长有文化，车上还装行车记录仪，把老头碰瓷的经过都拍下来，丢人都丢到家了。到了，就在这儿停，我自个走进去……你回吧，明天一早还要唱戏。"

"你一个人住？要不要我送你上去？"

"不要了。"韩芳的语气十分坚决。

七

第二天一早，周初来到了戏台，昨晚值夜的小刘蹲在台阶上刷牙，看见周初来，便挥着手里的牙刷，张开满口是泡沫的大嘴，含混不清地说："快进去，老太太一大早就在里头坐着呢！"

果然，老太太气嘟嘟在角落里坐着，知道儿子进来，她看都不看一眼。原来她昨晚想了一夜，得出结论，认为韩芳就是陈小沫的女儿，是来讨回手镯的。

"她说手镯看起来很熟悉，好像哪儿见过，这不是明摆着的吗？"

"没人会要您的手镯。"周初来苦笑着，都不知道怎么办才好。戏班的人陆续都来了，每进来一个人，老太太就把韩芳要讨回手镯的事说一遍，结尾还说要把韩芳赶出戏班，大家听了老太太的话都不知道怎么办。

韩芳是最后一个到的。她进来，老太太就别过脸去，不说话，左手紧紧握住右手腕的手镯。韩芳见大伙儿都看着她，愣住了。弄清楚事情原委，韩芳面无表情，转头问周初来："班主，那你看怎么办？今天还唱不唱？"

周初来也没有主意，旁边的小刘对他耳语说："老人就跟小孩一样，你不能总让着她，有时候就得凶一点。"

周初来觉得有理，走上前去，还没开口，老太太就说："什么都别说了，要不她走，要不我走。我走了自此就别进我家门，我在屋里腐烂也不需要你来收尸！"老太太站得笔直，话说得义正词严，转身又对韩芳说，"你妈就是我整死的，你爸逃香港被枪毙，总之我对不起你，对不起你们全家，但你想来抢我的镯子，没门！"

大家都面面相觑，不知道说什么好。

韩芳说："阿婶您认错人了，我妈不是唱戏的，我妈现在还活着，就在老家，身体比我还好，种了好大一片香蕉林，您要不信，改天我和初来带您去见见她？"

"你别花言巧语，你们就会花言巧语，你潜伏到我儿子身边到底有什么目的？我把于嫖给你还不行吗？妖精！我就剩这个儿子了，这些年他也没少受苦，你现在要来祸害我们家……"

"阿婶，您要这么说，我现在走就是了。"韩芳有点不高兴，她转身就要离开。

"不能走！我还没说完，等我说完再走。"

"那您说吧。"

"我也没什么好说的，"老太太的声音听起来冷冰冰，"我要你离开，但不是现在走。"

大家都笑了。周初来眼看越闹越不可收拾，便示意儿子上前去劝劝奶奶，但儿子摇着头往后缩，站在小刘的后面。周初来只得继续好声好气劝道："妈，时候也不早了，我们总要唱戏，您再这么闹下去，大家都做不了事，再说韩芳走了，谁来唱《金花女》，你不是最喜欢听《金花女》？"

不料老太太噌地站起来："我来唱！"大家都看了看韩芳，暗自好笑。小刘低声跟韩芳说："芳姐，看这情形，你怕要失业了。"

但老太太是认真的，她往中间走了几步。她走路有点晃，大家都怕她一跤跌倒就再也爬不起来。周初来赶忙把椅子挪到她旁边，希望她能扶住椅背。但她一挥手，让他搬开。周初来只得让人去角落里翻箱倒柜把二弦和小鼓找出来。平时有录音可以播放,这些乐器只是在停电的时候备用一下,周初来偶尔也拿出来练练手,没怎么认真拉过。

母亲咳嗽两声,手指就这样轻轻提起来,开腔了:"道旁堤岸柳依依,绿野蓝天燕双飞。京路万里郎无伴,孑然一身苦奔驰。倘若风雨偏袭单身燕,野店荒村有谁扶持?……"

戏棚里所有窃窃私语都停了下来,大家都不敢出声。老太太掉了两个门牙有些漏音,但气息浑厚,节奏恰到好处。刚才还是一个老态龙钟的老太婆,突然就变成了个韵味十足的金花女。

早有人听到了声响,跑到后台来围观,都啧啧称奇。老太太一口气唱了十来分钟,终于抵挡不住猛烈的咳嗽,停了下来。韩芳带头鼓掌,大家也都鼓起掌来。小刘对韩芳说:"看样子唱得不比你差。"

"比我以前的老师都好,我唱不了这样的。"

老太太扶着椅背坐下来,接过儿子递上来的茶杯,喝了一口。她气喘吁吁,却比之前更精神了。她用浑浊的眼睛环顾四周人的脸,恍惚间似乎回到了过去。她抬头问儿子:"你说,我比陈小沫怎么样?"

周初来点点头,一句话都说不出来。

老太太站起来,看了韩芳一眼,不再说什么,颤巍巍从后台的台阶走下去。在门口的时候,她不忘将她的黑雨伞带上当拐杖。周初来慌忙跟了出去:"你们开始唱吧,我送她回去就过来。"

八

日子就这样又过去将近一个月。老太太的兴致似乎越来越好，有一回还要周初来开车带她到栖霞山看看。车到山脚就看不到山了，只有林木葱葱；碧河上吹来的风一阵接着一阵，草树深处传来一声声沙沙的响动，仿佛万千野猪穿过玉米地。

"这里不错，要是我能埋在这里就好了，这里透气。"老太太举目四望，真的长长透出一口气，"你老爹最近总是站在门口看我，他怕是饿了，我估计时候差不多了。我前几天让石匠去找一块好石头做墓碑，你有空去帮我看看，挑一块好石头，别偷工减料。"她接着说，"石碑要挑硬的，磕着会疼，摸着冰凉，才是好石头。最好能和冰淇淋一样凉，夏天才不会太热，我怕热。"

老太太好像有预知似的，看墓地之后不久就病倒了。她不愿意到医院去，而让周初来先将衣柜最底层的衣服拿出来，帮她穿妥帖，说身子硬了不好穿；黑布鞋也穿好，鞋里撒了米。

她将梅花黑手镯退出手腕，递给他："还给她。"她最后看了那只手镯一眼，一切并没有她想象的那么困难。

她就这样静静躺了一夜，外面天还没亮，村子里的鸡已经叫了一声又一声。

天亮的时候，大家都来了。屋子里都是亲戚，大家似乎很默契，都没表现什么悲伤，只是小声地说话，该做什么，按部就班地就做着，好像就盼着这一天似的。

周初来想起石碑的事。他去找石匠，看一下石碑刻得怎么样了。石匠好像正等着他来，说石碑准备好了但没刻字。周初来看着他。石匠在口袋里掏了半天，掏出两张皱巴巴的纸来，说是老太太特意来写给他的，叮嘱他照着上面刻。

刻墓碑的石匠很认真地说："老人家前后来过两趟，给了两张纸条，两张纸上要刻的名字不一样啊，老太太也不解释。"

周初来接过两张纸条，一个上面写的是"陈丹柳之墓"，一个写的是"陈小沫之墓"。陈丹柳就是强迫母亲往师父脑袋上敲钉子的人。他闭了下眼睛，把写有"陈丹柳之墓"的字条攒成一团，扔了，把另一张纸条递过去说：

"刻这个——陈小沫之墓。"

遇见陆小雪

一

在遇见陆小雪之前，有时候我是崔浩，有时候他是崔浩。经过几年的谈判，我和他终于可以和平共处。比如清晨起床，出恭完毕，我会独自在厕所里发一会儿呆。这时臭气初散，我会对着镜子里的他说："嘿，你好，崔浩教授！"有时候会笑着说："崔浩你好帅！"更多的时候会说："走吧，去挤地铁吧，总得开始无聊的一天。"

大概每一座大城市都有一条恐怖的地铁线路，从早到晚都人满为患。就像地铁三号线。它会让男人庆幸自己是男人，不必担心被挤怀孕；它也会让女人深切地感受到，挤地铁成为她一天之中与这座城市的人们最亲密无间的一件事，必须在肉与肉的不能动弹中，身体所有的戒备和隔阂才会被迫放下来，以往所有的矜持此时都已失效。然而即使失效也必须继续装矜持——女人的眉头是紧皱的，

348

眼神是拒绝的，就这样冷冰冰地看着崔浩的脖子。因为她除了看他的脖子，视线也无处安放（闭上眼睛更有享受的嫌疑）。而崔浩只能假装非常正经淡定地看着地铁的顶灯（虽然那里什么也没有），以庄严的仪式感来假装对她挤压在他胸前的乳房完全没有反应。地铁的每一次颠簸摇晃都是个淫荡的节奏，他能清晰感受到她乳房荡漾的质感，但他们都表情严肃，一本正经。

好吧，我要承认我每当这个时候脑海里都会浮想联翩，胯下的小兄弟也正蠢蠢欲动。这种情况其实也比较罕见，要挤压多少大叔大妈、醉汉丑女、狐臭大哥才能碰到一个还差不多能让人冲动的美女。所以崔浩每天挤地铁都怀着一颗期待勃起的心，但结果每次往往都"阿弥陀佛忍忍就好"，真是人生的大尴尬。人生当然还有一些小尴尬，就如每次我在讲台上站着，我的"小崔浩"有时候也会抬头挺胸，这时候我总是庆幸前面还有一张讲台挡着，不然底下的学生一定笑翻了，第二天"崔教授上课勃起"的消息就会不胫而走传遍校园。

好吧，我只是一个大学讲师，大概因为平时不修边幅胡子拉碴，学生总会以为我很有学问，不明真相地叫我崔教授，我也乐意被这么叫着，显得很正经。

嗨，崔教授。

二

地铁的门终于打开了，所有正经人都下车了，像是这列地铁的分泌物。我也跟着下车了，车门在我背后关上的瞬间，我有一种房事已毕的失落感，不禁回头看了一眼。刚才和我挤在一起的丰满女孩已经消失不见了，站在我身后的是另一个瘦而高的女孩，我正想把头扭回来，她竟然对着我微笑挥手。我吃了一惊，重新转过头去看着她。我常常错误领会了别人的招呼，闹出接错招的尴尬，但这次明白无误，确实有人在朝我招手："嗨，崔教授！"

但瘦高女孩不是我的菜。

有时候觉得我是一个挺无趣的人，不抽烟不喝酒不吃辣椒，如果在古代我大概会喜欢在歌楼妓馆里头发呆，但现在嫖个娼都可能会上电视，太危险了。对于一个胆子太小的人来说，这不是明智的选择。还有一个情况需要说明的是，我这段时间正在创作我人生最重要的作品《论劣质文字提供商的悲惨命运》。有专心搞评论的朋友看了这部作品的前面两章，认为这是一部旷世奇作，说拿个鲁迅奖应该不成问题，甚至还有可能夺得王小波文学奖。这样的评价既在意料之中，又在意料之外。所以每次我在电脑里写下一段，哪怕这一段只有一句话，总要花费两倍的时间将这部传世作品誊抄在稿纸上，这样可以给后世的人们留下一些可以拍卖的手稿。为了让手稿看起来更为真实，我还故意写错字，留下了修改的痕迹。

唉，这些和勃起无关的事，我们就不再提了，还是说说我在地铁上的艳遇吧。在你们的意料之中，也在我的意料之外，这个已经毕业的女学生就叫陆小雪。她俏皮一笑，对我说："崔老师，刚才那女孩不错吧？我看你都醉了！"

"哪个？你说谁？"我只能装傻。

"好吧，崔教授，你就继续装吧。"她笑得更灿烂了。

我正想说什么，她的眼神直视着我，我退却了，尴尬笑笑。她倒是非常大方，依旧笑着说："您看起来没有他们说的那么讨厌——"

"既然遇到了，我想请教你几个问题，你说可以吗？"

就这样，一切按部就班地进行：我们在附近的停顿客栈咖啡馆吃了饭，喝了两杯鸡尾酒，我就跟这个女学生去开房；至于她请教我的问题，早就被抛到一边。事后她还表扬我很努力："我就喜欢大叔，还是大叔有节操，那些酒吧里认识的小年轻节操都碎了一地，做事都毛毛躁躁的，一点都不懂得深耕细作，床品很差。"在她的积极鼓励下，我们又来了一发，酣畅淋漓。

就这样，我们确立了炮友关系。省略掉中间的若干场景，最后她从床上一跃而起，将手里的杂志丢到沙发上，随手抓起地上的牛仔裤，往她的腿上套。她的腿很细，窗帘上柔和的光线透进来，这样的场景显得很不真实。

穿完衣服她就走掉了，走之前我问她叫什么，她说她叫陆小雪。我笑着问她需不需要支付嫖资，她回头白了我一眼，出了门还从门缝里伸进一只手，朝我竖起中指，然后那只手消失了，门被重重地关上了。

我捡起床上陆小雪留下的香烟，点了一支，抽了一口，猛咳了几声，咳得眼泪都出来了。

我穿衣服离开酒店房间的时候，无意间瞄了一眼那本被陆小雪重重摔在沙发上的杂志，封面上赫然写着"陆"，这是去年的第六期杂志；"陆"字下面两个小字写着"小雪"，应该是去年冬天出刊时候的节气。

这鬼丫头！我在心里骂着，脸上却不自觉露出笑容。

嗨，崔教授。

三

如果有必要复述一遍，事情是这样的：崔浩教授在地铁里遇见陆小雪，并被这个曾经的女学生哄去开了房。陆小雪对崔浩说，她是个大叔控，但有些大叔很不爽，围着她暧昧了半个月，难得约她出来又战战兢兢给送回去了，就是不敢捅破那层纸。崔浩跟她详细地分析了两代人的不同，说大叔们的快感就来自暧昧。陆小雪并不领情，她骑在崔浩身上，像骑着一匹瘦骆驼："驾！"她还伸出双手，钳住崔浩扁平的小乳头，痛得他哇哇直叫："你敢说你们这些老变态缠着我，不就是为了做这事？直接说不是好好的，半夜三更发手机短信，吞吞吐吐，欲言又止，你一认真他就含糊其辞，比如说出来吃饭随便聊点什么吧，他不小心就一副人生导师的样子，恨不得掏心掏肺教你从良，真想站起来踹他的脸！"

她毕业已经一年了，还没找工作。至于生活费，"那不是问题，有人会给"。崔浩看着她。"你别这么看着我，我没说我给人家当情妇，我最讨厌那些小三了，也不是什么道德不道德，而是爱情本来就没有先后之分，就因为一个名分还得天天跟原配斗个不停，天天提心吊胆，就怕在街上被撕光了衣服，你说的那样的日子我才不要。"她说她父母死得早，啥都没有，倒是留给她和哥哥很多旧房子，前些年美人城扩建，拆迁赔款是一笔不小的数目。钱由她哥管着，每个月都会往她卡里打生活费。"当然，还是得工作，我哥是个浪荡汉，就怕他哪天把钱赌光了，那我们就得喝西北风。"但眼下她才不急。问她最近在做什么，她说在调查那些乞讨的女孩，就是跪在路边，面前摆着一块牌子写着"讨几块钱车钱坐车回家"之类的。她说这些女孩衣服都光鲜，背着小书包，不理解为什么要把大好的时间浪费在马路边上。

"我不想那么早结婚，虽然家里亲戚朋友都催着我相亲，但我现在连男朋友都懒得去谈，无非是逛街，滚床单，看电影，滚床单，见家长，滚床单……到最后都没有做爱，只有性交，还不如直接就滚床单，咳，还是不毒害你们这些教授，我们谈谈诗歌吧！"

她竟然从背包里拿出一个本子来，说自己感到紧张的时候，就会写诗。她不喜欢在电脑上写，只用笔写。

"这样好，以后能留下手稿。"

她一愣："什么叫手稿？不是……你说这些诗写得怎么样嘛？我第一次在地铁上看到你猥琐的样子，就想跟你请教诗歌。"说着她点了一支烟："事后烟，来一支？不过女人的烟太淡，你们可能都不喜欢。"她把刚递给崔浩的烟放回去："这么大一座城市，找个谈诗的人太难了。"

崔浩翻了翻，在台灯下读了几首，觉得都不错，每个句子都横冲直撞，但要说到发表，估计没有刊物会接受这些显得不正经的诗歌。崔浩正想说些什么，她却突然一把将本子抢过去，放回她的小背包里："我怎么笨到会相信男人的床话，算了，你就当没看过，啥也别说了，说也不外是些鼓励的话。我写的都是狗屁，你们教授

353

都虚伪。"

我只能呵呵，无言以对，伸手拿她的薄荷烟，点了一根。我想点烟的时候要帅一点，可惜她都不看。

"不谈诗了，我们谈点别的，嘿，你说你有多少女朋友？说说嘛，这又不是什么秘密！好吧，不说拉倒，那我说说我自己吧！不是，你想得美，不说我的男的朋友，说说我的计划——我想骑一匹马去上班，最好能冲进地铁里，让马坐地铁上班。"说话的时候她眼望着天花板，仿佛那里真的有一匹马也在看着她。

她自己给这个计划取了一个响亮的名称叫"跑马地铁计划"，并在酒店的阳台上宣布计划正式实施。她穿着黑色的内衣，指尖夹着修长的薄荷烟，长长的眼睫毛，单眼皮，一头波浪发慵懒地披着——我定睛细细端详了几次，总觉得她跟之前地铁上是两个肉身，只有她的声音是统一的："你说在地铁里怕被挤怀孕，我亲眼看过一个孕妇在地铁上被挤流产，所有人都冷漠地看着手机屏幕，所有人都是假正经……我要去地铁里骑马！"

四

按规矩，我们没有留下任何联系方式。

一个庸俗的故事好像就这样结束了，套用一句电影台词：人世间所有的亲密，都是久别重逢。我依旧在讲台上喋喋不休，地铁三号线依旧每天拥挤不堪，谷歌依旧无法登陆，人们依旧习惯假正经。此后是漫长的暑假，这期间我去了一趟西藏，途中一辆大客车把我们的中巴左边的后视镜撞掉了，车侧翻，居然也没有死掉。所以在西藏我拜各种佛，感谢佛祖让我继续能回到地铁三号线中勃起。我希望在高原也能有一段艳遇，手机里所有的约炮神器都打开了，但依然一无所获。其实空气稀薄，我也性欲全无，只是色心不死，碰到美女就瞎聊。有一回在青年旅舍，半夜梦中惊醒，昏暗的灯光里看着墙上的涂鸦，隐约记得梦里陆小雪，我的女学生，骑着高头大马被海浪冲走。

打开手机微博，提醒我增加了一个女粉丝，然后看到她发来的一条私信："嘿，我们啥时候去地铁里骑马？"我一个激灵坐了起来，头险些撞到上铺床沿，赶紧回了一条：

"陆小雪？这都几点了，你还没睡？"

"还没睡，刚去医院把你的孩子流产掉，本来我想悄悄生下来的，教授的种，智商怎么也应该不会很低。"

我拿着手机的手竟有点发抖，青旅房间里鼾声四起，我打了几条回复的文字，但都删掉了。

"哈哈，看你吓成这样，跟你开玩笑啦，如果堕胎会找你要青春赔偿的。"

"知道你是开玩笑的，不然我就把你娶了。"发出这条的时候我瘫软在床上。

"好吧，八抬大轿，走地铁三号线过来，我就嫁。好了，不说了我睡觉了，明天要回老家了，我哥出了点事，晚安！"

自此以后无论我再说些什么，那个微博都没有任何回应了，上面没有任何内容，也没有任何更新，甚至连头像都没有，只有一个微博名：地铁里的骑吟诗人。我有理由相信，她心血来潮注册了这个微博，来找我聊天。

我把头埋进被子里，眼泪止不住地往下流，想起了我八年前死去的儿子，还有分居多年不再见面的妻子。儿子死了，一个家庭就这样瓦解了。第二天我在大昭寺里整整呆坐了一天，这里连阳光都是金十一样发亮；缺氧让人大脑空白，心智单纯，爱和恨来得如此直接，让人可以相信满天神佛可以进驻胸膛，把整颗心都照得亮堂。

如果陆小雪没有骗我？如果她真的刚刚做了人流？如果流走的是我的另一个孩子？

嗨，崔教授，醒醒，你开什么玩笑？

五

这样一次相遇，崔浩教授当然会将之写进《论劣质文字提供商的悲惨命运》这样一部著作里头去。他是这么写的："上帝交给我们爱情，就是要我们去爱一种不完美，爱绝望和灰烬。爱和生活，都是一种修行。无论对或错，生活中自有我的劫数，也是我此生必经的磨炼。"他这样议论过之后，又觉得不过瘾，于是恶狠狠地批驳了肥皂剧中的堕胎桥段，认为最没有创造力的编剧才会编造这样的情节。

但写完这一章之后，崔浩教授堕落了，他开始迷上一款叫"美人城"的网游。之前他的学生如果有玩网络游戏者，都被他骂玩物丧志；还教育他们说，有本事应该做那个创造游戏设计游戏的人，而不应该做玩游戏这样自甘平庸的事情。但这款网络游戏很火，崔浩抱着试一试的想法下载了，登录之后需要给出一个美人的名字，崔浩想都没想就写上"陆小雪"，反正这不过是来自某本杂志封面的一个化名而已。

游戏也很简单，这个被你命名的美女角色，会按照你给出的参数（比如身高和三围）然后慢慢成长，她会自己具备学习能力，还可以通过搜索引擎，将网络上与"陆小雪"有关的资料进行筛选学习。到了某一个成长阶段，你就可以和这个虚拟的角色进行对话。但这个阶段，崔浩都认为这个游戏不过是雕虫小技，也没什么好玩的。直到有一天，角色陆小雪给自己贴了一条个性签名：地铁里的骑吟诗人。

"嗨，崔教授，我是地铁里的骑吟诗人……"

崔浩愣住了。他突然意识到，这个虚拟的角色可能比他更了解陆小雪。不久之后，他发现不止他一个人在培育这个角色。虚拟的陆小雪开始向他提出一些问题，不断提高她与网络上其他陆小雪的识别度，最后屏幕上显示，陆小雪只剩下崔浩和另一个培育者——也许真正的陆小雪就坐在网络对面，跟他在一起玩着这个游戏——又或者，那个人不是陆小雪本人，而是她的男朋友或情人。

这样想过之后，崔浩内心突然升腾起一种被侵犯的愤怒。假如陆小雪只是跟其他人分享她的身体，那么也正常，但如果连一个随机的假名，她也跟其他人分享了，那就是一种背叛！背叛什么？崔浩说不清楚。他站起来，给自己冲了一杯咖啡。他意识到自己拿杯子的手在轻轻颤抖。"我真是一个虚弱的人。"他对自己说。然后他在他的著作中写道："爱情就是一种幻觉，或者说只是一个人对另外一个人的虚构和幻想——你虚构了一个对象，并且爱上她，就这样，脆弱而又别无选择。幻觉的觉醒之后的拒绝，这种拒绝清醒地开启了另一种痛苦，或者厌倦。"写完之后，他长长叹出一口气。

嗨，崔教授，这真是一个人的爱情。

六

"你是陆小雪？"

"是的，你可以叫我雪。"

"你不止我一个培育者？"

"对的，亲爱的，一共有两个。"

"那另一个是谁？"

"亲，我不能告诉你哦。"

"那你能告诉我什么？"

"这要取决于今天的天气。"

"那你能告诉我，现实中的陆小雪，她最后出现的地点吗？"

"好吧，亲爱的，我在这里。"

屏幕上出现一个缓冲条，几秒之后，弹出一张照片，是一群人在游行，走在队伍最前面的，真的就是陆小雪！她张开嘴巴高喊着，双手举着一张白纸板，上面写着："反对恶性拆迁！电厂滚出半步村！"

我继续点开那条消息："半步村村民以火电厂严重污染为由，反对恶性拆迁，游行队伍冲上高速公路，阻断高速，导致高速公路塞车长达二十公里。"

刚想点击新闻详情,但却打不开了。

"请你再打开刚才的图片。"

"不好意思,亲爱的,图片已经被删除。"

"那请为我提供这个陆小雪的最新动态?比如微博微信什么的。"

"不好意思,陆小雪是个敏感词。"

七

就这样,角色陆小雪没有再成长了,因为任何关于陆小雪的网络链接都打不开了。那个曾经骑在我身上龙腾虎跃的小姑娘,就这样消失在人海。直到一个两个月之后,那个叫"地铁里的骑吟诗人"的微博突然复活,她给我留言:"崔教授,刚从地铁三号线出来,看到路边摆满了年橘,一片金黄真好看,不知道你回老家过年没有,如果你还在这个孤独的城市里,我们见个面吧。十一号中午,我在那家停顿时光咖啡吃牛扒,有空过来付钱。"

然后,这个在门缝里向我竖起中指的姑娘就坐在我对面,穿着一条印着一朵大玫瑰花的裙子。这样艳俗的裙子,穿在她身上,却恰到好处,刚好让她露出两条修长的腿。她那一头波浪发已经剪了,短发更加干爽,符合她的性格。她并没有等我一起点餐,而是先要了一份牛排,见我来了,只是抬头笑笑看了我一眼,便继续切她的牛扒:"吃点什么?反正你请客,自己点。"她把桌上的菜单往我这边推了推。

"我不饿，先看你吃。"嗨，崔教授，内心波涛汹涌的崔教授！

"喂！别这么小气嘛，你不吃我得自己埋单！"她笑了，认真切着牛扒，"我以前跟踪调查那些路边乞讨的小女孩，觉得她们真的好可怜，可现在……现在我也差不多得去乞讨了……"

大颗大颗的眼泪滴在牛扒上，她扯了一张纸巾擦了一下眼泪，接着将带着泪水的牛扒送进嘴巴里，大口大口地嚼牛扒。

"换一份吧？"

"不用，能吃。我要吃饱穿暖不生病，快过年了，我得把我哥从监狱里捞出来。他们说，会把他关到生锈为止。"

她眼泪一抹，就像没有哭过一样。她要了两杯鸡尾酒，点了一支烟，继续跟我聊起她哥的事。她哥哥赌输了钱，被村里赌场的牛老大安排为保安员，人们游行的时候他拿着棍子跟在牛老大背后就出去了，结果打死了人。按陆小雪的说法，其实那是个误会，人是赌场老大打死的，他哥理所当然被叫去顶罪。"这个胆小鬼！这个胆小鬼！从小他就是个胆小鬼！"停顿时光咖啡馆的音乐节奏很缓慢，噗噗的音箱里头一个驴子拉磨的嗓音在唱着："董小姐，我也是个复杂的动物，嘴上一句带过，心里却一直重复……"

"那个胖子给我写过情书。"

"哪个？宋……冬野？你不会姓董吧？"

"好吧，"她咬了一下上嘴唇，"我还是姓陆吧。"

窗外簌簌下了一场雨，她随口说了一句："那句著名的歌词，开始他写的是'爱上一场春雨，可我的心里没有彩虹'，我给他改的，'爱上一匹野马，可我的家里没有草原'。"

八

与陆小雪的第二次相遇，或者说相约，毫无例外地应该进入崔浩教授的著作《论劣质文字提供商的悲惨命运》中，并被巧妙地处理到某一个段落之中。这一段文字，充满了年橘和牛扒的香味，崔教授没有提到那个竖起的中指，也没有如大家预想的那样和陆小雪举行一次温故知新的性爱，而是提出要到半步村走一走。

"反正寒假，也没什么事，"他装作很轻松地说，"听说你们那个村子，改革开放以前盛产巫婆，还听说有一种叫分身术的巫术，可以将人分成三个，要是我能学会，那就好啦！"

但陆小雪拒绝了。她说现在整个村子外人都进不去，很多消息都封锁了。"矛盾最激化的时候，教师都被叫到学校开会，还有传言让教师给学生吃泻药，孩子身体不舒服，大人就不会上街去游行。后来村里的女人们商量了一下，男人是家里的支柱，孩子是家里的希望，所以只有女人上街了，于是我们女人就堵了高速，但他们来了，还是把男人抓走了。抓了男人，女人就只会哭了。"

"难道没人管吗？还有没有天理了？"

"天高皇帝远，就算挖土机把人埋了也没人管。那个发电厂本来说不会污染环境，核心技术是什么海水脱硫，到最后村里的鱼虾都绝迹了，有点能耐的人都纷纷搬离。"

崔浩表示很惊奇，聊到激昂的时候，他说他打算去明察暗访，拍些照片，再写一篇调查报告发到网上去。

"你就别瞎搅和了，发上去也很快被删掉，他们就有这样一手遮天的能力。你如果有钱可以请我吃饭；如果可能的话，给我介绍一个好律师；如果监狱那边你有什么关系，可以帮我求情，让我哥在里头好过点就行。"

他们在停顿时光咖啡馆一直聊到太阳西斜。太阳西斜只是一种文学化的写法，其实外头并没有太阳，而是灰蒙蒙的一片，有如冰封的回忆，有如《暗店街》的开头：我的过去一片朦胧。

这个世界一片朦胧。嗨，崔教授，你还有蓬勃的性欲吗？

九

很快我们就要聊到我和陆小雪的第三次相遇，或者相约。

这次相遇比之第二次，显得十分简单，因为上一回我们就互相添加了微信。陆小雪不发微博，也几乎很少发朋友圈。但有一次，她发了一条朋友圈："受伤了，幸好我们的车没事。"下面配了一张图，图片上是膝盖，后面是一辆名车，我也叫不上名字，只知道这辆车很贵，不是一般人能买得起的。

我知道她作为一个开放的大叔控，随时都可以让自己的生活变得更好。

那段日子，我的注意力被牵扯进其他事情里头。这些"其他事情"包括和我分居多年的妻子正式离婚。她坐在我对面，一如从前的冷漠。对于儿子的死，她还没有原谅我。她说把该办的都办了吧，让我们都能更好面对自己。她说她常常对自己说话，我说我也是。她说在某个时刻，她觉得自己都分成好几个人，住在房子的不同角落。

"你说一个人会凭空消失吗？"

她问，但我没有回答。

她现在是我的前妻。我前妻来自书香门第，她的父母都是教授，所以结婚之后，她就一直要将我改造成教授，可惜一直未能如愿。她胸怀天下，觉得中国人太多了，也为了儿子能够顺利上户口，剖腹产时就顺便做了结扎手术。后来儿子死了，我希望她能去做输卵管复通手术，但她却消沉了下去："我不想做手术，也不想再和你做那事。"

离婚之后，生活的大河平静向前。再没有陆小雪的消息，我猜想她已经被那辆名车接走了，那是我不能猜想的另一种生活。我们如两根平行线，或者，我们本来就是两根平行线。我妥协了，按他们说的去相亲。然后我认识了关满，一个胸部很大腰很细的女人。她各方面条件都挺好，只是她很坦诚地告诉我，她吸过毒，但后来戒了。所以她不想要孩子，她总担心那段吸毒史会让她生出一个畸形的孩子。这一点和我很一致，我说我也不要孩子，但过日子还是可以的。我们如约完成了吃饭、看电影、上床的全部程序，然后开始讨论结婚的问题。她在床上很浪，每次高潮都要让我狠狠地抽她的屁股。我开始十分反感这种动物式的搞法，觉得自己成了犬类动物嗷嗷直叫，但慢慢也就入戏了。于是她开始掐我的软肋，又痛又痒，难受至极。

那个月除了出门去上几节课，我的大部分时间基本都是和关满在床上度过的。就在我对关满的挠肋游戏甘之如饴的时候，一个意外情况出现了，纵欲过度之后我在关满肚皮上的精液中发现了血丝，吓得差点阳痿。关满也一脸紧张，陪我去医院排队看医生。

男科医生满脸杀气："进来，过去，脱裤，趴下，屁股翘高！"

"啊？"

"啊什么啊！脱裤，屁股翘高！"

我只能做了一个被鸡奸的姿势，内心充满了屈辱。回头一看，只见医生取出手套戴上，十分傲慢地向我走来。

"干什么？"

"翘高！"他十分不耐烦地说。随后我就感觉他的中指从我的屁眼处戳了进来，痛得我眼珠子差点掉出来。

"好了，表情别这么丰富，赶紧去检查前列腺液。"

在医生面前我们都是可怜的。最终他给我的诊断是：发炎了。又悠悠说了一句："小子，别搞太多。"我低下头，装作没听见。关满倒好，不识趣，连说了几个"不搞不搞"，逗得旁边候诊的人窃笑不已。

就在这样的背景下，陆小雪突然又出现了，说要见我，而见面之后，她就跟我说，她时间很紧，准备跟我来一次："我已经订好了房间。"

十

此时的陆小雪已经不是瘦高个，而是有点微胖。她的头发拉直了，还染了一点点红色，这让她多了一层光晕。我低下头说，我最近不想那个。她不出声，半天才说：

"你不讲义气。"

"义气"这两个字在我胸腔中盘旋良久，才被我在长长的叹息中呼出来。

"你装，你嫌弃我，你现在的老婆很漂亮？"

我感觉她在看着我。我不语。

"你欠我的。"她最后用一种坚定的语气说出了这四个字，彻底把我击垮。

好吧，崔教授，走吧，去举行一场性爱。

走吧，她挽着我的臂弯，走进了酒店的房间。房间很大很奢华，里头的灯光很暖，中间一张实木大床，挂着红色蚊帐，点明了房间的主题。

陆小雪从她的包里取出一瓶酒和一盒伟哥，说这是我需要的东西。我取了酒，打开喝了两大口，胃里就燃烧起来。她拉着我走进浴室，十五分钟后我们就赤条条从浴室里走出来。她又去翻找她的手提包，又从里头掏出一些东西，对我说，我们今天玩点特别的。

"你要对我滴蜡烛吗？这事别弄这么复杂吧？"

"这不对，教授，"她歪着头认真地说，"性也应该是一件非常讲究的事，同样是吃饭，一百块的菜和一千块的菜当然不一样，你不能否认优秀厨师的劳动，今天我就是个好厨师，你躺好就行。"

她摇晃着手里一包白色的东西："知道这是什么吗？"

"扎带，地铁里头用来绑铁栏杆的。"

"哈哈，果然是地铁诗人！"她很高兴，"它标准的名字叫自锁式尼龙扎带，淘宝上买的，一条扎带两毛钱，八毛钱就可以把你固定在这张床上。"

这果然是为性定制的床，四角预留了可以固定手脚的地方，陆小雪很快把我固定住了，在床上撑开成为一个"大"字。只有我的小崔浩，像一根旗杆竖立在广场中心。

"你看，它多兴奋，你还老是装，你就喜欢装，说不想我，还是它诚实，你看它多想我！"她亲了它一口，令它更兴奋地跳动着。她心满意足，温柔地依偎在我身边，手指在我的乳晕上画着圈，并说出了一句令我惊心动魄的话：

"崔老师，我需要一个孩子，需要您一颗种子，可以不？"

我心中一凉，小崔浩当场一软，但她伸手稳稳把它抓住了，让它又重新蓬勃起来。我开始有一种失控的恐慌，但手脚却不能动弹。

"小雪，别闹，还是要戴套！"

"那你自己戴吧！"她不管不顾，一翻身骑到我身上，噗嗤一声直没入柄，一股温暖继续鼓励着我。她吸了一口气，仿佛正骑着马，穿行在地铁里。但一轮高潮过后，她却泪流满面，伏在我的胸口说不出一句话。

这令我内心又蒸腾起一股说不出的悲怆。

"你很难过。"

"嗯！"她咬了一下上嘴唇，在我胸口咬了一口，疼得我哇哇直叫。

"我必须有个孩子，我想清楚了，必须有一个，但上次堕胎的时候，医生就告诉我，以后可能会怀不上，但我见到你，我就觉得可以，你让我觉得很靠谱，你能够给我一个种子。"

我不知道说什么好，只能问："你哥呢？"

"他快要死了。有人看中他的心脏，难得这么特殊的型号，匹配了，他会被毙掉的，但我打算再上诉！"她仿佛在说一件遥远的事。"所以我必须有一个孩子，最好是个男孩，他们的整个家族需要一个男孩，我想证明我可以提供这个。他会带我去兜风，在高速上疯狂飙车，每次都把我搞吐。"

"高速上飙车不抓拍吗？"

"土鳖！时速一百八十以上就什么都拍不到。我什么都没有了，如果想要什么都要，我就必须有个孩子，那么我就拥有一切，我没有别的本事救我哥，我只有我的身体。"

她说，她哥就是个胆小鬼，他小时候唯一勇敢的事，就是保护他的妹妹。

十一

我在酒店里整整待了两天，陆小雪不给我松绑，她给我喂饭，也喂伟哥。我在床上尿尿，还在床上拉屎，这是几十年没有的体验，陆小雪超乎想象地耐心照顾我，还帮我擦屁股，甚至用湿毛巾帮我擦洗身体。

"再来一次吧，趁我还是排卵期！"

"不用跟我商量吧，反正我现在是你的汽车，你要飙车就飙车嘛，你都可以自己加油了。"我苦笑了一下，感觉自己一定很丑。大概在床上得到的一切，终究还必须在床上失去。两天的床上生活，让我对人生有一种了然。

"你那老头怎么样？跟我说说吧。"

"谁跟你说他是老头？他刚满十九岁！还在上学，不过现在大学也能结婚，所以我想有个孩子，尽快把事情办了！"

"十九岁？带你飙车？"

"是，他懂得如何让人生变得更加刺激，我喜欢这个劲儿，这是你们这些老头不懂的。"

"我们老头的车，都开不到时速一百八十。"

我们一起哈哈笑起来。这时候我的手机响了，是关满，我说接吧，我不会喊救命的。陆小雪犹豫了一下，还是接通了，手机里传来一个抽泣的声音："我以后不搞那么多，也不掐你的肚子，你不要不理我，发了那么多信息一条也不回……"

陆小雪猛戳了两下按键挂断了电话。

"你还是回去吧，我估计也差不多把你榨干了。"她最后趴下去亲了我的小崔浩一口，"谢谢你，别这么无精打采嘛！"

原来"无精打采"是这个意思！

这是我最后一次见到陆小雪。

后来知道她的消息是在 KTV 里头，过年的时候一群以前的毕业生回母校开同学会，也把我叫去。岁月什么都改变不了，只能改变每个人的体型和样貌，男生有了肚腩，女生有的挺着肚子，有的抱着孩子，男生们都变得积极，轮流给我敬酒。一轮下来我就只能躺在角落里听他们聊天，话题不停变换着，突然大家在一个话题上停留了下来，他们聊起一个难产的女生，生性放荡，参与游行，嫁入豪门，难产而死……大家都知道她别致的人生轨迹，每个人都发了一通感慨。

"这样庸俗无耻的婊子死得好！听说医生都吓坏了，血流如注，止都止不住！"一个男生说。据他们说，读书时候这家伙也追过她，没追上，由爱生恨。大家都批评他说话太过。

"都是酒话，都是酒话。"

"你们听谁说的，我听说只是大出血，好像没有死吧？"

"这就是报应！"

"她笑起来挺好看的，我们班的男生有没有人跟她睡过？"有个女生问。

"……"

"崔教授！不能砸电视！您醉了！大家快点来帮忙！怎么喝一点酒就醉成这样？"

十二

"嘿，你是陆小雪？"

"是的，主人，我是小雪，您又帅了。"

"你在哪？"

"正在地铁里骑马呀，这里人多，你快来呀！"

图书在版编目（CIP）数据

遇见陆小雪 / 陈崇正著 . —济南：济南出版社，2019.7
（2024.3 重印）
（文学新势力 / 张清华，邱华栋主编）
 ISBN 978-7-5488-3963-7

 Ⅰ . ①遇… Ⅱ . ①陈… Ⅲ . ①短篇小说—小说集—中
国—当代 Ⅳ . ① I247.7

 中国版本图书馆 CIP 数据核字（2019）第 156875 号

出 版 人	谢金岭
责任编辑	宋　涛　于丽霞
封面设计	璞　间

出版发行	济南出版社
地　　址	山东省济南市二环南路 1 号
邮　　编	250002
印　　刷	山东百润本色印刷有限公司
版　　次	2019 年 7 月第 1 版
印　　次	2024 年 3 月第 3 次印刷
成品尺寸	145 mm × 210 mm　32 开
印　　张	11.875
字　　数	229 千
定　　价	69.80 元

（济南版图书，如有印装错误，请与出版社联系调换。联系电话：0531-86131736）